U0908089

欧美名著精选丛书

THE REPUBLIC

理想国

[古希腊]柏拉图 著

陈丽 译

江苏凤凰文艺出版社
JIANGSU PHOENIX LITERATURE AND ART PUBLISHING

图书在版编目（CIP）数据

理想国 / (古希腊) 柏拉图著；陈丽译. -- 南京：
江苏凤凰文艺出版社，2022.2
（欧美名著精选丛书）
ISBN 978-7-5594-6126-1

Ⅰ. ①理… Ⅱ. ①柏… ②陈… Ⅲ. ①古希腊罗马哲
学 Ⅳ. ①B502.232

中国版本图书馆CIP数据核字（2021）第141347号

理想国

[古希腊] 柏拉图　著　陈丽　译

责任编辑　刘洲原
特约编辑　未　生
出版统筹　孙小野
出版发行　江苏凤凰文艺出版社
　　　　　南京市中央路165号，邮编：210009
网　　址　http://www.jswenyi.com
印　　刷　石家庄继文印刷有限公司
开　　本　880毫米×1230毫米　1/32
印　　张　12.75
字　　数　319千字
版　　次　2022年2月第1版
印　　次　2022年2月第1次印刷
书　　号　ISBN 978-7-5594-6126-1
定　　价　55.00元

江苏凤凰文艺版图书凡印刷、装订错误，可向出版社调换，联系电话025-83280257

《理想国》导读

［美］萨缪尔·艾克哈特
（耶鲁大学政治学研究中心）

对柏拉图一生的评价，与其说是为哲学而哲学，不如说是为政治而哲学。

柏拉图是雅典的贵族，师承苏格拉底，又是亚里士多德的老师。他出生于雅典城邦衰落时期，是一个有远大抱负的青年。他曾全力主张在雅典建立贵族政治体制，即把社会分成两部分：一部分是农民、工人、商人、手工业者等等，他们作为社会的最底层，不需要考虑治理国家的问题，只要供养那些领导阶层的人物的日常生活就行了；作为国家领导人的阶层，在柏拉图认为，应该由那些有知识、有头脑的贵族，最好是哲学家来担当，他们不需要为日常劳作操心，只要英明而公正地维持国家的和平与昌盛即可。但是由于在他生活的那个时代，雅典贵族城邦制已经衰落，而民主制度不可避免地兴起，因此柏拉图感到极端的不满却又无奈。后来，雅典民主派当权，把他的老师兼挚友苏格拉底以传播异说的罪名处死，这对柏拉图是个极大的打击，使他终生不能忘怀。在政治理想得不到实现，又不甘心充当一名郁闷的学者的情况下，柏拉图选择了著书立说、设立学校讲学的方法，希望能为将来的社会培养出他理想中的既是哲学家又是政治家的好青年。这期间《理想国》诞生。《理想国》与柏拉图的大部分作品一样，也是以对话的形式著成，而且主要对话者也是他的老师苏格拉底，这就形成了他著名的“苏格拉底式的对话”形式。此书表面上是在探讨哲学的一些问题，实际上却是紧紧围绕着柏拉图的政治理想展开的。它通过各界名流对话和争辩的形式，表达了柏拉图对人类社会种种重大问题的看法，有关于政治制度、宗教问题的看法，还有关于道德问题、教育问题、婚姻家庭问题、文艺问题、优生节育问题、男女权力问题等的看法。可以说，这是一部社会问题的集大成著作。

《理想国》的语言精妙而富有戏剧性，采用了层层推理的方法，比如在讨论到哲学家统治的城邦时，柏拉图并没有直接入题，而是先从“正义”这个问题出发，提出“正义”就是按照法律的规定归还他人在法律上的所属物。但是不是所有这样的行为都是正义的呢？柏拉图又有分别地提出了另一个问题，就是有关法律好与坏的问题，认为只有按照好的法律的规定把属于别人的东西归还给别人，才是正义的，否则就是不正义的。那么，法律的好坏由什么来决定呢？柏拉图又进一步提出了有关国家政治制度的问题，认为一个好的城邦的建立需要有三个阶段，即健康的城邦、兵营式的城邦和哲学家统治的城邦。健康的城邦就是恰好能满足人的基本需要，即肉体需要的城邦。这种社会制度要求每个人都要掌握一门技艺，每个人都要努力劳动，由于没有政府的管制，人们可以按照自己的意愿选择自己喜欢做的事，大自然可以将他们安排得统一而和谐。这种社会的正义就在于它是快乐的，但却存在很大的不足，就是它缺乏美德和优秀。兵营式的城邦是指除了生产者外，还有另一个阶层———“士兵”的城邦：他们就像人们所说的“狗”一样，一方面性情凶狠严厉，另一方面又彬彬有礼，无私地热爱同胞，无私地憎恶敌人。很明显，这是一个存在等级制度、人们开始有了尊卑高下的社会。第三个阶段就是作者理想中的城邦形式，即哲学家统治的美的城邦。作者认为，有了能供养人们生活的生产者，又有了能保卫城邦的士兵，现在再加上那些明智而又有节制的哲学家，或者是那些“奇迹般地成为哲学家的政治家”来做统治者，这样的城邦才真正是好的城邦。

在《理想国》中柏拉图还提出了一系列有关文艺和教育等的问题，比如“将诗人逐出理想国”的观点。但不管怎么说，他的所有其他理论基本上都是隶属于他的政治理论的，他是古代文艺理论史上最先提出文艺政治功用化的人之一，到今天这些问题仍然是文艺界讨论的话题，可见他所提出的问题的超前性和影响的深远性。

第一卷

为了向那位女神[1]献祭，昨日，我[2]陪同阿里斯通的儿子格劳孔来到比雷埃夫斯港。那里的人首次举办赛会，我们观看了举办的过程。我感觉，在那里居住的人举办了一场不错的赛会，但是水平不会超过色雷斯人。做过献祭，看过表演之后，我们准备返回城中。

此时，克哈若斯的儿子波雷马赫斯在远处看到我们，吩咐奴仆跑来请我们留下。奴仆跑到我身后，拉住我的披风，说："波雷马赫斯说，请你们稍等一下。"我把身子转过来，问他道："主人在哪里？"奴仆说："主人马上就来，现在在后面，请你们等一会儿。"格劳孔说："没问题，我们就等一会儿。"

片刻之后，波雷马赫斯来了，格劳孔的弟弟埃德曼托斯、尼克亚斯的儿子尼库阿提斯也走了过来，同来的还有几个人，显而

[1] 这里说的是女神庞提斯，她掌管地狱，雅典人将她放在雅典城市进行祭祀。色雷斯人特别敬重她。（本书注释若无特殊说明，均为译者注。）

[2] 此处的"我"指的是苏格拉底，下文同。——编者注

易见，这些人都是从赛会现场过来的。

波雷马赫斯 苏格拉底，瞧这架势你们要离开这儿啊？要回城里吗？

苏格拉底 正如你所见。

波雷马赫斯 你肯定看到我们有几个人了，对吗？

苏格拉底 的确看到了。

波雷马赫斯 既然这样，你必须拿出强过我们的证据，否则就得待在这里。

苏格拉底 还有第三种方式，不是吗？也就是说，我们可以说服你们让我们回去。

波雷马赫斯 如果我们不听劝呢？你们还能找到说服我们的办法吗？

格劳孔 毫无疑问，一点儿办法都没有。

波雷马赫斯 总之我们不听劝，你们还是别动那个心思了。

埃德曼托斯 为了向女神表示敬意，今天晚上要举行火炬赛马，难道你们真不知道？

苏格拉底 真是稀奇！莫非是骑马？不知是人们骑上马，把手中的火炬传给另一个人，以这种方式赛跑，还是其他形式？

波雷马赫斯 就是这样，同时他们还准备举办一个庆祝会，很有必要看一看。用过晚餐之后，我们到街上转转，看一整夜表演。这儿有许多年轻人，我们和他们见见面，认认真真地说会儿话。就这样吧！说好了，不许走了。

格劳孔 这么说我们只得留下了。

苏格拉底 你都说出来了，既然如此，我们只能这样做了。

所以我们来到波雷马赫斯家中，在那儿看到他的兄弟吕萨斯和奥诺迪莫，以及来自凯克通的色拉叙马霍斯、来自帕尼阿的哈曼迪德斯和阿瑞斯特内莫斯的儿子克雷托丰。克哈若斯——波雷马赫斯的父亲，也在家中。看他的模样有些衰老，我已经很长时间没看到他。刚才，他在院子中做了献祭，所以头上戴着花环。他坐在一把椅子上，椅子上放着靠垫。

房间内的椅子围成一圈，我们坐在他身旁。看到我后，克哈若斯立即向我问好。

克哈若斯 亲爱的苏格拉底，你很少来比雷埃夫斯港看我们，真应该经常来。如果我的身体比较好，可以轻松走到城中，我们就会去找你，哪里还需要你到这里来。但是，如今你要经常来我这儿。你要知道，在肉体方面，我追求的享乐越来越少，反而越来越喜欢充满智慧的清谈。我说的是真心话，希望你多来这里，就把这儿当作你自己的家，和这些年轻人做朋友。

苏格拉底 克哈若斯，说实话，我乐于和你们这些老先生聊天。在我眼中，你们已经走过很长一段人生旅途，可以说是老旅行者。不久后，也许我们也要走上这条路。这条路是弯弯曲曲、坎坎坷坷，还是平坦大道呢？我应该向你们取经。克哈若斯，您的年龄已经达到诗人所说的“老年门”，晚年生活难熬吗？还是另一种情况？不知您怎么看？

克哈若斯 亲爱的苏格拉底，我非常乐意把自己的感受说给你听。老话说得好：同一个声音可以找到共鸣，同一种气味能够彼此融合。所以，我们年龄相仿的人喜欢经常聚聚。每当大家聚到一块时，就会抱怨这抱怨那。回忆起年轻时的各种美好时光，就像最宝贵的东西丢失了，常常觉得如今的日子不足挂齿，往日的生活才韵味十足。有人抱怨说，亲朋好友因为他年纪大而对他缺乏尊重，真令人伤心！他们觉得年纪大是痛苦的根源，我却不认为年龄是个问题。假如他们的观点成立，是不是可以说，我和年龄与我相仿的人都应该觉得难熬？其实，我遇到的那些人感觉完全不同。比如诗人索福克勒斯，一次，我和他待在一起，恰好有人问他：“索福克勒斯，你在恋爱方面怎么样？这么大年纪是否还追求女人呢？”他回答说：“别聊这事儿了，多亏不追求了，那感觉就像一个奴隶从最狠毒的奴隶主手中逃走。”我觉得他的话有道理，当时这么认为，现在更这么认为。上了年纪之后，人的内心变得平静，欲望少了，不用紧张兮兮的，那种境界就像从很多个歹毒的奴隶主那里逃出来，索福克勒斯的比喻的确很贴切。苏格拉底，上文提到和亲朋好友无法友好相处，其原因只有一个：人的性格。而不是什么年纪大了。假如为人处世适度、恬淡雅静，这样的人年纪大算不得太大的痛苦，否则年轻时也一样忧愁不断。

克哈若斯的话令我深感敬佩，但是他的语气让我忍不住想刺激他。

苏格拉底　亲爱的克哈若斯，我觉得许多人都不会相信你的话，而会觉得，是雄厚的资产让你觉得虽年纪大却不悲伤，你的性格和不痛苦没有任何关系。他们会说“钱肯定可以给人很多慰藉”。

克哈若斯　这话说得很对。我的话不能令他们信服是有一定道理的。但是他们说得太夸张了。让我回答他们，我会像色弥斯托克勒回答一个塞里福斯人那样。那个塞里福斯人污蔑色弥斯托克勒，把他的名声归功于他是雅典人，而不是他自己取得的成绩。他回答说：“假如我是塞里福斯人，我不会出名，不过，要是让你成为雅典人，你也不会出名。”最好用相同的话来回答那些哀叹自己年纪大、缺乏经济基础的人。明白事理的人的确很难同时忍受年纪大和贫穷，但是不明事理的人即便有钱，上了年纪后依然无法平复心境，无法满足。

苏格拉底 克哈若斯，你的大多数财产是怎么来的？继承的，还是自己赚的？

克哈若斯 苏格拉底，说起赚钱嘛，我的祖父克哈若斯继承的财产和我此时的财产一样多，那笔钱在他手中翻了几番，我的父亲吕开奥洛斯挥霍了这份财产，使它比我此时的财产还少。我比我的祖父差，比我的父亲强，只要做到遗留给儿子们的财产不低于我继承的财产，我就知足了，要是遗留得多一点儿，我就更知足了。

苏格拉底 我之所以这样说，是觉得你不像个见钱眼开的人。那些不能自食其力的家伙，许多都是喜欢花钱的人。自食其力的人更有理由珍爱自己的钱。正如诗人喜欢自己的诗歌，父母喜欢自己的子女，赚钱的人喜欢自己的钱财，不只是因为钱财是有用的，还因为那是他们的作品。这些人令人厌恶，在他们眼里，有价值的只有钱财，其他任何事物都不值一提。

克哈若斯 你的话没错。

苏格拉底 肯定错不了。我要请教您一个问题。您觉得这么多钱财对您最大的好处是什么？

克哈若斯 也许很少有人愿意相信这就是最大的好处。苏格拉底，我想对你说的是，一旦一个人意识到死神将要到来，就会产生空前的恐惧和忧虑。以前觉得有关地狱的传说简直是太滑稽了，在人间犯下的罪过怎么可能在死后的冥界得到惩罚呢？可是，如今心中开始焦虑了，害怕万一真有此事怎么办。想到上了年纪，想到身体不好，或想到死神一步步靠近，都让他越来越清晰地看到这些景象。无论说什么，他都充满疑惑，害怕极了。他开始反省自己是否曾经在哪里害过某个人，假如他发觉自己这一生犯下的罪孽特别多，就会像个小孩子似的，经常在晚上从梦中惊醒，每天都在恐惧中度过。但是，一个心怀坦荡的人只会心存美好的希望，借此慰藉自己的晚年生活。品达[1]也说过这话。苏格拉底，这位诗人的话说得非常好，他说，假如一个人一辈子对人公正，敬重神灵，就会：

让变幻不定的人心找到希望，
就会像影子一样追随着他，
让他一辈子幸福，
给他一个平静的晚年。

多么美妙的言论！就是因为这一点我才说富有也许有很多好处。不过，我特指好人，而不是说所有人都这样。好人富有后就不需要故意弄虚作假，也不需要迫于无奈欺骗他人，一旦要前往另一个世界，欠神的祭品，欠他人钱财，这些都不会让他觉得害怕。苏格拉底，对一个明事理的人而言，我觉得富有固然还有许多好处，可是与之相比，我上面提到的好处对他的作用才是最大的。

苏格拉底 克哈若斯，您的话非常对。可是提起正义，到底什么才是正义呢？莫非只是实话实说和欠债还钱？如果这样做，是否会时而正义，时而不正义呢？比如说，你有个朋友，曾经在大脑清醒时把武器交给你，要是他之后发狂了，再把武器从你那儿要走，大家都会说不该还给他。不听劝告还给他反而不够正义。对发狂的人实话实说也不能算作正义。

[1] 又名品达罗斯，希腊作家中首位有史料记载的人，被誉为“抒情诗之冠”，属于职业诗人，最著名的是他的合唱诗。

克哈若斯 你这话没错。

苏格拉底 由此看来，给正义下定义时，不能以实话实说和欠债还钱为标准。

波雷马赫斯 （*打断说*）假如我们认可西蒙尼德斯的解释，就可以这样给正义下定义。

克哈若斯 行了！行了！现在轮到我去献祭了，你们接着谈论这个话题。

苏格拉底 既然这样，是否可以让波雷马赫斯替您辩论？

克哈若斯 可以，可以！（*他一边说话，一边满面笑容地去献祭。*）

苏格拉底 既然这样，参加辩论的接班人先生，咱们接着往下聊，西蒙尼德斯所谓的正义到底指的是什么呢？

波雷马赫斯 他说“正义就是欠债还钱”。我认为他的话是正确的。

苏格拉底 对，的确不能轻易怀疑西蒙尼德斯这样聪慧过人的人物，但是，波雷马赫斯，也许你能理解他说的是什么意思，但是我无法理解。但是显然，他说的跟我们刚才说的不是一个意思，即，物品的主人索要代为保管的物品时，即使他大脑失常了，对方也必须归还。那么，代为保管的物品就是所欠之物，不是吗？

波雷马赫斯 没错。

苏格拉底 物品原来的主人大脑失常时，不管怎么着，都不应该归还给他，难道不是吗？

波雷马赫斯 没错，不该归还给他。

苏格拉底 既是这样说，西蒙尼德斯说的“正义就是欠债还钱”，应该说的是其他事情。

波雷马赫斯 说的肯定是其他事情。他的意思是，与朋友相处，不能危害别人的利益，而要对人善良一些。

苏格拉底 我知道了。假如二人是朋友关系，要是把钱还给主人对双方都有害，那么就不应该还钱。你觉得西蒙尼德斯说的是这个意思吗？

波雷马赫斯 没错，是。

苏格拉底 既然如此，欠敌人的物品，我们还需要归还吗？

波雷马赫斯 肯定得还。但是我觉得咱们能归还的只能是恶，这才合情合理。

苏格拉底 给正义下定义时，西蒙尼德斯运用的是诗人的方式，说得很模糊。他真正的意思是，把适当的物品还给所有人就是正义，也就是他说的“还债”。

波雷马赫斯 那您是怎么看的呢？

苏格拉底 神啊！假如有人问他道：“西蒙尼德斯，在医术方面，‘还债’指的是什么？还给谁？还什么？”你猜他如何回答你。

波雷马赫斯 他肯定会说，给人提供药物、食品和饮料。

苏格拉底 在烹饪技术方面，“还债”应该还什么呢？还给谁？

波雷马赫斯 给肉食加上作料。

苏格拉底 行，既然如此，请问：正义的定义是什么呢？还什么？还给谁？

波雷马赫斯 苏格拉底，如果我们的话题要和前面的保持一致，“对朋友善良，对敌人凶恶”，就是正义。

苏格拉底 对朋友善良，对敌人凶恶。莫非西蒙尼德斯说的就是这个意思？

波雷马赫斯 我觉得是。

苏格拉底 某个人得病时，在病魔和健康方面，谁可以做到对朋友善良，对敌人凶恶呢？

波雷马赫斯 医生。

苏格拉底 在大海航行遇到狂风险浪时呢？

波雷马赫斯　舵手。

苏格拉底　那正义呢？以什么为目标、干什么，才能最大限度地对朋友善良，对敌人凶恶呢？

波雷马赫斯　发生战争时，与友军联盟攻打敌人。我觉得这就是。

苏格拉底　不错！但是，波雷马赫斯老哥，大家不得病时，医生毫无价值。

波雷马赫斯　没错。

苏格拉底　大家不在大海上航行时，舵手也毫无价值。

波雷马赫斯　没错。

苏格拉底　那战争不爆发时，正义之师也毫无价值？

波雷马赫斯　我认为不是的。

苏格拉底　莫非你是说正义在和平时期也有意义？

波雷马赫斯　没错。

苏格拉底　种地也是有价值的吧？

波雷马赫斯　没错。

苏格拉底　目的是收获庄稼？

波雷马赫斯　没错。

苏格拉底　做鞋的技术也是有价值的吧？

波雷马赫斯　没错。

苏格拉底　我觉得你会说目的是做出鞋子。

波雷马赫斯　肯定的。

苏格拉底　那就请你说一下，在和平时期，需要满足哪些条件、得到哪些利益，正义才算得上是有意义的？

波雷马赫斯　苏格拉底，签订合同、契约之类的事情。

苏格拉底　你说的签订合同、契约特指与人合伙吗？还是在说其他事情？

波雷马赫斯 肯定是指与人合伙。

苏格拉底 下棋时，一个优秀的、有用的棋友是正义的人，还是下棋能手呢？

波雷马赫斯 是下棋能手。

苏格拉底 用砖块、石头建造房屋时，相比砖瓦匠，正义者是否是更优秀、更有价值的伙伴呢？

波雷马赫斯 当然不是。

苏格拉底 演奏乐曲时，相比正义的人，琴师是很好的伙伴。同理，在哪种合作关系下，正义的人比琴师更适合作为比较好的伙伴呢？

波雷马赫斯 我觉得应该是金钱方面的关系。

苏格拉底 波雷马赫斯，恐怕不能算上花钱之类的事情。举个例子吧！合资做马匹交易时，我觉得懂马的人是更好的伙伴，难道不是吗？

波雷马赫斯 当然是。

苏格拉底 做船舶交易时，难道船舶制造人或舵手不是更好的伙伴吗？

波雷马赫斯 我觉得是的。

苏格拉底 在合伙用钱方面，什么时候正义者才是一个不错的伙伴呢？

波雷马赫斯 苏格拉底，你谨小慎微地存钱时。

苏格拉底 也就是说，你用不到钱，把钱存起来时，对吗？

波雷马赫斯 对。

苏格拉底 这简直就是说，正义在金钱无用时才有用，对吗？

波雷马赫斯 似乎是这样的。

苏格拉底 把修剪枝条的剪刀收起来时，正义在公私两方面都有价值；

可是当你把这把剪刀拿来修剪枝条时，有价值的就成了修剪葡萄枝的技术了。

波雷马赫斯 当然是。

苏格拉底 也可以说，把盾和琴收起来时，正义是有价值的；一旦把它们拿来使用，有价值的就成了军人和琴师的技术。

波雷马赫斯 没错。

苏格拉底 一切其他事物都是如此吗？也就是说，当它们有价值时，正义就没价值；当它们没价值时，正义就有价值。

波雷马赫斯 也许就是这样。

苏格拉底 老哥啊！在没有价值的事物面前，正义才显出它的价值，假如是这样，它还有什么意义呢？不如咱们换个方法探讨这个问题。在拳击或其他方面，长于进攻的人同样长于防守，对吗？

波雷马赫斯 没错。

苏格拉底 长于预防、躲避疾病者，也长于制造疾病，却不被注意到。对吗？

波雷马赫斯 我觉得是的。

苏格拉底 那么一个长于防守阵营的人，也长于侦察、偷袭敌军。对吗？

波雷马赫斯 没错。

苏格拉底 能看护好一样东西的人，偷这样东西的手法最高超。对吗？

波雷马赫斯 似乎是这样的。

苏格拉底 如此说来，正义者在保管钱和偷钱方面都很有一套。对吗？

波雷马赫斯 经过推导，可以得出这个结论。

苏格拉底 最终，正义者竟然是一个窃贼！荷马特别赞赏奥德修斯的外公奥托吕克斯，说他盗窃和背叛誓言的水平天下第一。所以，“正义者竟然是一个窃贼”这个想法恐怕是从荷马那里学的吧。你和荷马、西蒙尼德斯似乎觉得正义就是盗窃之类的事情。只不过这类事情是出于对朋友有利，对敌人有害的目的才做的，这就是你的观点，对吗？

波雷马赫斯 神啊！怎么可能是！我已经被搞得头晕了，甚至已经忘记刚才说了些什么。无论说什么，我最终还是觉得帮助朋友，损害敌人就是正义。

苏格拉底 什么是你所说的朋友？那些表面上的好人，还是那些表面上看着不好、但是实际不错的人呢？什么是你所说的敌人？那些表面上的坏蛋，还是那些表面上看着不坏、实际属于坏蛋的人呢？

波雷马赫斯 这不需要解释。人们常常喜欢那些他觉得很好的人，厌烦那些他觉得很坏的人。

苏格拉底 普通人是否会把很多坏蛋错当成好人，却把很多好人错当成坏蛋呢？

波雷马赫斯 的确会出现这种错误。

苏格拉底 这会导致把好人错当成敌人，把坏蛋错当成朋友，对吗？

波雷马赫斯 肯定会的。

苏格拉底 如此说来，损害好人，帮助坏蛋就是正义了？

波雷马赫斯 似乎是这样。

苏格拉底 但是好人怎么能干不正义的事情呢？他可是正义的！

波雷马赫斯 没错。

苏格拉底 照你所说，可以推理出：对于不做不正义之事的人，损害他们反而是正义。是吗？

波雷马赫斯 不对，苏格拉底，不对！这个结论怎么可能成立呢？

苏格拉底　帮助正义者，损害不正义者算是正义吗？

波雷马赫斯　相比刚才那个说法，这样说更好一些。

苏格拉底　波雷马赫斯，很多不懂事的人觉得，帮助他们的敌人，损害他们的朋友竟然属于正义，原因是他们认为这些敌人是好人，这些朋友却是坏蛋。因此，我们推理出的结论恰好和之前说的西蒙尼德斯的意思相反。

波雷马赫斯　结论的确变成了这个样子。不如变换一下前提条件，也许原因是我们没有定义好“朋友”和“敌人”。

苏格拉底　波雷马赫斯，什么地方没定义好呢？

波雷马赫斯　把朋友定义成看起来好的人，这就是错误所在。

苏格拉底　那么，如今我们如何定义？

波雷马赫斯　我们应当把朋友定义为真正的好人，而不是看起来像好人的人。看上去好，实际上不好的人算不得真正的朋友，只能算是表面上的朋友。同样道理，敌人也是如此。

苏格拉底　也就是说，那些坏蛋是敌人，好人才算朋友。

波雷马赫斯　没错。

苏格拉底　之前我们说过，对朋友善良，对敌人凶恶就是正义。说到这儿，我们是否应该在前面加上一个条件，变成：如果朋友果真是好人，应该对他们善良；如果敌人果真是坏蛋，应该对他们凶恶，如此才算得上是正义？

波雷马赫斯　肯定是。下这样的定义，我认为才算是完美的。

苏格拉底　先别着急，不管那人品质如何，一个正义的人都能损害他吗？

波雷马赫斯　肯定可以，他应该损害那些属于坏蛋的敌人。

苏格拉底　以马为例，受伤的马是变好了还是变坏了？

波雷马赫斯　变坏了。

苏格拉底　变坏的是谁的品行呢？马的还是狗的？

波雷马赫斯　变坏的是马的品行。

苏格拉底　同理，受伤的狗变坏的是狗的品行，而不是马的品行吧？

波雷马赫斯　当然是的。

苏格拉底　朋友，请问我们能否说，受伤的人变坏的是人的品行。

波雷马赫斯　肯定可以这样说。

苏格拉底　正义是人的品行，对吗？

波雷马赫斯　当然对。

苏格拉底　我的朋友，如此说来，受损害的人肯定会变得不正义，对吗？

波雷马赫斯　好像没错。

苏格拉底　现在开始说音乐家，他是否可以使用自己的音乐技巧令他人不理解音乐？

波雷马赫斯　不可以。

苏格拉底　骑手呢？他是否可以利用自己的骑术令他人变得不会骑马？

波雷马赫斯　不可以。

苏格拉底　那正义的人呢？是否可以利用自己的正义令他人变得不正义呢？也就是说，好人是否可以利用自己的美好品德令他人变成坏蛋？

波雷马赫斯　不可以。

苏格拉底　我觉得热不具备制冷功能，与热相对的事物才具备制冷功能。

波雷马赫斯　没错。

苏格拉底　干燥不具备发潮功能，与干燥相反的事物才具备发潮功能。

波雷马赫斯　没错。

苏格拉底　好人不具备损害他人的功能，和好人相反的人才具备损害他人的功能。

波雷马赫斯　显而易见，的确如此。

苏格拉底　正义的人算得上是好人吗？

波雷马赫斯　肯定算是好人。

苏格拉底　波雷马赫斯，正义者不具备损害朋友或其他人的功能，和正义者相反的人才具备这种功能，也就是不正义者具备的功能。

波雷马赫斯　苏格拉底，我认为你说的都不错。

苏格拉底　假如有人把正义说成向所有人还债，他说的“还债”，其实就是损害他的敌人，帮助他的朋友。那我就会觉得发表这种言论的人肯定缺乏智慧。因为通过辩论，我们已经得出结论：不管怎么说，伤害谁都是不正义的。

波雷马赫斯　我赞成。

苏格拉底　假如某个人觉得，这是西蒙尼德斯，或毕拉斯，或皮塔克斯，或别的智者提出的观点，咱们两个就要合伙摇旗呐喊，一起向他发起进攻。

波雷马赫斯　我计划加入战斗。

苏格拉底　你觉得“正义就是帮助朋友，损害敌人”的观点是谁提出的？我猜的是谁，你知道吗？

波雷马赫斯　谁提出的？

苏格拉底　我觉得是佩里安得罗，或佩狄卡，或泽尔泽斯，或底比斯人伊斯美尼亚，或别的富有并且自我觉得势力大的人提出的观点。

波雷马赫斯　你的话非常对。

苏格拉底　不错。给正义下的这个定义无法成立。既然已经看明白这一点，谁可以给它再下一个定义呢？

我们交谈时，色拉叙马霍斯多次想插话和我们争辩，附近的人着急听明白到底是怎么回事儿，于是把他拦下了。我把以上这些话说完之后，停顿了片刻。此时，他再也无法忍受，精神饱满地猛冲过来，就像一头想把我们撕碎的野兽，把我和波雷马赫斯吓得手足无措。他冲我们大声嚷嚷。

色拉叙马霍斯 苏格拉底，刚才你们在我们面前胡说些什么，互相吹嘘，说的是什么东西？假如你果真想搞明白正义是什么，就不能这样只是提问题，以在辩驳中获胜沾沾自喜。你真够滑的，明白相比回答问题，提出问题更简单。你为何不自己给正义下个定义呢？不要和我瞎说什么所谓的正义，就是义务、还债、利益或收获等诸如此类的话。你说的那些啰啰唆唆的废话，我一句都不想听。你说正义到底是什么，请直接说明白。

他这些话令我感到特别震惊，我用眼睛盯着他，觉得有些恐惧。假如我不是在他大喊之前就已经看到他了，突然这么来一下，我觉得自己一定会被他吓傻。我们的交谈惹怒他之前，我就看着他了，多亏这一点，我才可以勉强答复他。我心惊胆战。

苏格拉底 亲爱的色拉叙马霍斯，你千万不要找我们的碴。我和波雷马赫斯在一来一去地讨论，假如讨论的过程中出现错误，还请你体谅，因为我们也不想这样。假如我们的目的是寻找金子，怎么可能只彼此吹捧，却错失寻找金子的机会呢？如今要寻找一种比金子更宝贵的东西——正义。不会傻到只记得互相吹捧，却不去努力寻找它，对吗？朋友，请你务必理解，我们是在真心真意地寻找，不过是心有余而力不足罢了。你是一个头脑灵活的人，不应该斥责我们，而应该同情我们。

我的话让他大笑了一阵，之后，他冷冷一笑。

色拉叙马霍斯 赫拉克勒斯可以证明，你运用的正是著名的苏格拉底式的反诘法[1]。我很早以前就尝到了它的威力，已经知会过这里的人，告诉他们说你是一个不肯回答问题的人。别人问你话时，你怎么着都不肯回答。

苏格拉底 色拉叙马霍斯，你是一个头脑灵活的人。你应该清楚，假如你问别人："如何得到十二？"与此同时，你还告诉他说："不许你回答说二乘六、三乘四、六乘二，或四乘三。这都是废话，我不愿意听。"我觉得你自己也明白，你这样问别人，谁都无法回答你。可是，假如他告诉你说："色拉叙马霍斯，你为什么要这样做？你不许我回答的，我就不可以说，对吗？假如里面刚好有一个正确答案呢？我尊敬的人啊，莫非我要拿一个错误的答案回答您，反倒把正确的答案丢掉？你为什么要这样做？故意让他答出错误的答案吗？"如果是你，该如何回答别人呢？

色拉叙马霍斯 呃……难道这两件事情可以相提并论？

苏格拉底 它们有什么不可以相提并论的理由？即便二者不相像，如果被问者认为它们相像，无论我们是否阻止他，他依然可以用那个自己想到的答案来回答你，难道你不这样觉得吗？

色拉叙马霍斯 你一定要这么做？回答我时，一定要从我不允许的答

[1] 反诘法，一种质问的辩证法，因为苏格拉底首先使用这种方法，又称"苏格拉底法"。正因为使用这种方法，苏格拉底才被称为西方伦理道德哲学的教父。一般有两个人在交谈，其中一个人领着另一个展开讨论，另一个人为了表示自己赞成或反对的态度，就提出一些假设。

案中挑出一个，对吗？

苏格拉底 如果我已经认真考虑过该这么做，我这么做有什么奇怪的吗？

色拉叙马霍斯 好吧！假如我给正义下一个更好的定义，它和这些答案都不同，你说该如何惩罚你？

苏格拉底 无知者只能接受处罚吗？没有什么其他办法？我觉得无知者应当接受的处罚就是向有智慧的人学习。

色拉叙马霍斯 你是一个令人喜欢的人，但是不能只是学习。除此之外，你还要接受经济上的处罚。

苏格拉底 假如我有钱，我甘愿接受处罚。

格劳孔 色拉叙马霍斯，你不用担心罚款的事情，我们愿帮苏格拉底付钱，你只需要接着往下说。

色拉叙马霍斯 行吧！但是我确信，如此一来，苏格拉底肯定又使用他那套惯用的手法。他自己不回答问题，只知道把别人的回答推翻。

苏格拉底 我最亲爱的朋友，在这种情况下，你让一个人如何回答呢？首先，他不明白，也知道自己不明白。其次，即便他有话要说，权威人士却把他的嘴巴堵上了。你说自己知道，心中已经有答案，既然如此，就请你来说说吧，那样更合适一些。还望你不吝赐教，多教教格劳孔和我们这些人，我必然会非常感谢你。

说到这儿时，格劳孔和其他人都请色拉叙马霍斯讲给大家听。他原本就特别想展示一下自己的水平，觉得自己的答案水平很高。可是，他又故意装出让我来讲的模样，最终才肯屈服。

色拉叙马霍斯　苏格拉底就喜欢在这个地方耍滑头，他不肯教别人任何知识，却处处向人学习，学到之后，他甚至不愿说一句感谢的话。

苏格拉底　色拉叙马霍斯，我的确向人学习，你这样说没错，可是你竟然说我不愿说一句感谢的话，这有失偏颇。其实，我尽可能表达谢意，却因为囊中羞涩而只能口头称赞。我觉得自己非常愿意称赞那些回答得非常好的人。只要你回答我，立即就能明白我说的话，因为我觉得你肯定可以给出一个不错的答案。

色拉叙马霍斯　听好了，要我说，正义不是别的，而是强者的利益。你为什么不鼓掌呢？为什么不赞扬呢？你肯定不想这么做。

苏格拉底　在表明我的态度之前，我首先要搞清楚你是什么意思，但是现在我并不清楚。你的意思是，对强者有好处就是正义。色拉叙马霍斯，你说这话想表达的是什么意思呢？莫非你的意思是，浦吕达马斯比我们大家都强健，毕竟他是运动员，进食牛肉让他变得健壮，因此是正义的；而吃牛肉对我们这些身体不如他的人虽然也是有帮助的，但就是不正义？

色拉叙马霍斯　苏格拉底，你真是个坏蛋！故意搅乱这个辩论，让它蒙受巨大损失。

苏格拉底　我的先生，我只是想让你说清楚你的意思，绝对没有捣乱的意思。

色拉叙马霍斯　国家的统治者各不相同，僭主[1]、贵族和普通百姓都可以成为统治者。莫非你不知道？

---

[1] 最早出现于公元前7世纪，类似于“国王”，古希腊特有的独裁者，通过使用暴力手段或发动政变这样的非法手段夺取政权，跃身成为统治者。他们通常都是贵族出身。

苏格拉底　我知道。

色拉叙马霍斯　所有城邦的统治者都是政府吧？

苏格拉底　没错。

色拉叙马霍斯　谁的力量强大，谁就可以统治，对吗？任何一个政府，它制定的法律都对统治者有利。普通百姓控制下的政府制定的是民主法律，僭主控制下的政府制定僭主法律，其余的也是如此。在他们制定的法律中，清清楚楚地写着：只要是有利于政府的，对百姓而言就是正义的；僭越就等同于违法犯罪，就属于不正义。所以，正义只代表了当权政府的利益，在每一个已经建立的国家都是这样的，这就是我的意思。任何地方的正义都不过是强者的利益，这就是我给正义下的结论，也是唯一合理的结论。

苏格拉底　此时，我搞清楚你说的是什么意思了。我需要研究一下这个观点是否正确。色拉叙马霍斯，你不允许我说正义是利益，自己却这么说，只是在“利益”之前加了几个字——“强者的”。

色拉叙马霍斯　也许，你觉得这几个字无足轻重。

苏格拉底　是否重要此时还说不好，不过，我们肯定要想一想你的观点是否正确。你要知道，我也支持正义就是利益的说法。可是，我不知道你为何又加上“强者的”这几个字，因此要仔细考虑一下。

色拉叙马霍斯　考虑吧！随便！

苏格拉底　我要考虑一下。你不是已经对我说了，听从统治者的命令就是正义，对吗？

色拉叙马霍斯　没错。

苏格拉底　各个国家的统治者始终都是正确的吗？或者说他们犯一些错误是在所难免的？

色拉叙马霍斯　显而易见，他们难免有犯错的时候。

苏格拉底 既然如此，他们在制定法律时，是否会出现一些法律正确、另一些法律错误的情况？

色拉叙马霍斯 我觉得会出现。

苏格拉底 制定的法律对他们有利时，就是所谓的正确的；制定的法律对他们不利时，就是所谓的错误的。是否可以这样理解你的话？

色拉叙马霍斯 没错。

苏格拉底 被统治者遵守统治者制定的法律就是正义，无论是什么样的法律，对吗？

色拉叙马霍斯 肯定对。

苏格拉底 如果按照你的观点，正义就不只是做有利于强者的事情了，它还可以是做不利于强者的事情。

色拉叙马霍斯 你这叫什么话啊？

苏格拉底 我认为你就是这个意思。但是，不如让咱们好好研究一下。统治者下发一项命令，让普通百姓去执行时，偶尔会下发错误的命令，导致普通百姓做出危害统治者利益的事情。由于听从统治者的命令就是正义，所以普通百姓不得不执行任何命令。在这一点上，我们已经达成一致意见，难道不是吗？

色拉叙马霍斯 没错。

苏格拉底 劳烦你再思考一下：如果你的观点成立，等于是亲口承认，做不利于统治者的事情，也就是不利于强者的事情，也是正义的。原因是统治者也会不知不觉间下发一项损害自己利益的命令。但是你说过，正义就是做统治者下令做的事情。聪慧过人的色拉叙马霍斯，这个结论和你原来给正义下的定义相悖，这是在所难免的。这分明是说，弱者要听从强者的命令，做损害强者利益的事情。

波雷马赫斯　苏格拉底，宙斯可以做证，你已经说得非常清晰。

克雷托丰　（打断他，说道）你可以当他的证人。

波雷马赫斯　还有找证人的必要吗？色拉叙马霍斯已经亲口承认，统治者偶尔会制定出对自己不利的法律，普通百姓遵守这些法律就是正义。

克雷托丰　波雷马赫斯，色拉叙马霍斯的意思只是，遵从统治者的命令就是正义。

波雷马赫斯　克雷托丰，你说的没错。不过，他还说，正义代表强者的利益。他认可这两点之后，还认可一个观点：有时，强者会下发命令，让弱者，即被统治者做一些损害自己利益的事情。如此看来，正义有可能对强者有利，也有可能对强者不利。

克雷托丰　强者觉得对自己有利的事情，就是所谓的强者的利益。色拉叙马霍斯的意思是，正义就是弱者去做这些事情。

波雷马赫斯　他并没有说这种话。

苏格拉底　无所谓，假如色拉叙马霍斯现在这样认为，我们就当他原本就是这样想的。色拉叙马霍斯，你所说的正义是什么？是强者心里自以为的利益吗？无论你是否这样说过，我们可以这样理解吗？

色拉叙马霍斯　肯定不可以，我会把一个犯错的人在犯错时当成强者吗？你为何这样认为？

苏格拉底　你已经承认，统治者偶尔会犯错，而并非一直都是正确的，我说的这个意思已经包含在你说的这句话中，所以我觉得你就是这个意思。

色拉叙马霍斯　苏格拉底，你真善于诡辩。比如说医生给人诊断疾病时出错，你要在他犯错时称他为医生吗？又比如说，专业会计人员算账时出现错误，你要在他犯错时称他为专业会计人员吗？不能在他们犯错时把他们称作医生、会计或文学家，这样叫太粗心。其实，不犯错才算是名实相符。严格地说（你比较喜欢严格），不犯错才能被称为艺术家或手艺人。你要明白，缺乏知识才会犯错，犯的错误越大，也就越不符合自己的称号。工匠、圣贤、哲人和统治者都是这样的。不犯错的统治者才算是真正的统治者，经常制定出对自己最有利的法律，命令普通百姓依法行事。正是因为这个，我开始时才说，正义就是强者的利益。此刻，我还是这样说。

苏格拉底　行吧，色拉叙马霍斯，你觉得我善于诡辩，对吗？

色拉叙马霍斯　的确很擅长。

苏格拉底　你觉得我故意刁难你，所以才提出那些问题？

色拉叙马霍斯　我已经非常了解你，你肯定赚不到便宜。别想骗我，也别想说服我。

苏格拉底　神啊！我怎么敢这样做呢？你再提到弱者守护强者的利益时，请讲清楚你所谓的强者或统治者是模糊概念，还是你刚才所说的严格概念，这样才能防止这种情况又一次在我们之间发生。

色拉叙马霍斯　我说的是严格概念。行啦，尽管使出你的诡辩吧！随便找我的错误，不用发善心，也不用手下留情。你肯定觉得一点儿办法都没有。

苏格拉底　你可是色拉叙马霍斯，和你诡辩岂不是在行家面前卖弄，你是否觉得我疯了？

色拉叙马霍斯　刚才你已经尝试过，但是没得逞。

苏格拉底　行啦！别啰啰唆唆的啦！请告诉我，严格概念上的医生是一个什么样的人？是挣钱的，还是治病的？我问的可是真真正正的医生，别忘了这一点。

色拉叙马霍斯　治病的人，那样才算是医生。

苏格拉底 真真正正的舵手是什么样的人？是水手中的领导，还是一个平凡的水手？

色拉叙马霍斯 水手中的领导。

苏格拉底 一个水手并不是因为正在驾驶船只才被我们叫作水手，所以我们不需要考虑他是否正在水上驾驶船只。舵手因为自己具有领导众多水手的技术而被我们称作舵手，并不是因为他正在船上航行。

色拉叙马霍斯 这话说得没错。

苏格拉底 是否可以说任何技术都具有自己的利益？

色拉叙马霍斯 没错。

苏格拉底 所有技术都想寻找自己的利益，也都想提供自己的利益，这是它自然而然的目的，对吗？

色拉叙马霍斯 没错。

苏格拉底 对于任何一项技术，除了它自身的十全十美，还需要其他因素吗？

色拉叙马霍斯 我不懂你在问什么。

苏格拉底 就像你问我，身体除了身体之外，还需要依赖其他因素吗？我会告诉你，肯定还需要依赖其他因素。正是因为这个，才出现了医术。身体不可以只依赖自身，它毕竟是有缺陷的，因此才出现了医术，我这话说得没错吧？

色拉叙马霍斯 没错。

苏格拉底 那么医术自身是否有欠缺呢？也就是说，是否所有技艺都存在某种欠缺呢？就像眼睛欠缺视力，耳朵欠缺听力，所以需要一种技术在视力和听力方面弥补它们的不足。技术自身有欠缺，因此要用其他技术来弥补不足，但是后面这种技术又需要别的技术来弥补，这样推算下去将永远无法结束，对吗？或者说所有技术都只追求自身的利益，无须它本身或别的技术去寻找自己的利益弥补它的不足？其实，技术本身没有任何缺陷，它只应该追求目标的利益，除此之外，不该去寻找其他任何利益。严格意义上的技术特别符合自己的本质，也是十分正确的。你觉得呢？这么说对吗？我们都站在你所说的严格概念上来说。

色拉叙马霍斯 好像的确如此。

苏格拉底 那么医术追求的是对人的身体有利，而不是对医术自身有利，对吗？

色拉叙马霍斯 没错。

苏格拉底 骑术追求的是对马有利，而不是对骑术本身有利。既然技术无须其他因素，那么所有技术都只对它的服务对象有利，而不是对这项技术本身有利。

色拉叙马霍斯 看上去的确如此。

苏格拉底 可是技术是操纵、统治它的服务对象的啊，色拉叙马霍斯！

色拉叙马霍斯特别不情愿地表示认可。

苏格拉底 所有科学或技术都不会只追求对强者有利，却不追求对它操纵的弱者有利。

开始时，色拉叙马霍斯想争辩，不过，最终他认可了。

苏格拉底 身为医生，追求的是对谁有利呢？对医生有利，还是对病人有利？真正的医生目的并非盈利，而是控制人的身体，我们在这个方面已经达成共识，对吗？

色拉叙马霍斯 没错。

苏格拉底 是否可以说舵手是控制水手的人，而非平常的水手？

色拉叙马霍斯 可以。

苏格拉底 这种舵手或支配者需要做的是对手下的水手们有利，而不是对自己有利。

色拉叙马霍斯表示认可，尽管有些不情愿。

苏格拉底 色拉叙马霍斯，每一个政府中的统治者，在位时都要对下面的普通百姓有利，而不能只对自己有利，所有言行的目的都是对普通百姓有利。

说到这儿，大家都已经清楚，我们已经为正义下了一个相反的定义。色拉叙马霍斯默不作答，却提出一个问题。

色拉叙马霍斯 你是否有奶妈，苏格拉底？请告诉我。

苏格拉底 轮到你回答问题了，你竟然默不作答，反而说一些无关紧要的话题。

色拉叙马霍斯 你的鼻涕流出来了，需要有人帮你擦一下，可是她没管你，也没教教你羊和牧羊人之间的不同之处。

苏格拉底 你为什么这么说？

色拉叙马霍斯 因为你觉得牧羊人或牧牛人是为了对牛和羊有利才把牛和羊喂得很肥壮，而不是为了对他们自己有利，也不是为了对他们的主人有利。你甚至觉得每个国家的统治者在位期间，都没有把他们的人民当成上面提到的牛和羊。在你心目中，他们夜以继日地费尽心思，目的并非对他们本身有利。无论是正义，还是正义的人，都为强者和统治者服务，却不为那些饱受磨难的普通百姓和被奴役的人服务，你竟然不知道这一点。你一点儿都不明白什么是正义和不正义，也不明白什么是正义的人和不正义的人。不正义刚好相反，目的是管教那些老老实实的正义者。普通百姓为官员服务，以此博得官员的欢心，但是他们自身却什么都得不到。苏格拉底，你真笨，就不能仔细考虑一下？和不正义的人来往时，正义的人经常吃亏。就说做生意吧！正义的人和不正义的人一块做生意，分红利时总能看到正义的人分得少，什么时候多分过？再说办公事吧！两个收入一样的人缴税时，往往不正义的人缴纳得少，而正义的人却缴纳得多。一旦到了分钱时，往往不正义的人把钱全部拿走，正义的人一分钱都拿不到。正义的人担任公职时，就算对其他事情没有损害，对他个人的事业也会造成很大损失，因为他没有时间打理。另外，他的亲戚、朋友都会恨他，因为他不愿意损公肥私，不愿意为了私情做违法的勾当。不正义的人呢？他们做的每一件事情刚好反过来。此时，我要说一下刚才提到的那种人，他们有能力赚大钱。你想一下这种人，就会恍然大悟，知道不正义的人比正义的人能获得更多利益。越不正义的人越开心，举个极端的例子，可以更方便你理解这个结论。哪种人烦恼最多呢？是那种宁愿损害自己，也不愿损害别人的人。僭主的残暴统治就是最不正义的行为，无所顾忌地抢夺他人财物，不管那是神的还是人的，也不管那是公有的还是个人的。普通人犯错被查会受到惩罚，还会损害名声，在别人看来，他们犯了极大的错误，简直就是匪盗、拐子、诈骗犯、小偷。可是，那些抢走人民的财产、限制人民的人身自由的人，却被别人看成是有福之人，而不是恶徒。被他们统治的人民说这种话，每一个听闻他们做那些非法勾当的人也说这种话。普通人指责不正义，是因为害怕被不正义的人占便宜，而不是害怕不正义的事情。苏格拉底，正是因为这个，只要所做的不正义的事情规模足够大，就能比正义更强大，更随心，更有气势。我一开始说正义就是对强者有利，不正义就是对私人有利，原因就在于此。

色拉叙马霍斯就像在浴室中工作的伙计，这番议论就像是一大桶水灌进我们耳朵里。说完这话，他准备抽身离开，却被周围的人拦下，请求他证明自己的观点是正确的，我本人也请求他证明。

苏格拉底　色拉叙马霍斯，你太有头脑了！感谢你说出了自己的观点。但还没有验证它是否正确，也没有驳斥它，你就要离开。难道你觉得你的观点不算一件大事？这关系到所有人的人生道路，关系到大家做什么样的人最有利。

色拉叙马霍斯　这件事有多重要，你觉得我不知道吗？

苏格拉底　你觉得自己在做人方面很有头脑，我们这些人在做人方面却不知道该怎么办，因为我们没有你那样的头脑。你似乎并不关心我们，对这件事丝毫不上心。请务必给我们指引方向，将来我们会回报你对我们的帮助。我可以先向你表明我的观点：你一直没能说服我。就算能随心所欲地做不正义的事情，把它做到极致，没有任何约束，我依然不觉得不正义比正义更有利。我的朋友，随他人做不正义的事情，用欺骗和强权干非法勾当吧！这比正义更有好处吗？我一直不这样觉得。可能这里的人都这么认为，而不是只有我一个人持有这样的观点。请教教我们，用事实证明：正义比不正义更有利的观点是不正确的。就当你自己在做善事。

色拉叙马霍斯　你根本听不进我说的话，还让我说服你，我怎么做得到呢？有什么方法吗？莫非让我往你大脑中强行塞进这个道理？

苏格拉底 哎呀，不是。但是请你不要随便变换已经说过的话，行吗？就算你变换，也不能用偷换概念的方式蒙混过关，而是要堂堂正正地说出来。色拉叙马霍斯，此时，让我们回忆一下刚才的辩论，起初，为真正的医生下定义时，你觉得应该下个严格的定义，之后却觉得不应该为牧羊人下同样严格的定义。在你看来，牧羊人不过是要喂饱羊，根本不需要为羊考虑。他像个一心贪图享用美味羊肉的贪吃鬼，又像个一心从羊身上盈利的商人。技术的美在于发挥出自身最大的功效，所以，我觉得牧羊的技术在于为羊群谋取最大利益。我觉得咱们一定要承认，统治者也是同样的道理，当他是真正的统治者时，不论公事私事，他都要站在他管辖的人的角度去想。这些城邦的统治者怎么可能情愿做这种事情呢？

色拉叙马霍斯 我知道他们不情愿做。

苏格拉底 色拉叙马霍斯，为什么会这样呢？不知你是否发现，通常人们不愿意做管理方面的工作，而是想要得到回报。其原因是，在公事方面，他们的目的不是对自己有利，而是对统治者有利。我要请教你一个问题，请告诉我是否因为各种技术的功能不同，才导致各种技术各不相同？我的朋友，你真高明！但是请不要说一些虚伪话，那样会导致我们的辩论无法继续。

色拉叙马霍斯 没错，这就是区别。

苏格拉底 它们是否带给我们各种各样的好处，每一样都很独特？就像医术带给我们健康，航海术让我们的航行变得安全。

色拉叙马霍斯 肯定没错。

苏格拉底 赚钱的技术给我们带来钱，因为它的功能就是这样的，对吧？可以把医术和航海术当成同一种技术吗？假如按照你的建议，从严格意义上说，一个舵手的健康是因为航海，就可以把他的航海术当成医术吗？

色拉叙马霍斯 肯定不可以。

苏格拉底 如果赚钱时，一个人变得身体健康，你也不会把这种赚钱的技术当成是医术，对吗？

色拉叙马霍斯 的确如此。

苏格拉底 假如一个人在为人治病的过程中赚到钱，你是否会觉得他这种医术是一种赚钱的技术？

色拉叙马霍斯 不会。

苏格拉底 好吧！我们已经达成共识，觉得所有技术都可以带来独特的利益，对吗？

色拉叙马霍斯 没错。

苏格拉底 假如存在一种东西，可以为每一个人带来好处，显而易见，大家必然使用了同种技术，而不是使用他们独有的技术。

色拉叙马霍斯 似乎可以这么说。

苏格拉底 所以，我们得出结论，匠人得到回报不只是运用了特有的技术，还运用了一种赚钱的方法。

色拉叙马霍斯表示认可，只是不太情愿。

苏格拉底 他的本职技术并不是他得到回报的原因，既然如此，从严格概念上说，健康来自医术，回报来自赚钱的技术，别的各个行业都是这样的，各种技术都发挥出它的作用，为它照看的对象创造利益。假如匠人没有获得回报，还能让自己的本职技术为自己带来利益吗？

色拉叙马霍斯 似乎不可以。

苏格拉底 不能从工作中获得回报，对他本身有什么好处呢？

色拉叙马霍斯 确实没什么好处。

苏格拉底 色拉叙马霍斯，说到这里，已经弄明白是怎么回事儿。正如我们往日所说，所有运营机制都是为了对象，目的是让对象，即弱者获利，而不是为了让强者获利，包括统治术在内的任何技术都不是为了给它自身带来利益。正是这个原因，我刚刚才说，任何人都不愿意做统治者，不愿意管别人的杂事。登上统治者之位后，他要使出所有能力努力工作，一心为他管辖范围内的被管理对象服务，却不考虑自己的利益。所以，他需要回报。给他回报才能让他乐于出任统治者，可以给他名声，也可以给他利益。假如他不肯做，就惩罚他。

格劳孔 苏格拉底，你为什么这么说？我知道名声，也知道利益，这两种回报我都明白，但是惩罚也被你拿来当作一种回报，我就不知道是什么原因了。

苏格拉底 有了这种回报，就可以让最出色的人出任管理者，难道你不这样认为吗？大家觉得那些追名逐利的人是可耻的，其实也确实如此，难道不是吗？

格劳孔 的确如此。

苏格拉底 好人不愿意为了名利出任官员，原因就在于此。出任这种职务，要在大庭广众之下拿钱，还要被人当成仆人。他们不愿意这样做，更别说什么中饱私囊，暗箱操作，被当成一个贼了。他们没什么野心，所以名誉也无法让他们动心。只能使用惩罚的手段，强迫他们出任官员。人们鄙视那些没被强迫却自愿出任官员的人，也就不难理解了。不让你管理别人，却让一个比你差劲的人来管理你，才是最严重的惩罚。我能想象出，好人因为害怕这种惩罚而不得不出任官员。他们这样做是迫于无奈，因为无法找到比他们优秀或和他们同样优秀的人承担责任，而不是追求自身的飞黄腾达。如果整个国家到处都是优秀的人，人人都不肯做官，正如此时大家抢着做官一样热情，我们才能发现：一个真正的统治者追求的是对普通百姓有利，而不是对自己有利。因此，有见识的人不愿意给人恩惠，觉得那样是多管闲事，却愿意得到别人施加的恩惠。所以我肯定不赞成色拉叙马霍斯的观点——“正义就是对强者有利”。我们以后再说这个问题。相比正义的人，不正义的人生活得更好，我觉得他提出的这个问题非常严重。格劳孔，你更倾向于哪种观点？你认为谁的话更对？

格劳孔 在我看来，正义的人生活得更好。

苏格拉底 色拉叙马霍斯说，不正义的人能获得更多利益，你刚才是否听到了？

格劳孔 听到了，可是我不认为这话是对的。

苏格拉底 为了让他明白他的说法并不正确，我们是否有必要想出一个说服他的方法？

格劳孔 肯定有必要。

苏格拉底 他提出自己的观点之后，假如我们效仿他正面提出观点，说一下正义有什么好处，等他回答后，我们再辩驳，之后把我们双方提出的好处分别总结到一块，让两者一较高下，就一定需要一个做出裁决的公证人。但是，有一个方法可以让我们既做辩护人又做公证人，那就是彼此认可对方的观点。

格劳孔 完全正确。

苏格拉底 你最喜欢哪种方法？

格劳孔 第二种方法。

苏格拉底 既然这样，色拉叙马霍斯，请从最初的问题开始回答我。你曾经说过，相比极端的正义，极端的不正义更有利，对吗？

色拉叙马霍斯 我确实说过，还说过为什么要这样说。

苏格拉底 你到底是如何看待这个问题的？也许是把正义和不正义看成一个是善良的，一个是罪恶的，对吗？

色拉叙马霍斯 肯定是的。

苏格拉底 正义是善良的，不正义是罪恶的，对吗？

色拉叙马霍斯 朋友，你的心实在是太好了。我怎么能说这样的话呢？我的观点是：正义有害处，不正义有好处。

苏格拉底 你的观点是怎样的？

色拉叙马霍斯 恰好相反。

苏格拉底 你觉得正义是罪恶的？

色拉叙马霍斯 不是，我觉得正义天生是善良的、尊贵的。

苏格拉底 你觉得不正义天生是罪恶的吗？

色拉叙马霍斯 并非如此。我认为它是明智的、善良的。

苏格拉底 色拉叙马霍斯，你果真觉得不正义是明智的、善良的吗？

色拉叙马霍斯 没错。最起码那些可以让很多城邦和很多人民屈服的极端不正义的人是这样的。可能你觉得那些小偷小摸的人就是我说的不正义的人。就算是小偷小摸一类的人，不被抓住时也有他的好处，只是不如我刚刚说的窃国僭主。

苏格拉底 我觉得自己并没有误解你。你的行为让我很震惊，竟然觉得不正义是一种美好的品德，属于聪明，反倒把正义说得如此不堪。

色拉叙马霍斯 我的观点确实是这样的。

苏格拉底 我的朋友，别说得那么肯定，应该给自己留条退路，否则让别人怎么跟你辩论呢？假如你的观点是，不正义有好处，但是它是罪恶的，是不道德的，我们还可以接着辩论。如今已经非常清楚，你的观点是，不正义是有利的，是道德的。那些被我们认为是正义的东西，竟然被你认为是不正义的。你的胆量真大！竟然敢说不正义是道德的，也是聪明的。

色拉叙马霍斯　你太敏感了。

苏格拉底　随便你怎么说。假如我感觉你说的都是心里话，我会一直思考下去，一直和你争辩，而不会畏惧、逃避。色拉叙马霍斯，我觉得你现在已经表明自己真实的想法，而不是在闹着玩。

色拉叙马霍斯　是否是我的真实想法和你有关系吗？你可以把这个说法推翻吗？

苏格拉底　的确和我无关。但是，请允许我再问你一个问题，好吗？在你看来，一个正义的人是否有战胜其他正义的人的欲望？

色拉叙马霍斯　肯定不会。不然他怎么会是现在这种儒雅的好先生呢？

苏格拉底　他是否会想战胜其他正义行为？

色拉叙马霍斯　同样不会。

苏格拉底　他是否觉得应该战胜不正义的人，觉得这样做才算正义？

色拉叙马霍斯　没错，但是他不可能获胜。

苏格拉底　我想问的不是他能否获胜，而是一个正义的人觉得不该战胜其他正义的人，也不想战胜其他正义的人，却想战胜不正义的人，对吗？

色拉叙马霍斯　的确如此。

苏格拉底　不正义的人会怎么做呢？是否想战胜正义的人和事？

色拉叙马霍斯　肯定想。不要忘记：他想战胜一切。

苏格拉底　他是否想胜过其他不正义的人和事，无论是什么事情，都尽量让自己得到的利益最大？

色拉叙马霍斯　确实想。

苏格拉底　如此一来，我们就可以得出结论：正义的人希望战胜异类，却不希望战胜同类，但是不正义的人要求战胜同类和异类。

色拉叙马霍斯　说得非常对。

苏格拉底　可是不正义的人很聪明，也很善良，正义的人却刚好相反。

色拉叙马霍斯　这话也非常正确。

苏格拉底　所以，不正义的人和既聪明又善良的人相似，正义的人和他们却不相似，对吗？

色拉叙马霍斯　肯定对。同一种人相似，不同的人不相似。

苏格拉底　行吧！是否同一类人都相似？

色拉叙马霍斯　难道不对吗？

苏格拉底　非常好！色拉叙马霍斯，你可以说一些人懂音乐，另外一些人不懂音乐吗？

色拉叙马霍斯　可以。

苏格拉底　哪一种是聪明的，哪一种是愚蠢的？

色拉叙马霍斯　懂音乐的人是聪明的，不懂音乐的人肯定是愚蠢的。

苏格拉底　一个人在他聪明的地方是善良的，在他不聪明的地方是罪恶的，你可以这样说吗？

色拉叙马霍斯　可以这么说。

苏格拉底　是否也可以这样说医生？

色拉叙马霍斯　可以。

苏格拉底　我亲爱的朋友，在你看来，在调弦定音时，一个音乐家会希望在琴弦的松紧上胜出吗？你觉得他应该胜过其他音乐家吗？

色拉叙马霍斯　我觉得不会这样。

苏格拉底　他是否想战胜一个非音乐家？

色拉叙马霍斯　肯定想。

苏格拉底　医生如何呢？给患者规定饮食时，他是否希望超过其他医生，或超过其他医生的医术？

色拉叙马霍斯　肯定不希望。

苏格拉底 他是否想超过一个不是医生的人？

色拉叙马霍斯 肯定想。

苏格拉底 咱们大致探讨一下每一种知识和无知。你觉得一个有知识的人是希望在言行方面战胜其他有知识的人，还是想要和其他有知识的人在同样情况下做出类似的举动，说出类似的话？

色拉叙马霍斯 肯定是想和他们差不多。

苏格拉底 没有知识的人呢？他是否同样希望打败所有人，不管他是有知识的，还是没有知识的？

色拉叙马霍斯 也许是希望的。

苏格拉底 有知识的人聪明吗？

色拉叙马霍斯 聪明。

苏格拉底 聪明的人善良吗？

色拉叙马霍斯 善良。

苏格拉底 一个既聪明又善良的人，不肯胜过自己的同类人，却希望战胜那些和自己不同类的人或和自己完全相反的人，难道不是吗？

色拉叙马霍斯 似乎是这样。

苏格拉底 一个既邪恶又没有知识的人希望打败同类，也希望打败其他种类的人，对吗？

色拉叙马霍斯 当然对。

苏格拉底 色拉叙马霍斯，可是你曾经说过，不正义的人既希望打败同类人，又喜欢打败不同种类的人，对吗？

色拉叙马霍斯 我说过。

苏格拉底 你已经说过，正义的人只希望战胜不同种类的人，却不希望战胜同类人，对吗？

色拉叙马霍斯 没错。

苏格拉底　正义的人和既聪明又善良的人是同一类人，不正义的人和既没知识又罪恶的人是同一类人，没错吧？

色拉叙马霍斯　似乎没错。

苏格拉底　任何一个人都和他的同类人一样，在这一点上，我们已经达成共识，不是吗？

色拉叙马霍斯　没错。

苏格拉底　我们已经很清楚：正义的人是聪明的，也是善良的；不正义的人是没有知识的，也是罪恶的。

色拉叙马霍斯已经认可，但这个认可的过程可不像我现在写得这么容易。他很勉强，屡次顽强抵抗。当时正是酷暑时期，他满身大汗，整个身子都被汗水浸透，脸红扑扑的，这是我第一次见到他的脸这么红。正义是聪明和善良，不正义是无知和罪恶，认可这一点后，我再接着往下说。

苏格拉底　这一点没有异议了。但是我们曾经说过，不正义的力量强大。不知你是否还记得，色拉叙马霍斯？

色拉叙马霍斯　我还记得，但是不认同你的说法。我有自己的想法，却不能说出来，否则你一定说我信口雌黄。如果你现在想问我问题，尽管问好了，否则就让我把想说的话说出来。无论你怎么问，我都只会说“行，行”，像敷衍讲故事的老婆婆那样点头或摇头。

苏格拉底　如果你不认可，就不要不情愿地承认。

色拉叙马霍斯　你不想让我说话，既然这样，什么都听你的。满意了吧？还想怎么着？

苏格拉底　什么都不想了，千真万确。既然你想这么做，随你好了。我问你几个问题。

色拉叙马霍斯 尽管问好了。

苏格拉底 咱们在前面已经提出几个问题，我先复述一遍，这样有助于我们一会儿继续探讨一个问题：相比正义，不正义是什么性质？之前已经讲过，不正义比正义更有力量。如今我们已经找到证据，说明正义就是聪明和善良，不正义就是无知，既然如此，显然任何人都能发现，正义比不正义更有力量。我可不想马马虎虎结束。我要问你是否承认世界上存在不正义的城邦，用不正义的手段讨伐其他城邦，迫使无数城邦成为自己的附庸？

色拉叙马霍斯 肯定承认。特别是那些最善良的城邦，即那些最不正义的城邦，最喜欢这样做。

苏格拉底 我明白你的观点了，可是我思考的却是这个国家讨伐其他国家靠的是否是正义。

色拉叙马霍斯 你刚刚说“正义是聪明的”，假如这个观点正确，那靠的就是正义。假如我的观点正确，那靠的就不是正义。

苏格拉底 色拉叙马霍斯，你回答得非常好，没有只点头或摇头，我很开心。

色拉叙马霍斯 就是为了让你开心。

苏格拉底 非常感谢，但是希望你再回答我一个问题，那样我就更开心了。以不正义的方式相处的城邦、军队、盗贼或其他集团，做不正义的事能否取得成功？

色拉叙马霍斯 肯定不能。

苏格拉底 假如他们不以不正义的方式相处呢？也许能得到一个比较好的结果吧？

色拉叙马霍斯 肯定能。

苏格拉底 色拉叙马霍斯，这是由于不正义导致他们分裂、仇视、斗争，正义让他们和睦、友善，对吗？

色拉叙马霍斯 勉强可以这么说，我不想和你争辩。

苏格拉底 太感谢了，但还是要请你回答我，假如不正义导致仇怨四起，自由人和奴隶之间都会因为不正义而互相仇视，彼此斗争，无法合作，是吗？

色拉叙马霍斯 肯定是。

苏格拉底 两个人之间的不正义将引发争吵、仇视，还会使他们变成正义者的仇敌，对吧？

色拉叙马霍斯 的确如此。

苏格拉底 我的朋友，你太聪明了！假如不正义在一个人身上发生，你觉得这种不正义是会保存下来，还是会丧失呢？

色拉叙马霍斯 就当是保存下来吧！

苏格拉底 从不正义中可以发现一种力量，只要它出现在国家、家庭、军队或其他团体中，就能瓦解彼此之间的团结，导致大家相互仇视，和一切正义的人作对，对吗？

色拉叙马霍斯 的确如此。

苏格拉底 对于个人，我觉得不正义依然能表现出它的本质，让他变得纠结、犹豫、矛盾，无法采取行动，还会让他变成自己的敌人，变成正义者的敌人，对吗？

色拉叙马霍斯 没错。

苏格拉底 亲爱的朋友，诸神是正义的吗？

色拉叙马霍斯 就当是吧。

苏格拉底 色拉叙马霍斯，不正义的人是诸神的敌人，正义的人是诸神的朋友，对吗？

色拉叙马霍斯 随你天马行空地说吧，我不想反驳你，否则只会败坏大家的兴致。

苏格拉底 请你好事做到底，继续如刚刚那样回答我的问题吧！我们发现，正义者确实更聪明、更善良，能取得一些成就，不正义的人却无法团结。我们说不正义者可以团结一致，其实说得并不确切。因为假如他们是完全不正义的人，肯定会在内部发生矛盾。由此可知，他们之间有一些正义，所以才能团结一致，才能伤害敌人。因为这些正义，他们做事情才取得一些成绩。做坏事时，他们彼此间的不正义也会阻碍他们。我的观点是，一点儿都不正义的坏人肯定无法取得任何成就。这个观点和你原先提出的不同。让我们接着探讨另外一个问题，也就是以前所说的“相比不正义的人，正义的人是否生活得更好，更开心”。根据我们之前说过的话知道，答案非常清晰。这事关一个人该采取哪种适当的生活方式，是一件大事，而非小事，所以我们应该好好想一想。

色拉叙马霍斯　行吧！

苏格拉底　我正在思考，你是否觉得马有马的功能？

色拉叙马霍斯　有啊！

苏格拉底　马的功能也就是只有它才能做，它之外的任何事物都做不好的特有功能。一切事物都如此，可以这样说吗？

色拉叙马霍斯　我不明白说的是什么。

苏格拉底　听好了，如果没有眼睛，你能看吗？

色拉叙马霍斯　肯定不能。

苏格拉底　如果没有耳朵，你能听吗？

色拉叙马霍斯　不能。

苏格拉底　眼睛的功能是看，耳朵的功能是听，这样说对吗？

色拉叙马霍斯　肯定对。

苏格拉底　我们能用短式刀子、凿子或者别的工具剪葡萄藤吗？

色拉叙马霍斯　为什么不能用？

苏格拉底　我觉得不如用专门修剪枝条的剪刀，那样更方便一些。

色拉叙马霍斯 没错。

苏格拉底 我们能说修剪葡萄枝是剪刀的功能吗?

色拉叙马霍斯 能。

苏格拉底 我刚才问你，一个事物的功能是否就是它特有的功能，现在你知道我为什么这么问了吧?

色拉叙马霍斯 明白了，我同意你的观点。

苏格拉底 非常好。你是否觉得任何有特定功能的事物都有一种特定的美好品德?就像我们刚刚说的那个例子，眼睛有一种功能，对吗?

色拉叙马霍斯 没错。

苏格拉底 眼睛有一种美好的品德，对吗?

色拉叙马霍斯 没错。

苏格拉底 耳朵有一种功能，对吗?

色拉叙马霍斯 没错。

苏格拉底 那也是一种美好的品德，对吗?

色拉叙马霍斯 没错。

苏格拉底 任何事物都可以这么说，是吗?

色拉叙马霍斯 没错。

苏格拉底 我要问你个问题，假如眼睛只有它特有的缺点，而没有它特有的美好品德，它的功能还能表现出来吗?

色拉叙马霍斯 不能，也许你说的不是看得见的，而是看不见的。

苏格拉底 现在我们不说广泛意义上的美德。我要问的是，事物因自身特有的美好品德而表现出它的功能，因自身特有的缺点而无法表现出它的功能，对吗?

色拉叙马霍斯 你说得不错。

苏格拉底 假如耳朵失去特有的美好品德，将无法发挥它的功能，是吧？

色拉叙马霍斯　没错。

苏格拉底　其他事物可以这样说吗？

色拉叙马霍斯　我觉得可以。

苏格拉底　再思考一个问题，人的心灵是否拥有一项特有的功能，除它之外的任何事物都不具备，比如管理、指挥或计划等？我们只能把管理等说成是心灵的特有功能，而不能说成是其他事物的特有功能，对吧？

色拉叙马霍斯　显而易见。

苏格拉底　我们可以说生命是心灵的功能吗？

色拉叙马霍斯　肯定可以。

苏格拉底　心灵是否也有它特有的美好品德？

色拉叙马霍斯　有。

苏格拉底　色拉叙马霍斯，假如心灵丧失它特有的美好品德，还能否充分发挥心灵的功能呢？

色拉叙马霍斯　不能。

苏格拉底　不好的心灵在统治和管理上肯定是不好的，好的心灵在统治和管理上肯定是好的，可以这么说吧？

色拉叙马霍斯　没错。

苏格拉底　正义是心灵的美好品德，不正义是心灵的罪恶，我们已经在这一点上达成共识，不是吗？

色拉叙马霍斯　没错。

苏格拉底　正义者生活得比较好，不正义者生活得比较糟糕，对吗？

色拉叙马霍斯　如果你的推理成立，的确可以这么说。

苏格拉底　生活好的人肯定能开心、幸福，生活不好的人却刚好相反。

色拉叙马霍斯　显然如此。

苏格拉底　因此正义的人是开心的，不正义的人是悲伤的。

色拉叙马霍斯　勉强可以这么说。

苏格拉底　开心有利，可是悲伤没有任何利益。

色拉叙马霍斯　对。

苏格拉底　聪明的色拉叙马霍斯，不正义不可能比正义更有利，对吗？

色拉叙马霍斯　苏格拉底，你就把这当成庞提斯节的盛大宴会吧。

苏格拉底　色拉叙马霍斯，我要向你表示感谢，谢谢你平息自己的愤怒，不再让我感到尴尬。但我并没有好好享用你说的那场盛大宴会，这和你没有任何关系，都是我自己的原因。我就像那些贪吃鬼，没来得及仔细尝一下先前的菜肴，就慌忙吃起了那些刚端来的菜。我们已经偏离原先探讨的目标，并没有给正义下一个定义，就开始探讨它是罪恶、无知的，还是聪明、善良的，然后又开始探讨“不正义比正义更有好处”这个问题。我忍不住又探索了一阵。在这场探讨中，我至今没有获得任何东西，因为不知道正义是什么，更不可能知道它是否是一种美好的品德，又怎么会知道正义者是开心还是悲伤呢？

第二卷

我已经说了很多话，本以为已经表达清楚自己的观点，没想到这只是刚开始。格劳孔总是在任何事上都勇猛过人。色拉叙马霍斯很容易就败下阵来，格劳孔却一点儿都不买账。

格劳孔 苏格拉底，你声称在任何情况下正义都比不正义更好，你这是真心想说服我们呢，还是假装要说服我们？

苏格拉底 如果让我自己选，我会说自己是真心这么做的。

格劳孔 你只不过这么想而已，并没有这么做。有一种善良，我们只想看到它本身，却不想看到它带来的后果，比如开心，又比如没有任何危害的娱乐，它们只会带来快乐，不会产生任何不好的结果。

苏格拉底 对，的确有这种善良，我并不否认。

格劳孔 还有一种善良，我们喜欢它不只是因为它本身，还因为它带来的结果。例如头脑灵活，视力好，身体健壮。我觉得这正是我们喜欢这些东西的两个因素。

苏格拉底 没错。

格劳孔 不知你是否见到过第三种善良？比如体育锻炼，又比如由于得病后要看医生而产生的医术，一言以蔽之，赚钱的方法都属于这一类。做这些事都要吃些苦头，不过对我们有好处，我们喜欢它们并不是因为它们本身，而是因为它们带来的回报，或各种紧随而至的利益。

苏格拉底 对，的确有第三种善良，那又如何呢？

格劳孔 你觉得正义属于哪一种？

苏格拉底 我觉得正义属于最好的一种。不管是为了善良自身，还是为了善良带来的结果，一个人想要开心，就必须喜欢这种善良。

格劳孔 普通人并不这么认为，他们觉得正义是一件非常苦的事情，为了名利才去做，纯属迫于无奈。大家畏惧正义，希望尽可能避开它。

苏格拉底 我很清楚，普通人的确是这样认为的。色拉叙马霍斯称赞不正义就是因为早就看明白这一点。不过，我似乎很蠢，无法做到像他那样。

格劳孔 我多说两句，你看一下是否认同我的观点。在我看来，色拉叙马霍斯已经被你说糊涂了，简直成了一条被施了魔法的蛇，迅速被你驯服。你对正义和不正义的看法依然无法令我满意，我想知道正义和不正义究竟是什么，它们对心灵分别有什么样的影响？我希望暂时不要管正义有什么样的回报，也不要管不正义有什么样的后果。假如你认同我的观点，咱们就可以这么做。我准备对色拉叙马霍斯的话做一个补充说明。首先我要说一下普通人所谓的正义，以及它从何而来。其次我要说的是，每一个将正义付诸实践的人都是迫于无奈的，其实心中并不愿意，他们这样做并非因为正义是善良的。第三点要说的是，他们对正义持这种观点有些道理，据他们所说，相比正义者，不正义者的生活的确更好一些。苏格拉底，请不要误会我的意思，你要知道，我的真实想法并非这样。可是我听到的都是这种话，色拉叙马霍斯以及其他很多人都这样说，这让我不知所措。我竟然始终没听到有谁好好赞美一下正义，说明正义比不正义更好，那些都无法令我满意。其实我特别想听到，你应该是我唯一的希望了。所以我极力称颂不正义的生活，然后你可以反驳我，用这种方式称赞正义，批判不正义，不知你是否认可这种做法？

苏格拉底　还有什么事情比这更能让人感到高兴呢？还有哪个话题能让一个聪明人如此兴奋，一遍遍地提起，一遍遍地听？

格劳孔　非常好。请先听听我刚才说的第一点吧！什么是正义？它从何而来？大家觉得做不正义的事情有利，遭遇不正义的事情有害。遭遇不正义的事情遇到的危害已经超过做不正义的事情带来的利益。因此，在接触的过程中，大家感受到不正义带来的利，也感受到遭遇不正义带来的痛。有了这两种感受之后，那些无法只获得利益不遭受危害的人认为，人们应该签订一个契约，不再享受不正义带来的利益，也不再遭遇不正义带来的危害。此时，大家开始制定法律条款，签订契约。在他们看来，遵纪守法、履行条约就是正义，是合法行为。这就是正义，这就是它的起源。正义实质上处于最好和最坏之间，做坏事却没遭到惩罚就是最好，遭遇伤害却不能报复就是最坏。大家的意思是，正义处于两者之间，既然如此，它就不是因为自己的善良而被大家接受、支持，而是因为他们没有能力做坏事。每一个有实力做坏事的人，都不肯和其他人订立不伤害别人也不被别人伤害的契约，否则他就是一个疯子。苏格拉底，所以大家说这就是正义，这就是它的起源。提起第二点，那些做正义事情的人只是因为缺乏做坏事的本事，而不是甘愿做正义的事。要想更清晰地弄明白这一点，我们可以假想面前有两个人，其中一个正义，另外一个不正义，我们给他们权力，让他们无拘无束地做事，之后跟踪、察看他们被自己的欲望带到了什么地方。我们将看到正义者和不正义者并无区别，都在做不正义的事情。人都会为自己的利益着想，否则天理不容。人们走上尊重、平等这条道路是因为受到法律的约束。我说的无拘无束，非常像传说中吕底亚人古格斯的祖先获得的那种能力。听说他是一位牧羊人，在吕底亚当时的统治者手下做事。狂风暴雨过后，地震紧随而至，地壳在他牧羊的地方裂开，下面出现一道深渊。看过之后，他惊呆了，不过依然走到了下面去。故事又说，他在那儿发现很多稀奇古怪的玩意儿，除此之外，还发现一匹空心的铜马，马身上开着小窗户。他偷偷瞥见里面有一具尸体，身形比普通人还大，手上戴着一枚金戒指，除此之外，身上一无所有。把金戒指取下，他就出来了。这些牧羊人有一个习惯——每月开一次例会，这样是为了向国王汇报羊群的情况。这次开会，他戴上了那枚金戒指。他和大家在一块儿坐着，把戒指上的宝石向自己的手心转了一下，便从大家的视线中消失了。大家都以为他离开了，他本人也非常奇怪。之后他把宝石向外转了下，又出现在了大家面前。自此之后，他一遍遍试验，想知道自己是否能隐身，最后终于发现：宝石向里面转就能从大家的视线中消失，向外转就出现在大家的视线中。掌握这个技巧之后，他就以一名使者的身份见国王。来到国王身边后，他引诱王后和他合谋杀死国王，夺取了王位。如此看来，如果有两枚这种戒指，正义的人戴一枚，不正义的人也戴一枚，此时可以想象，任何一个正义者都无法坚持做正义的事，任何人都会忍不住拿走他人的财物，假如他在市场中，就不用害怕任何事情，可以随心所欲地拿走想要的东西，随心所欲地到别人家，随心所欲地杀人，像无所不能的神那样无拘无束地行动。此时，他的行为也就和那个不正义的人一样了。所以我们说这是一个非常好的证据，表明大家并非把正义看成有利于自己的事情，毫无怨言地去做，而是不情愿地做正义之事。不管在什么场合，如果一个人有做坏事的条件，他常常选择去做。我们很清楚，相比做正义的事情，做不正义的事情能让我们得到更多好处。所有坚信这一点的人都能理直气壮地说出一大堆道理。假如某个人拥有这项职权，却不愿意做坏事，不愿意抢夺他人的财产，那么每一个看到的人都会觉得莫名其妙，认为他是世界上最傻的人，尽管在他面前依然赞美他。大家担心自己的利益受到损失，所以总是彼此欺骗。

暂时就说到这儿吧！

最后，咱们评判一下这两种人的生活吧！假如我们用不同的眼光看待正义者和不正义者，就可以准确地评判这两种生活，不然就会评判错误。如何用不同的眼光呢？这样做吧！不减少不正义者身上的不正义，也不减少正义者身上的正义，让他们各司其职，充分发挥他们的能力，做到极致。

咱们先让不正义的人像专业技术人员那样做事情。就像一个技术高超的舵手，或者像一个医术精湛的医生，在自己的技术范畴内知道哪些是可能的，将其吸收；哪些是不可能的，将其摒弃。就算偶尔出现错误，他也能弥补损失。假如一个人想做一个最不正义的人，想把坏事做得滴水不漏，做坏事时就不能被任何人发现。假如有人发现他，他在我们心目中就是一个技术水平不怎么样的家伙。什么是最不正义呢？就是表面看来是正义的，其实并非如此。对于没一点儿正义的人，我们绝不能有任何正义。当他做最大的坏事时，我们还要给他一个荣誉——最正义的人。如果他出现错误，还要给他一个弥补的机会。假如有人举报他做的那些坏事，可以让他用自己的好口才说服大家。一旦需要动用武力，他就会很勇敢、很有力，不缺少资金，也不缺少朋友的帮助。

我们树立起这样的不正义形象之后，要在不正义者的身旁树立起一个正义的形象，也就是一个至为尊贵的人。诗人埃斯库罗斯曾经说过，那是一种真正的好人，而不是表面上看起来好。所以我们要删除他说的“看起来”。假如大家把他看成一个正义者，就会给他带来名利。我们很难在这种情况下弄明白他做一个正义者的目的，不知道他是为了正义，还是为了名利。因此，我们不能受他身上任何因素的影响，只留下正义，好对比之前提到的虚伪的好人，以及真正的坏人。他不做坏事，却给他一个不正义的名声，如此就可以考验一下他是否真的正义。大家都说他该死，但是他依然做一个正义的人，为了自己的信仰不惜付出生命，一生奉行正义，不惜与全天下对抗。把正义者和不正义者推向两个极端，如此一来，我们就可以判别谁是幸福的，谁是不幸的。

苏格拉底 神啊！赐福吧！亲爱的格劳孔，树立这么一对形象需要花费你多大精力？它们多像一对参赛的雕塑艺术品啊！

格劳孔 我已经全力以赴。在我看来，假如展现出这两种人的本性，就可以方便我们探讨这两种人将来的生活。因此，我一定要接着往下说。苏格拉底，假如我的话太粗鲁，你就当说话的人并不是我，而是那个赞颂不正义、贬低正义的人。他们会认为，在那种情况下，正义者不得不饱受折磨，手戴镣铐，眼被烧瞎，承受各种各样的痛苦，最终被钉到十字架上。生命终结前的那一刻，他终于明白：人不能做一个纯粹的正义者，而应该做一个看着像正义者的人。埃斯库罗斯的诗好像和不正义的人更配。大家都觉得不正义者更真实，不追求虚假的名声，不愿意掩饰，只想做一个真正的不正义者。

> 他那富饶的心田，
> 结出硕大的果实，
> 想出聪明的主意。

因为背负着正义的名声，他要先做官、做国家的统治者，然后娶看上的世家女孩，还要让自己的儿子娶看上的世家女孩，让自己的女儿嫁给看上的世家男孩。只要遇到适当的合伙人，就愿意和他一起做生意，希望从中赚取利润，不怕有人说他是个不正义的家伙。大家觉得不正义的人总是可以在诉讼中获胜，公事如此，私事也是如此。他善于攫取利益，财富逐渐增加。他可以给朋友带来利益，给敌人带去伤害。祭祀各位神仙时，他摆出的场面阔大，祭品多种多样。他如果愿意，经常可以在敬献神灵和待人接物方面比正义者做得更好。相比照顾正义的人，神灵肯定要多加照顾这样的人。因此大家会说，苏格拉底，各位神灵和大家都一样，只会给不正义的人更优质的生活，却无法保证那些正义的人的生活品质。

格劳孔终于结束发言，我刚想接着说，就被他的兄弟埃德曼托斯抢了去。

埃德曼托斯 苏格拉底，难道你觉得已经把这个问题说得明明白白了？

苏格拉底 难道还有什么话需要补充？

埃德曼托斯 最重要的事情竟然一个字都没说到。

苏格拉底 我知道了。老话说："兄弟同心。"虽然我觉得他的话已经可以推翻我，让我无法站到正义那端，但是你可以帮他补充漏掉的内容。

埃德曼托斯 别再说了，都是废话！让我继续说下去吧！人们称赞正义，批判不正义，我们要把这些观点都摆出来，不然无法弄明白格劳孔的意思。做人要正义，父亲这样对儿子说，担负教育职责的所有人都这么说。他们苦口婆心地劝诫只是为了赞美正义带来的美名，而不是为了赞美正义本身。假如拥有正义带来的美名，他就能提高自身的地位，和世族之间通婚，还可以在这种美名中得到各种好处，就像刚刚格劳孔说的那样。大家在美名方面还有很多言论。比如，他们将人的美名和诸位神灵相联系，说诸位神灵会把许多美好的东西赐给尊重神灵的人，就像尊贵的赫西俄德和荷马曾经说过的话。赫西俄德说，为了那些正义者，诸位神灵让橡树枝头上结出橡子，让蜜蜂在树林间鸣叫，让绵羊身上长出浓厚的绒毛。他还说过正义者的其他事情，都是这种令人高兴的好事。荷马似乎和他心有灵犀，也说过同样的话：

智慧的君王，推崇诸位神灵，
高高举起正义，获得大丰收，
土地肥沃，硕果累累，
海里鱼类繁多，羊群繁衍不息。

诸位神灵把祝福赐给正义者，莫萨奥斯和他的儿子在诗歌里对这些神灵的称颂更好。他们说诸位神灵指引正义者来到冥界，宴请他们，让他们斜躺在长榻之上，头上戴着花冠，饮酒、咏诗，度过漫长的岁月。一直喝酒好像就是对美德最好的赏赐。还有一些人说，诸位神灵对美德的赏赐可以持续更长的时间。据他们所说，信奉诸位神灵的人，以及那些遵守誓言的人，子孙后代将绵延不尽。他们就这样赞美正义，或者说一些类似的赞美之词。亵渎神灵的人和那些不正义者都被他们用冥界的泥土掩埋，不得不用篮子打水，付出劳动，却一无所得。让他们活着时就背负不好的名声，遭遇格劳孔所说的那种惩罚，也就是一个正义的人被当成不正义的人时遭受的惩罚。诗人对不正义者的描述只有这么多，没有说过别的话。就说这么多称赞或批评正义者和不正义者的话吧！

苏格拉底，除了这方面，请你再想一下诗人和普通人对正义和不正义的另外一种描述。人们不约而同地说过多次，节制和正义的确很美妙，可是很累、很苦，放纵欲望和不正义却开心、简单，责备不正义是不知羞耻，只是泛泛之谈、一番空论而已。据他们所说，不正义往往比正义更好。他们公开赞美那些不缺少金钱和权势的坏人，说他们有福。无论在公共场合，还是在私底下，他们都毫不犹豫地尊重这些人。他们知道贫穷、弱小的人比这些人好，却依然侮辱、轻视在某方面处于弱势的人，以及那些穷苦之人。在说出的这些话里，他们关于诸位神灵和美德的言论最令人震惊。他们声称，诸位神灵把灾难和不幸带给那些好人，把幸福带给那些坏人。到富人家中乞讨的祭司和江湖术士劝告主人说：假如他们或他们的祖先犯下罪孽，可以通过献祭和符咒的方式获得诸位神灵的祝福，借助乐神的赛会消灾免难；假如想加害仇敌，不管那人是正义的人还是不正义的人，只需要略加施舍，念几道符咒或读几篇咒文，就能借助诸位神灵的力量给他带去灾难。为了证明这件事，他们还引用诗句，其中描写了做坏事有多容易：

世上之人做坏事的多，走几步就能达到目的，
作恶之路平坦宽阔，为善之路险峻陡峭。

还描写了从善的人路途遥远，危险重重。有人用荷马的诗表明诸位神明被普通大众迷惑。比如，荷马曾经说：

被降罪的大众不要担忧，祭酒求神灵开脱，
香烟笼罩上供祭祀，诸位神灵欢心保平安。

他们还编出许多有关莫萨奥斯和俄耳甫斯的事情，说莫萨奥斯和俄耳甫斯是月神和文艺之神的后代。他们在书中规定了祭祀和祓除仪式，使人们乃至城邦都相信，假如犯了罪，就能借助祭祀和乐神的赛会祈求开脱罪责、洗涤罪孽。还有一种祭祀，叫作秘仪，是专为亡灵设置的，可以让我们的罪孽在冥界获得救赎。但是那些不祭奠神灵的人，未来必然要经历一番苦难。

亲爱的苏格拉底，他们说过，神和人都把目光放在善良和罪恶上，或者提出过这一类的说法。那些天资聪颖的年轻人可以凭借这一点迅速推理。他们会受到什么影响呢？这些说法是否可以帮助他们找到答案，明白如何做人、如何走路，才可以让自己的一生最有价值？这些年轻人大多会追问自己："如何一步步提高自己的地位？是依赖光明正大的正义，还是要一些见不得光的手段度过一生的时光呢？"大家的言论能让我们明明白白地看到，假如我做一个正义的人，只会给我带来危害，让我变得辛苦，对我却没有一丁点儿好处。然而不正义却可以为自己赢来正义的名声。据他们所说，我会因此过上幸福的生活，像神仙一样。那些智者明确告诉我，相比"真是"，"看似"更好一些，关系到是否

能生活得幸福。我为什么不使出浑身解数制造假象，装出一副堂堂正正的模样呢？就像最有智慧的阿尔基洛科斯曾经描写的狡诈、贪心的狐狸。有人说过，很难做到永远隐瞒自己做的坏事。关于这件事，我们要说一下，普天之下，有什么伟大的事情不难做到呢？不管怎么说，这是唯一一个获得幸福的方法。原因是一切证据都支持这个结论。我们拉帮结派掩护自己，辩论专家传授我们说话的艺术，在议会法庭上做演讲，通过软磨硬泡的手段让我们赚很多便宜，却不用担心被别人惩处。有人说不能骗诸位神灵，更不能强求他们。为何不能呢？假如根本不存在神灵，或者即便有神灵却对人世间的事情不闻不问，被发现做坏事又能怎么样呢？我们有关神灵的所有知识都来自故事和诗人描写的神谱中。故事中说，如果神灵真的存在，还很关心我们，我们就可以用祭祀、祈祷、上供的方式说服诸位神灵，得到他们的帮助。可以完全相信诗人们的话，也可以完全不相信。假如我们相信，就可以肆无忌惮地做坏事，再拿这些赃款祭祀神灵。假如我们是正义的，诸位神灵肯定不会惩处我们，可是，我们不得不放弃不正义带来的好处。假如我们不正义，可以保住自己的利益，一旦犯罪，就求诸位神灵开脱罪责，最终一样会平平安安的。一些人会说：很好，可是活着时犯下的罪孽会带到冥界去，在那里接受审判，算在我们自己或我们的后代身上。精明的家伙却说：伙计们，没事，我们有秘仪，很灵的，还有只想着宽恕大家罪责的神灵。大城邦就是这么说的，诸位神灵的子孙也是这么说的。他们变成了诗人和神灵的传话筒，声称这些事情的确是真的。

我们还有理由做正义的人，却不做不正义的人吗？假如只是拿正义当作伪装的面具，摆出一副堂堂正正的模样，那么我们就可以不用担心生前死后，想做什么就做什么。普通大众就是这么认为的，那些赫赫有名的大人物也是这么认为的。苏格拉底，以上这些告诉我们，我们无法说服一个智慧、富有，又不缺乏力量和地位的人去尊重正义，也无法不去鄙视那些赞颂正义的人。如果有人可以指出我们发表的一切言论都不对，切实认为正义是最善良的，他就不会怨恨那些不正义的人，而是会体谅他们。因为他知道，任何一个人都不甘心做一个正义的人，除非是那种天性圣洁、讨厌做坏事的人，或者是那种拥有真正的知识、可以防止自己作恶的人。除此之外，那些胆小、年迈或有其他缺陷的人，也厌恶做坏事，不过这源于他们缺乏做坏事的能力。假如你有异议，只需要观察一下就会知道，只要这类人有机会掌权，就会竭尽全力干坏事。导致这种局面的只有一个原因，那就是我和我的这些朋友在辩论过程中产生的想法。我们要告诉你：苏格拉底呀，这件事情说起来蛮奇怪的，你们觉得自己是拥护正义的人。但是，上至名言可以记录在史册的英雄豪杰，下至现在的普通人民，都不是真正赞美正义的人，也不是真正贬低不正义的人。就算是赞美正义或指责不正义，也不过是想得到名声带来的利益。正义和不正义本身是什么呢？它们的力量从哪里来？莫非它们在不知不觉间作用于人的内心？无论是在诗歌中，还是在私底下的交谈中，大家都没有详细描述，也没有人指出来，内心最大的罪恶就是不正义，内心最大的善良就是正义。假如你们刚开始就说这种话，在我们年轻时就开始劝导我们，我们怎么会像此时这样互相防备呢？怎么会全力保护自己，担心自己受到伤害呢？因为大家都担心自己做坏事，担心自己做最大的坏事。苏格拉底，有关正义和不正义，色拉叙马霍斯和别人肯定会这样说，没准比这还要严重一些。我觉得这样说无疑是把正义和不正义的真实力量彻底反过来了。我不需要欺骗你，已经竭尽全力把问题说明白，然后听一下你的不同意见。你务必讲明白正义和不正义对它的主人有什么利益，有什么危害，而不是只证明正义比不正义更好就结束了。就像格劳孔所说的，摒弃二者的名声。因为假如你没有摒弃二者的真实名声，而是说一些虚假的名声，我们就会说你赞颂的只是正义的外表，而非真正的正义，你指责的只是不正义的外表，而非真正的不正义。你只是劝不正义的人不要被人发现。我们会觉得你和色拉叙马霍斯想的一样。正义对他人有利，对强者有利；不正义却对自己有利，对弱者有害。你觉得正义是一种非常好的东西——这类东西能得到一个好的结果，更能让自己处于有利地位，就像听得真切、看得明白、聪明、健康，还有别的品行一样，依赖的并非虚假的名声，而是自己的本质。既然如此，随便他人去赞美名利吧！正义的本质让它对自己的主人有利，不正义的本质让它对自己的主人有害。我想让你称赞的就是这种正义。我可以接受这种对正义的赞美，对不正义的指责，接受夸耀或讽刺二者的名誉、回报的言论，但是不能从你嘴里说出来，只能从别人嘴里说出来。只有一个例外，那就是你下令让我这么做，因为你为了研究这个问题不惜穷尽一生的精力。辩论时，我希望你不要只是论证正义比不正义好，而是要论证二者在本质上对它的主人具有哪种作用，进而让正义变成善良，让不正义变成罪恶，不用考虑神灵和人是否注意到。

我一直敬佩格劳孔和埃德曼托斯（格劳孔的弟弟）天生的才干。可是我从没有像今天听他们说出这些话后这么开心过。

苏格拉底 你们兄弟俩表现真不错。格劳孔的好伙伴写过一首诗，赞美你们在麦加拉战役中取得的丰功伟绩。在那首诗的开头，他说你们是：

阿里斯通[1]之子，名门之后，血统圣洁纯正。

伙计们，这话说得很好。既然你们不愿意承认不正义比正义好，还义正词严地为不正义辩护，肯定有神灵帮助。看到你们的品格后，我判断出，其实你们根本不信自己的那些论述。要是只听到你们的辩证，我可能还会产生怀疑。可是我对你们的信任越多，就越不清楚自己该做些什么。该怎么帮助你们呢？我不知道。说实在的，我的确不具备这种能力。在我看来，我告诉色拉叙马霍斯的那番话足以证明正义比不正义更好，但是你们都不认可。此时，我不想帮助你们，但是不知道该怎么拒绝。有人诽谤正义，我本可以辩护，却冷眼旁观，也许这对我而言就是一种罪孽，是很大的侮辱。由此可见，我应该全力捍卫正义。

格劳孔和其他人请求我不要选择就此离去，让我继续这场辩论，就当是帮他们的忙。他们请求我深入探究二者的本质和真正利益到底是什么。所以我就把自己的想法说出来了。

我们当前的讨论很特殊，我觉得一定要目光敏锐。我们的头脑不够灵活，既然如此，我觉得继续像下面这样讨论才是最佳的选择。如果我们的眼睛看不清楚，却被别人要求从远处看写得很小的一些字，此时却有人说在别的地方已经有同样的字了，而且字体特别大。这下我们可算是走了大运了，只需要读一下大字，

[1] 阿里斯通是格劳孔和埃德曼托斯的父亲，阿里斯通对应的希腊文原意是“至善”。

再和小字比较一下，看看它们是不是一样。

埃德曼托斯 你的话很对，不过，它和讨论正义有相近的地方吗?

苏格拉底 我想对你说的是，我觉得咱们可以说，个人有个人的正义，城邦有城邦的正义。

埃德曼托斯 肯定可以。

苏格拉底 行！一个城邦比一个人更大，可以这么说吧?

埃德曼托斯 大很多。

苏格拉底 如此一来，就不难明白，可能比较大的东西拥有更多正义。假如你不反对，不如咱们先一起讨论一下城邦中的正义是什么，再讨论一下个人身上的正义是什么，这就是从大到小。

埃德曼托斯 这个想法不错。

苏格拉底 是否可以说，假如我们能够想象出一个城邦是如何成长的，就可以知道那儿的正义和不正义是如何发展的?

埃德曼托斯 也许是的。

苏格拉底 只要能办成这件事，就有可能轻松地看到我们想要寻找的东西了。

埃德曼托斯 对，概率非常大。

苏格拉底 我认为这是一件大事，请你好好想一想，我们是否要付诸实施?

埃德曼托斯 实施吧！不用再考虑了，我们已经想清楚了。

苏格拉底 非常好。我觉得咱们任何人都不能只凭借自己的力量就满足自己的欲求，咱们需要很多东西，所以要建立一个城邦。不知你们能否想出建立城邦的其他理由?

埃德曼托斯 不能。

苏格拉底 所以我们把各类人吸引过来，目的是满足我们大家的一切需求。我们需要的东西很多，因此把很多人邀请过来，让他们居住在一起，让他们变成助我们一臂之力的朋友，我们为这个公有居所取名为城邦，能这么说吗？

埃德曼托斯　肯定能。

苏格拉底　每个人都把自己的东西分一些给别人，或者从别人那里获得一些东西，认为这么做对自己有利。

埃德曼托斯　没错。

苏格拉底　让咱们从头想象一下创建一个城邦吧！看一下创建一个城邦都有哪些需要。

埃德曼托斯　行！

苏格拉底　第一点，粮食是赖以生存的基础，是重中之重。

埃德曼托斯　的确如此。

苏格拉底　第二点是居住的房屋，第三点是衣服，还有一些别的东西。

埃德曼托斯　完全正确。

苏格拉底　然后还要问一个问题，咱们的城邦如何提供这些东西？是否需要农民、瓦匠和纺织工？是否需要鞋匠？是否还需要那些满足身体其他需要的人？

埃德曼托斯　是的。

苏格拉底　规模最小的城邦至少也要有四至五人吧？

埃德曼托斯　当然。

苏格拉底　然后该怎么办呢？是否所有成员都要为大家做好自己的本职工作？也就是说，农民需要向四个人提供粮食。他应该耗费四倍的时间和劳动种出粮食和别人分享，还是应该对其他人不管不顾，只种出自己那份粮食？也就是说，耗费四分之一时间种出自己的那份粮食，再用其余四分之三的时间盖房子、做衣服和做鞋子，只为自己着想，只满足自身需要，而不是和其他人交换。

埃德曼托斯　苏格拉底，只怕第一种方式更恰当。

苏格拉底 宙斯可以证明，这没什么奇怪的。你这话刚说出口，我就已经明白，咱们并非天生都一样。由于天赋不同，每一个人适合的工作也各不相同，你觉得这话对吗？

埃德曼托斯 没错。

苏格拉底 对于一个人，同时做多种工作和只做一种工作，哪个更好一些？

埃德曼托斯 一个人只做一种工作更好一些。

苏格拉底 除此之外，我觉得还有一点也是再明白不过的事情，不管做什么事情，只要那个人没有把握住机会，之前付出的一切努力都会付诸东流。

埃德曼托斯 对，这一点再明白不过。

苏格拉底 我觉得做一件工作应该投入其中，把它当成重要事情，而不是随心所欲，草草了事，更不是等闲暇时刻才去做。

埃德曼托斯 肯定如此。

苏格拉底 所以，要想更多、更好、更简单地生产出一样东西，就要在适当的时候专心做自己擅长的工作，而不是同时做一些其他工作。

埃德曼托斯 非常正确。

苏格拉底 埃德曼托斯，如此说来，有必要让更多人投入城邦中。要满足我们刚才说到的需要，需要的人数要在四个以上。就比如农民无法制造出他使用的犁头（假如我们说的是一个质量上乘的犁头）、锄头和别的农具。同样道理，建筑工也要使用很多工具，纺织工、鞋匠概莫能外。

埃德曼托斯 没错。

苏格拉底 咱们的小城邦将吸纳更多成员，如木匠、铁匠和其他工匠。它的规模会更大。

埃德曼托斯 没错。

苏格拉底 这还算不得大规模，假如咱们再吸纳一些放牛放羊的人，还有那些饲养别的牲口的人，让牛为农民拉犁，让牲口为建筑工和农民运输货物，让羊毛和皮革成为纺织工和鞋匠的原材料。

埃德曼托斯 吸纳这些之后，应该算得上是一个大城邦了。

苏格拉底 另外，好像无法在一个无须进口货物的地方创建城邦。

埃德曼托斯 的确如此。

苏格拉底 所以有必要找人前往其他城邦，把需要的货物运输过来。

埃德曼托斯 没错。

苏格拉底 有一点必须说一下，假如派到外城邦的人什么也没带去，没有提供别人需要的东西，别人会把他们的东西给咱们吗？恐怕咱们的人会空手而归吧？

埃德曼托斯 我觉得是这样的。

苏格拉底 所以说，大家不能只为本城邦生产充足的东西，还要生产足够好、足够多的东西，满足那些为他们提供东西的外城邦人的需求。

埃德曼托斯 的确要这样做。

苏格拉底 因此我们的城邦要吸纳更多农民，还要吸纳更多其他技术工人。

埃德曼托斯 没错。

苏格拉底 我觉得还要吸纳一些做进出口生意的人，也就是商人，对吗？

埃德曼托斯 没错。

苏格拉底 所以咱们要有商人。

埃德曼托斯 是的。

苏格拉底 假如这个生意需要去海外做呢？是否还需要很多了解海外

贸易的人？

埃德曼托斯 的确还需要很多这类人。

苏格拉底 咱们在城邦内是怎样彼此交换自己生产出来的东西的呢？不要忘了，咱们当初合伙组建城邦的原本目的就是交换产品。

埃德曼托斯 显而易见，交换的方式是买和卖。

苏格拉底 市场和货币也就应运而生了，交换时怎么离得了这个呢？

埃德曼托斯 没错。

苏格拉底 假如一个农民，或者是任何一个技术工人，把他的产品带到市场上，但是想和他交换产品的人还没来，他就得无所事事地坐在市场上等着，不得不放下自己的工作，对吗？

埃德曼托斯 并非如此。假如市场上有人发现这种现象，就会特意为他提供服务。在管理得当的城邦中，那些身体虚弱、无法胜任别的工作的人经常干这种工作。他们在市场上等待着，买下那些人的货物，再把这些货物卖给那些需要的人。

苏格拉底 正是因为这些需要，咱们城邦里的店主才应运而生。我们把那些经常驻扎在市场上做生意的人叫作店主或小商贩，把那些穿梭于各个城邦之间做生意的人叫作大商人，对吗？

埃德曼托斯 没错。

苏格拉底 另外，我觉得咱们还需要其他人的服务，虽然这些人在头脑方面配不上做我们的伙伴，可是在力气方面却配得上，可以卖力气。他们明码标价，出卖自己的劳力，我们把这个价格叫作工资。我觉得正是因为这一点，大家才把他们叫作打工者。你怎么看？

埃德曼托斯 没错。

苏格拉底 如此看来，咱们的城邦里又多了一些打工者。

埃德曼托斯 没错。

苏格拉底 埃德曼托斯，咱们的城邦是否已经健全了呢?

埃德曼托斯 可能吧!

苏格拉底 我们可以在自己的城邦里的什么地方找到正义和不正义呢？咱们在上面已经罗列出很多类型的人，是哪一个类型的人把正义和不正义带进我们的城邦里的?

埃德曼托斯 苏格拉底，我说不明白。也许是因为从某方面来说，每一种人都离不开其他人。

苏格拉底 可能你的观点完全正确。我们一定要好好探讨这个问题，绝对不能打退堂鼓。首先咱们要想一想，作出以上安排之后，大家的生活会变成一副什么模样？是不是还要做饭、酿酒、缝衣服、做鞋子和建造房屋？夏天工作时，大家常常光着膀子，连鞋子都不穿；冬天工作时，大家常常穿很多衣服，还要穿厚厚的鞋子，是吧？大家以大麦片和小麦粉为食，或做粥喝，或做糕点吃，或烙薄饼吃，用芦苇叶或洁净的树叶盛着。他们斜着躺在小床上，床上铺着紫杉和桃金娘叶子，和子女们一起欢快地吃吃喝喝，头上戴着花冠，大声唱着歌颂神灵的赞美诗。一家人团团圆圆，充满欢乐，生多少孩子由自身的经济状况决定，不经历贫穷，也不经历战争。是这种情况吧?

格劳孔 （突然插话进来）举办酒宴时，你似乎忘记为大家准备一样东西——调味品。

苏格拉底 我的确忘记了。要为他们准备调味品，还要准备一些盐、橄榄、乳酪，还要准备一些农家经常煮着吃的洋葱和蔬菜。咱们还要为他们准备好无花果、鹰嘴豆和豌豆这些甜品，还要给他们提供火，让他们烤爱神木果、橡子吃，适当喝点儿小酒。就这样，让他们保持身体健康，一辈子平平安安的，最后颐养天年，百年后安详离世。还要让他们的子孙延续这种生活方式。

格劳孔 苏格拉底，假如你是要为猪建立一个城邦，难道只提供上面这些东西吗？是否应该提供一些其他饲料？

苏格拉底 格劳孔，你还有什么需求？

格劳孔 日常所需的东西是离不了的。我觉得还要提供供人斜靠的椅子、餐桌、下酒菜，以及饭后甜品之类的东西，这样才能让他们舒坦一些。就像现在，我们都有这些东西。

苏格拉底 我知道了。由此可见，咱们想要建造的并不只是一个城邦，似乎还是一个繁华的城邦。也许这是一个不错的想法。因为咱们看到这个城邦之后，也许能发现这个城邦是如何产生正义和不正义的。在我看来，咱们刚才提到的那个可被称为健康的城邦，才算得上是真正的城邦。假如你们愿意，咱们可以设想出一个发高烧的城邦，这样做也没什么不可以，因为一些人似乎并不喜欢刚才那种菜单，也不喜欢刚才那种生活方式，还希望有靠椅、桌子以及别的家具，还想要诸如下酒菜、香料、香水、歌妓、糕点等东西。咱们最初只说了房屋、衣服和鞋子这些生活必需品，看来这些还不能满足我们的需求。咱们还要拿出画画、刺绣的时间，另外还要想办法去寻觅金子、象牙和各种相似的装饰品，对吧？

格劳孔 没错。

苏格拉底 咱们是否有必要把这个城邦的规模扩大呢？因为那个健康的城邦还不充分，咱们一定要扩大它的规模，把那些城邦中可有可无的人也吸纳进来，比如各种各样的猎人、很多模仿形象和色彩的艺术家、大量音乐人，还有诗人及其助手、朗诵者、演员、合唱队、舞蹈队、管理人和生产各类物品的技术人员，尤其是为妇女生产装饰品的技术人员。咱们需要的人还有很多，例如家庭教师、奶妈、保姆、理发师和厨师，难道不是吗？咱们甚至还要找一些喂猪的人。以前的城邦没有这种牲畜，原因是它并非我们的必需品。可是现在的城邦就不能没有它了。为了满足我们的肉食需要，咱们还要准备很多其他牲畜，难道不是吗？

格劳孔 没错！

苏格拉底 相比往日，在这种生活状况下，咱们更离不开医生，对吗？

格劳孔 的确更离不开。

苏格拉底 至于土地嘛，以前的土地可以为每一个居民提供粮食，如今却不行了，数量不足了，是这样吧？

格劳孔 是啊！

苏格拉底 假如咱们希望自己的耕地和牧场地域广阔，就不得不把邻居的抢来一块。假如邻居也不满足于这些必需品，毫无节制地攫取利益呢？肯定也要把我们的土地抢走一块吧？

格劳孔 苏格拉底，的确是这样。

苏格拉底 格劳孔，之后就会发生战争。除了开战，我们还能怎么做呢？

格劳孔 的确如此，之后就会发生战争。

苏格拉底 咱们先不谈论战争带来什么样的影响，好也罢，坏也罢。只需要记住一点就好，咱们已经找到发生战争的根本原因。一旦开战，就会在公私两个方面给城邦带来很大危害。

格劳孔 的确如此。

苏格拉底 朋友，如此一来，咱们就要扩大城邦，还不能只扩大一点点。咱们要准备一支军队，用于抵御外敌入侵，守护我们的金银钱财，预防咱们刚才说的那些奢侈品被抢走。

格劳孔 为什么？单有原先的居民还不行吗？

苏格拉底 不行！创建城邦时，咱们所有人都已经达成一致，认为一个人无法擅长多种技术，估计你还没忘吧？

格劳孔 对。

苏格拉底 好的，你认为在战争中获胜算得上是一种技术吗？

格劳孔 毫无疑问，那是一种技术。

苏格拉底 咱们应该关注做鞋子的技术胜过打仗的技术吗？

格劳孔 不应该！

苏格拉底 我们不让鞋匠做农民、纺织工和瓦工的工作，只让他专心做鞋子，这样就能保证鞋子的质量。挑选其他人员时，我们也依照他们的天赋，扬长避短，让他们专心做他们的专职工作，并且把握住机会，精益求精。为了赢得战争，我们怎么能不看重军事呢？莫非因为军事太简单了，农民、鞋匠和其他行业的人放下手头的活儿，就可以立即投入战场参战？比如下棋或掷骰子，假如没有从小锻炼，只是拿来玩耍，绝对不可能技艺精湛。莫非在重武装战斗中，或别的类型的战斗中，只要你拿起盾牌，就可以在一天内变成作战娴熟的战士吗？不要忘记，其他工具也是这样的。任何一种工具都不可能到人手中就让人变成技术娴熟的工人，或颇有实力的运动员。如果某个人丝毫不了解工具，也没有认真锻炼，就不可能从任何工具中获得利益。

格劳孔 说得很对，否则工具岂不是成了价值不可估量的珍宝？

苏格拉底 假如守护者的工作最重要，他就要有比他人更多的空余时间、更多的知识、更多的锻炼。

格劳孔 我也这么觉得。

苏格拉底 还要天生适合这个行业，对吗？

格劳孔 没错。

苏格拉底 由此可见，应该尽量选择那些适合的人保护我们的城邦，那是我们的职责。

格劳孔 没错，是我们的职责。

苏格拉底 神啊！这个责任太重了！我们不能后退一步，而是要全力以赴。

格劳孔 没错，不能后退一步。

苏格拉底 在你看来，就看家护院的天赋来说，一条品种优良的狗和一个尊贵的青年有什么不同之处？

格劳孔 你到底想说什么？

苏格拉底 我想说的是，二者都应该具有敏锐的感觉，迅速赶上敌人；假如需要决一胜负，还要足够凶猛。

格劳孔 没错，他们都离不了这种品质。

苏格拉底 只有勇猛，才能取得胜利。

格劳孔 非常正确。

苏格拉底 如果没有斗志昂扬的精神，马、狗或别的动物会变得勇猛吗？不知你是否发现斗志昂扬的精神是不可抗拒的？不管是谁，只要拥有它，就可以勇往直前，所向披靡。

格劳孔 没错，我发现了。

苏格拉底 守护者该拥有怎样的身体素质也就一清二楚了。

格劳孔 没错。

苏格拉底 很明显，他们都需要具备激昂的斗志。

格劳孔 没错。

苏格拉底 格劳孔，假如这是他们的天性，如何保证他们之间和睦相处，或者和别的公民和睦相处呢？

格劳孔 神啊！确实很难保证。

苏格拉底 他们还应该对自己人温柔一些，对敌人凶残一些；不然会自己走向覆灭，根本不需要敌人亲自动手消灭他们。

格劳孔 没错。

苏格拉底 我们该怎么做呢？到什么地方找这种人呢？毕竟温柔和凶残是两种相反的天性。

格劳孔 的确是相反的。

苏格拉底 假如他缺乏两种因素的其中之一，就无法成为一个优秀的守护者。好像二者无法兼备，所以一个优秀的守护者是不存在的。

格劳孔 似乎是不存在的。

苏格拉底 朋友，我感到迷惑了。但是重新考虑前面说的话之后，我认为咱们不可能不感到迷惑，因为咱们已经忘记前面说的那个类比了。

格劳孔 为什么这么说？

苏格拉底 我们都没有发现，咱们原本以为，不可能同时具有两种完全相反的特质，如今看来这种现象是存在的。

格劳孔 存在？哪里存在？

苏格拉底 它存在于其他动物身上，尤其存在于被我们拿来和守护者比较的那种动物身上。我觉得你肯定知道品种优良的狗。它的品性是怎样的？对自己人和熟人特别温顺，对陌生人却刚好相反，对吗？

格劳孔 没错，我知道。

苏格拉底 这么说，也许会发生这种事情。咱们寻找这样的守护者和事物的本质并不矛盾。

格劳孔 似乎不矛盾。

苏格拉底 咱们的守护者不能只有刚强的本性，还要有追求聪明才智的性格，这样才能成为守护者，你觉得是这样吗？

格劳孔 还需要这个？你什么意思？我被你弄糊涂了。

苏格拉底 你可以在狗身上看到这一点。真没想到，兽类竟然可以这样。

格劳孔 “这样”是什么样？

苏格拉底 只要看到陌生人，狗就会狂吠不止，哪怕那个人并没有打它；看到熟悉人时，会摇着尾巴表示欢迎，即便那个人没有向它表示好感。你发现这种现象之后，难道没感到非常奇怪吗？

格劳孔　以前我没关注过这种现象，但是狗的确表现出这种行为，这一点毋庸置疑。

苏格拉底　不过，这确实反映出它天生情感细腻，爱好聪明才智。

格劳孔　你说这话的依据是什么？

苏格拉底　我这样认为的依据是，狗辨别是敌人还是朋友的方式仅仅是认不认识这个人，认识就是朋友，不认识就是敌人。作为一个动物，可以依据是否认识，辨别是自己家的人还是外人，你还能说它不喜欢学习吗？

格劳孔　肯定不能。

苏格拉底　在你看来，喜欢学习和追求聪明才智可以相提并论吗？

格劳孔　可以相提并论。

苏格拉底　这个道理同样适用于人类，假如他对自己家的人、熟人温顺，肯定是一个天生喜欢学习和追求聪明才智的人，难道不对吗？

格劳孔　姑且这么认为吧！

苏格拉底　城邦守护者天生追求善和美，我们可以结合起他喜欢聪明才智、刚强、机敏和有力这些品质。

格劳孔　很明显，的确能这么做。

苏格拉底　也许守护者天生如此。可是怎么训练、教育我们的守护者呢？探讨这个问题应该可以帮助我们理清楚整个目标，对吗？在城邦里，正义和不正义分别是如何产生的？咱们的讨论要细致一些，但是不能拖拖拉拉的，那会让人产生抵触情绪。

埃德曼托斯　没错。我希望这场讨论可以帮助我们逐渐靠近我们的目标。

苏格拉底　亲爱的埃德曼托斯，咱们讨论时绝对不能半途而废，要保持足够的耐心，即便时间拖得比较长。

埃德曼托斯　没错，绝对不能半途而废。

苏格拉底　就让咱们探讨一下怎样做好这些守护者的教育工作吧！不如就用故事的形式娓娓道来吧！

埃德曼托斯　咱们的确应该用这种方式。

苏格拉底　到底该怎么教育呢？好像的确不容易找到一种教育方式能好过咱们以前总结出的那种教育方式——通过做体操来保持身体健康，通过听音乐来陶冶情操。

埃德曼托斯　没错。

苏格拉底　教育时，咱们是否要先教音乐，再教体操？

埃德曼托斯　没错。

苏格拉底　你把故事包含在音乐中吗？

埃德曼托斯　是的。

苏格拉底　故事分真实和虚假两种吧？

埃德曼托斯　对。

苏格拉底　实施教育时，咱们必须两种都用上，还要先用虚假的，对吗？

埃德曼托斯　你什么意思？我搞不懂了。

苏格拉底　你搞不懂了？咱们给儿童讲故事时，所讲的故事整体上是假的，可是其中也有真实的部分。首先咱们要给孩子讲故事，以这种方式来教育他们，然后再教体操。

埃德曼托斯　的确是这样做的。

苏格拉底　我想说的就是这个意思，先教音乐，再教体操。

埃德曼托斯　很好。

苏格拉底　你明白的，任何事情都是开头时至关重要，尤其是生物。当它很小、很嫩时，是最容易被改变的，想把它变成什么样子，就能把它变成什么样子。

埃德曼托斯 完全正确。

苏格拉底 咱们是否应该把儿童交到那些不合适的人手中，任由他们听一些不好的故事，让他们学习一些只会在他们成年后产生负面作用的思想？

埃德曼托斯 肯定不应该。

苏格拉底 由此可见，咱们应该首先关注那些编故事的人，挑选好故事，舍弃坏故事。我们支持母亲和保姆找一些已经通过审核的故事，讲给孩子们听。相比用某些方法塑造他们的身体，用这些故事洗涤他们的心灵要更细致。至于他们现在讲的那些故事，咱们一定要舍弃。

埃德曼托斯 你的意思是舍弃哪个类型的故事？

苏格拉底 无论是大故事，还是小故事，都是同一个类型的，影响力肯定都一样，所以可以从大故事中发现小故事，你觉得对吗？

埃德曼托斯 没错。可是什么才是你所说的大故事呢？我搞不明白。

苏格拉底 也就是赫西俄德、荷马或别的诗人讲述的那些故事。他们为大家编写了一些虚假的故事，如今，他们编写的那些虚假的故事依然在盛传。

埃德曼托斯 你的意思是哪些故事？从中发现了什么不妥之处吗？

苏格拉底 最该严厉批判的是那些虚假、肮脏的故事。

埃德曼托斯 具体是什么？

苏格拉底 一个诗人无法用语言刻画出诸位神灵和英雄的真实品质，正如一个画家想画出想要的东西，但是无法画得很像。

埃德曼托斯 这些都应该批判。可是，有什么例子可以论证这个问题吗？

苏格拉底 第一点，什么是最荒谬的事情？是把至高无上的神灵描绘得无比丑恶。就像赫西俄德描写的乌拉诺斯的举动，还有克洛诺斯在他身上施加的报复。还描写了克洛诺斯的行为，以及他的儿子让他尝到的苦头，都是这一类的故事。就算这些事情是真的，我觉得也不能随随便便就告诉那些天真无邪的年轻人。最好先不谈论这些故事，不得不谈时，也只能说给小部分人听，还要悄悄地宣誓，先进献牲畜，再听讲。进献牲畜时，要进献一种不容易捉住的庞然大物，而不只是进献一头猪。这样做的目的是，尽量让很小一部分人听到这种故事。

埃德曼托斯　没错，编造这种故事的确不容易。

苏格拉底　埃德曼托斯，不应该在我们的城邦中讲这种故事。大逆不道之徒，还有那些想方设法惩罚犯错的父亲的人，都只是在效仿至高无上的天神的行为，所以不能让听了这个故事的年轻人感到震惊。

埃德曼托斯　老天！我觉得不能说这种事情。

苏格拉底　诸位神灵之间彼此争斗的故事是假的。假如咱们希望未来的守护者以相互算计、耍手段为最大的耻辱，就绝对不能给年轻人讲这些。咱们更不能把诸位神灵或巨人彼此的斗争作为素材，也不能把诸位神灵和英雄仇恨亲朋好友的事情当成故事和刺绣的素材。咱们要让年轻人觉得，在城邦中，公民之间始终和睦相处，任何敌对行为都是违背天道的。在孩子们小的时候，爷爷奶奶们就应该这么教育他们。等他们的年龄稍微大一些时，还要这么教育他们。咱们还要逼着诗人依照这个思路创作。赫拉被自己的儿子绑起来，赫菲斯托斯[1]看到自己的母亲被打，于是前去营救，却被自己的父亲从天空中摔落在地，荷马描写了诸位神灵之间的

[1] 古希腊神话中火与工匠之神。

战争等。不管是寓言，还是别的，总之我们的城邦中绝对不能出现这些故事。因为年轻人还无法辨别寓言故事和真实故事。第一印象总是给人留下深刻的记忆，所以很难更正往日接受的教育。为了让儿童养成美好的品德，咱们要小心谨慎，让他们听一些至善至美的故事。

埃德曼托斯 没错，特别有道理。假如有人让咱们说清楚这些故事都是什么，咱们应该列举什么呢？

苏格拉底 亲爱的埃德曼托斯，在这里发言时，咱们的身份并不是诗人，而是城邦的创建人。既然是城邦创建人，就要明白：诗人创作故事时应该依据什么样的方法，不能写一些违反规则的作品，不过，他可以不用自己动手写。

埃德曼托斯 非常正确。说的就是这一点，该用什么方法描写诸位神灵呢？有什么样的标准？

苏格拉底 大概的情况是，咱们务必写出神灵的本来面貌。在史诗、抒情诗中要这么写，在悲剧诗中也要这么写。

埃德曼托斯 没错，确实要这么写。

苏格拉底 难道神明未必是善良的？创作故事时，难道他们并非一直都是善良的？

埃德曼托斯 肯定是的。

苏格拉底 第二点，每一个善良的人都没有危害吧？

埃德曼托斯 我觉得是这样的。

苏格拉底 没有危害的人会做坏事吗？

埃德曼托斯 不会。

苏格拉底 对于不做坏事的人，那些坏事可以赖到他头上吗？

埃德曼托斯 肯定不可以。

苏格拉底 可以说善良的人有好处吗？

埃德曼托斯 可以。

苏格拉底 好事情因此产生，对吗？

埃德曼托斯 没错。

苏格拉底 所以说善良只是好事的原因，而不是坏事的原因，不能说所有事物都是因此而起。

埃德曼托斯 非常正确。

苏格拉底 正如众人所说，既然神灵是善良的人，就不可能所有事情都因为神灵而起。人类遇到的少量事情是因为神灵，但是大多数事情和神灵是没有关系的。在这个世界上，好事情远比坏事情少。只有神灵是好事情产生的原因。坏事情是怎么产生的呢？它不是因为神灵的存在，所以只能到其他地方寻找答案。

埃德曼托斯 我觉得你的话完全正确。

苏格拉底 所以，荷马和其他诗人对诸位神灵的描述是错误的，咱们不能认可。就像荷马下面这首诗：

在宙斯的圣殿中，两个铜壶并列而立。
壶里面装着命运，是吉是凶差别很大。
宙斯掌管着吉凶，随意降临到百姓头上。

假如宙斯把混合到一起的命运给某一个人，那个人就会：

有时遭遇灾祸，有时收获幸福。

假如宙斯没有把吉凶掺杂到一起，只给那个人悲惨的命运，那人就会：

被迫忍饥挨饿，流浪没有尽头。

咱们不能信这种话：

福祸变化多端，宙斯才能操控。

假如有人说，雅典娜和宙斯教唆潘达洛斯背叛誓言，打破停战协议，我肯定不会认可。有人说，都是因为宙斯和泰米斯在搞鬼，诸位神灵彼此间才产生矛盾，最后分裂。但我们并不赞成这种说法。我们要预防年轻人听到如埃斯库罗斯之类的话，也就是那句：

神灵意欲彻底摧毁一个家族，便在世人心中种下因。

埃斯库罗斯曾经用抑扬格诗的方式写过尼俄柏的痛楚，假如诗人们也写过这种痛楚，或者写过珀罗普斯后人的故事，或者是特洛伊战争时发生的事情，或者其他传说，把这些痛楚归咎于神灵，咱们务必予以制止。假如非要说是神灵的吩咐，他们的理由必须是我们正在努力寻找的，也就是神灵做了一件正义之事，目的是让那些人在惩罚中有收获。不管怎么说，咱们都要制止诗人把遭受惩罚的人的生活描述得特别悲惨，还声称这都是神灵的旨意。不过，咱们可以让诗人说成是，坏人度日艰难，那是由于他们理当遭受惩罚，神灵惩罚他们的目的是让他们变好。如果有人说，神灵自身是善良的，却把某个人变成恶人，一定要严正指责这种谎话。如果是一个被治理得秩序井然的城邦，就不能让任何一个人听到这种故事。不管他是老人，还是小孩；也不管故事是有韵律的，还是没有韵律的。这种话在理论上站不住脚，不仅是在侮辱神灵，还是在危害我们。

埃德曼托斯 我特别喜欢这条法律，所以和你一起投票支持它。

苏格拉底 非常好。我们为诸位神灵制定出无数条法律，这一条将成为其中之一。我们要以这条法律为标准讲故事、吟诗。并非所有事情都因神灵而起，只是那些好事情因神灵而起。

埃德曼托斯 这话说得真够透彻的。

苏格拉底 你对这项法律的第二条怎么看？是否觉得神灵就像一个魔术师，可以完全按照自己的想法，在各个时间展现出各不相同的形象？不知他是否可以偶尔乔装打扮，装扮成另外一个人，以此欺瞒世人？或者说他只有一个模样，根本无法改变本来的面目？

埃德曼托斯 我暂时想不出来答案。

苏格拉底 请仔细想一下。无论是什么，一旦脱离自己的本来面目，肯定就变了模样。也许是因为自己，也许是因为别的事物，对吗？

埃德曼托斯 肯定是这样的。

苏格拉底 如果某种事物处在最好的状态之中，其他事物就很难改变它，也很难影响到它。就像身体受到饮食和劳累的影响，植物受到阳光和风雨等的影响。那是最健壮的，也是最难以改变的，难道不是吗？

埃德曼托斯 没错。

苏格拉底 心灵也是如此，不是吗？心灵越是有勇气、越聪明，就越难受到外界因素的影响，越难被改变。

埃德曼托斯 没错。

苏格拉底 任何组合到一起的事物都概莫能外，比如家具、房屋和衣服，都是同样的道理。假如制作得非常牢靠，就很难被时间或别的因素改变。

埃德曼托斯 确实如此。

苏格拉底 如此说来，一切事物都是这样的。无论是什么事物，只要处于最好的状态，就很难被其他东西改变。无论是天生处于最好的状态，还是被人工制造成最好的状态，都是这样的。这两个方面都处于最好的状态就更是这样的了。

埃德曼托斯 好像的确如此。

苏格拉底 不管怎么说，神灵，还有所有属于神灵的事物，所处的状态都是最好的。

埃德曼托斯 非常正确。

苏格拉底 可见神灵拥有众多模样的概率最小。

埃德曼托斯 的确如此。

苏格拉底 可是神灵会变换形象吗？也就是说，会改变自己吗？

埃德曼托斯 假如有什么可以改变他，显而易见，是他自己改变了自己。

苏格拉底 他把自己改变成什么样子了？是俊美，还是丑陋？是好，还是坏？

埃德曼托斯 假如改变，他肯定变坏了。毕竟咱们肯定不能说神灵在美好和善良方面有什么缺点。

苏格拉底 你的话非常对。如果这么完美无缺的话，埃德曼托斯，你可以设想一下，不论是神灵还是人，他会甘心让自己变坏吗？

埃德曼托斯 不甘心。

苏格拉底 由此可见，一个神灵甚至不能有想改变自己的愿望。完美无缺的神灵只能一直保持那种单一的状态。

埃德曼托斯 在我看来，这个结论是毫无疑问的。

苏格拉底 足智多谋的朋友，既然是这样，就不能让任何一个诗人这样告诉我们：

> 诸位神仙乔装扮成他乡人，
> 移形换影来到城邦访问。

所有人都不能说有关普洛透斯和忒提斯的谎言，也不能在悲剧和诗歌中将赫拉装扮成女祭司，去逐门逐户地募捐，说是为了阿尔戈斯的伊纳霍斯河，因为是它赐给孩子生命，这种谎言不是咱们需要的东西。身为母亲，千万不能被这种谎言蒙蔽，给孩子们讲一些糟糕的故事，声称到了晚上，一些神灵看起来就像各种类型的他乡人在四处晃悠。如果任由她们这么做，不仅是对神灵的侮辱，还会把孩子吓得神不附体，成为胆小鬼。所以，咱们要制止她们。

埃德曼托斯 肯定不能这样做。

苏格拉底 诸位神灵不能变换，虽然如此，咱们能否把他们当成让我们产生幻觉的人，把变化多端的模样展现给我们？

埃德曼托斯 也许可以这样做。

苏格拉底 那会产生什么后果？不知神灵是否甘愿撒谎，用自己的言行欺骗我们？

埃德曼托斯 我不清楚。

苏格拉底 你不清楚什么？真正的谎言吗？如果这样说没错，每一位神灵，以及每一个人，都讨厌这样吗？

埃德曼托斯 不知道你在说些什么。

苏格拉底 没有人愿意在他身体上最重要的部分、在至关重要的事情中接受谎言，或者更确切地说，他们最害怕那里存在谎言。

埃德曼托斯 我依然糊里糊涂的。

苏格拉底　那是因为你觉得我的话有什么深刻的意义。事实上，我想表达的不过是，不肯被他人欺骗，却不去了解事实的真相，心中认可谎言，还为谎言留有一席之地。每一个人都非常痛恨这种事情。

埃德曼托斯　的确是这样的。

苏格拉底　被骗的人内心的无知，无异于真正的谎言——正如我刚刚提到的，完全是合理的。因为相比内心的谎言，言语上的谎言仅仅是一个临摹的版本。它并非真实意义上的谎言，而是一个幻象，可以这么说吗？

埃德曼托斯　可以。

苏格拉底　所以，神灵和人类都痛恨真正的谎言。

埃德曼托斯　和我的观点一模一样。

苏格拉底　说假话呢？对什么人有用，哪个时间能用，才不招人厌恶？是否能用在敌人身上？假如咱们的朋友中有人染上疯病，或者愚蠢得要干坏事，难道不能把假话当作一种药，用于预防他干坏事吗？在咱们刚刚说的那个故事中，咱们把假的当成真的，借用虚假传说达到教育目的，这是因为咱们都不明白古代的事情到底是怎么回事。

埃德曼托斯　肯定能这么做。

苏格拉底　在上面这些情况当中，哪一种假话对神灵有作用？不知道他们是否会因为对古代的事情不了解，把假的看成真的。

埃德曼托斯　这种观点太滑稽了。

苏格拉底　在神灵当中，莫非连一个说谎话的诗人都没有？

埃德曼托斯　我觉得没有。

苏格拉底　当神灵畏惧敌人时，他会选择说谎话吗？

埃德曼托斯　肯定不会。

苏格拉底　当他的朋友太疯狂或太愚蠢时，他会说谎话吗？

埃德曼托斯　不会的，因为神灵根本没有太疯狂或太愚蠢的朋友。

苏格拉底　所以神灵没有理由说谎话，对吗？

埃德曼托斯　没错。

苏格拉底　所以很多证据表明：心灵不会有假，神性也不会有假。

埃德曼托斯　非常正确。

苏格拉底　所以说，在言谈举止上，神灵总是保持一致，始终都是真实的，不可能改变自己，也不可能用白天预言、晚上托梦这些欺骗大家的手段。

埃德曼托斯　听完你的话，我也觉得是这样的。

苏格拉底　第二个标准是，讲故事或写诗歌涉及神灵时，不能将他们描绘成可以变换身形的魔术师，不能说他们在言谈举止方面骗我们，误导我们走上一条错误的道路。不知你是否认同这个标准？

埃德曼托斯　我认同。

苏格拉底　荷马的作品中有许多值得我们称赞的东西，但是有一点咱们不可以称赞，那就是里面宙斯托梦给阿伽门农的说法。咱们不可以称赞埃斯库罗斯的那段诗歌。在他的诗歌中说，忒提斯曾说，阿波罗曾经在她结婚时唱起嘹亮的赞美歌谣：

愿我的后代好运，
没有疾病痛苦长命百岁。
他在大家面前宣称，
神灵庇佑我的命运。
他唱赞歌，令我心生喜悦。
我相信福玻斯的神圣预言，
没有欺骗，都会变成现实。

但谁都没想到会是他——
那个参加婚宴唱着赞歌的神灵，
杀死了我的儿子。

不管是哪个诗人，只要说这种话侮辱诸位神灵，都会让我们勃然大怒。假如要让今后的城邦守护者在人性允许的范围内变成崇拜神灵的人，就要阻止他们的歌队表演，也拒绝学校老师拿他们的诗教育年轻人。

埃德曼托斯 不管怎么着，都要这样做。我认可你这两个标准，并支持把它们制定成法律。

第三卷

苏格拉底　那么关于神灵的故事，有的应该从小就让孩子们知道，有的不能让他们知道，这样做是为了让他们将来能够尊重神灵，孝敬父母，重视友谊。

埃德曼托斯　我觉得咱们的观点一致，因为我也是这么想的。

苏格拉底　还要做些什么呢？咱们不能就此罢休，否则无法把他们培养成勇敢的人。咱们是否要使用恰当的方式，深入教育他们，让他们不畏惧死亡？一个害怕死亡的人，怎么可能会有勇气呢？

埃德曼托斯　我觉得也不会。

苏格拉底　假如一个人认为的确有冥界，还觉得那是一个令人畏惧的地方，怎么可能不畏惧死亡呢？一旦参战，又怎么可能舍生取义呢？肯定会沦为奴隶的。

埃德曼托斯　没错。

苏格拉底　由此可见，咱们应该监督这些写故事的人，不能任由他们胡说八道，把冥界描写得什么都不是，而是要让他们赞扬冥界的生活。原因是，他们的故事并不是真的，对将来的战士只有危害，却没有任何好处。

埃德曼托斯 确实要监督他们。

苏格拉底 咱们就先拿史诗开刀吧！把以下这些内容删掉：

宁肯苟活于世为奴作仆，
听命于一个没钱的主人，
也不肯前往冥界，
做众多鬼魂的将领。

还有：

他害怕向普通人和天上的神灵，
揭露出冥界的情况，
说那里阴森、恐怖，
不死的神明看到后都心惊胆战。

还有：

虽然冥界有游荡的鬼魂，
却没有任何知识。

还有：

只剩下他一人聪明，知识渊博，
其他人都如一场梦幻，四处游荡。

还有：

魂魄脱离肉体，飞升到哈迪斯的殿堂，
一直哭个不停，哀叹命运坎坷，
没了青春和阳刚之气。

还有：

魂魄飞升，
声音呜咽。
身形俱灭，
烟消云散。

还有：

就像一群蝙蝠在危险、幽森的岩洞中飞行，
一只不小心跌落，剩下的叽叽喳喳地惊叫：
黄泉路上都是拥挤的魂魄，一路都是痛哭的声音。

假如我们把这些都删掉，或者把一切和这类似的诗歌都删掉，希望荷马和其他诗人不要生气。我们承认，这些都是优秀的诗歌，许多人都喜欢听。可是，正因为这些诗歌太优秀，我们才担心它们传到大家耳中。无论是儿童，还是成年人，都应该追求自由。不能害怕死亡，而是要害怕当奴隶。

埃德曼托斯 我非常赞同你的观点。

苏格拉底 除了这些，讨论这些事情时，我们还要删除一切与之相关的恐怖的名词，比如“科赛特斯河”[1]和“斯堤克斯河”[2]，还有“鬼魂”和“尸体”等。听了这些之后，大家会觉得特别恐怖。可能这些名词有其他特别好的作用，但是咱们当前关注的是守护者的教育。我们害怕这种令人畏惧的字词吓到我们的守护者，让他们变得胆小如鼠，无法像我们期待的那样勇敢。

埃德曼托斯 咱们的顾虑很有道理。

苏格拉底 咱们应该把这些名词废弃，对吗？

埃德曼托斯 没错。

苏格拉底 讲故事，或创作诗歌时，咱们选用的名词要和这些相反吗？

埃德曼托斯 当然要这样。

苏格拉底 英雄豪杰悲痛的哭泣和哀叹，咱们是否要删掉呢？

埃德曼托斯 当然要，道理同上。

苏格拉底 好好想一下是否应该把这些删掉。我们的观点是，一个高尚的人觉得，对他同样高尚的一位朋友来说，死亡并非一件令人恐惧的事情。

埃德曼托斯 这就是我们的观点。

苏格拉底 当他的朋友死亡时，他不会感到悲伤，不会觉得自己的朋友遇到了一件十分恐怖的事情。

埃德曼托斯 他的确不会。

苏格拉底 咱们也可以说，这些人的快乐来自自身。他们和其他人最不同的一点是，他们很少寻求他人帮助。

埃德曼托斯 没错。

苏格拉底 他们一点儿都不怕失去儿子、兄弟、金钱和其他东西。

---

[1] 也称“悲叹河”，是希腊神话中的五条冥河之一，它由地狱中服苦役的人的眼泪积聚而成，所以河面经常发出恐怖的哀号。——编者注

[2] 希腊神话中的五条冥河之一，是环绕地狱的憎恨之河。——编者注

埃德曼托斯 的确一点儿都不怕。

苏格拉底 不管遇到什么悲惨的事情，他们都会保持心平气和，不可能有任何哀伤的表现。

埃德曼托斯 显然是这样的。

苏格拉底 咱们要删掉那些著名男士的哀号，说这些都是那些妇女——并不包含那些优秀的妇女——的哀号，都是那些平凡男士的哀号。咱们要宣称，在这个地方培养的守护者，瞧不上他们，根本不可能去效仿他们。

埃德曼托斯 没错。

苏格拉底 所以，咱们还要提出一个要求，希望荷马和其他诗人创作诗歌时，不要像下面这样描写女神的儿子阿喀琉斯：

> 躺在床上，时而侧身躺着，
> 时而仰面朝天，时而趴着朝地。
> 之后又站起身，
> 在海岸上悲伤地顿足。

下面这种情节也不能写：他把黑色的泥土捧在手中，往自己的脑袋上撒去；他悲痛地哀号，泣不成声，和荷马写的一模一样；或者这样描写许多神灵的近亲普里阿莫斯：

> 一边哀求，一边在粪土里爬着，
> 依次呼喊着出大家的名字。

更重要的一点是，我们哀求诗人们，千万不要写诸神放声大哭：

生出这样出色的儿子让我感到伤心，
儿子是英雄，母亲却命运坎坷。

要以这样的态度对待众位神灵。对于诸多神灵中的佼佼者，更不能肆无忌惮地瞎编乱造，使他悲伤地抱怨道：

我的朋友被穷追猛打，唉！
看到这个场景让我感到难过。

以及：

啊，亲爱的萨尔珀冬，
肯定会死于
墨诺提俄斯的儿子帕特洛克罗斯手里。

亲爱的埃德曼托斯，假如咱们的青年不觉得这些故事是令人羞耻的、滑稽的，却一心一意地听，他们也就无法察觉到自己的言行多么卑鄙，多么滑稽，因为他们不过是平凡人。他们遭遇痛苦时会一蹶不振，为微不足道的事情无病呻吟。

埃德曼托斯 你的话非常正确。

苏格拉底 咱们刚才的辩论已经表明：他们不能这么做。在有人给出另外一个结论，并给出一个更好的理由之前，咱们要相信这个结论。

埃德曼托斯 没错，他们不能这么做。

苏格拉底 而且他们不可以放声大笑。当一个人发疯似的大笑不止时，通常会难以抑制自己的感情，变得情绪激昂。

埃德曼托斯　我支持你这个观点。

苏格拉底　假如有人写，一个大人物难以抑制自己的情绪，狂笑不止，咱们千万不可以信以为真。更不用说神灵了。

埃德曼托斯　没错。

苏格拉底　荷马创作出下面这首诗，描写了对诸位神灵的看法，咱们千万不能接受：

> 赫菲斯托斯手中拿着酒壶，围着宴会大厅奔忙。
> 极乐神灵见状，情不自禁地大笑起来。

如你所说，这种的咱们“不可以接受”。

埃德曼托斯　不管怎么说，咱们都不能接受。你要是愿意的话，就当这是我的话吧。

苏格拉底　咱们还要把真实看得比一切都高。就像咱们刚刚说的，谎言对神灵没有任何用处，对凡夫俗子却有一定的药物作用。显而易见，咱们要把这种东西交到医生手中，普通人都不能触摸它。

埃德曼托斯　这再明白不过。

苏格拉底　统治国家的人可以利用它应对敌人，或普通的民众，保障国家的利益。其他人都不能和它产生任何关系。在我们看来，普通人对统治者撒谎和病人对医生撒谎没有区别，就像运动员欺瞒教练，不告诉他自己的身体到底是什么状况，就像水手不告诉舵手有关船只和他本人的情况，以及别的水手的情况。这是在犯罪，甚至是很大的罪。

埃德曼托斯　完全正确。

苏格拉底　在城邦中，统治者要惩罚那些撒谎的人，无论那人是预言家、医生、木工，还是其他工匠。原因是这种行为足以毁灭一个城邦，就像水手会导致沉船一样。

埃德曼托斯 假如他的谎言影响到其他人，就可以毁灭一个城邦。

苏格拉底 克制自己是一种美好的品质，不知道咱们的年轻人是否需要这种品质？

埃德曼托斯 肯定需要。

苏格拉底 许多人觉得，克制自己最重要的是听从统治者的吩咐，以及克制自己在饮食和情爱等方面的欲望。

埃德曼托斯 我赞同。

苏格拉底 在荷马的诗歌中，狄俄墨得斯说过一段话，我觉得非常好：

朋友请先坐下，静静地听我说句话。

以及后面的：

阿开奥斯人害怕领导，
悄无声息地一路向前。

还有一些和这差不多的话，也都非常好。

埃德曼托斯 说得非常好。

苏格拉底 不知道这一行如何？

眼睛像狗，胆量像鹿，就是一个醉汉。

你觉得后面那几行还行吗？别的诗歌和散文描写的普通公民粗鲁地对待统治者的行为还行吗？

埃德曼托斯 不行。

苏格拉底 不应该让年轻人听到这种话，否则他们会变得难以自制。它们带来的其他快乐没什么大不了的。不知道你怎么看？

埃德曼托斯 我支持。

苏格拉底 在荷马笔下，一位非常聪明的英雄说了一段话，赞美人生最幸福的事：

> 宴席摆在眼前，享用不尽的麦饼和肉，
> 侍者调酒倒酒，酒杯空后又倒满。

听过这话之后，是否可以帮助年轻人克制自己的情绪？还听到：

> 人们最痛苦的事情，只有活活饿死。

或听了宙斯的：其他神灵和普通人都睡着了，他由于性欲旺盛，依然翻来覆去地难以入眠，看到化着浓妆的赫拉，两个人情意绵绵，情不自禁地在野外交欢。宙斯告诉妻子说，相比第一次约会，这一次更美妙。瞒着双方父母，瞬间忘记了所有计划。如果听到有关赫菲斯托斯的事，说他因为战神阿瑞斯和爱神阿佛洛狄忒的爱情而用铁链把他们锁住，这能帮助年轻人克制自己吗？

埃德曼托斯 我觉得一点儿帮助都没有。

苏格拉底 咱们应该让年轻人听一些有关名人面对一切艰难险阻依然坚韧不拔，受到侮辱依然可以克制自己的语言、举止的故事。比如他捶打自己的胸脯责问自己："我的心呀，扛住吧，比这糟糕的事情都能熬过了。"

埃德曼托斯　肯定的。

苏格拉底　而且咱们受不了收受贿赂。

埃德曼托斯　肯定受不了。

苏格拉底　所以不可以在大家面前唱诵道：

> 钱可以买通神灵，钱可以买通君主。

咱们不能夸奖阿喀琉斯的导师菲尼克斯，正是他唆使阿喀琉斯把阿开奥斯人的钱拿到手，然后保护他们，不然就一直怒气冲冲的。有人声称阿喀琉斯非常贪婪，收下了阿伽门农的礼品，还说拿不到酬金就不归还人家的尸体，除非收受了贿赂。咱们不能相信这种说法。

埃德曼托斯　不能夸奖他。

苏格拉底　可是，我不愿意说是阿喀琉斯做的这些事情，这样是为了荷马。就算其他人说，我也不会信以为真，不然就是不够虔诚。我也不肯相信，阿喀琉斯告诉阿波罗神的话：

> 远程弓箭手，最歹毒的神灵，欺骗我的感情。
> 我无能为力，若有力量，一定惩罚你。

以及他如何不听河神的吩咐，打算和河神斗争。他还提起，他计划把答应过斯佩耳刻俄斯河神的头发献给勇敢的已故好友帕特洛克罗斯。

咱们不可以相信他会做出这样的事情，也不可以相信他会拖着赫克托耳的尸体，围着帕特洛克罗斯的坟墓跑，在自己朋友的墓前杀死俘虏。阿喀琉斯是一位女神和珀琉斯——主神宙斯的孙子，因自我克制而出名——的儿子，咱们不能让他赢得年轻人的信服。阿喀琉斯由最聪明的喀戎养育成人。这是一个精神错乱的英雄，内心同时存在两种相反的缺点，一种是放纵自己的贪婪，另一种是蔑视神灵和人类。

埃德曼托斯　你的话非常正确。

苏格拉底　所以咱们不能听信谣言，甚至不能让他人这么说，海神波塞冬的儿子忒修斯和主神宙斯的儿子佩里托俄斯去抢掠妇女，这种事情太不可思议了。我们也不能相信，或者容忍他人，说其他神灵的儿子或英雄有胆量干出亵渎神灵的事情，其实这都是现在的诗人们污蔑他们的。咱们要使诗人们承认，并不是神灵的儿子们做的这些事情，或者说并不是神灵的后人做的这些事情。不能让他们唆使年轻人相信，神灵也会变得邪恶，英雄未必好于普通人。总而言之，这样的话都不能说。在前面已经说过，这种话虚伪、缺乏真诚。咱们已经得出结论，神灵不可能变成万恶之源。

埃德曼托斯　这是理所当然的。

苏格拉底　而且这些滑稽的言行对听众没有任何好处，反而会危害他们的利益。原因是，听众会觉得，做坏事没什么大不了的。他们觉得神的后代曾经做过这些坏事，如今依然在做。据诗中所说，他们和神灵是近亲关系：

在高高的山顶上，
伫立着宙斯的祭坛，
祭祀的烟火直插云霄。
他们和宙斯是近亲关系，
血管中的血液和神灵的一样。

为了避免年轻人心中滋生做坏事的念头，咱们务必阻止这种故事的传播。

埃德曼托斯　咱们务必阻止。

苏格拉底　该讲什么，不该讲什么，咱们还要在这个地方做出规定吗？咱们已经给诸位神灵、英雄和冥界下了一个确切的定义。

埃德曼托斯　咱们的确已经下了定义。

苏格拉底　也许只剩下人类还需要下定义，对吗？

埃德曼托斯　当然对。

苏格拉底　朋友，如今咱们还不能给下定义。

埃德曼托斯　怎么不能？

苏格拉底　在我看来，诗人和讲故事的人有关人的重大问题说法不对。他们声称正义者饱受痛苦，不正义的人却大多幸福，还声称做不正义的事情而不被发现就能获利，正义危害自己，对其他人却有好处。咱们要阻止他们说这种话，让他们唱出或说出相反的话。不知道你是否支持我的观点？

埃德曼托斯　我非常支持。

苏格拉底　假如你支持我的观点，我就可以断定，你已经认可咱们寻觅了很久的东西。

埃德曼托斯　你说得不错。

苏格拉底　咱们务必先找到什么是正义，搞清楚对正义者来说，正义到底能带来什么利益——不管在他人眼中，他是否是一个正义的人。首先要搞明白这一点，只有这样才能在有关人的见解上达成一致，也就是该讲什么样的故事，对吗？

埃德曼托斯　非常对。

苏格拉底　就说到这儿吧！别再讨论有关故事的内容了。接下来咱们要说一说故事的文体。如此一来，咱们就可以把内容和形式全部检验一遍，也就是说些什么和如何说的问题。

埃德曼托斯 我不明白你在说些什么。

苏格拉底 我肯定会让你弄明白。讲故事的人，或者诗人，谈论的都是过去、现在或未来的事情。如果你看到这一点，弄明白我的意思也就不难了。

埃德曼托斯 没错，没有其他的了。

苏格拉底 讲故事时，他们用叙述、模仿或二者兼备的方式，难道不是吗？

埃德曼托斯 我有必要深入了解这一点。

苏格拉底 我是一个愚蠢的老师，有些滑稽。只能做到把我的意思一点点地告诉你，却不能立即说清楚想说的话，和那些不善言谈的人并无区别。不知道你是否了解《伊利亚特》开头的那几行诗？在那几行诗中，诗人谈起克律塞斯乞求阿伽门农把他的女儿放了，阿伽门农因此十分生气。克律塞斯请求未果后，便向神灵祈祷，惩罚阿开奥斯人。

埃德曼托斯 我明白。

苏格拉底 下面这两行你肯定也知道：

> 他请求所有阿开奥斯人，特别是
> 阿特柔斯的两个孩子，这两位是大家的首脑。

说到这儿，我们只看到诗人一个人在说话，除此之外，没发现任何人在说话。诗人在后一段中似乎成了克律塞斯，讲话者是那个年迈的祭司，而不是诗人荷马。就这样，诗人讲完了《伊利亚特》剩下的故事、发生在伊塔卡的所有事情，还有所有《奥德赛》中的故事。

埃德曼托斯 的确如此。

苏格拉底 所以，每一段对话内容，还有对话彼此之间的内容，用的都是叙述的形式，没错吧？

埃德曼托斯 肯定没错。

苏格拉底 诗人以对话的形式说话时，似乎成了另外一个人。此时，咱们是否可以说他说话时彻底把自己当成了故事里的那个人？

埃德曼托斯 可以。

苏格拉底 可以说他在模仿他所扮演的那个人吧？因为他使自己的一颦一笑都像那个人。

埃德曼托斯 肯定可以。

苏格拉底 此时的荷马和其他诗人叙述的方式是模仿，对吧？

埃德曼托斯 非常正确。

苏格拉底 假如诗人出现在各个地方，始终不把自己藏起来，就不再是模仿了，他的诗歌只剩下叙述一种形式。我要告诉你该如何做这种事情，免得你说“我不知道”。比如，荷马说过，祭司带着钱来了，要把女儿赎走，请求阿开奥斯人，尤其是请求两位国王。荷马一直使用自己的语气讲，而不是用克律塞斯的语气。他这么说话就是单纯的叙述，没有使用模仿的形式。叙述时，大概是这样的：祭司到来了，祈求诸位神灵，希望阿开奥斯人顺利夺下特洛伊城，然后平安返回。我不是诗人，所以没有使用韵律。他的话说完之后，阿开奥斯人都同意了他的请求，因为他们都是尊重神灵的人。可是，阿伽门农却十分生气，要求祭司离开，永远不要再来，不然就让他的祭司节杖和神冠失效。阿伽门农计划和祭司的女儿在阿尔戈斯城相守一生。他对祭司说，千万不要惹怒他，赶快离开，否则就别想平平安安地回去。因此，那个年迈的祭司在惊恐中悄无声息地走了。离开营帐后，年迈的祭司喊出阿波罗神的很多名字，祈祷神灵，希望念在过去他敬重神灵的分儿上，念在他兴建庙宇、进献祭品的分儿上，给他回报。神应该教训那些阿开奥斯人，让他们的罪孽得到应有的惩罚。朋友，结果就这样成了纯粹的叙述，根本不需要模仿。

埃德曼托斯 我明白了。

苏格拉底 也许，你可以想象一种相反的文体，去掉对话之间诗人叙述的部分，只留下对话内容。

埃德曼托斯 我理解这一点，知道悲剧经常使用这种文体。

苏格拉底 我表达的意思已经被你看破。我曾经无法做到，如今觉得可以清清楚楚地对你说了。诗歌和故事都有两种文体，其中一种是模仿的形式，也就是你说的悲剧和喜剧；另一种是诗人用以表达自己感情的。赞美酒神时，你会发现这种抒情诗体经常被用到。第三种是这两种都用到。假如你明白我在说什么，第三种在史诗中可以找到，在别的诗体中也能找到。

埃德曼托斯 没错，如今我已经知道你在说什么。

苏格拉底 想一下曾经说的话。咱们之前已经讲过，商量好该讲什么问题之后，接下来要想一下该用哪种方式讲。

埃德曼托斯 没错，我还记得。

苏格拉底 我想说的是，咱们一定要做好决定，是否允许诗人使用模仿的方式来叙述，或者允许诗人其中一部分运用模仿、另外一部分不运用，部分运用或者不运用都适用于哪种事情，或者是完全不允许他们模仿。

埃德曼托斯 据我推测，你思考的问题是，咱们是否允许城邦把悲剧和喜剧纳入其中。

苏格拉底 可能是这样，也可能不只是这样。实际上我自己都不清楚。无论需要辩论的是什么，咱们都要辩论，这是我唯一知道的一点。

埃德曼托斯 你的话完全正确。

苏格拉底 埃德曼托斯，咱们务必考虑清楚，守护者是否应该做这方面的模仿者？由之前说过的话推断，任何人都只能干好一种工作，却不能同时做多种工作。假如什么工作都做，每一种都浅尝辄止，到最后什么都做不好，难道不是吗？

埃德曼托斯 没错，的确是这样的。

苏格拉底 在模仿方面也是这种道理，难道不是吗？对于同一个人，难道模仿许多东西可以比模仿一种东西做得更出色？

埃德曼托斯 肯定不可以。

苏格拉底 所以他无法既做有意义的事情，又做一个模仿许多事物的模仿者。同一个模仿者不可能同时做好两种事物的模仿，即便模仿的对象比较接近，比如悲剧和喜剧。你刚刚已经说过，这是两种模仿对象，对吗？

埃德曼托斯 我的确说过这种话。同一个人无法同时模仿两种对象，你的话完全正确。

苏格拉底 一个人不可以既是演员，又是史诗朗诵者。

埃德曼托斯 没错。

苏格拉底 演悲剧和演喜剧都是在模仿，但是一个人却无法同时做好这两种工作，对吗？

埃德曼托斯 没错。

苏格拉底 埃德曼托斯，我觉得人的天赋比这还差，所以无法同时模仿很多事情，根本无法胜任他模仿的那些事情。

埃德曼托斯 非常正确。

苏格拉底 要想不违背开始时的原则，咱们的守护者就要一心一意地致力于城邦的自由事业，舍弃所有无关的行业，不做与目标不符的事情，因此不能做或模仿其他任何事情。假如他们想模仿，应该从小模仿那些对的人，也就是那些有勇气、能自制、真诚、高贵的人。只要是不利于把自己培养成一个高贵的人的事情，都不能做或者模仿。更不用说去模仿丑恶的事情了，因为模仿丑恶也许会让自己变得丑恶。不知你是否发现，从小到大不间断地长期模仿，最终会自然而然地养成习惯，沉淀进本性中，影响一个人的言行和观念。

埃德曼托斯　确实如此。

苏格拉底　咱们怎么可以容忍那些被寄予厚望的男子汉去模仿女人呢？有的年迈；有的年少；有的和丈夫吵架；有的自以为很幸福，便骄傲自满，与神灵争斗；有的遇到挫折就难受地哭泣；更别说患了病、坠入爱情的或正在分娩的女人了。

埃德曼托斯　肯定不行。

苏格拉底　不能让他们模仿那些奴隶，和奴隶做一样的事情，不管那个奴隶是男的还是女的。

埃德曼托斯　的确不能。

苏格拉底　由此可见，也不能让咱们的守护者模仿坏蛋、胆小鬼，或模仿举止和胆小鬼刚好相反的无赖。无赖彼此讽刺、吵闹，不管是在喝醉时还是清醒时，都说一些特别难听的话，或者说其他话、做其他事侮辱他人和自己。那种言谈举止都是疯子的做事风格，我觉得咱们不能让咱们的守护者去学习。守护者有必要了解疯子和品质低劣的男女，却不应该歌颂或模仿这些人。

埃德曼托斯　非常正确。

苏格拉底　他们可以模仿铁匠、别的工匠或三列战舰上的划桨人、划桨人的指挥和其他与此相似的人吗？

埃德曼托斯　怎么会呢？甚至不允许他们去关注这些事情。

苏格拉底　他们可以模仿牛马的嘶吼和河流的咆哮吗？可以模仿咆哮

的海浪和轰隆的雷声吗？

埃德曼托斯 不可以。因为已经禁止他们做一个疯子，或模仿一个疯子。

苏格拉底 假如我的判断没有错误，我觉得你想表达的是，当那些本性很好的人想发表见解时，可以使用一种语言和叙述方法。出身和教育都刚好相反的人可以使用另外一种完全不同的语言和叙述方法。

埃德曼托斯 这两种语言和叙述方法到底是什么？

苏格拉底 我是这样想的。在叙述时，正派的讲故事者讲到一个人的正派言论时，他特别希望自己就是那个人，模仿他模仿得特别像，不觉得那是一种耻辱。他特别喜欢模仿好人惯用的讲道理的言谈举止。假如这个人出现变化，比如患病、害了相思、醉得一塌糊涂，或遇到祸患，他就不太情愿模仿他了；就算最后模仿了，也是出于无奈。一旦他讲到的那个人比不上自己，他就很难提起兴趣去模仿他。就算遇到一个偶尔出现一些优点、值得模仿一下的人，他也经常会觉得羞涩，只是偶尔模仿一两次。他不擅长模仿这类人，也讨厌自己，所以会退而求其次，把坏蛋或遭遇的事情当作自己的模仿标准。只有一个例外，那就是心中鄙视他们，怀着讽刺他们的目的模仿他们。

埃德曼托斯 这种可能性非常大。

苏格拉底 他会运用咱们以前说过的那种叙述方式，也就是在荷马的诗歌中举例子说明的那种兼具叙述和模仿的方式，并且叙述比模仿多出很多。我的话没错吧？

埃德曼托斯 没错。这类讲故事的人肯定会这么做。

苏格拉底 还有一种什么话都说的讲故事的人。那类人品行越差，就越肆无忌惮，敢模仿任何事情，而且觉得每一样事情都有模仿的价值。因此想尽各种方式，在公众场合认认真真地模仿任何一样东西，其中有我刚刚说到的雷声、风声、雹声、车轮声、喇叭声、长笛声、哨声，各类乐器都能模仿，甚至可以模仿狗、羊和鸟的叫声。因此，他讲的故事很少有纯正的叙述，大多都是模仿声音和姿态。

埃德曼托斯 这类讲故事的人肯定会这样。

苏格拉底 我所谓的两种语言就是这样的。

埃德曼托斯 没错。

苏格拉底 在这两种语言中，有一种变化很少。假如它的声调和节奏都合适，就会让讲故事的人用同一个声调和节奏，难道不是这样吗？

埃德曼托斯 确实是这样的。

苏格拉底 不知道另外一种语言如何？是否刚好相反？假如要给它一个合适的表达方式，那它需要的声调和节奏就是多种多样的。原因是这种语言变化多端。

埃德曼托斯 非常正确。

苏格拉底 每一位诗人，或以说唱的形式讲故事的人，选用的语言都是上面这两种类型中的其中之一，或者两者都用到。可以这么说吗？

埃德曼托斯 肯定可以。

苏格拉底 咱们的城邦应该做些什么？是接受每一种类型的语言，还是接受没掺杂到一起的两种语言类型中的其中一种？或者接受那个混合到一起的类型？

埃德曼托斯 假如让我选择，我会选择模仿善良的那个类型。

苏格拉底 但是，亲爱的埃德曼托斯，大家最喜欢的是混合到一起的类型。特别是小孩子、照顾小孩子的保姆们和大众。大家最喜欢的刚好和你的选择相反。

埃德曼托斯 大家的确最喜欢这一点。

苏格拉底 可能你会分辩说这不符合咱们的城邦制度。原因是咱们的人并不是什么都擅长的全才，甚至每一个人只可以做一件事情。

埃德曼托斯 的确不符合。

苏格拉底 所以只有咱们的城邦是这种模样。咱们可以看到，鞋匠常常只做鞋匠工作，而不是既做鞋匠又做舵手。农民常常只做农活，而不是既做农活又当法官。士兵常常只做士兵，而不是既做士兵又做商人，其他人也是同样的道理，难道不是吗？

埃德曼托斯 没错。

苏格拉底 我觉得一定有人可以凭借自己的一点儿小聪明模仿万事万物，无论模仿什么都可以特别像。他来到我们的城邦中，朗诵诗歌，彰显才华，令我们佩服。我们把他当成神圣的人物，觉得他是一个很受人们喜爱的非凡人物，不过也会告诉他，法律禁止这种人出现在我们的城邦中，所以这里不能有这种人。我们会把香油涂抹在他脑袋上，给他戴上缠绕着羊毛的花帽子，以礼相待，把他送到其他城邦去。为自身的利益着想，我们要任命一些比较严肃、正统的诗人或讲故事的人，模仿好人的语气，依据最初创立法律、教育咱们的战士时制定的规则讲故事或歌唱故事。

埃德曼托斯 如果我们有这么做的权力，就要去这么做。

苏格拉底 朋友，如今咱们已经说好该讲什么、该怎么讲，所以可以肯定地说，咱们已经讨论好音乐中与语言和故事相关的问题。

埃德曼托斯 我也这么觉得。

苏格拉底 是否还有吟唱诗歌和曲调的问题没有讨论？

埃德曼托斯 肯定是的。

苏格拉底 如果咱们的看法和之前提到的一样，到了这儿，所有人都能看到咱们对这个问题怎么看了。

格劳孔 （面带微笑）苏格拉底，你说的“所有人”也许并不包括我。

时间太过仓促，尽管我有一些见解，却把握不了咱们应该怎么说。

苏格拉底　据我推测，你肯定有足够的自信说，词、声调和节奏是诗歌的三个组成部分。

格劳孔　没错，我明白这一点。

苏格拉底　从词的角度来看，我想唱的词和想说的词其实是一样的，一定要和我们说过的那种内容和形式保持一致。

埃德曼托斯　没错。

苏格拉底　另外，声调和节奏一定要和歌词保持一致。

格劳孔　肯定要这样。

苏格拉底　但是我们说过，咱们不能把令人哀愁的字词写进歌词中。

格劳孔　咱们不能这样。

苏格拉底　你对音乐比较了解，请和我说一下挽歌式的音调指的是什么。

格劳孔　所谓的挽歌式的音调，就是掺杂在一起的吕底亚调，高音的吕底亚调，还有和这类似的音调。

苏格拉底　它们对那些有上进心的妇人都没有什么用处，更不用说对男子汉了，所以咱们务必把它们废除。

格劳孔　非常正确。

苏格拉底　而且守护者不应该喝酒，也不应该懒惰或一蹶不振。

格劳孔　肯定是的。

苏格拉底　什么调子这么柔软无力啊？

格劳孔　伊奥尼亚调和部分吕底亚调都柔软无力。

苏格拉底　行吧！朋友，这种柔软无力的调子对战士有用吗？

格劳孔　没有任何用处。由此可见，你剩下的只有多利亚调或佛里其亚调了。

苏格拉底　我对曲调缺乏了解，希望有这么一种曲调，它能帮助我们模仿勇士的声音，模仿他们被派到战场参加战斗或被强征去做其他事情，遭遇失败、受伤、死亡或遭遇其他磨难时勇敢地面对的场景。我还希望有这么一种曲调，可以模仿工作人员的日常工作。这种工作是自愿的，而不是被迫的。或正在全力说服他人去工作。如果对方是人，就用劝导的方式；如果对方是神灵，就用祷告的方式。或者听其他人的劝导、请求或批评，如果说得好，就虚心地采纳意见，小心翼翼地改正缺点。咱们有被迫和自愿这两种曲调，可以模仿出大家成功和失败的声音，也可以模仿出大家节制和勇敢的声音。

埃德曼托斯 我刚刚提出的多利亚调和佛里其亚调正是你需要的两种曲调。

苏格拉底 演奏乐器或唱歌时，咱们无须使用多弦乐器，也无须使用可以演奏出所有音调的乐器。

埃德曼托斯 我认为你的话非常正确。

苏格拉底 竖琴和特拉贡琴都是多弦乐器和多调乐器，所以咱们不能供养制造这些乐器的人，是吗？

埃德曼托斯 我觉得是的。

苏格拉底 是否应该让制造长笛和演奏长笛的人来我们的城邦？是否可以这样说，在众多乐器中，长笛的音域最广，其他多音调乐器只是在模仿长笛？

格劳孔 显而易见。

苏格拉底 城中使用的乐器有里拉琴和基萨拉琴，如今你只有这两样了。在乡下，牧人们习惯演奏一种短笛。

格劳孔 这就是我们讨论的结果。

苏格拉底 我们支持阿波罗和他的乐器，却不喜欢马叙阿斯和他的乐器。朋友，做出这种选择其实不是我们自己想出来的。

格劳孔 没错，我也认为不是我们自己想出来的。

苏格拉底　咱们已经在潜移默化中净化了我们刚说过的这个奢靡的城邦。

格劳孔　这话说得很对。

苏格拉底　既然如此，咱们继续做净化工作。说完曲调，再说一下节奏吧！不能追求复杂的节奏，也不能追求多种多样的韵律。首先要想一下哪种生活节奏有条不紊，而且不缺乏勇气。让音步[1]和韵律适应这种生活词汇，而非让这种生活词汇适应音步和韵律。不过，你要告诉我们这种节奏具体是什么，正如你在上面对我们说什么是曲调一样。

格劳孔　我根本说不出来，只明白音步有三种组成形式，正如音阶有四种组成形式，所以只能告诉你这些。可是，我不懂不同的音步模仿的具体生活是什么样的。

苏格拉底　这个方面要请教一下戴蒙，让他告诉我们什么样的节奏适合模仿卑鄙、凶残、疯魔或别的罪恶，什么样的节奏适合模仿刚好与之相反的因素。我好像听戴蒙提起过一种战舞曲，被他说成是复合节奏，还被他说成是长短短格和英雄体的节奏。我搞不明白他是如何编排的——长的和短的彼此交替，高的和低的分不清楚。假如我记得没错，他分别把这两种叫作短长格节奏和长短格节奏，另外还有长音节和短音节。我认为，他在这些谈话的个别地方对音步和节奏都做了赞赏或批评，或者赞赏或批评的是二者共有的地方。我确实说不清楚到底是怎么回事儿。我已经说过，可以向戴蒙请教，这些不是一句两句就能说清楚的问题，不知你怎么看？

[1] 在英文诗歌中，重读和非重读音节的特殊性组合就叫作音步。音步类似音乐中划分的小节，而轻重类似每小节中的强弱拍，有规律地重复。一个音步一般含有两个或更多的音节，其中有一个音节承担主要重音。

格劳孔 没错，我觉得肯定是这样的。

苏格拉底 但是你对某一点可以立即作出决定，优美和丑陋紧紧地跟着好的节奏和糟糕的节奏。

格劳孔 没错。

苏格拉底 而且好的节奏就像影子一样紧紧地跟着好的词语。糟糕的节奏也紧紧地跟着糟糕的词语。音调也是同样的道理。咱们已经说过，不是词语跟着节奏和音调，而是节奏和音调跟着词语。

格劳孔 没错，肯定是节奏和音调跟着词语。

苏格拉底 你觉得词语怎么样，词语的风格又怎么样？它们和心中的精神状态是否一致？

格劳孔 肯定是的。

苏格拉底 剩下的一切都跟着词语吗？

格劳孔 没错。

苏格拉底 精神状态好了，才能产生好的词语、音调、风格和节奏。那些不够聪明的老实人所处的精神状态，并不是我们所说的好的精神状态。那些头脑灵活、人品优秀的人所处的精神状态才是。

格劳孔 非常正确。

苏格拉底 年轻人要做那些他们该做的事情，无论在什么领域，都应该追求这些东西，难道不是吗？

格劳孔 他们的确应该这样做。

苏格拉底 这种特质充分体现在绘画当中，这个类型的技艺都蕴含着这些特点，像纺织、刺绣、建筑和家具制作，以及动物身体和植物株体的自然状态。原因是，这些事物中都存在美妙，也都存在丑恶。糟糕的风格、节奏和音调，就像是糟糕的词语和品性。好的风格、节奏和音调，就像好的头脑、品行。

格劳孔 非常正确。

苏格拉底　也就是说，只有诗人和艺人身上有问题，对吗？咱们务必看好诗人，逼迫他们创作出品性好的形象，否则就剥夺他们创作诗歌的权利。咱们还要看好其他艺人，禁止他们在绘画、雕刻、建筑或其他艺术作品中创作出凶恶、下流、放纵和卑鄙的品性恶劣的形象。惩治那些不听话的人，剥夺他继续创作的权利。不能让咱们的守护者从小就接触这些邪恶的形象，仿佛身处长满毒草的牧区的牛羊，日积月累地咀嚼反刍，内心在潜移默化中变得邪恶。所以一定要找到一些伟大的艺人，借助他们非凡的才华和优秀的品德开拓出一条美妙、和善的大路，供年轻人沿路前行，进入一个美好的环境。看在眼中、听到耳中的都是那些美妙的艺术品，让他们从小就生活在美妙理性的环境中，就像被春风吹拂，被雨露滋润，潜移默化中受到教育。

格劳孔　对于他们，没有什么教育比这更好了。

苏格拉底　格劳孔，为什么要在孩童时期就抓好文艺教育工作？就是因为这一点。孩童接受良好教育的熏陶，内心深处铭记节奏和声调，像在心底生了根一样，根基十分牢靠，自然就会成为一个温顺、懂礼貌的人。糟糕的音乐教育只会造成完全相反的局面。让孩童接受适当的音乐教育，可以让他对人们的作品和大自然的缺点变得敏锐，进而厌恶不好的事物，赞美美妙的事物，从中受到鼓励、熏陶，内心因此变得纯洁、善良。虽然他年龄还小，知道是这个样子，不知道为什么是这个样子，但他会很自然地批判、厌恶邪恶的东西。等他成年后，理解了其中的道理，再联系到曾经接受的教育，他自然会立刻欣然接受。

格劳孔　正是因为这个，我觉得应该在孩童时期抓好音乐、文艺教育工作。

苏格拉底　和咱们学写字没什么不同，只有做到这样才能说自己学会写字了：无论这些为数不多字母出现在怎样的组合当中，都能被我们识别出来；不论词长词短，都不会被我们忽视；不管它们在什么地方，咱们都会着急认识它们。似乎如果做不到这些，就算不得真正识字。

格劳孔 你的话非常正确。

苏格拉底 同样的道理，假如水里或镜子中出现字母，没认识字母之前，咱们就不可能认识这些映像。原因是认识这两样东西都建立在相同的技能之上。

格劳孔 的确是这样的。

苏格拉底 同理可知，咱们和咱们那些要接受教育的守护者，可以认识节制、勇气、大气和崇高等美好的品德，还有和这些刚好相反的众多邪恶的本来面目，也可以认识它们的所有组合形式。也就是说，不管它们出现在什么地方，咱们都可以把它们和它们的映像辨别出来。不管是在大事物中，还是在小事物中，都要重视它们。坚信认识它们和它们的映像都要学习相同的技能。还没能力这样做之前，咱们和咱们的守护者都算不上是有音乐教养和文艺教养的人，难道不是吗？

格劳孔 的确如此。

苏格拉底 假如有一个人，他的精神状态非常好，外在形体与内在心灵彼此协调，也非常美，如此十全十美的人，在一个懂得思考的鉴赏家眼里应该是一道美丽的风景，难道不是吗？

格劳孔 没什么比这更美妙了。

苏格拉底 最美妙的往往也是最可爱的。

格劳孔 没错。

苏格拉底 一个接受过音乐教育的人，最喜欢的就是这种十全十美的人，却不会喜欢上有缺点的人。

格劳孔 他不会喜欢上一个内心有缺点的人，却可以接受甚至喜欢上身体有缺点的人。

苏格拉底 从你的语气中可以判断出，你的好友中有这种人。你这样划分人，我表示支持。不过，烦请你回答我，太幸福的生活与节制是否可以同时存在？

格劳孔 不可能同时存在！太幸福的生活就像悲痛一样，会让人忘形失态。

苏格拉底 太幸福的生活和其他美好的德行可以同时存在吗？

格劳孔 不可以。

苏格拉底 和无礼、纵容可以同时存在吗？

格劳孔 肯定可以。

苏格拉底 是否有一种事物，带给人的幸福超过色欲带给人的幸福？

格劳孔 任何一样事物都没有这么强烈。

苏格拉底 有节制地爱那些秩序井然的、美妙的事物，才算是真正的爱，难道不是吗？

格劳孔 我觉得这种说法非常正确。

苏格拉底 有了真正的爱，是否就可以让所有接近疯魔和放纵的事物靠近它？

格劳孔 不可以。

苏格拉底 真正付出爱的人，以及被爱的人，都不可以让接近疯魔和放纵的幸福靠近他们。

格劳孔 没错，苏格拉底，不可以让这种幸福靠近他们。

苏格拉底 应该这样做，非常好！由此可见，在我们正要组建的城邦中有必要制定一条法律：如果付出爱的人能够说服被爱的人，他就可以亲吻、陪伴、爱抚被爱的人，正如一个父亲对自己的儿子那样，是出于美好的目的。否则和被爱的人接触时，他一定要十分谨慎，绝对不可以做出任何逾矩的举动。若非如此，就会被指责为一个没有接受过真正的音乐熏陶、趣味低级的人。

格劳孔 的确如此。

苏格拉底 有关音乐教育的问题，咱们就讨论到这里，不知道你是否同意？我认为这样结束非常合适。原因是音乐教育的终极目标正是爱那些完美的人。

格劳孔 我赞同。

苏格拉底 年轻人不只是要接受音乐方面的教育，还要接受一些体育锻炼。

格劳孔 没错。

苏格拉底 要让咱们的守护者从孩童时期就开始接受一些体育锻炼，而且一生都不能间断。这是我的见解，不知你意见如何？原因是，我认为有好身体不一定就有好心灵，相反，有好心灵也不一定有好身体，不知道你是否赞同？

格劳孔 正如你所说，我也是这么想的。

苏格拉底 我提议充分锻炼咱们的心灵，让它负责照顾身体的方方面面，咱们只提出一个准则，不要婆婆妈妈的，你觉得可以这样做吗？

格劳孔 可以。

苏格拉底 我们已经讲过，守护者绝对不能经常喝酒，因为在这个世界上，最不可以喝醉酒的人正是这些人。一个人一旦喝醉，就会变得缺乏理智。

格劳孔 天底下竟然还有这么荒谬的事情？守护者怎么可以反倒需要别人的守护呢？

苏格拉底 在食物方面该怎么办呢？在大规模竞赛中，咱们的守护者是真正的战士。

格劳孔 没错。

苏格拉底　不知道我们当前发现的战士照顾身体的习惯是否与这项任务相符合。

格劳孔　可能勉强符合。

苏格拉底　他们喜欢睡觉，这种习惯危害健康。不知道你是否已经发现，他们一生的时间都耗费在睡觉上，只要稍微偏离现有的生活习惯，就会患一种非常严重的疾病。

格劳孔　我发现了。

苏格拉底　战争时期，战士们要接受更精细的锻炼。警犬整夜不睡觉，视觉和听觉都十分灵敏，他们应该像这些警犬一样，在战斗时可以喝各种水，吃各种食物，即便在烈日之下暴晒，袒露在大风、大雨之中，也可以甘之若饴。

格劳孔　非常正确。

苏格拉底　最完美的体育和咱们刚刚叙述的音乐教养和文艺教养非常相似，难道不是吗？

格劳孔　为什么这样说？

苏格拉底　我所说的完美的体育，意思是简单、适当的体育锻炼。

格劳孔　能告诉我详细的方式吗？

苏格拉底　荷马的诗歌里记录着详细的方式。战斗英雄们聚餐时，部队就驻扎在赫勒斯滂海峡[1]，荷马在战争时期却不让他们吃鱼，甚至不让他们吃炖肉。在任何地方，有火就能做烤肉，操作简单，不用把瓶瓶罐罐带在身边，所以只让他们吃烤肉。

格劳孔　的确是这样。

苏格拉底　我知道，荷马没提到甜品。所有接受训练的战士都应该明

[1] 今达达尼尔海峡（恰纳卡莱海峡）的古称，位于小亚细亚半岛与巴尔干半岛之间，连接着欧亚两洲。

白，必须远离这些东西，才能拥有强健的体魄。

格劳孔 他们都明白这个道理，已经远离甜品，做得非常好。

苏格拉底 朋友，你觉得他们做得非常好？既然这样，你肯定反对叙拉古的宴会，也肯定不会认可西西里品类繁多的美味佳肴。

格劳孔 我不会认可的。

苏格拉底 一个男子想要保持健康的体魄，就不可以找一个科林斯小姐当情人，你觉得呢？

格劳孔 肯定不可以。

苏格拉底 令人欢喜的雅典糕点肯定无法得到你的认可，对吗？

格劳孔 非常正确。

苏格拉底 在我看来，这些品类繁多的饮食类似于多种音调多种节奏的诗歌作品。

格劳孔 的确如此。

苏格拉底 音乐太繁杂会令人放纵，饮食太繁杂会让人生病。简简单单的音乐文艺教育让人学会节制，简简单单的体育锻炼令人身体强壮。

格劳孔 说得非常正确。

苏格拉底 假如城邦中到处都是放纵和疾病，肯定处处都是法庭和药店。法官和医生将会变得傲慢，许多自由民都被迫向他们卑躬屈膝。

格劳孔 肯定会导致这种局面。

苏格拉底 医生和法官太傲慢，但是下层阶级的人和技术工人却离不开他们，接受自由人教育的上层阶级的人也离不开他们。你们的城邦中没有法官，所以从其他城邦请来法官，让他们出任你们的君主和审判者。这最能证明城邦教育丑恶的本质，最能说明教育已经丑恶到极限，难道你们不这样认为吗？

格劳孔 确实已经丑恶到极限了。

苏格拉底 不知道你是否发现，有一种情况比刚刚提到的那种情况更加无耻。一个人总是和别人打官司，大多数时间都耗费在上面，一会儿做原告，一会儿又做被告。因为找不到一种更有意义的生活方式，所以整天要手段、玩心计，黑白不分，各种借口，非要把黑的说成白的。这一切的目的何在？仅仅是毫无意义的争执！他不明白，不去理会那些不认真的法官为自己规划的生活，会更美妙、更高尚。

格劳孔 没错，相比前面提到的，这种情况更无耻。

苏格拉底 除非受了伤，或得了一种季节性疾病，一个四处求医的人更加无耻。无所事事和我们提到的那种好吃懒做的生活，都会让身体像一块沼泽地那样，到处都是水汽。因此，阿斯克勒庇俄斯善于发明的子孙后代发明出腹胀和痢疾等奇怪的疾病名称，难道这不是更无耻吗？

格劳孔 这些疾病的名称的确很奇特。

苏格拉底 我觉得，阿斯克勒庇俄斯时期根本不存在这种东西。我得出这个结论的依据是特洛伊的故事。在特洛伊战争时，欧律皮吕斯受了伤，一位夫人让他喝普拉纳酒，里面掺进一些大麦粉和小块的乳酪。显而易见，这是一服热药。可是，阿斯克勒庇俄斯的儿子们没有指出她的药用错了，也没有指出看护人帕特洛克罗斯犯了错。

格劳孔 他受了伤，的确不应该服用这种药。

苏格拉底 在赫罗迪科斯之前的医生们，给人治病时并没有使用这种药物。假如你知道这一点，就不会觉得有什么奇怪的了。赫罗迪科斯是一位教练，由于得了病，竟然把医术和体操混合到一起，不仅让自己饱受折磨，还给后来的很多人带来祸患。

格劳孔 为什么会这样？

苏格拉底 他身患绝症，却凭借长年累月的精心保养而活了许多年。可是，他一直未能治愈痼疾。所以，他一生只做了一件事情——为自己治病。他整天忧心忡忡的，唯恐出现纰漏，唯恐没有恪守养生习惯。他饱受病痛的折磨，却凭借自己的医术活了很长时间。

格劳孔 这是在奖励他的医术，至高无上的奖励。

苏格拉底 他配得上这个奖励。像他这类人，根本不明白，阿斯克勒庇俄斯不把医术传给子孙，原因并不是医术不够精湛，而是觉得秩序井然的城邦中的每一个人都应该做自己的专职工作。大家哪有治病的时间啊？无休无止地治疗自己的疾病根本就是一件不现实的事情。咱们发现工人这么做时，会觉得特别滑稽，但是发现家财万贯的人或有福气的人这么做时，就当作没看到一样。

格劳孔 为什么会出现这种情况？

苏格拉底 一个木匠得了病，会请医生给他开药，通过上吐下泻的方式排出疾病，或者请医生运用烧灼、动手术的方式为他治病。假如医生要求为他长期治疗，把他的脑袋包扎得严严实实的，他会毫不犹豫地拒绝，说自己没有养病的时间，不可能对自己的工作不管不顾，整天都想着自己的病。这种生活太无聊了！他会向医生道别，然后回家继续做自己的工作。可能他会身体康复，继续生活下去，像往常那样工作，也可能他的身体扛不住，最终死亡，什么麻烦都没了。

格劳孔 大家会觉得，这些人运用了恰当的医术。

苏格拉底 他一定要做一种工作，否则就会觉得活下去没有意义。

格劳孔 的确如此。

苏格拉底 对于一个富有的人，我们不会说，他一定要做一种工作，否则就觉得活下去没有意义。

格劳孔 我没听到有人这么说过。

苏格拉底　福库利得斯说过一句话“填饱肚子之后，要有道德”，不知道你是否听说过？

格劳孔　我觉得填饱肚子之前也要有道德。

苏格拉底　行吧！咱们无须因为这一点和他争论。咱们先搞明白一点吧！富人是否应该有道德？假如没有，那活着还有什么意义？整天注意保养身体是否会妨碍专职木匠或其他技术工人，但不妨碍他们听从福库利得斯的劝导？

格劳孔　没错，除了锻炼身体，还要注意保养身体，肯定会严重妨碍他们听从劝导。

苏格拉底　这肯定会严重妨碍管理家务、服兵役和上班办公。学习任何东西，思考任何事情，都会变得困难重重，这才是最坏的事情。整天神经兮兮、顾虑重重，把这些都归罪于哲学研究。不管在什么地方，只要有人做相似的道德实践和锻炼，这种对身体的保养就会成为阻碍。它会让人觉得身体不适，无时无刻不为身体而感到痛苦。

格劳孔　肯定是这样的。

苏格拉底　所以，咱们可以得出一个结论，阿斯克勒庇俄斯早就明白这个道理了。有些人的身体素质非常好，生活比较规律，疾病很少。他把医术传授给这些人，借用药品或外科手术治好疾病，之后告诉他们像往常一样生活，让每个人都能够各司其职。但是对于那些身染重病的人，他却不愿意让他们养成规律的饮食习惯，也不愿意使用一点点抽出或注入的疗法为他们诊治，让他们在病痛的折磨中生活，进而生出身体素质一样很差的孩子。身体素质不达标的人只会拖累自己的国家，危害自身，所以他觉得为他诊治很不划算。

格劳孔　从你的话中得知，阿斯克勒庇俄斯是一个很有政治头脑的家伙。

苏格拉底　没错。他的孩子们也像他一样，是特洛伊战场上的好士兵、好医生。他们为人诊断、治疗疾病时，所使用的方法就是我在上面提到的那种。不知道你是否已经听说，潘达洛斯一箭把墨涅拉俄斯射伤。他们将淤积的血吸出来，把缓解伤痛的草药敷在上面，却没有为他规定饮食。

他们觉得就应该像往日对欧律皮吕斯那样，只需要在伤口上敷上一层草药，或者让伤员偶尔喝一种奶酒。因为这些伤员的身体素质非常好，生活也很朴素。可是，他们觉得不应该用自己的医术救治那些身体素质很差却不懂节制的人，因为他们觉得这些人活着对自己没有任何好处，还会拖累别人。他们不愿给这些人治疗，尽管这些人比弥达斯[1]还富裕。你还记得这些故事吗？

格劳孔 听了你的话后，我觉得阿斯克勒庇俄斯的孩子们真伟大。

苏格拉底 他们确实很伟大。可是，悲剧家们和诗人品达却不这样认为。他们一方面声称阿斯克勒庇俄斯是太阳神阿波罗的儿子，一方面又说他因为收受贿赂治愈了一个快要死的富人，因此被闪电劈死了。根据前面所说的，我们不能同时相信他们两个的说法：因为如果他是神的儿子，他就不应该贪心；如果他贪心，他就不是神的儿子。

格劳孔 就说到这儿吧！你的话非常正确。苏格拉底，我想请教你一个问题。在城邦中，我们是否要有好医生？最好的医生有一个标准，那就是曾经为多数人治疗疾病——不管是天生身体素质好的患者，还是天生身体素质不好的患者。同样道理，最好的法官是不是也有一个标准，那就是和各种人都有过往来？

苏格拉底 毫无疑问，咱们需要好医生和好法官。可是，你是否知道我说的这个“好”怎么界定？

---

[1] 希腊传说中从酒神那里学会点石成金术的贪心的国王。——编者注

格劳孔 如果你不对我说，我就不可能知道。

苏格拉底 行，我试一下吧！我觉得这两样东西完全不同，可是你却把它们混淆到一起了。

格劳孔 为什么这么说？

苏格拉底 假如医生从小就开始学习医术，了解过各种各样的病人，自身身体素质比较差的医生甚至亲身体验过各种疾病，此类人的确有可能成长为医术精湛的医生。原因是，我觉得他们并非靠自己的身体，而是靠自己的心灵治疗疾病。假如他们靠自己的身体治疗疾病，咱们就要保证他们有一个健康的身体。假如他们的心灵不健康，也就失去了治疗疾病的能力。

格劳孔 你的话非常正确。

苏格拉底 朋友，法官是用心灵治疗心灵。从小就要让他们远离邪恶的心灵，更不用说让他们像医生诊治病人那样，借助从犯罪中获得的经验，在审判案件时迅速推断犯罪过程了。假如想成为法官的人要心怀美好，公平公正，做出准确的判断，年轻时就要让自己的心灵远离邪恶的人和事。坏人心中有一个坏榜样，好人却没有，所以年轻时就特别单纯，很容易上当。

格劳孔 他们确实有过这种感受。

苏格拉底 所以好法官都是年龄比较大的人，而不是年轻人。他们学习多年，年龄比较大时才看明白什么是不正义。他们没有把不正义看成自己心灵的一部分，而是长期观察发现，不正义是其他人心灵的一部分，是其他人的东西。他们对不正义的认识只通过知识这一条途径，而非通过个人的经验，最终弄明白不正义有多邪恶。

格劳孔 人们会觉得没有哪个法官比这种法官更高贵了。

苏格拉底 还是一个好法官。心灵好的人可以被称作“好”，“好”这个字正是你谈论的那个问题的主题思想。但是，那些性格多疑、奸诈的人，还有那些做了很多坏事的人，觉得自己做的事情天衣无缝，不会被任何人察觉。和自己相似的人来往时，他的心灵看到的是一个糟糕的对象，所以他看起来头脑灵活、做事干练。可是和好人或经验老到的人来往时，经常怀疑一些不该怀疑的东西，所以看起来非常笨。他心中没有一个好榜样，因此无法辨认出好人。相比碰到的好人，他碰到的坏人更多，因此，大家都觉得他不是一个傻瓜，而是一个头脑灵活的人。他自己也这么认为。

格劳孔 确实如此。

苏格拉底 明察秋毫的完美法官是前一种人，而不是后一种人。邪恶无法分辨什么是美德，什么是邪恶。美德天生就存在，经过教育，它可以分辨什么是美德，什么是邪恶。所以我觉得，只有好人才能做一个明察秋毫的法官，坏人是不可能做到的。

格劳孔 我赞同。

苏格拉底 咱们都认同医术和司法在身体健康和心灵健康方面对天生健康的公民都有益。对那些身体不健康的人，城邦放任他们的生命走向终结。对那些心灵邪恶同时又无法救治的人，城邦坚决把他们处死。不知道你是否要在我们的城邦中把这样的医术和司法制定成法律?

格劳孔 已经有证据表明，这种方案是不错的选择。对城邦如此，对被惩治者也是如此。

苏格拉底 如此一来，咱们提到的那种简简单单的音乐文艺教育就会影响到年轻人，让他们培养出节制的好习惯，也就用不着打官司了，因为他们肯定可以自我约束。

格劳孔 没错。

苏格拉底 这些青年受到音乐教育的影响，假如愿意接受体育锻炼，朝相同的目标努力，医术对他们而言就会变成几乎毫无用处的东西。

格劳孔 我觉得的确如此。

苏格拉底 普通的运动员仅仅注重养成规律的饮食习惯，目标是让自己的臂膀更粗壮、力气更大。但是，这些青年不惧艰难地锻炼身体，目标并非只是为了像普通的运动员那样使力气更大，而是为了锻炼自己的心灵。

格劳孔 你的话非常正确。

苏格拉底 格劳孔，不知道我是否可以这样说：一些人觉得，以音乐和体育为基础开展教育的立法家，目标是用音乐陶冶情操，用体育强健体魄；其实并非如此。

格劳孔 为什么？

苏格拉底 因为他们已经说过，音乐和体育这两个方面的教育对象都是心灵。

格劳孔 不可能吧？

苏格拉底 不知道你是否发现，把一辈子的时间都投入到体育运动或音乐文艺教育，对另一项却不管不顾，对心灵会造成什么样的影响？

格劳孔 你这话是什么意思？

苏格拉底 我的意思是，一个会导致蛮横和残忍，另一个会导致软弱和顺从。

格劳孔 非常正确。我已经发现，那些专注体育运动的人通常太蛮横，那些专注音乐文艺的人又太过软弱。

苏格拉底 天生的激情确实会导致蛮横，假如借助适当的训练加以调教，就可以把它转化成勇猛。但是，如果训练得太过分，就会转变成残忍、蛮横。

格劳孔 我也这么认为。

苏格拉底 在人性中，温顺是智慧中的一种特性吗？是否可以说，一旦培养过度，这种特性就会转变为软弱？或者说培养适当就会转变为温顺、秩序井然？

格劳孔 的确可以这么说。

苏格拉底 不过，我们知道，咱们的守护者要同时具备这两种品质。

格劳孔 他们确实应该如此。

苏格拉底 这两种品质之间要相互协调，对吗？

格劳孔 非常正确。

苏格拉底 这两种品质相互协调的人心灵肯定温顺、勇敢。

格劳孔 显然是这样的。

苏格拉底 这两种品质不相协调的人懦弱、野蛮。

格劳孔 确实如此。

苏格拉底 行吧！如果一个人陶醉在音乐之中，任由甜美的、软绵绵的，以及咱们之前提起的哭泣的等各种各样的曲调将耳朵当成漏斗，涌入内心深处，把所有的时间都投入乐器奏鸣声和歌声之中，开始的激情部分——假如存在——就会像铁那样，由粗硬变得柔软，制作成可以使用的器材。假如他不明白适时停下的道理，像个疯子似的继续这样做，就会逐渐融化，变成液体，分解掉。最终会让他丧失激情，精神颓废，变成一个懦弱的士兵。

格劳孔 非常正确。

苏格拉底 假如他天生懦弱，不久后就会出现这种精神颓废的现象。假如他天生刚毅，受到刺激后，情绪会变得起伏不定，容易变得愤怒，也容易回归平静。最后成为一个喜欢和他人争吵、动怒的人，一会儿快快乐乐的，一会儿又勃然大怒。

格劳孔 的确是这样的。

苏格拉底 另外，假如一个人把所有的精力都投入到锻炼身体上，胃口就会变好，吃的东西就会变多。再加上他一直不学习文艺和哲学，就会变得身体强壮，心中满是激情，比以前更勇猛。你觉得他会成为这个样子吗？

格劳孔 的确会成为这个样子。

苏格拉底 假如他只对锻炼身体感兴趣，害怕和文艺之神相见，会是什么样的结果呢？他始终没有学习研究，也不明白辩证推理，内心深处的智慧火花将变得灰暗，难道不是吗？心灵没有得到引导和教育，也没有锻炼接受能力，必然导致这种结果，难道不是吗？

格劳孔 的确如此。

苏格拉底 我觉得这类人会变成一个讨厌理论、不懂文艺是什么的人。为了实现自己的目标，他可以像一只野兽那样蛮横、残暴，而不是劝说别人。

格劳孔 没错，就是这样。

苏格拉底 我们发现有两项技术，分别是音乐和体育。我觉得这是某位神灵赏赐给我们的，为人类的智慧和激情这两个部分服务，目的是让智慧和激情这两个方面一张一弛，和谐统一，只不过是顺带为心灵和身体服务。

格劳孔 确实是这样。

苏格拉底 一些人可以协调好音乐和体育，把它们恰如其分地用到心灵上。咱们可以把这些人称为最优秀的音乐家，因为这个称号比较恰当。相比那些只知道和弦与弹琴的人，把这些人称作音乐家要恰当得多。

格劳孔 苏格拉底，你的话非常有道理。

苏格拉底 格劳孔，假如要监护城邦中的宪法，咱们的城邦就需要一个专职监护者，是吗？

格劳孔 的确很需要。

苏格拉底 这些就是和教育、培养公民相关的原则性大纲。何必详细介绍他们的舞蹈、打猎、遛狗、竞赛和赛马呢？细枝末节建立在大纲的基础之上，有了大纲也就有了细枝末节，这是明摆着的事情。

格劳孔 可能会变得比较容易。

苏格拉底 既然如此，咱们接下来该怎么做？要在公民中找出统治者和被统治者分别是谁，对吗？

格劳孔 非常正确。

苏格拉底 显而易见，统治者的年龄要稍微大一些，被统治者的年龄要稍微小一些，是这样吧？

格劳孔 显然是的。

苏格拉底 还有一点也是显而易见的，统治者肯定是他们这些人中素质最高的，是吗？

格劳孔 显然是的。

苏格拉底 所谓的优秀农民，就是那些种田能手，可以这样说吗？

格劳孔 可以。

苏格拉底 如今需要挑选最优秀的守护者，咱们要从最善于守护国家的人中挑选，对吗？

格劳孔 没错。

苏格拉底 首先，他们要有足够的智慧和本领，能担负起守护国家的重任；其次，他们还要把国家的利益时刻记在心中，对吗？

格劳孔 的确如此。

苏格拉底 一个人对自己喜欢的事物常常非常在乎。

格劳孔 肯定是这样的。

苏格拉底 一个人常常最在乎那些和他利益相关、同舟共济的人。

格劳孔 的确如此。

苏格拉底 咱们要从每一个守护者中挑选，选出那些一辈子愿意为国家的利益忙碌、操劳，绝对不肯背叛国家的人。

格劳孔 这些人是最合适的人选。

苏格拉底 另外，我认为咱们要不定时地考核他们，看他们是否能够一辈子都坚定信念守护国家；是否会被魔力诱导，被武力震慑，就不自觉地放弃为国家尽忠的信念。

格劳孔 “放弃”？你这么说是什么意思？

苏格拉底 听我说。我认为信念从心中离开分心甘情愿和被迫无奈两种情况。一个错误的信念离开变好的人是心甘情愿的，每一个正确信念的离开都是被迫的。

格劳孔 关于自愿，我已经很清楚，希望你给我介绍一下不自愿是怎么回事儿。

苏格拉底 没问题。我觉得大家都希望舍弃不好的东西，保留好的东西，不知你是否同意？获得真理是一件好事，被蒙蔽而不知道真理是一件坏事，难道不是吗？什么是得到真理？就是得到一个信念，并且这个信念可以反映真实，莫非你没有这样的感觉？

格劳孔 你的话很有道理。我觉得大家都不愿意自己的正确信念被他人夺走。

苏格拉底 当人们被抢、被骗或被压迫时，常常会被迫放弃。

格劳孔 我又有点儿糊涂了。

苏格拉底 我的话不容易理解。说话时，我肯定成了一个悲剧人物。我说的被抢夺，也就是人们辩论一段时间后被劝服，或不再记得、不自觉地放弃当初的信念。如今，可能你已经明白是什么意思了，是吧？

格劳孔 没错。

苏格拉底 我所说的被压制，说的是大家在困境和危难中改变当初的信念。

格劳孔 我明白你的意思了，说得很有道理。

苏格拉底 你一定知道，我说的被蒙蔽指的是那些受到安逸享乐的诱惑，或因为害怕被威胁而改变信念的人。

格劳孔 没错，所有具有欺骗性的东西都像巫术，可以迷惑心灵。

苏格拉底 咱们之前已经提到，真正要找的是那些坚守自己心中的信念的人，也就是说，他们一定要坚定不移地做自认为有利于国家的事情。他们还年幼时，咱们就要考验他们，让他们做非常容易丢失信念、被蒙蔽的工作。也许有些会放弃信念，被他人蒙蔽。咱们要把那些坚守信念、不被蒙蔽的人挑选出来，把其他人都抛弃，你觉得这样行吗？

格劳孔 行。

苏格拉底 咱们还要考察他们的吃苦能力、心志水平，以及向榜样学习的能力。

格劳孔 非常正确。

苏格拉底 行，咱们还要考验他们的反欺骗能力。大家把小马带到人声嘈杂的地方，以此测试它们是否会受到惊吓。同样道理，咱们要让年轻人经历贫困，之后再给他们一个良好的环境。要细心考察他们，比大家用烈火炼金还要细心，看他们是否可以抵挡住诱惑，是否可以做一名优秀的守护者，无论遇到什么情况，都可以保护好自己接受的文化教育，让自己的心灵处在一个良好的节奏中。如果可以做到这一步，他就会成为一个有利于国家、有利于人民的人。假如从童年、青年一直到成年都可以完美地通过考核，统治者和守护者的职责就可以由他们承担。他们在世时，要给他们以荣誉；他们死亡后，要为他们举行公葬，还要举行一些别的纪念活动。要剔除那些不达标的人。格劳孔，我认为咱们挑选和任命统治者和守护者的总方略就是这样的。我没有把具体的细节都列出来，而是只列出一个大纲。

格劳孔　说得很对，我也认为这样做很好。

苏格拉底　整体而言，咱们确实可以把这些人叫作守护者。他们对外保持警惕，让敌人无法入侵城邦；对内留心朋友，让他们不愿损害城邦。咱们刚才提到的守护者中有一些年轻人是统治者法令的执行者，被我们称为助手，这么说没错吧？

格劳孔　我觉得这么说没错。

苏格拉底　咱们刚提到偶尔说谎，如今也许刚好需要说这么一个谎话，尽量让统治者信服，假如无法让统治者信服，最起码也要让城邦中其他人信服。

格劳孔　说什么谎话？

苏格拉底　一个腓尼基人的古老传说，很久以前就流传在各个地方，没有什么奇怪的。它是诗人给我们讲的故事，让我们觉得像是一件真事。不过，如今我们已经无法听到这个故事，以后听到这种故事的可能性也非常小，人们没有理由继续相信这种故事。

格劳孔　你说话婆婆妈妈的，就不能有话直说吗？

苏格拉底　听我说完你就明白我为什么没有直说了。

格劳孔　担心什么？直接说就行了。

苏格拉底　行，那我就直说了。但是我依然没有十足的信心，不知道自己能否找到一种表达自己意思的语言，先说服统治者们和他们的士兵，再说服另外一些在城邦中生活的人。咱们传授知识给这些人，培养他们。事实上，他们就像是梦幻中的人物。他们出生在地球的深处，使用的武器和装备也是在这里制造而成的。地球就是把他们带到这个世界并把他们培育成人的母亲。他们要把出生之地当成母亲或保姆一样对待，永远记在心中，守护国家的土地，抵抗外敌的入侵，把其他公民当自己的亲生兄弟一样对待。

格劳孔 你刚才吞吞吐吐的，没有直接说出这个谎话，如今我终于明白是什么原因了。

苏格拉底 我肯定不会无缘无故这样做，别抓住这一点不放了，先听一下这个故事的后半部分吧！在这个故事中，我们要对他们说，尽管他们在城邦中都是兄弟，可是被神制造出来时一些人被加进了黄金，所以他们最尊贵，有成为统治者的资格。至于那些身上被加进了白银的人，只配做辅助者，也就是军人。那些身上被加进了铁和铜的人，只配做农民和技术工人。他们都是彼此的亲人，虽然什么样的儿子由什么样的父亲决定，偶尔也会出现千变万化的情况，加进金子的父亲只生出加进银子的孩子，加进银子的父亲却生出加进金子的孩子等。神给统治者下了一道至关重要的命令，让他们悉心守护子孙后代，高度关注子孙后代的灵魂深处是由什么金属组成的。假如自己孩子的灵魂深处被掺杂进一些废旧的铜铁，他们就不能纵容，而是要将其拉低到与其地位相符合的水平，如农民或工人。假如发现农民或工人的后代中存在被加进金子或银子的人，就要抬爱他们，让他们担任守护者或辅助者。别忘了神灵曾经说过的话——“铜铁掌权可以毁灭国家”。不知道你是否可以想出个主意，让这个故事赢得他们的信服？

格劳孔 无论怎么做，都无法让这一代人相信这个故事。但是，我觉得他们的儿子也许会相信，或者他们的孙子会相信，或者他们其他的后代会相信。

苏格拉底 我明白你在说什么。你的意思是，就算这样做，他们依然会热爱自己的国家，热爱自己的人民。不如让这个故事就这样不断地口口相传吧！如今，咱们把这些大地的子孙武装起来吧！由统治者管辖他们。等他们来到城堡后，咱们要为他们寻觅一个适合安营扎寨的地方。他们驻扎在那个地方，可以出兵讨伐叛乱者，也可以抵抗像老虎和豺狼一样的外部敌人。安营扎寨，向神灵献祭，然后为自己修建住房，对吗？

格劳孔 没错。

苏格拉底 要让这些住房满足冬天暖和、夏天宽敞的条件，对吗？

格劳孔 没错。我觉得你说的是他们居住的地方。

苏格拉底 没错。我说的住房不包括商人的住房，而是特指士兵的军营。

格劳孔 你为何这样划分？

苏格拉底 你听我说。牧羊人觉得世界上最令人担心、最无耻的一件事情是，牧羊犬饲养员本应该协助他们管理羊群，却把牧羊犬养得因为放纵、饥饿或其他原因而进攻受保护的羊群，没有一点儿牧羊犬的样子，反倒像豺狼。

格劳孔 的确很令人担心。

苏格拉底 咱们要提高警惕，想方设法预防咱们的助手以这种态度对待公民，不能因为自己的强大而使自己变成一个蛮横的主人，却再也不是性情温顺的盟友，对吗？

格劳孔 咱们的确要提高警惕。

苏格拉底 假如他们接受过良好的教育，就可以保障这一点。

格劳孔 他们的确接受过良好的教育。

苏格拉底 亲爱的格劳孔，咱们还不能说得这么绝对，但是刚才说的那句话肯定是对的，也就是，假如他们对自己和守护者都可以保持温和的性情，就要接受正确的教育，不用理会是什么类型的教育。

格劳孔 说得非常正确。

苏格拉底 所有懂道理的人都明白，咱们不只要给他们提供良好的教育，还要提供居所和其他物品，让他们了无挂碍地做一名优秀的守护者，避免他们迫不得已危害其他公民。

格劳孔 他肯定会说这话，说得没错。

苏格拉底 行，请想一想，假如他们如我们所愿做最优秀的守护者，是否要让他们的生活和居住方式都换成下面说的这种？首先，每个人都只能拥有不可或缺的物品，而不能有其他物品。其次，所有人都不能拥有特殊的房屋或仓库，也就是并非所有人都可以进出房屋或仓库。其他公民为他们提供粮食，回报那些可以赢得战争的聪明、神勇的守护者，每年依照需求发放，不多不少。吃饭和居住时，他们一定要像士兵在战场上那样时刻保持一致。咱们要告诉他们，他们不再需要凡间的金银，因为神灵已经把圣洁的金银赐给他们，永远留在他们的内心深处。凡间的金银是各种罪孽的本源，内心深处的金银是至纯至洁的宝物，所以他们不应该将二者混合到一起，否则会玷污了心中的金银。公民中肯定有一些守护者不得和金银有联系，甚至不可以和它们接触，不可以和它们待在同一个房间，身上不能挂任何金银装饰，不能使用金银杯喝酒。他们就使用这种方法拯救自己和自己的国家。等他们有了自己的土地、房屋或财产，就不再是守护者的身份了，而是房屋和土地的主人，之后会失去人民的盟友的身份，转变成人民的敌人或残暴的君主。他们和人民之间互相忌恨，都想方设法打败对方。他们一辈子都担惊受怕，害怕外来的敌人，更害怕自己国家的人民，最终和国家一同走向覆灭。

苏格拉底 上述原因促使我们宣布，制定出一条法律，把这种住房和其他所有事物都赐给守护者，咱们是否要这样做？

格劳孔 肯定要。

第四卷

埃德曼托斯 （这时插话问道）苏格拉底啊，按照刚才所述，护卫者虽然的确是城邦的主人，但他们不能像别人一样得到什么好处，诸如拥有土地，建造豪宅并以顶级家具装饰之，也不能用私有物接待客人或者祭拜神明，以讨好他们，更不用说占有金银财宝之类。总之，希冀幸福的人们所拥有的东西，他们都不能拥有。他们就像城里的雇佣兵一样，唯一能做的就是站岗守护城邦，同时也守着自身的贫穷，其他的好事都无法参与。

如此，可能就会有人谴责你这么做的目的在于，有意让护卫者不幸，并将不幸的原因归咎于他们自己。面对这种谴责，届时你该如何辩解？

苏格拉底 对于他们的谴责，我还可以帮他们做进一步补充，诸如：我们的护卫者唯一能获取的就是食物，他们不像别人那样可以获得酬劳，想去哪里就去哪里，当然也不能买礼物送情人。总之，人们觉得幸福的人可以随意花钱做的事情，他们都做不了。

埃德曼托斯 要是人们也带着这些谴责指向你，你会怎么办？

苏格拉底　你的意思是我要如何答复吗？

埃德曼托斯　对。

苏格拉底　我相信，要是继续如此讨论下去，答案会浮现出来。这个答案就是：刚刚我们所描绘的那种生活对我们的护卫者而言就是幸福生活，这么说是可以理解的。因为，我们建立这个国家的宗旨在于，使所有公民获得最大化的幸福，而不是单单使某个阶级获得特别的幸福。若非这样，我们便不可能在这个国家里找到正义，而只会把它建成一个最坏的，由此也可能最不正义国家。

正义和不正义的国家哪个才幸福？或许，在我们找出这两种国家后，就可以做出评判了。我觉得，我们当下的第一任务是，建立一个整体都幸福的国家模型，而不是胡乱拼凑一个只以少数人的幸福为目的的国家模型。当然，稍后我们还将看看那种与此相反的国家是什么样的。

打个比方：当我们给一个塑像着色时，要是有人问我，为什么用黑色，而不是用最美的紫色，给身体中最美丽的眼睛着色。我们完全可以这么回答他："因为如果那样美化眼睛的话，眼睛就不像是眼睛了。"其他器官的着色也是这个道理，也就是，五官是其应有的样子，才有可能呈现出整体美。所以我们应该本着这个原则去着色。

也因此，我要说：护卫者就应该有护卫者的样子，请不要把那种幸福强加给他们。要知道，我们当然可以让所有人都获得那样的幸福，诸如让农民随便干多少的农活，还允许他们戴金冠穿礼袍，或者让陶瓷工匠随意对待自己的工作，想吃就吃想玩就玩，每天侧卧于床上只管享受好了。如此，全国上下无人不幸福。然而，我们不是这么想的。因为，要是这样的话，农民就不是农民，陶器工匠就不是陶器工匠，其他行业的人员也非他们自己了。这个问题发生在诸如一个皮匠之类的小人物身上，还不会导致什么严重后果，至多就是他堕落不想干自己的本职了。但如果发生在护卫者身上，即他们不再是国家和法律的守护者，或者说只是看起来像是而已，那么，后果就是国家的灭亡，而且你会发现，是他们导致了这种灭亡。反过来，护卫者只要保持他们应有的样子，国家就能保持良好的秩序以及拥有幸福。

显然，我们不想要护卫者颠覆国家，而要他们成为真正的护卫者。在宴会上吃喝玩乐的农民——站在我们的立场对立面的那些人认为农民就该是这样的——毕竟并不履行国家的职责。由此看来，我们和他们说的并不是一个国家，也不是一回事。所以，在任命我们的护卫者并考虑到他们的幸福时，我们就有必要想想，是否应该将他们的幸福视为国家的整体幸福的一部分，换句话说，是否应该考虑将他们的幸福抽离出来，单独而论。

我们务必告诉所有人，包括我们的护卫者以及辅助他们的人，还有其他的人，守住本职，尽力做好自己的工作，才是对的。因为，唯有如此，国家的各个阶级才能获得大自然赋予他们各自的幸福，整个国家才能健康和谐地发展昌盛。

埃德曼托斯 非常赞成你所说的。

苏格拉底 不知道你是否同意我的另一个主张。

埃德曼托斯 什么主张?

苏格拉底 技艺的退步好像是两个因素导致的。

埃德曼托斯 它们是?

苏格拉底 一个是富有，一个是贫穷。

埃德曼托斯 为什么这么说?

苏格拉底 你想想，变富有的陶器工匠还会勤劳工作，认真钻研手艺吗?

埃德曼托斯 肯定不会。

苏格拉底 他必将越来越懒，对待自己的手艺越来越不上心，是吧？

埃德曼托斯 必然的。

苏格拉底 他的技艺将越来越差，是吧？

埃德曼托斯 没错，将退步很多。

苏格拉底 要是他没钱了，那么，工作用具就没法买，工作就做不好，他儿子或者徒弟也无法从他那里学得很好的技艺。

埃德曼托斯 定是这样的。

苏格拉底 看来，贫穷以及富有都会导致手艺人堕落，以及他们的手艺退步。

埃德曼托斯 没错。

苏格拉底 那么，现在可以知道有害于护卫者的第二个元素是什么了，护卫者必须努力设法阻止它不知不觉地在城邦中滋生。

埃德曼托斯 是什么元素？

苏格拉底 当然就是贫穷和富有。因为，贫穷会导致一个人变得粗鲁、低劣，而富有则会导致懒惰、挥霍，而这两者都会导致革命。

埃德曼托斯 虽说的确如此，不过，我请问你，要是没有钱和物质支撑，我们的国家如何应对战争？尤其是如果我们必须和一个有钱的强大国家对战时。

苏格拉底 显然，和这样一个敌人对战的话，我们很难对付它；但要是这样的敌人有两个的话，那我们就轻松多了。

埃德曼托斯 为什么这么说？

苏格拉底 要是战争爆发，迫使我们作战，对方会派富人去当士兵，我方士兵则是受过训练的，对吧？

埃德曼托斯 没错。

苏格拉底 一个有着厉害拳术的人，很容易打败两个不懂拳术的胖富人。埃德曼托斯，你说呢？

埃德曼托斯　要是后两者同时攻击前者，不见得前者一人可以轻易获胜。

苏格拉底　要是他采取这种计策呢：诱敌追赶他，以烈日消耗敌人体力，等其中一个敌人先赶上来后，多次以拳击攻击他。这样能获胜了吧？甚至可以说，哪怕来更多的敌人，他也可以打败？

埃德曼托斯　要是采取那样的计策，他获胜也是正常的。

苏格拉底　相比于军事之类的事情，富人更精于拳术，你觉得呢？

埃德曼托斯　同意。

苏格拉底　所以，哪怕面对数量是两三倍的敌人，我们的拳术者也是可以获胜的。

埃德曼托斯　有道理，赞成你的观点。

苏格拉底　当面对两个敌国时，要是我们派一位使者到其中一个敌国，告诉它我们国家的实情是：没有什么金银珍宝，也不允许有这些东西。然后建议可以拥有财富的它和我们联合起来，对抗另一个敌国。你认为，在这种情况下，难道还有人愿意去攻击一只虽瘦小但很强大的狗吗？难道它不会选择站在狗的一边，与之一起狩猎那头肥胖但却没什么力量的羊吗？

埃德曼托斯　任何人这时都不愿与狗为敌的。不过，让一个国家拥有其他很多国家的财富，这时，那个贫穷的国家可能就置于危险之中了。

苏格拉底　任何不同于我们所创建的这个国家的国家，你认为可以称它为国家吗？要是你可以，那可真是幼稚了。

埃德曼托斯　不然的话呢？

苏格拉底　应该用复数形式的“国家”去称呼“其他国家”，因为正如戏剧说的，这样的国家其实都不算是“一个”国家，而是“多个”

国家——它们都分裂为对立的两种类型，一种是富人的国度，另一种是穷人的国度，此外，这两种国度各自又分裂为很多个更小的国度，每个也都是互相对立的。如果你把每一个“其他国家”都当成很多个，并让其中某些控制另外一些，包括财富和人口方面的控制，那么，你的敌人永远都是少的，盟友将永远都是多的。只要你们的国家坚持贯彻这一固定的政策，那么，即便它仅仅拥有一千名士兵，它也将是最强大的——实际意义上的强大，而不是名义上而已。就是这类“好像是一个”的国家，你到哪里都可以发现它们的存在。它们比我们设想中的“只是一个”的国家要大无数倍，而我们的这种规模的国家，你在希腊难以找到，在其他的地方也难以找到。现在，你有其他什么意见吗？

埃德曼托斯 没有，真没有。

苏格拉底 所以，我们国家的统治者应该为国家的大小或者说地域范围，设定一个最大限度。

埃德曼托斯 应该怎么设？

苏格拉底 我认为，最恰当的限度就是既能保证国家疆域是最大的，又能保证国家是统一的。

埃德曼托斯 非常对。

苏格拉底 所以，我们的护卫者在设法守卫国家的同时，必须保证国家疆域在恰当的范围内。太小或者表面看起来太大都是不行的，应该设法使它足够大，又能确保统一。这是我们必须交给他们的一个使命。

埃德曼托斯 或许可以说这个使命还算容易完成。

苏格拉底 我们在前文说过，还有另一个更容易完成的使命：低阶级人民的后代要是非常优秀，可提拔为护卫者；护卫者的后代要是变劣质了，可贬低到其他阶级。这样做的用意在于告诉所有公民，我们坚持人尽其才的用人原则，让大家各司其职。如此，在我们的国家，一个人就纯粹是一个人，一个作为整体的城邦就是统一的城邦，而不是分裂成很多个的混合体城邦。

埃德曼托斯 这个使命的确比之前那个更容易做到。

苏格拉底 我的好朋友啊，我们交给执政者的这些使命的确很容易完成，而不是像某些人所以为的那么困难。不过，对执政者来说，容易完成的前提是抓好一件重要的事情——大家都说它是重要的，虽然我更乐意称之为“能解决问题的”。

埃德曼托斯 你说的是哪件事？

苏格拉底 对人们的培养教育。因为，对所有事情——包括一些我一直没提到的事情，诸如男婚女嫁以及生养后代等——的处理都遵循着同一个原则，即俗话说的“朋友间亲密无间”。而要理解并遵循这一处事原则并不难，只要人们都受到好的教育便可。

埃德曼托斯 可能再也没有比这个办法更好的了。

苏格拉底 良好的培养教育和身体素质是互相促进的，而两者互相促进的结果就是人种的进化，就好比动物的进化一样——当然，还有利于其他方面。总而言之，一旦国家良好地运转起来，它就像轮子一样越转越快。

埃德曼托斯 言之有理。

苏格拉底 简而言之，为了防止国家在无形中腐坏，我们国家的领导人必须时刻注意这一点。音乐和体育必须遵循已设定的秩序，他们必须防止它们变更。换句话说，他们必须守护国家，任何时刻都不能放松警惕。

有人会说，最新的歌曲才是最受欢迎的。当听到这样的话时，国家的领袖会担忧。因为，人们可能理解错了。受人称道的诗人们的歌曲只是换了个新样式罢了，并不是最新的歌曲。所以，领袖们不应该也跟着去称赞，而应该指明，诗人自己也没有说那是新歌。毕竟，对国家而言，音乐上的任何改动都是危险的，应该极力避免这种变动。戴蒙就曾说过，除非国家的根本大法发生了改变，否则音乐是不会变的。我赞同他的这个观点。

埃德曼托斯 对极了。我也赞同戴蒙的这句话。

苏格拉底 看来，我们的护卫者必须加强在音乐方面的警惕和守卫。

埃德曼托斯 这种不合法的东西确实很容易会悄悄渗透进来。

苏格拉底 没错，这是因为人们把它当成一种游戏，认为它不会带来什么害处。

埃德曼托斯 虽说它不会带来什么明显的害处，但它会逐渐渗透到人的思想中，改变人们的性格和习惯，进而以更强大的力量改变人们之间的关系，接着以更强的势态渗透到政治制度和法律中。苏格拉底啊，最终，无论是私人生活还是公共生活，就这么被它破坏了。

苏格拉底 是吗?

埃德曼托斯 我相信就是这样的。

苏格拉底 如此看来，我们开头指出的那点是对的，也就是孩子所参与玩耍的游戏必须符合法律精神，换言之必须是正当游戏。因为，参与违法的游戏的话，孩子们就会成变得品行不端，不守法。

埃德曼托斯 必然的。

苏格拉底 所以，要是在孩子最初玩游戏时就用音乐熏陶他们，培养他们的守法精神，而这一精神又促使他们反对不符合法律精神的游戏，那么，我们就能让孩子无论何时都受法律支配，健康成长。如此，万一国家发生了革命，他们就会极力重建既定的秩序。

埃德曼托斯 没错。

苏格拉底 在这种环境下长大的孩子，在成人后会重新捡起一些看起来不值一提的老规矩，即那些被他们的前辈摒弃的规矩。

埃德曼托斯 你说的是哪些规矩？

苏格拉底 诸如晚辈见到长辈要让座，并保持安静；子女要孝敬父母；人们之间打交道要注意衣服、鞋子和发型是否得体等言谈举止方面的礼仪，你认为呢？

埃德曼托斯 赞成你的看法。

苏格拉底 不过，我认为以法律形式去规定这些规矩的做法很愚蠢。因为，这么做并不能让人们长久地遵守规矩。

埃德曼托斯 那么该怎么做呢？

苏格拉底 所谓“物以类聚，人以群分”，一个人小时候所受的教育指引他走向哪里，也就决定了他将来的走向。

埃德曼托斯 确实如此。

苏格拉底 最后会把他带到一个可能是好也可能是坏的大结局。

埃德曼托斯 自然的。

苏格拉底 这是我不想以法律去规定那些规矩的理由。

埃德曼托斯 很充分的理由。

苏格拉底 但是，其他的事情是否也须由我们来为它们分别制定法律呢？诸如市场上的交易事项、手工艺人常涉及的契约事项，或者公共安全方面的事情，比如有关伤害、诽谤、民事纠纷方面的诉讼案件，或者陪审员的选任问题等，又或者海港以及市场方面有关征税的问题等。一言以蔽之，我们要为所有的事情制定法律吗？

埃德曼托斯 不是的。因为，对那些优秀的人强加法律条文并非明智之举，他们大多数人都能轻易知道一些事情需要遵循什么规矩。

苏格拉底 埃德曼托斯啊，你说得没错，但愿他们在神明的护佑下，可以保住我们给他们制好的法律就很好了。

埃德曼托斯　若不然，他们一生都将耗费在制定并完善这些琐碎的法律上面，永远没法休息。

苏格拉底　你是指，如此这般的话，他们和那些放纵自己欲望以至于得了顽疾的人一样，无论如何也要坚持那种有害于健康的生活方式?

埃德曼托斯　没错。

苏格拉底　他们的生活诚然非常快乐。[1]他们也去看病吃药，但毫无改善，反倒加重了病情，而他们还一直幻想着有一天会得到什么仙药，彻底治好自己。

埃德曼托斯　得了这种病差不多都是这样的。

苏格拉底　此外，很有意思的是，他们会将那些告诉他们实情的人当成最可恨的敌人。实情是什么呢？就是：显然，如若他们继续懒惰无度，在饮食和情欲方面纵情享乐，那么，无论是用施咒还是手术，或者吃药、灼烧，又或者其他什么方法，都无法医治好他们。

埃德曼托斯　他们这样算有意思吗？对说真话的人发怒是不对的。

苏格拉底　你好像讨厌这种人?

埃德曼托斯　反正没好感。

苏格拉底　要是一个国家也像这种人一样，你可能也不会对它有好感。然而，你发现没有，一些国家行事就像这种人。在这种国家里，政治是腐败的，但任何人如若试图改变国家的制度，一定会被处死。反之，那些巴结讨好这些国家的统治者，能摸透他们的心意并积极为他们效劳服务，使他们心满意足的人，则会被视为智者，得到尊敬。

[1] 此处是反话。

埃德曼托斯　没错，这种国家和那种病人无异，我一定不会支持它。

苏格拉底　但是，你又是如何看待效忠这种国家的那些人呢？对于他们的无私和勇猛，你也不称赞吗？

埃德曼托斯　对这些人，我是支持的。但是，其中一些人不自知，只因得到很多人的称道便把自己当成政治家了。对于这些人，我是不支持的。

苏格拉底　你的意思是，毫不原谅他们吗？要是很多个不会量尺寸的人告诉某一个不会量尺寸的人他的身高是四肘尺[1]，你觉得，他难道会不相信这个数字吗？

埃德曼托斯　他一定会相信的。

苏格拉底　所以啊，他们也是很可怜的，不必生他们的气。他们就像在砍九头蛇的脑袋一样，希望通过不断地修订法律，找到一个可以避免商业或者其他方面的弊端的方法。

埃德曼托斯　如此比喻他们所做之事非常恰当。

苏格拉底　所以，我的看法是：不管是在有好秩序还是坏秩序的国家中，真正的立法者都不应该把精力花费在修订宪法和法律这种工作上。因为，如果国家有好秩序的话，那他们可以很容易就制定出宪法和法律，有时甚至可以引申前人制定好的某些法律；而如果国家的秩序是坏的话，宪法和法律也起不到什么作用。

埃德曼托斯　那么，我们还要做其他什么有关立法的工作吗？

苏格拉底　我们能做的没有了。不过，德尔斐的阿波罗还有。最重要也是最崇高的法律，还须他来制定。

埃德曼托斯　包括哪些方面的法律？

苏格拉底　有关殡葬、祭祀、驱鬼、拜神——包括半神，以及致敬英

[1] 古代的一种长度测量单位，等于从中指指尖到肘的前臂长度。

雄等这类事情的法律。只要我们会思考，就知道应该让我们这位古老的神来制定这些法律，而不是让别的什么人来为我们制定并解释。因为，一开始就是这位神给我们人类的祖先解释这些法律规矩的。他在大地中心的脐石上设置了神座，我们的祖先就坐在这些神座上传达他的解释。

埃德曼托斯 说得对，我们必须这么做。

苏格拉底 所以，阿里斯通的儿子啊，虽说你们已经创建了自己的城邦，但你的事情可还没有完成呢。你得搞到充足的灯光来照亮城邦，然后最好请你的兄弟波雷马赫斯，还有你的朋友，来和你一起寻找看看，城里哪些方面是正义的，哪些方面是不正义的，并学会区分它们。你还得搞清楚——不管人们以及神是否已经搞清楚——它们会给人们带来幸福是正义还是不正义。

格劳孔 你曾说过你会亲自去寻找正义，努力帮助正义。要是不那么做，你可就虚伪了。

苏格拉底 我不否认那样说过，我也会照做的。不过，你也总得帮帮我吧。

格劳孔 当然。

苏格拉底 我希望通过下面的论述找到它。首先我假设我们已经创建了一个善的，也就是正当的城邦。

格劳孔 好。

苏格拉底 显然，这个城邦也一定是勇敢的、智慧的，具有正义精神和克制精神的。

格劳孔 自然的。

苏格拉底 假设我们在这个城邦中找到了这些特性中的一个，那么剩下的那几种就是没找到的，是这样的吧？

格劳孔 自不必说。

苏格拉底 打个比方，我们在寻找四种东西，并打算在某件事物中寻找其中一个，然后很快就找到了它，那我们肯定很高兴。而要是我们找到的是另外三种东西，那么，我们自然很容易清楚剩下要寻找的那个是什么，因为只能是它了。

格劳孔 当然。

苏格拉底 如你所见，我们现在要寻找的东西也是四样，所以运用一样的办法也是可以的。

格劳孔 当然。

苏格拉底 我在我们的城邦中首先清楚看到的，是具有特别之处的智慧。

格劳孔 智慧有什么特别的?

苏格拉底 我认为，我们描绘的这个国家具有良好的规划，所以它确实是智慧的。

格劳孔 同意。

苏格拉底 显而易见，良好的规划本身就是知识的一种。因为，若非具有知识，是不可能有良好的规划的。无知不能得出好的规划。

格劳孔 对的。

苏格拉底 一个国家中所包含的知识有很多种。

格劳孔 没错。

苏格拉底 我认为，是有关木工的知识造就了一个国家的智慧及其良好的规划，你说呢?

格劳孔 绝对不能同意。木工知识充其量只是造就了这个国家木器产业的发达。

苏格拉底 依你的意思，一个国家虽有具备木器制造的知识，并能制造出最优良的木器，但也不能因此就说它是智慧的?

格劳孔 没错。

苏格拉底　那么，要是它是在铜器制造或者诸如此类方面特别发达呢？

格劳孔　也不能，绝对不能。

苏格拉底　看来，仅凭农业方面的知识也只能说它的农业发达，不能说它是智慧的。

格劳孔　是的。

苏格拉底　在我们刚刚创建成的这个国家中不是有这样一些公民吗？他们具有的一种知识是用来思考和整个国家有关的重要事情，而不是用来思考特定某一方面的事情。他们的知识是为了改善国家内务，同时促进与他国的外交。

格劳孔　没错。有这种知识。

苏格拉底　这种知识在何处可见？它的本质又是什么？

格劳孔　我们刚才所提到的统治者，严格说来是护国者，才具有这种知识。所以，它本质上是护国者的知识。

苏格拉底　那么，你会如何命名具备这种知识的国家呢？

格劳孔　我会说，它是真正智慧的、有远见的国家。

苏格拉底　你认为，在我们的国家中，是铜匠这类人多，还是真正的护国者多，或者其他什么人多？

格劳孔　自然是铜匠更多。

苏格拉底　和随便某一类职业所包含的人数相比，护国者的人数是最少的吗？

格劳孔　反正比它们都少很多。

苏格拉底　所以说，我们之所以说遵循自然性所创建的国家是智慧的，是因为它的统治者，也就是领导着它的子民的那些人所具备的知识。而如我们已知的，按照自然规律，拥有这种唯一可称得上是智慧的知识的人，总是最少的。

格劳孔　对极了。

苏格拉底　我们现在终于找到了四种特性的其中一种，并知道它存在于国家中的哪些人身上。

格劳孔　我反正认为已经确实找到它了。

苏格拉底　接下来，我们应该可以很容易找到勇敢在何处，以及让国家拥有勇敢之誉的东西在何处。

格劳孔　为什么说容易?

苏格拉底　因为，当人们说一个国家是勇敢的，还是懦弱的时，只能是联想到了保家卫国的士兵们。

格劳孔　对，不会想到其他类人。

苏格拉底　我认为，这是因为，只能通过判定这类人是勇敢的还是胆小的，来判定国家是勇敢的还是胆小的。

格劳孔　没错，其他人的勇敢与否都不能作为判定依据。

苏格拉底　故而，这类人若是勇敢的，则国家就是勇敢的。这类人曾得到立法者的教导，知道立法者曾让他们警惕的一些事情，才是他们该惧怕的。因此，无论在什么情况下，他们都会坚持这种惧怕该怕之物的信念。你所谓的勇敢，不就是这样的吗?

格劳孔　请你再解释解释，我没全部理解你所说的。

苏格拉底　我的意思就是，坚持就是一种勇敢。

格劳孔　什么样的坚持?

苏格拉底　法律既已通过教育明确了什么是可怕的事物，即人们应该惧怕什么样的事情，那么，人们就该坚持可怕事物在法律上的信念。我刚才说的“无论什么情况”，意即勇敢者无论是快乐的还是忧愁的，是心怀恐惧的还是被欲望纠缠的，都始终坚持这种信念。要是你乐意继续听下去，我可以做个比喻。

格劳孔　请你继续说。

苏格拉底 如你所知，染色工若想染出一批紫色的羊毛，首先会从包含很多颜色的羊毛中挑出最白的那种。这个挑选过程必须是认真细致的，还需提前做好整理，如此才可以成功地给这些白色的羊毛染上颜色。如此染出来的色彩具有很强大的附着力，即便用碱水洗，也不会褪色。若没有这个挑选、整理过程，不管染成什么色，后果是什么样子你都是可以设想的。

格劳孔 会褪色，变成不伦不类的可笑颜色。

苏格拉底 我们挑选士兵，然后用音乐和体育培养他们，这样的努力跟染色这件事是一样的。若说染色是努力让羊毛接受某种颜色，那么，我们努力要达成的目标，就是让他们完全相信并接受我们的法律，表现为：他们因为自身的优良本性以及我们的培养教育，而始终坚持对可怕之事以及其他事情的信念，哪怕是快乐——它如碱水一样，最容易洗掉颜色——也不能改变他们的信念；自然，其他具有比较强的褪色能力的事物，诸如恐惧、欲望和烦恼等，也无法洗刷掉他们的“颜色”。

我所认为的勇敢，就是这么一种精神能力，或者说这么一种对正确信念——有关可怕之事和不可怕之事的信念——的坚守。你认为呢?

格劳孔 完全赞成你这种对勇敢的理解。我认为，你不会把那些非教育导致，也和法律无关，还能在奴隶或者其他动物身上发现的行为，称为勇敢的。你会用另外的称呼称它们。

苏格拉底 非常对。

格劳孔 如此，你有关勇敢的解释在我这里就算通过了。

苏格拉底 很好。现在我要补充一点：若以“公民的”来限定“勇敢”的属性，也是恰当的。不过，鉴于我们眼下的任务是寻找正义而非勇敢，所以，我认为对于“勇敢”的讨论到此就行了。你要是有兴趣，我们可以之后再进一步讨论这个话题。

格劳孔 好的。

苏格拉底 现在，我们在这个国家要寻找的只剩下克制以及正义——它是我们的整个研究对象——这两样了。

格劳孔 没错。

苏格拉底 我们可以直接寻找到正义吗？也就是越过对克制的寻找。

格劳孔 我不希望略过克制，直接寻找正义。当然，我也不知道是否有这样的方法。但是，你要是先谈克制的话，我会很高兴。

苏格拉底 我肯定不想要你不高兴。

格劳孔 那就来讨论讨论克制吧。

苏格拉底 好的。你是否赞成，和前面两种特性相比，克制与和谐更相像？

格劳孔 为什么这么说？

苏格拉底 可以把克制说成是一种很好的秩序，或者一种能够控制欲望和快乐的东西。人们所说的“自身的主人”或者类似的很奇怪的话，就是这层意思。你说呢？

格劳孔 赞成。

苏格拉底 但是，一个人若为自身的主人，则也为自身的奴隶，反之亦然。因为，无论哪种说法，针对的都是一个人。所以，“自身的主人”这种说法，你不认为可笑吗？

格劳孔 确实可笑。

苏格拉底 但我觉得，这个说法的前提是承认人的灵魂包含好和坏两个部分。“自身的主人”意即让天性中好的部分控制坏的那部分。可见，这种说法也就是在称赞能做到这一点的人，反过来也就是在谴责这种人：他们天性中好的一面本来就占较小比例，而由于受到了糟糕的教育以及结交坏人，坏的天性就主宰了好的天性。

按照这种说法，这种人就是没有克制精神的，成了自身的奴隶的人。

格劳孔 听起来挺有道理。

苏格拉底 我们现在来看看我们的新国家，你会发现，这两种情况的某一种也是存在的。因为，按照这种说法，一个好的天性主宰坏的天性的人，就是他自身的主人，他是克制的；那么同理，可以说这样一个国家也是它自己的主人。

格劳孔 赞成你所说的。我也见过这样的国家。

苏格拉底 你还会发现，通常是在占绝大多数的下等人——他们具有名义上的自由——以及妇女儿童，还有奴隶身上，会找到快乐、烦恼以及各种欲望。

格劳孔 的确是这样。

苏格拉底 相反，只有在少数人身上，即那些具有最好天赋并受过最好教育的人身上，你才会发现他们依据正确的信念以及理智，去思考如何掌控欲望，使它们简单化，不超过某种限度。

格劳孔 是的。

苏格拉底 同样，在我们创建的这个国家中，你不也发现它是这样的吗？在这个国家中，少数卓越人士用他们的智慧和欲望，统治着占绝大多数的下等人的欲望。

格劳孔 没错。

苏格拉底 若说存在可称为自身主人的，主宰着自己欲望和快乐的国家，那一定就是我们这个国家。

格劳孔 非常对。

苏格拉底 根据我们上面的论述，自然也可以说，这个国家是克制的。

格劳孔 是的。

苏格拉底 另外，同样可以说，也只能是在这样一个国家中，人们才会一致同意由什么样的人来充当统治者，什么样的人充当被统治者，你认为呢？

格劳孔　完全赞成。

苏格拉底　那现在你说说，什么样的公民才是克制的？是统治者还是被统治者？

格劳孔　两者中都有克制的人存在。

苏格拉底　如此，我们刚才所做的假设，即克制和某种和谐相似，是有一定道理的吧？

格劳孔　怎么解释呢？

苏格拉底　勇敢和智慧分别是国家某一种人身上的特质，并由此决定了国家是勇敢的和智慧的；而克制的作用则不同于这两者，它起到的是连接所有公民的作用：它将具有强中弱不同档次智慧的人——你要是愿意的话，也可以从力量、人数、财富等方面去如此划分公民——联合起来，实现人和人之间的和谐。这就像将强弱不同的各个音符串联起来，成为整个音阶，从而演奏出一支协调的交响乐一样。

由此，我们完全可以肯定，克制是就某个问题达成一致意见的协调，而这个问题所要探讨的是：无论从个人角度还是从国家角度而言，好天性和坏天性这两者，到底谁该统治谁。

格劳孔　完全赞成。

苏格拉底　那么，现在可以说，在我们的国家中，三种特性都已找到了，只剩下一个，显然就是正义，唯一还称得上是国家的美德的东西。

格劳孔　显而易见只能是它。

苏格拉底　格劳孔啊，我们现在可要严谨了，因为此时就像猎人包围猎物的窝点一样，若不小心，就会错漏了正义。它明显就藏在附近，我们不能让它悄悄逃掉了。睁大你的眼睛去努力寻找它吧。如果你先发现了它，一定要尽快告知我。

格劳孔 我也希望我能先发现它，但我充其量只能当你的随从，只能看见你向我指明的东西。所以，就请你带领着我，并最大化地利用我的价值吧。

苏格拉底 好吧，为了胜利，我就带着你前进了。

格劳孔 你就前进吧，我自然会跟着你的。

苏格拉底 我们的目标好像遥不可及，我们的路途漆黑一片哪！

格劳孔 确实很难找到我们的目标。

苏格拉底 无论如何，我们必须前进。

格劳孔 是的，走吧。

苏格拉底 格劳孔啊，我觉得我找到它了，它无处可逃了。

格劳孔 这真是个令人振奋的消息。

苏格拉底 我们真是太傻了。

格劳孔 为何这么说？

苏格拉底 因为它原本就近在眼前，就像某人在寻找的一样东西原本就在他手上一样，而他却看不到它，找来找去，这不是很可笑吗？我们之所以找不到它，可能就是因为我们总是盯着远处寻找，而不去注意眼前的它。

格劳孔 你这番话的意思是……

苏格拉底 我是指，一开始我们就以某种方式探讨它，但我们自己却不知道。

格劳孔 那你赶紧进入正题吧。你这篇序言对一个急性子听众而言可真够冗长的。

苏格拉底 好，我就先讲，至于对不对，你到时再说。你是否还记得，我们是围绕着正义这一条总原则来创建这个国家的？如此规定后，我们还经常强调，正义就是国家中的每个人都做着适合他的天性的事情。

格劳孔　我记得我们有这么说过。

苏格拉底　另外，我自己常常说，正义就是各司其职，不要同时插手他人的事情。事实上，很多人也这么说过。

格劳孔　的确，我们就曾说过。

苏格拉底　格劳孔啊，那你知不知道，我是如何推导出“正义在某种程度上就是各司其职”这一结论的？

格劳孔　你说吧，我不知道。

苏格拉底　依我看，勇敢、智慧和克制都讨论了，那么，在这个国家中，只有正义是最后需要我们考察的了。它也是促使这个国家出现勇敢、智慧和克制，并保护它们的原因。我们也说过，要是前三个都找到了，那剩下的一个毫无疑问就是正义。

格劳孔　必然的。

苏格拉底　要是有人问我们：这四种特性中，主要是哪一种促成了我们国家的善？是统治者和被统治者具有协调的意见，还是法律对军人树立的有关可怕事物的某种信念，或者是统治者具有智慧并护卫着国家，又或者是被统治的每个人都各司其职，不插手别人的事情这种品质？对于这样的提问，好像很难做出回答。

格劳孔　确实很难。

苏格拉底　在促成国家的善这件事上，除了智慧、克制和勇敢，好像就是“被统治的每个人都各司其职”这一品质，能与前三者一较高低。

格劳孔　对。

苏格拉底　这一品质用两个字来说，就是正义。

格劳孔　没错。

苏格拉底 为了使你更加信服，我们不妨换另一个角度来论述。你们是让统治者来审判法律案件的吧？

格劳孔 自不必说。

苏格拉底 审理案件只有一个目的：让每个人都只占有自己的东西，而不去占有别人的。是吧？

格劳孔 对的。这是唯一的目的。

苏格拉底 这个目的算是正义的吗？

格劳孔 当然算。

苏格拉底 那么，我们可以说：正义就是，干自己该干的事情，拥有自己该有的东西。你同意吗？

格劳孔 的确是。

苏格拉底 那么你想想，如果一个鞋匠和一个木匠互换身份，插手对方的活儿，或者说，假设一个人试图同时做两类事情，他们这种做法会给国家带来大的危害吗？

格劳孔 我觉得不会。

苏格拉底 要是一个天生从事手艺活或者做生意的人，由于某些因素，诸如有钱并用钱去操控选举；或者具备如身体强壮之类的有利条件且被人唆使，而试图去当战士；又或者，一名战士试图成为他不够格当的立法者、护国者——总之就是假设有些人互换身份地位，或者说某个人身兼多职；我觉得，这种做法会导致国家的灭亡。恐怕你也这么认为吧？

格劳孔 肯定的。

苏格拉底 所以说，现已发现的这三种人要是也这么做，肯定会大大危害到国家。说这是最坏的事情，完全没有错。

格劳孔 是的。

苏格拉底 你不认为，给国家带来最大危害的行为就是一种不正义吗？

格劳孔　当然认为。

苏格拉底　如此定义不正义之后，那反过来说，正义就是护国者、战士和辅助者这三种人各司其职，互不干涉，能做到这样的国家也就是正义的了。

格劳孔　必然的。

苏格拉底　但是，这样还不足以定义正义，只有在我们定义的正义针对个人而言也是正义时，我们才可以说，我们最终明确了它的含义。做不到这点，我们就只能另外寻找别的含义来定义它。不管怎样，我们还是继续刚才对正义的考察工作。

我们曾假设，要是我们在国家这个大事物上找到了正义，那么我们就可以轻易知道，正义的人是什么样的。并且，我们也知道，我们尽力创建出来的一个最好的城邦一定是正义的。那么现在，我们就在个人身上也应用在国家中发现的正义吧。假设这么应用之后，我们发现两者正义的样子都是一样，那说明正义就是这样的了。假设我们发现，正义在个人身上所表现出来的是另外样子，那么，我们就要将这种样子和它在城邦中所表现出的样子比较研究。在比较中，在两者的对碰冲撞中，找到真正的正义的样子，然后铭记于心。

格劳孔　这个流程非常好，就这么做。

苏格拉底　那我问你，具有同样名称但大小不同的两个事物，总归说来是同样的，还是不同的事物?

格劳孔　同样的。

苏格拉底　我们说过，在一个国家中，当这三种人都各司其职，互不干涉时，那这个国家就是正义的。此外，因为这三种人具有其他一些性格、情感特质，所以还可以说这个国家是克制的、智慧的和勇敢的。

格劳孔 没错。

苏格拉底 我认为，就个人而言也可以这么说。假设在城邦中发现的这几种品质，存在于某个人身上，那么，我们就有望说，这些“情感”所对应的名称，同样可以加在这个人身上。

格劳孔 毫无疑问是的。

苏格拉底 啊，如此说来，考察这三种品质是否也存在于灵魂中，就是很简单的事情了。[1]

格劳孔 “不入虎穴，焉得虎子”，这句老话可能是有道理的。也就是说，苏格拉底呀，我觉得你说的那件事情不容易办成。

苏格拉底 格劳孔啊，明显不容易。事实上我也觉得，用我们现在的方式继续讨论下去，根本无法搞清楚这个问题。我们只能用另一个方法，它需要我们克服更多的困难、更长久地论证下去，而最终只能在一定程度上解决这个问题——我觉得可以达到解决前面的问题一样的程度。

格劳孔 那就行了吧？就我而言，现在这样的程度已经很好了。

苏格拉底 我也觉得很好了。

格劳孔 就让我们继续热情地论证下去吧。

苏格拉底 那么，我们就须承认一点：国家所具有的那几种品质和习惯[2]，我们所有人都有，这是因为，只有个人具有了它们，国家才具有。所以，要是认为一个国家的人具有像色雷斯人、西徐亚人以及通常所说的北方人的品质，却说国家的激情不是来自公民，那他是在做无稽之谈。

应该承认，一个国家的公民是热爱智慧的（通常认为，主要

---

[1] 按照下文，此处是反话。

[2] 亚里士多德在《尼可马各伦理学》指出，是习惯造就了美德。

在我们这里才会出现这个品质），或者热衷财富的（通常，腓尼基人和埃及人在贪财这方面不相上下），才造就了这个国家是热爱智慧的或者是热衷财富的。

格劳孔　没错。

苏格拉底　很容易理解这点，因为事实就是这样的。

格劳孔　的确好理解。

苏格拉底　有人可能会问：当我们说个人的品质时，是说这三种组合的整体，还是将它们分开而论？回答这个问题就有点难度了。这等于在问：在我们的一举一动中，是我们的整个灵魂在发挥作用，还是说，每一种行动受某一种品质的作用影响，比如学习、愤怒或者渴望欲望满足时，都是不同成分在发挥作用？要想得出这个问题的明确答案，可就困难了。

格劳孔　我也觉得。

苏格拉底　我们现在就来回答这个问题，看看它们算是一个整体还是几个不同的东西。

格劳孔　怎么做？

苏格拉底　同一个事物的同一个部分不可能同时产生相反的动作，如果看到两种相反的动作，那一定是不同的事物导致的。这个道理不用说，对吧？

格劳孔　我同意。

苏格拉底　我下面要说的话请认真听。

格劳孔　请讲！

苏格拉底　动与静这两种状态会同时存在于同一种事物的同一个部分吗？

格劳孔　绝对不会出现这种情况的。

苏格拉底　为了避免在探讨的时候出现异议，我们还是讲得更清楚些。

比如，一个人如果头与手在摆动而身体不动，那我觉得，我们应该认为这个人一部分是动的，一部分是静的，而不应该像某些人认为的那样，说这个人既是动的，也是静的。你说对吗？

格劳孔　对。

苏格拉底　但是，争辩者还可能会辩驳说，被固定在一个地方、不停旋转的一个陀螺就是动静并存的。类似的巧妙说法还可以放在任意一种能在原地转动的物体上。在这种情况中，根本不是事物的同一部位同时存在动静两种状态，所以我们否定这样的说法。它们内部轴心的直线部位和外部的圆周部位才是我们应当注意的：假如它们不会发生偏斜，就圆周部位而论，那么整个物体就是运动的；假如仅就内部的直线而论，那它就是静止的。如果在转动时轴心线出现了任何方向上的偏斜，那这个转动的物体肯定是在运动的状态。

格劳孔　没错。

苏格拉底　现在我们已经足以确定：同一个事物的同一个部分绝不可能同时产生相反的动作。要是有谁坚持这一点，我们的立场也不会为之动摇。

格劳孔　肯定的。

苏格拉底　当然我们还是要说一下，对全部这种类似的反例和逻辑错误的说法，我们没有必要去逐个考证，因为，我们可以在假设这种说法是错误的前提下继续讨论下去，同时牢记这个前提，在发现它就是错误的之后，立马全盘否定从这个假设过程中得出的全部结论。

格劳孔　肯定会这么做。

苏格拉底　还有一个问题。无论是主动的还是被动的诸如此类的事物：索要和拒绝、同意和反对、吸引和排斥等——因为主动或被动不会影响它们是否相反，你是否认为它们就是相反的？

格劳孔 没错，我是这么认为的。

苏格拉底 那么，在这些类中的某一类里，是否包含以下这些东西：愿望、希望以及通常所说的因饥渴产生的欲望？

有这么一个观点：如果一个人的灵魂渴望某样东西，那他就会显露出这种欲望，或者说他在努力把这个东西争取到手。换个说法，一个渴望某样东西的人，他一定会自行同意自己的这个愿望，以便得到这个东西——就好像有人问他是否同意，而他做出了回答一样。对于上述观点，你同意吗？

格劳孔 我当然同意。

苏格拉底 你又是怎么看待不喜欢、没要求和不愿意之类的心理呢？它们难道不是和前面所提到的东西全部相反吗？不是应该说，它们属于灵魂在表示拒绝或者接受的这类行为中吗？

格劳孔 是的。

苏格拉底 那么可以说，欲望其实就是一类东西——既然确定了我们有关欲望的解释大体上是没有错的。而在这类事物中，最明显突出的例子就是口渴和饥饿。你说呢？

格劳孔 赞同。

苏格拉底 这两种欲望的需求一个指向饮品，一个指向食物，对吧？

格劳孔 对。

苏格拉底 就口渴分析，灵魂对饮品的欲望就是我们所谓的渴；不过，当我们表露这种欲望时，我们也只是提到了饮品，并没有提及具体需要的饮品，诸如是要冷的还是热的，要多一些还是少一些。假如是又热又渴，那我们就会产生需要冷饮的欲望；要是又冷又渴，就会产生需要热饮的欲望；假如只是有一点儿渴，那需要较少的饮料；假如非常渴，就需要很多饮品。总之，渴这种欲望出于本能想要索取的就是饮品，绝不会索要其他的什么东西。同理，食物和饥饿这种欲望之间的关系也和上面相同。你同意以上论述吗？

格劳孔 同意。每一种欲望对应一种特定的事物，也只会索求它自身本性需要的那种事物。

苏格拉底 应该会有人提出相反的想法：由于人们总是需要好东西的，所以，当出现口渴这种欲望时，人们通常想要好的饮品，而不是只要饮品。同样，饥饿时会要求好的食物，而不是食物。我们一定要特别注意这种可能会迷惑我们的相反观点。

格劳孔 这种想法或许有一定的道理。

苏格拉底 一个东西本身只和有关它自身的东西相关，特定性质的事物只和与这种事物有关的东西相关——我们仍须坚持这个观点。

格劳孔 你的说法我不明白。

苏格拉底 我们所说的比较大的事物是一种相关的名称，这你应该明白。

格劳孔 是的，我明白。

苏格拉底 与之有关系的是比较小的事物，对吗？

格劳孔 没错。

苏格拉底 相当大的事物与相当小的事物有关，对吗？

格劳孔 对。

苏格拉底 同理，较大者和较小者有关，有时比较大的事物和有时比较小的事物有关。

格劳孔 是的。

苏格拉底 好比较多和较少、一倍和一半、较重和较轻、较快和较慢、较热与较冷等此类事物之间的关系。

格劳孔 对的。

苏格拉底 科学也是这个道理吗？科学本身只和知识有关，或者说和假设中的科学对象有关。无论怎样，特定的一门科学只和特定的一种知识有关。换个说法，和其他科学有所区别的有关房屋建造的科学，我们专门给它起名为建筑学，是这样的吗？

格劳孔 无可置疑。

苏格拉底 其中的原因，就是它具有其他科学所缺乏的特性，对吧？

格劳孔 没错。

苏格拉底 其他技艺和科学的名称来源也是这样的：并非因为它有特定对象，而是因为它有某种特性。

格劳孔 同意。

苏格拉底 你现在既已明白我的意思，那也肯定明白我之前所列举的各种具有相对关系的例子，因为它们的旨意也在于指出这点：一个东西本身只和有关它自身的东西相关，特定性质的事物只和特定性质与这种事物有关的东西相关。

也就是说，我并不完全是这个意思：事物与之有关的东西是同类，比如，和疾病有关的科学就是疾病类科学，和健康有关的科学就是健康的科学，和丑恶有关的科学就是丑恶的科学，和美德有关的科学就是美好的科学。

我想要指出的只是这一点：当科学只和特定对象有关，而不是和一般科学对象有关时，那我们就不能纯粹地称之为“科学”了。比如，如果只是和疾病、健康有关，那它就是特定的某种科学了，我们称之为医学。

格劳孔 明白了。我赞同你说的。

苏格拉底 再以口渴为例。本质上，它和特定事物有关，或者说它关系着某种事物，你不觉得吗？

格劳孔 是的，它和饮品有关。

苏格拉底　如果说口渴是特定的某种东西，饮品也是特定的某种东西，那么，就口渴而言，与之相关的饮品也就只是单纯的饮品本身，而和饮品的种类、多少及好坏无关，对吧？

格劳孔　自然是的。

苏格拉底　所以，就口渴来说，口渴的灵魂所想要也只是喝的东西而已，并出于这种渴求而努力去争取得到它。除此之外，别无其他。

格劳孔　再明白不过了。

苏格拉底　如此可以这么说：一个人感到口渴，但他灵魂中的某种东西却极力阻止他去解渴，那么，这个东西和使他口渴并促使他去解渴的那个东西，是不一样的。因为我们曾指出，同一个事物的同一个部分，不可能同时产生相反的动作，你说对吧？

格劳孔　是的。不能。

苏格拉底　故而，对于那个有关射箭者的比喻，我的看法是：应该说，他的两只手，一只在拉弓，一只在推；而不能说，他的手同时在拉弓和推弓。

格劳孔　有道理。

苏格拉底　所以说一个人虽觉得口渴却不想要解渴，并不奇怪。

格劳孔　是的，这种情况不少见。

苏格拉底　对于这类情况，人们会怎么想？他们自然会认为，那种人的灵魂存在两个部分，两者分别指引和阻止他们去喝饮品。另外，起阻止作用的那个，比另一个有着更强大的力量。

格劳孔　我也是这么想的。

苏格拉底　还可以看出来，起牵引作用的，是因为受了疾病和情感的驱动；起阻止作用的，是受了理性的指挥——如果真有阻止者出来阻止他解渴的话。

格劳孔　我同意。

苏格拉底　所以，我们有充分的理由假设，它们是两个根本不同的东西。可以说，一个是心灵的欲望部分或者说无理性部分，它是欲望和快乐的同伙，用来感受口渴、饥饿和爱这类的欲望；另一个是心灵的理性部分，用来进行思考。

格劳孔　完全可以这么假设。

苏格拉底　我们现在可以明确了，人的灵魂确实包含这两个部分。现在来说激情，也就是会促使我们生气的一种东西。你认为，它属于上述两个部分中的某一个，还是都不属于，而是二者之外的另外一种东西呢?

格劳孔　可能是属于欲望部分。

苏格拉底　我姑且先来讲一个我听来的故事：勒翁提俄斯——阿格莱翁的儿子，从比雷埃夫斯港进城的时候，在北城看到有几具尸体躺在城墙底下，他既心生厌恶，又想要看看。一开始，他蒙住了自己的头，按捺住了好奇心，不过最终还是受欲望驱使而走到尸体前。他边睁大眼睛看着尸体，边咒骂自己的双眼："坏蛋啊，你就看吧，看个够，多好的美景啊！"我相信这是个真实的故事。

格劳孔　我也听过这个故事。

苏格拉底　我认为，这个故事旨在告诉人们：有时候，和欲望无关的愤怒刚好和欲望矛盾。

格劳孔　没错。

苏格拉底　我们可以看到，一个人的理性若是被欲望打倒了，那么他就会生自己的气，咒骂这种欲望的力量。诸如此类的例子有很多。这种情况下，理智和欲望就像是两个互相争斗的政治派别，同时，理智还具有一个盟友——激情。我认为，你绝不会承认你发现自己的身上出现过这种情况：激情不顾理智的阻止，要和欲望联手抵抗理智。我还认为，在其他任何人身上，也不曾有过这样的情况。

格劳孔 的确没出现过。

苏格拉底 此外，我认为，一个越是高贵的人，当他认为自己犯了错的时候，那他越是不会对别人可能施加给他的，诸如饥饿寒冷之类的痛苦感到愤怒，因为他觉得对方做得正义。用我的话说，这是因为，他克制了自己那种想要抗议施加者的情感。你同意我上述观点吗？

格劳孔 同意。

苏格拉底 要是觉得自己遭受了不公，一个人会有什么样的反应呢？你不认为是这样的吗？他会激动乃至愤怒；生活窘迫或者诸如此类的苦难，将促使他加入他觉得是正义的那一方，努力杀死他觉得不正义的那一方。除非获胜，或者理性的声音呼吁他停下斗争——就像狗的主人唤住狗，阻止它狂吠一样，否则他那高贵的灵魂将会一直抗争下去。

格劳孔 你的比喻太恰当了。正如我们之前所说的：我们国家中那些对统治者服服帖帖的辅助者就像狗一样，统治者就好比放牧人。

苏格拉底 你非常清楚我想指出的意思。不过，不知道你是否也注意到了一点？

格劳孔 什么？

苏格拉底 我们刚刚假设激情是一种欲望，但现在我们对它的看法却刚好相反。现在，我们完全可以说，当灵魂发生内部矛盾时，它很乐意和理性结盟。

格劳孔 自然的。

苏格拉底 那么，我们现在该怎么说呢？激情是一种不同于理性的东西，还是说，灵魂只有理性和欲望这两种构成，而激情属于理性？又或者说，灵魂的组成和国家的组成一样——做生意的、辅助者和护国者组成了国家——都是三种，激情就属于灵魂的第三种组成成分；而且，如果没有受到不良的教育腐蚀的话，激情天性就是理性的助手？

格劳孔 灵魂一定有第三种构成成分。

苏格拉底 我们已经证明了激情是一种区别于欲望的东西，要是我们也可以同样证明它有别于理性，那就可以肯定它就是灵魂的第三种构成成分了。

格劳孔 很容易证明这点。人们可以发现，小孩的情况也是这样的：大多数人的激情是出生就有了的，不过，大部分孩子都是在很久之后才使用理性，有的孩子甚至从来不会使用它。

苏格拉底 说得非常对，的确如此。另外，可以发现，你有关激情的阐述，在动物身上也适用。除了这些案例，还可以用另外的方法证明这一点，这个方法就是，用我们前面曾引用的荷马的那句诗歌——捶胸顿足地自我谴责——来证明。这么说是因为，荷马显然在诗中表达了这么一个观点：理性是用来判断事物是好是坏的一个东西，主导愤怒的器官是另一个东西，前者责怪后者。

格劳孔 说得对极了。

苏格拉底 我们的这一论述过程如同进行了一次漫长的海上航行，不过好在我们现在终于抵达目的地，基本同意这个观点：每个人的灵魂中都存在着那些存在于国家中的东西，而且，数量与国家所具有的一样。

格劳孔 是的，在这个观点上我们达成了一致。

苏格拉底 根据以上论述，我们可即刻做出这种论断：是同一种品质让个人和国家可被说为是智慧的，故此，个人智慧和国家的智慧是一样的。你赞成上述推论吗？

格劳孔 赞成。

苏格拉底 同理，对于个人和国家所具有的勇敢和美德，我们也可以做出同样的推论。

格劳孔 没错。

苏格拉底 所以说，那些我们拿来证明国家乃正义的证据，也可以拿来证明个人是正义的。我是这么认为的。

格劳孔 这是肯定的。

苏格拉底 不过，我们可要谨记这点：国家的正义就是，国家的三种人各司其职。

格劳孔 我们应该都还记着。

苏格拉底 那么，我们也必须谨记一点：如果一个人的各种内部品质都在起着它应有的作用，做着该做的事情，那么这个人就是正义的。

格劳孔 是该牢记这点。

苏格拉底 既然理智在整个心灵中起着谋划作用，且我们承认了它是智慧的，那么，整个心灵该由它来领导，激情也应该服从协助它。你难道不这么认为吗？

格劳孔 毫无疑问，是的。

苏格拉底 我们曾说过，有关音乐和体育的教育可以协调理智和激情，现在看来是对的。因为，音乐的韵律及其具有的和谐可以缓和激情，使之趋向文明；同时，良好的训练以及优美的语言，还可以强化个人理智。

格劳孔 非常对。

苏格拉底 虽然欲望在人的灵魂中所占比例最大，而且欲望最会导致人贪婪财富，但受了这种训练和教导的理智和激情能够起到它们自身的作用，从而领导、监控欲望，防止它沉溺于过度的肉体欢乐而变得更加强大，野心勃勃地想要去控制它不该操控的部分。

若不是理性和激情在发挥它们对欲望的这种控制作用的话，欲望就会毁灭一个人。

格劳孔 说得非常对。

苏格拉底 可见，理性和激情，一个负责谋划，一个负责协助理智，将理智的意念化为行动；两者联合起来保卫着一个人的身心，避免他被外界有害事物侵犯灵魂和身体，你说呢？

格劳孔 的确如此。

苏格拉底 理智在人们心里树立了一种信念，使他知道该害怕什么。依我看，假设一个人无论是快乐的还是烦恼的，他的激情都牢记着这种信念，那么，我们就可以说他具有勇敢这种品质。

格劳孔 是的。

苏格拉底 能给人们树立这种信念并领导人们灵魂的这个部分——我们曾假设它清楚灵魂的三个部分的各自利益和共同利益——使得一个人足以被称为是智慧的。

格劳孔 非常对。

苏格拉底 所谓克制这种品质，不就是一个人灵魂的三个部分和谐相处，激情和欲望都顺从理智的领导，没有想过抵抗吗？

格劳孔 没错，无论对个人还是国家而言，克制这种品质都是这样的。

苏格拉底 一个正义之人应该具备什么品质或者说应该是什么样的，对此，我们也明确指出过。

格劳孔 是的。

苏格拉底 现在，我们还感觉正义之人的形象是模糊的吗？或者说，它看起来不像是正义的国家所表现出来的那种样子，而是另外的样子？

格劳孔 我认为这个形象很清楚了。

苏格拉底 太好了。的确，我们对正义的定义是对的。要是我们内心还怀疑这点，完全可以用一些常见事例来证实。

格劳孔　什么事例？

苏格拉底　有这么一个问题：如果让一个具有正义国家那种教养的人，来保管一份金银珠宝，你相信他会私吞这份财物吗？或者说他比不正义的人更容易干出这种事情，你觉得有人会相信吗？

格劳孔　没人会相信。

苏格拉底　那样一种人也绝对不会做出偷盗、亵渎神明、背叛朋友和国家这种事情，对吧？

格劳孔　是的。

苏格拉底　也绝不会背信弃义。

格劳孔　当然。

苏格拉底　别人可能会做出的通奸、对父母不孝、违背宗教信仰等罪恶的事情，在他身上也绝对不会出现。

格劳孔　必然不会。

苏格拉底　归根结底，原因就在于，他灵魂的每个部分都各司其职，该领导的领导其他部分，该被领导的听从领导者，不是这样的吗？

格劳孔　除此之外，没有其他原因了。

苏格拉底　既已找到了这么一种品质，它能让人成为正义之人，让国家成为正义的国家，那现在，你还要为正义寻找另外的定义吗？

格劳孔　我实在不想找了。

苏格拉底　那么，我们的愿望到现在已经达成了。我们已经证实了对正义所做的假设——在创建这个国家的一开始，我们就碰巧想到它就是正义的本质。

格劳孔　确实是这样。

苏格拉底　可见，正义的表现就是人们分工明确：木匠、鞋匠以及其他各行各业的人都在做他们的本职工作，起各自的作用，而不去充当其他人。如此，有关正义的定义才可以说得通。

格劳孔 明显就是这样。

苏格拉底 我们所进行的这么一种描述，说明了真实的正义的样子。不过，在此需要指出，“各司其职”是针对内在事物，即真实的事情本身而言，而不是针对外在事物而言。换句话说，在对正义的定义中，“各司其职”是指每个人灵魂的内在各部分互不干涉，不能插手其他部分的事情。

一个人首先应该做到自我主宰，使自己的内在秩序协调稳定，也就是使灵魂的三个部分都协调稳定地合作——就像让高、中、低三种音阶以及其他的音阶协调地组合起来一样——保证原本各自独立的它们结合成为一个和谐的、克制的整体。总之，就是确保安排好自己的灵魂，他才能安排好其他的事情，诸如赚钱、照顾自己身体等私事或者从事政治工作之类的事情。他不仅能完成这些必要的事情，在做它们的时候，他还可为智慧和愚蠢无知下定义：能使得一个人具有这种和谐状态的知识就是智慧，顺应这种状态的行为就是正义的行为；反之，会对这种状态起到破坏作用的意见就是愚蠢无知，相应的行动就是不正义的行为。

格劳孔 对极了。

苏格拉底 我认为，我们现在可以说，我们已经明确了正义的人以及正义的国家是什么样的。换句话说，这两者具备的正义分别是什么，我们已经明确了。

格劳孔 的确，可以明确了。

苏格拉底 那就让我们如此定下来吧。

格劳孔 好的。

苏格拉底 到此，我们就结束对正义的讨论了。接下来必须考察一下不正义。

格劳孔 必须的，不言而喻。

苏格拉底 你同意这种说法吗？灵魂的三个部分互相争斗不止，互相干涉，甚至，某一个部分——这个部分天生就该是被统治的——试图充当统治者，对抗整个灵魂，这就是不正义。就我而言，我认为不正义就是这样的。可以说，那三个部分的混乱不堪导致了不正义、无知和愚蠢懦弱等所有的罪恶。

格劳孔 没错。

苏格拉底 若说上面对正义和不正义的定义是正确的，那么，“不正义的”“做违背正义的事情”以及下面提到的“造就了正义”之类的话的意思，也都是显而易见的。

格劳孔 为什么这么说？

苏格拉底 因为，它们就像是有关身体健康与否的表述，只不过，健康和疾病是肉体的，它们涉及的是灵魂。对灵魂有益的东西给灵魂带来健康，有害的东西就造成灵魂的疾病。

格劳孔 是这样的。

苏格拉底 同样，做正义之事则给灵魂带来正义，反之则带来不正义。

格劳孔 对。

苏格拉底 不过，身体的健康源于，其内部成分顺应自然地或者被统治，或者起统治作用；其疾病源于，其内部成分在统治和被统治作用上违反了自然天性。

格劳孔 对！

苏格拉底 正义和不正义的出现也是这个道理。灵魂的内部成分若顺应自然则带来正义，若违背自然则导致不正义。你认为呢？

格劳孔 赞同。

苏格拉底 那么可以说，心灵若是健康有力的、美的，那么它就具有美德；若它是病态无力、丑陋的，那它就具有罪恶。

格劳孔 是的。

苏格拉底 同理，美好的行为带来美德，丑恶的行为带来罪恶。

格劳孔 必定如此。

苏格拉底 那么，做正义之人和正义的事情（且不管别人是否知道）好呢，还是做不正义之人，干不正义之事（只要能逃避惩罚而任性地做下去）好？看来，我们现在只需讨论这个问题了。

格劳孔 要是身体的本质已经坏掉了，一个人就等于是死了，拥有再多的权力、物质和财富也没有意义。因为，身体的本质才是一个人活着必须具备的东西。所以，苏格拉底啊，我现在觉得这个问题很愚蠢。当然，正义坏掉的人可以为所欲为，但是，他将无法获得正义和美德，而只能终生被罪恶和不正义纠缠。我们已经证实，就是我们所描绘的那样。

苏格拉底 虽然现在看这个问题，觉得它很愚蠢，不过，既然我们到此的论述已经足以让我们清楚地看见事物的本质，那么我们还是坚持讨论下去。

格劳孔 当然，我非常乐意。

苏格拉底 那请你继续跟随我考察一下，看看值得我们讨论的罪恶有几种。

格劳孔 好，我跟着呢，你只管继续说。

苏格拉底 我认为，在我们讨论到的这个高度上看，依稀可见的美德只有一种，而罪恶却有很多种，不过，只有四种值得我们考察。

格劳孔 你什么意思？

苏格拉底 意思是，政体有几种，灵魂就有几种。

格劳孔 那到底是多少种？

苏格拉底 五种，政体和灵魂都是。

格劳孔　请说说看。

苏格拉底　其中一种就是我们讲过的那种可称为贵族政治或者王政的政体。当它叫贵族政治时，说明掌权的统治者有两个以上；当它是王政时，说明统治者很多，但真正掌权的只有一个，他是所有统治者中最出色的。

格劳孔　没错。

苏格拉底　不过，这两种算是一种政体。因为，只要掌权者受过我们前面提到的那种教育，那么，他就一定会遵循我们国家的那种有用的法律。如此，不管一个国家是有一个还是两个以上这样的掌权者，其本质都是一样的。

格劳孔　同意。

第五卷

苏格拉底 依我看，这样的一种人、一种体制和一种国家就是正义的、善的。要是这种制度就个人和国家而言是善的，那显然，其他的制度就是错误、罪恶的，这些制度又可分为四种。

格劳孔 哪四种？

我刚想一一罗列出那四种制度，这时，坐在埃德曼托斯附近的波雷马赫斯拽住格劳孔的肩膀，凑到他的耳边说了几句话。我只听到了这句："我们要放过他了吗？"埃德曼托斯响亮地回答："坚决不能放。"我便问他们："你们所说的'他'是指谁啊？"

埃德曼托斯 你。

苏格拉底 为什么是我？

埃德曼托斯 我们认为你投机取巧，想要对整个辩论中的重要问题避而不谈，试图随便谈几句就糊弄我们。那个重要问题，就是指"朋友共同拥有"妇女儿童这个问题。你根本不打算向我们解释解释，好像所有人都了解这个问题一样。

苏格拉底 那你说我说错了吗?

埃德曼托斯 虽说是对的,但是,任何事情都要解释清楚,所以你总得解释一下“共同拥有”是什么意思。毕竟,“共有”的方式有很多,你总得说说,你所想的是哪种方式。

有关儿童的生养教育的问题,我们认为是非常重要的,这件事做得是否正确,对国家影响重大。所以,我们想听听你来说明一下有关妇女儿童的问题。

我们等了好久,希望听到你的独到见解,但你还没讲这个问题,就要去讨论另一个了。我们觉得这是不对的,你必须说清楚这个问题。如你所听到的,否则我们绝不让你走。

格劳孔 我也赞成这样。

色拉叙马霍斯 苏格拉底,你就把这当作我们大家的一致意愿吧。

苏格拉底 天啊,你们故意刁难我吗?这要引发的辩论可是个大工程。我高兴地以为已经结束了辩论呢。你们可能没意识到自己提出的这个要求意味着什么。我本想着,你们能够赞成我,我就很高兴了。我尽可能不要深入讨论下去,因为我早知道这将会引发一场大辩论。

色拉叙马霍斯 我们不是来听你辩论的吗?难不成你以为我们是来淘金的?

苏格拉底 辩论也是有局限性的呀。

格劳孔 苏格拉底呀,一个聪明人听这种辩论的话,不到死他都觉得不够。所以,你可不要产生厌倦感,也不要担心我们厌倦,你只管回答我们好了。现在请你说说看,我们的护卫者怎么做到将妇女儿童变为共有财产,以及,我们如何在教育孩子最费劲的时期——他们接受正规教育之前的那个阶段——去培养教育他们。

你说吧，如何解决这两个问题。

苏格拉底 说清楚这两个问题可要比前面进行的讨论困难得多，因为存在的疑点更多。我说了自己的观点，人们会怀疑是否行得通，即便他们认为行得通，又会怀疑是不是采用了最善的做法。我恐怕人们会认为我的见解是空想，所以不敢引起这个话题。

格劳孔 我们都相信你，也理解你会遇到困难。总之，我们对你的态度是友好的。所以你只管大胆地去论述吧。

苏格拉底 我的老友啊，你这是在鼓励我吗？

格劳孔 没错。

苏格拉底 但这种鼓励起到了相反的作用呢。因为就目前而言，我没有信心能论述好接下来要讲的观点，如果硬要我论述，我必定慌张忙乱，所以它只能起反作用。只有在我有信心时，这种鼓励才有效。这就是像一个人在志趣相投的朋友中谈论众人关注的问题，如果他胸有成竹，必定侃侃而谈，口若悬河。当然，就我目前的状况，我的担忧也并非因为害怕会招来别人讥讽，因为那是孩子的心理。我害怕的是自己在最不该迷乱的时候迷乱，跟丢了真理，连带着误导了我的朋友们。

所以我认为，这是一种非常冒险的行为，因为这等于是在混淆正义和不正义，美和丑，善与恶，它比失手杀人的罪过更大。要做这样的冒险，也只能对敌人做。这就是我认为你的鼓励没有鼓励到我的原因。

格劳孔 （笑着说）苏格拉底啊，就算你的见解有错误，误导了我们，我们也会像判决失手杀人案件一样，赦免释放你。我们不判你有欺诈我们的罪名。故此，你就放心大胆地说下去吧。

苏格拉底 法律上被赦免的人是无罪的，那么，按照你们的说法，我就放心了。

格劳孔 既然你放心了，请马上继续说吧。

苏格拉底 那我们现在就回头按顺序说说那些没讲到的问题——可能我们确实早该讲讲它们了。就按照先男子后女子的顺序吧，既然你们着急想要听，这种顺序可能是比较好的。

我认为，受过我们曾说过的那种培养教育的男子，应该采取一种类似我们一开始讨论男人时建议的方式，去对待妇女和孩子。我们曾指出，我们的教育所培养出来的男子，应该成为羊群的护卫者。我们还努力证明了这一点。你可还记得？

格劳孔 记得。

苏格拉底 现在我们把这个比喻套在妇女身上，让她们接受同样的教育训练，看看结论是否也一样。

格劳孔 怎么教育训练？

苏格拉底 我问你，我们是该让母狗待在窝中看管教育它的孩子，只让公狗负责护卫羊群，还是该让母狗也参与护卫工作，协助公狗，共同进行户外搜索？

格劳孔 虽然应该把母狗当作较弱者，把公狗当作较强者，但我认为，在担当工作方面，它们应该不分公母。

苏格拉底 虽然是同种动物，但如果不能给予它们相同的喂养和训练，你觉得，在利用它们的时候可以没有区别吗？

格劳孔 不可以。

苏格拉底 所以说，我们必须先让女人接受和男人们一样的教育，才能像使用男人一样使用她们。

格劳孔 没错。

苏格拉底 通常，我们主要用音乐来教育男子，并对他们进行体育训练。

格劳孔 是的。

苏格拉底　我们也应该对女子施行这两种教育，同时培养她们在军事方面的能力，如此才能像使用男人一样使用她们。

格劳孔　听着你说得很对。

苏格拉底　不过我觉得，要是我们果真实践刚才提到的那些建议的话，人们可能会笑话我们，因为它们和当前的习俗是冲突的。

格劳孔　确实有这样的可能。

苏格拉底　你觉得人们最会笑话的是什么？我认为是女人也像男人一样，赤裸着身体进行锻炼，难道不是吗？你可以想象那种场景：届时的健身房里不仅有年轻的女子，还将有满脸皱纹的丑陋的老女人，她们也跟着老男人在那儿锻炼。这多可笑呀！

格劳孔　现在来看，那种场景好像真挺滑稽的。

苏格拉底　既然我们已经展开了讨论，那么就坚持把这个有关女子文体教育改革的话题进行下去吧，特别是要阐述清楚有关她们的军事训练的问题，比如骑马和使用兵器之类。不过，要做好定会被文人和有识之士讥讽嘲笑的准备，届时要无惧他们。

格劳孔　同意你的说法。

苏格拉底　总之，既已决意探讨这个立法问题，我们无论如何都要攻克各种难题。首先，我们不妨请那些批评家看待这个问题时严肃一点儿，让他们暂时不要抱着那种鄙视和高高在上的态度，而是回想一下，希腊人在之前不远的历史时期和现在的大部分野蛮人一样，觉得男人在别人面前赤身裸体非常可笑、羞耻。你还记得吧？克里特人一开始进行裸体训练时，以及他们之后的斯巴达人也这样做时，都曾遭到同时期的有才华的喜剧作家们的嘲笑。

格劳孔　是的，我还记得。

苏格拉底　我们已经证明——至少我认为已证明——与其遮掩包装这

类事物，不如使它们显出赤裸的样子；以及，在理性认为的最善看来，眼睛里的可笑事情实际上并不可笑。既然如此，那么，我们便不该抱有这样的见解：除了邪恶，其他事物都是可笑的；愚蠢无知和邪恶不值得讥讽，倒是应该讥讽其他的事情；善不是美的标准，我们应该努力认真地寻找其他来作为标准。反过来说，凡是抱有这些见解的人，都是荒诞的。

格劳孔　完全同意你所说的。

苏格拉底　我们首先来看看这些人的建议是否可行，这样，后面才能达成一致。显然，不管说出这些建议的人是认真的还只是开玩笑，我们都要提出这些问题：女人是天生就干不了男人们干的事情，还是她们能做的有限，又或者说她们天生也适合和男人一样做任何事？若说她们能胜任其中的某些事情，那么是否也包括打仗在内？你觉得，这样讨论是不是最好的？

格劳孔　非常好。

苏格拉底　好，那接下来，我们不妨替我们设想中的反驳方向自己发问，这样就避免我们只在自说自话。也就是说，我们要替假想中的论敌辩论。

格劳孔　你就这么做吧。

苏格拉底　那我们现在就替他们这样说："亲爱的格劳孔和苏格拉底啊，你们何必让别人来批评自己？在你们一开始讨论创建你们的理想国时，你们就坚持认为，所有人所做的工作都应该是天生适合他的那份。"

格劳孔　我们的确赞成这个观点。

苏格拉底　他们会说，男女间的差距天生就非常大，考虑到这种天生的差距，应该让男人女人分别做不一样的工作。如果我们无法否认这点，他们又会说，既然男女间有如此大的差距，你们却让他们做着相同的工作，如此不是自相矛盾吗？这种情况下，格劳孔啊，聪明的你能够回答吗？

格劳孔 这个问题我确实很难迅速回答。所以不管你说什么，我都希望你能替我们回答一下这个问题。

苏格拉底 格劳孔啊，我很早就预料有诸如此类的这些质问，所以，关于怎样使妇女儿童公有化并教育他们的立法问题，我是不想碰触的。

格劳孔 说实话，这件事真的会很难。

苏格拉底 确实很难。但正如已经落水了一样，无论是落在大海还是小池塘中，我们也只能拼命游泳自救了。

格劳孔 非常对。

苏格拉底 所以只能继续游，争取顺利地结束这次讨论。希望音乐家阿里安的海豚或者一些其他的什么方法能解救我们。

格劳孔 只好这样了。

苏格拉底 我们来试着寻找一种解决办法吧。我们现在说，具有各异天赋的人应当担当同一种工作，但是我们曾经又认定过，男人和女人有着差异和不一样的天赋，不一样的天赋就应当进行不一样的工作，这样相互矛盾的说法简直就是对我们自己的反驳。

格劳孔 没有错。

苏格拉底 格劳孔，我的朋友，这种争辩艺术真是太强大了。

格劳孔 为什么这么说？

苏格拉底 这是一个陷阱！我发现很多人会身不由己地将实质上的争吵想象成讨论。他们针对每一个字、每一个词相互争辩，只会寻找字面上的各种不妥的地方，从来学不会怎么从一句话上研究出不一样内涵，这种讨论根本就不是辩论。

格劳孔 对，这种事在很多地方都会出现。话说回来，你觉得我们现在的讨论就是这样的？

苏格拉底　肯定是的。我们可能正不知不觉地将一场辩论变成一种字面上的争执，这也是我所担忧的。

格劳孔　为什么会变成这种情况？

苏格拉底　我们在“不同的天赋不该进行同种工作”这个意思上，费尽力气地进行了分析，但是对于“不同的天赋”“相同的天赋”“不同的天赋做不同的工作”“相同的天赋做相同的工作”这些概念，我们一直都没有好好地想一想，它们的含义到底是什么。

格劳孔　这些问题，我们真的没有想过。

苏格拉底　现在我们应该自问一下：长不长头发会不会导致人在天赋上存在差异？如果我们承认会有天赋上的差异，那有没有头发会直接影响到这个人能不能做鞋匠。

格劳孔　这实在是太可笑了。

苏格拉底　这是因为，天赋的差异和行业的差异有关，我们不能说人们天赋的差异是没有限制的、绝对的。比如，我们可以说，同样会医治病人的一个男人和一个女人拥有相同的天赋。

格劳孔　对。

苏格拉底　不过，男医生和男木匠具有的就是不一样的天赋。

格劳孔　是的。

苏格拉底　假如男人或女人也许会对某一类工作更有帮助，那我们就可以让男人或女人从事这类适合的工作。但我们不能因为他们仅仅有男女生殖方面的生理差别，就说男人和女人就应该分别进行不同的工作；我们始终坚信，我们的护卫者的妻子，应该和护卫者从事一样的工作。

格劳孔　你的想法没错。

苏格拉底　还有一点，在建设国家需要的技术和工作中，只能男人或者女人去做的有哪些？我们要让经常反驳我们的那些人回答一下。

格劳孔　不管怎样，你这个问题实在很有道理。

苏格拉底　或许有的人也会说，要立刻找到一个完美的回答有些难，就像你刚刚所说的一样。但要找到答案也不会太难，只是他们需要一些思考的时间。

格劳孔　他可能会这么说。

苏格拉底　为了方便，我们在论证“男人和女人都可以负责任何一种治理国家方面的工作”时，能不能让反驳我们的人始终跟从我们？

格劳孔　为什么不呢？

苏格拉底　那我们让他针对这个问题进行回答。“你是依照什么标准，来判断一个人在某件事上有没有禀赋的呢？有些人学习起来感觉很困难，有的感觉很容易；有的能融会贯通，不断进步，有的老是学不会；有的身体辅助心灵，有的身体反倒阻碍心灵汲取知识。这些能作为你的判断依据吗？或者还有其他的事物可作为判断一个人有没有好禀赋的依据？”

格劳孔　只能用这些来作为判断依据了。

苏格拉底　根据以上判断依据，我们是否可以找到一种女人绝对比男人更能胜任的项目？比如烹饪、裁剪等一些工作算是吗？在这些方面，女人自称为专家，她们觉得如果在这些方面输给男人，是很难为情的事情。

格劳孔　说得没错，我们还能说，在所有事情上，性别之间造成的能力差距很大。虽然很多女人在一些事情上要强于很多男人，但你说的那种情况还是占绝大多数。

苏格拉底　亲爱的格劳孔，所有治理国家的职业，都不会因为男性或女性在负责而专属于男人或女人。因为男人女人都有天赋，我们只能根据工作需要，选择合适的男人或女人去做这项工作。只是，总体而言，男人比女人强一些。

格劳孔 没错。

苏格拉底 所以，我们应该把所有工作都交给男性，不让女性参加吗？

格劳孔 那绝对不行啊！

苏格拉底 我们还可以这么说吧：有些女性有医疗或者音乐方面的禀赋，有些女性就没有。

格劳孔 是的。

苏格拉底 那我们可不可以说，有些女性拥有运动方面的禀赋，喜爱战斗，有些女性则反之？

格劳孔 可以。

苏格拉底 同上所述，我们可不可以说有的女人喜爱智慧，有的讨厌；有的个性软弱，有的坚强？

格劳孔 这么说也可以。

苏格拉底 所以并不是所有女性都肩负护卫者的职责；同理，对于男性护卫者，我们也是根据他们自身的情况来选择。

格劳孔 说得没错。

苏格拉底 这样的话，只要具备相同的禀赋，国家护卫者的工作同样适合男人和女人，只是男人比女人强一些而已。

格劳孔 说得是。

苏格拉底 既然男人和女人的才能和天赋都差不多，那就应当让这样的男人和女人都作为护卫者，并让他们住在一起。

格劳孔 没错。

苏格拉底 相同的天赋不是应该适合相同的工作吗？

格劳孔　是。

苏格拉底　回到我们说过的话，让护卫者的妻子们接受音乐和体育的培养这件事，我们已经确认符合自然道理。

格劳孔　没有问题。

苏格拉底　既然我们制定了符合自然的法律，那我们的立法也是很切合实际的。如此说来，现在的主流做法倒是不符合自然的。

格劳孔　好像是这样。

苏格拉底　那我们提出的意见可不可行？要是可行的话，是不是最佳方案？这是我们需要思考的事情。

格劳孔　对。

苏格拉底　这个意见是可行的，这点我们确定过了。

格劳孔　没错。

苏格拉底　那接下来，我们就要确定，我们的意见是不是最佳方案。

格劳孔　是的。

苏格拉底　不管是男人还是女人，他们的天赋是相同的，所以我们不分男女，用相同的锻炼方式，将他们都培训成为护卫者。

格劳孔　是需要相同的培养方式。

苏格拉底　那你对以下这个事情有什么想法？

格劳孔　什么事？

苏格拉底　你觉得男人都是相同的，还是彼此之间有所差别？

格劳孔　肯定会有差别。

苏格拉底　这样的话，哪些男性才是我们这个正在建设的国家中，相对较好的男性呢？是拥有制鞋能力的鞋匠，还是经过锻炼培养的护卫者？

格劳孔　这问题太可笑了。

苏格拉底　我明白。不过你觉得护卫者是不是最棒的公民？

格劳孔　是的，是最棒的。

苏格拉底　那这些女护卫者也是最棒的女性吗？

格劳孔　当然也是。

苏格拉底　还有什么能比一个国家培养出这么多卓越的男性和女性，更值得称赞的？

格劳孔　没有什么了。

苏格拉底　这就是接受我们所说的音乐和体育培养的成果。

格劳孔　没错。

苏格拉底　所以对国家来说，我们提出的立法不仅是可行的，也是最佳的。

格劳孔　对。

苏格拉底　因为女性护卫者穿的是美德之衣，所以她们锻炼的时候一定要裸体。她们唯一的职责，就是在战争或执行其他护卫者的任务时，一定要与男性同行。因为女性在身体方面没有男性强壮，所以她们在执行护卫者的工作时，肩负的工作比较轻。在女性裸体锻炼时，即便男性是出于最好的动机，只要他们嘲讽她们，那么他们的做法就是不妥的。因为，他自己肯定也不明白这种嘲笑与行为到底意味着什么。就像诗人品达说的“采撷不熟果”，愚蠢的人总是会嘲笑别人笨。无论是现在还是未来，“益则美，害则丑”这句话永远都会是名言。

格劳孔　你说得太对了。

苏格拉底　可以说我们最终还是很幸运地跨过了第一道屏障，在有关妇女的法律辩论中算是顺利取得结论。我们通过讨论证明了，无论男性护卫者还是女性护卫者，他们都必须肩负相同工作，而且在内容上没有区分。另外，我们还证实了这个见解非常好而且可行。

格劳孔　确实是这样，你跨过了一道很困难的屏障。

苏格拉底　还有第二道屏障，这道屏障要比第一道困难多了。

格劳孔　那让我听听，你接着说。

苏格拉底　要我说，这可以用一项法律条文，来总结上面以及前面所说的所有论证。

格劳孔　内容是什么？

苏格拉底　不允许出现由一对男女组成的家庭，所有的男性、女性以及孩子都是共有的，让父母和子女相互都不知道对方。

格劳孔　这个想法实在会令人产生这样的疑虑：它行得通吗？会带来何种好处？毕竟，实现它的障碍要比上一个大得多。

苏格拉底　使妇女和孩子全部共有肯定会带来极大的好处，我觉得没有必要对这一点有疑虑。但我也同时预见了，关于这个事情可不可行的争议会很大。

格劳孔　肯定的。

苏格拉底　看来你也同意，无论如何，我都会受到反击。我本来期望你也赞成这个建议，如此，在有关它是否可行的讨论上，我论述起来就会更容易。

格劳孔　我发现了你这个心思，你不要以为可以绕过去。在没有将这两个提议的含义说清楚前，你不能走。

苏格拉底　好吧，希望你能先让我歇会儿，我愿意接受惩罚。有一类散漫的人，从不积极地寻找办法，让自己的愿望变成现实，总是一个人反反复复地陷入空想中，搁置问题。他们就这样幻想着，继而又想象自己要去做什么大事了，还乐颠颠地描述自己的计划。如此，他们的散漫变得越来越严重。事先不考虑一件事可不可行，而是过后再来考虑——这个不良习惯，其实我也有。现在，姑且让我们假定这个习惯无关紧要。只要你同意，我可以先研究一下，如果要进行这些事情，管理者们应该做什么样的安排，以及对国家和护卫者来说，这些安排会带来非常大的好处的依据是什么。

格劳孔 继续说吧，我同意。

苏格拉底 我认为，在管理者和他们的助手都很称职的前提下，管理者一定要负责发布命令，作为管理者的助手则一定要能接受命令。在一些事情上，管理者要根据法律发布这些命令，而在一些有待商榷的事情上，要按照法律的主要精神发布命令。

格劳孔 也许是这样。

苏格拉底 假如你是一个立法者，你挑选出一些各方面都匹配的男性和女性，再将女性安排给男性，让这些男女的衣食住行等各方面都是一起进行的，那么，由于天性需要，他们必定会结合。你说呢？

格劳孔 这种必然是属于欲望而不是几何学的。相比基于几何学的必然，基于欲望的必然更能强迫大部分人做出某种行为，或者说服他们去做。

苏格拉底 说得没错。但话说回来，我们的管理者绝不会让男女之间的行为乱七八糟，没有节制，这会让一个幸福的国家感到耻辱。

格劳孔 这肯定是错误的。

苏格拉底 所以已经很清楚了，要想使婚姻产生最大的好处，结婚这件事一定要尽可能办得隆重一些。

格劳孔 当然。

苏格拉底 要得到最大的善应该怎样做呢？有件事我想问你，你注意过你家里的猎狗以及一些纯种的公鸡在繁衍下一代时的情况是怎样的吗？

格劳孔 啊？

苏格拉底 我首先问你，这些血统纯正的动物虽然都是极品，但它们是不是有些比较优良有些比较差呢?

格劳孔 没错。

苏格拉底 那你对这些动物是一视同仁地进行培养，还是对那些素质最好的动物给予最好的培养?

格劳孔 当然是培养最好的。

苏格拉底 那你会选择幼、壮、老的哪一类动物进行培养?

格劳孔 我会选一些壮年的。

苏格拉底 若非如此，你的猎狗和公鸡的后代素质肯定会越来越差。

格劳孔 没错。

苏格拉底 那么，马和其他动物的情况应该也一样吧?

格劳孔 不一样才有问题。

苏格拉底 啊!格劳孔啊，那你说，这个自然法则要是放在人类身上也合适，那么，我们的统治者岂不是要采取难以置信的方法!

格劳孔 肯定适合。不过为什么说他们的方法是难以置信的?

苏格拉底 因为，他们的做法要用到我们前面讲过的一种药品，而且要用非常多。一般的医生可以治疗那些接受定制饮食的患者，因为他们不用吃药。只有比较勇敢的医生，才能负责治疗那些需要吃药的患者。

格劳孔 说得对。但这事跟我们的问题有关系吗?

苏格拉底 可能管理者用了一些谎言和欺骗，但应该是为了被管理者的权利才不得已而为之。我们好像曾经提过，这种欺骗是被当成药品使用的。

格劳孔 对，没错。

苏格拉底 现在看来，这种善意的欺骗，在他们结婚生子这点上的影响应该不是最轻的。

格劳孔 此话怎讲?

苏格拉底　根据以上取得的一致意见，我们可以推论事情是这样的：尽量将最好的男人和女人安排在一起，最坏的男女组合则越少越好。为了培养出素质最好的继承者，一定要培养素质最佳的男女的孩子，放弃培养素质低下的孩子；这件事的执行流程不能让其他人获知，只能让管理者知道，不然这些护卫者肯定会因不满而抗议的。

格劳孔　没错。

苏格拉底　根据法律的规定一定要有婚假，让新郎新娘在新婚中享受快乐，接受诗人的祝福、神明的庇佑。管理者们要根据战争与否、疾病发生情况等因素，决定允许多少人结婚。因为，有必要保持城邦在一个适合的大小范围内，所以一定要控制公民人口。

格劳孔　没错。

苏格拉底　为了不让管理者被某些寻偶失败的不合格者谴责，而是让这些人接受自己不够幸运的理由，我认为，必须要制定一些“合理”的随机方法。

格劳孔　当然要这样。

苏格拉底　我觉得，要将荣誉和赏金奖励给那些在维护国家的工作中取得巨大功劳的勇敢青年，还要让他们拥有与更多女性结合的权力，尽可能多地生育下一代。

格劳孔　说得对。

苏格拉底　培养这些下一代的事情，将会有专门的管理官员负责。这种工作不限男女，所以可以是男人负责，也可以是女人负责。

格劳孔　没错。

苏格拉底　我认为，他们会把这些优秀之人的孩子带到幼儿园，让住在另一个城区的保姆养育。至于那些天生有残疾的孩子，他们会秘密处理，不让其他任何人知道有关情况。

格劳孔　说得对。一定要采取这种手段，如此方可保证管理者的素质纯正。

苏格拉底　他们让正在哺乳期的母亲们去幼儿园给孩子哺乳，也找一些奶妈替代奶水不足的母亲。他们会监控母亲们的喂奶时间，防止这个时间过长。此外，他们会让奶妈和保姆去做一些诸如给孩子守夜之类的麻烦事。总之，有关培养孩子的事情都由他们管理。

格劳孔　你这么简单就安排好了护卫者妻子养育孩子的问题！

苏格拉底　当然。我们应该谈谈我们的蓝图中的第二项内容了。之前我们提到，父母应当在壮年时期就生儿育女。

格劳孔　是的。

苏格拉底　男性最好的状态大约能维持三十年，女性大约能维持二十年，这个说法你赞成吗？

格劳孔　那你说是哪个年龄段？

苏格拉底　男性从他奔跑速度最快时开始算，截至他五十五岁时。女性能为国家添砖加瓦的最好年龄则应当是在二十岁到四十岁。

格劳孔　这个年龄段的男女身心都应该在巅峰状态。

苏格拉底　所以我们说，如果不想给国家带来负担和耻辱，不在这个年龄段的男女就不要生儿育女，因为这样做违背正义。如此生出的孩子也是欲望、无知和淫乱的结果，他们不像那些通过正式婚礼的夫妇所生的孩子一样，能得到祭司们和全城人民的祝福——这种祝福会让英雄一样的父母所生育的孩子青出于蓝而胜于蓝，对国家做出更大的贡献。

格劳孔　没错。

苏格拉底　这样一种情况——在管理者没有批准的情况下，两个同在壮年的男女发生了关系——同样可以用这样的法律来处理。因为，这种行为不符合法律，违背神明的意愿，说他们将给国家增添一个私生子不是没有道理的。

格劳孔　是的。

苏格拉底　我觉得，男性和女性一旦超过了生孩子的年龄，我们就让他们任意与异性交往。不过，对男人来说，自己的女儿、母亲、孙女、姥姥这些人要除外；而对女人来说，自己的孙子、儿子、父亲和爷爷要除外。我们一定要告诫他们不能违背这个原则，要是他们违背了而怀上了孩子，那我们一定要采取某种手段制止孩子的出生，因为我们不应该抚养这样的后代。

格劳孔　你说的这些都很合理。不过他们如何辨别出谁是自己的亲人?

苏格拉底　分辨起来确实不容易。不过可以采取这种方法：比如，如果这些人中有一个男性结婚了，那么，在他婚后七到十个月出生的所有孩子，都可以说是他的孩子；继而，他的这些孩子将来所生的孩子，就都是他的孙子或者孙女。据此，和他同一个辈分的人，都是他孙子孙女的祖父祖母。此外，一个人应将他的所有同辈人当成兄弟姐妹，不能和他们发生两性关系。不过，要是德尔斐的神意赞成，而且法律允许兄弟姐妹同居，加上抽签的结果准许他们这么做，那就没有问题了。

格劳孔　说得没错。

苏格拉底　所以啊，我亲爱的朋友，我们必须在接下来的阐述中论证，使这个城市的护卫者共同拥有所有妇女和儿童的这种方法，是最好的方法，而且，它和我们政治制度中的其他部分是一致的。你同意这是我们接下来的任务吗?

格劳孔　当然同意。

苏格拉底　为了统一意见，我们应该先思考这些问题：最善的国家制度是怎样的？立法者在立法时追求的最善以及最恶是什么样的？我们刚刚提出的做法，是否符合国家制度和立法者追求的至善，而不是符合恶？你是否赞同我们要先解决这些问题？

格劳孔　你说得对。

苏格拉底　那对一个国家而言，国家团结为“一”是一种至善，国家分裂为“多”是一种至恶，不是吗？

格劳孔　肯定是的。

苏格拉底　当生老病死这些事能引起所有公民的关注，一家欢则所有人欢，一家悲则所有人悲，那就说明了国家的所有公民非常团结，对吧？

格劳孔　没错。

苏格拉底　假如在同一个国家发生同一件事，而每个人都有着不同的情绪，这说明人们根本不团结。

格劳孔　肯定的。

苏格拉底　就是因为，公民在说“我的”“不是我的”和“别人的”等诸如此类的话时，无法做到理解一致，才会出现这种事情，不是吗？

格劳孔　没错。

苏格拉底　所以，一个治理得最好的国家，肯定能让绝大部分人在相同的事物上，说出相同的“我的”“不是我的”等此类的话语。

格劳孔　肯定会这样。

苏格拉底　当这个国家治理得最完美的时候，它就像极了一个活生生的人。假设有一个人弄伤了手指，手指上的疼痛通过整个身体的控制和感知，让全身都有所反应。套用在国家“这个人”身上也是如此，假设我们中的某个人的手指受伤了，那么，作为整个身心的国家，里面的其他人也会感觉到疼痛。

格劳孔　你说得没错，一个完美的国家和一个各部位都相互感知的身体几乎一样。

苏格拉底　这个国家的公民也许会遇到一些好事或坏事，这个国家可能就会说，这个公民作为它的一部分，它的其他部分会与这个公民同甘共苦。

格劳孔　这种国家肯定会这样。

苏格拉底　那我们就趁当下来考察一下我们的这个国家。我们曾一致认为，它有别于其他国家，现在看看是否能论证这点。

格劳孔　这么做很有必要。

苏格拉底　我们国家和其他国家一样，都有管理者和人民，对吗？

格劳孔　没错。

苏格拉底　他们都可以称为公民，对吗？

格劳孔　对的。

苏格拉底　在其他国家中，治理者对老百姓而言，除了有公民这个身份，还可以称作什么？

格劳孔　平民国家的老百姓还称呼他们为管理者。在其他很多国家，老百姓还将他们叫作领导者。

苏格拉底　除了公民这个称呼，这种管理者在我们国家还有什么称呼？

格劳孔　护卫者和助手。

苏格拉底　人民对他们来说是什么？

格劳孔　物资提供者和纳税人。

苏格拉底　其他国家的管理者把人民叫作什么？

格劳孔　奴隶。

苏格拉底　治理者之间，他们如何称呼对方？

格劳孔　同志们。

苏格拉底　那我们的管理者之间呢？

格劳孔 护卫者同志们。

苏格拉底 在其他一些国家中，护卫者同志们之间有的以朋友相称，有的不会这么做，你说对吗？

格劳孔 对，这是很常见的事情。

苏格拉底 那他们会不会因此把一部分同志当作外人，一部分当作自己人？

格劳孔 会的。

苏格拉底 在你们的护卫者中有没有出现这种情况？

格劳孔 肯定没有。他肯定会将他认识的所有人当成家人。

苏格拉底 真是非常棒的回答。那还有一个问题，需不需要规定做出相应行为，来证明亲属之间的称呼是实质性的，而不只是一个虚名？比如说，我们是不是要顺应自然道理，像往常一样，尊重、孝敬我们的父辈？是不是要使人们对待父辈和其他亲戚的态度成为规范化的标准，使得所有人都如同听到神意一样去遵守？或者，我们让孩子从小就接受其他的教导？

格劳孔 肯定要规定。假如这些亲戚的称呼只是虚名，没有实际的意义，那也太荒唐了。

苏格拉底 和其他的国家不一样，在这个国家里，所有人对“我的”这个词语的理解是一致的，也都以“我的”为光荣。一个人过得糟糕，大家都说“我的”情况糟糕；反之，一个人过得快乐，大家说“我”过得快乐。

格劳孔 没错。

苏格拉底 诸如此类的观念和表达一致，可以让人感受到团结，这一点我们是不是说过？

格劳孔 是说过，而且说得很对。

苏格拉底 在共有一个东西这个事情上，护卫者要比其他公民做得更好，他们都将某个东西称作“我的”，这种共有的关系让他们同甘共苦。

格劳孔 没错。

苏格拉底 护卫者之所以同甘共苦，除了因为国家的政治制度，还因为他们使妇女孩子公有化，对吗？

格劳孔 这也是重要的一点。

苏格拉底 我们之前还将一个完美的国家比作一个感受各部分苦乐的人体，并说，所有人都能感受每个人的苦乐，这是这个国家最好的状态。

格劳孔 是说过，而且说得对。

苏格拉底 对国家而言，最善的事情就是让作为助手的女性和孩子公有化，因为这是至善的产生原因。这么说对吧？

格劳孔 没有问题。

苏格拉底 我们之前说过，纳税者上缴税款，护卫者则从这些税款中获得每天工作的报酬，大家进行花销，不允许我们的护卫者拥有属于私人的财产，如房屋土地等。如今看来，当时的这些观点和上述观点一致，也说明，那是真正的护卫者应有的样子。

格劳孔 说得没错。

苏格拉底 显然，最好使护卫者们同甘共苦，保持统一思想，统一行动。那么，我们已经提到的所有这些建议，能不能防止他们因为私欲分裂国家、利用职务之便中饱私囊，或者将女性儿童私有化——总之就是言必称“我的”，各扫门前雪？

格劳孔 当然能。

苏格拉底 人们之间互相诉讼，是因为他们各自占有财产，有各自的亲属。但是，在我们护卫者身上就不会出现这样的纠纷。因为，他们所有的东西都是公共的，他们没有任何私人物品。

格劳孔 是的，这些事情不会发生在他们身上。

苏格拉底 我们会对所有人宣告，自卫这种行为如果发生在年龄相仿的人身上，那就是一种正当行为，如此可使他们多加锻炼，增强体质。那么，诸如打架斗殴这类纠纷，应该不会出现在护卫者身上。

格劳孔 没错。

苏格拉底 而且在自卫的争斗过程中，一个愤怒的人情绪得到了宣泄，就会逐渐平稳下来。这是这项法令的另一个好处。

格劳孔 是的。

苏格拉底 这些年轻人应当听从年长的人的监督和教导，应当让长者拥有权力。

格劳孔 很明显该这么做。

苏格拉底 我认为除非管理者对年轻人下达命令，不然这些年轻人应该不会做出殴打老人，或者其他无耻的事情来。这是种粗鲁无礼的行为，年轻人不敢做，一是因为惧怕，二是因为觉得羞耻：他们惧怕自己那么做的时候，会有其他人——可能是他的儿子、父亲或者兄弟——帮助受害者殴打他们；他们感到羞耻是因为，很可能，他欺负的那个老年人就是他的父辈。

格劳孔 肯定会这样。

苏格拉底 所以，我们的法律将会让护卫者们在所有事情上和睦相处，对吧？

格劳孔 没错。

苏格拉底 要是他们不会互相争执，国家中的其他人也就能够相安无事，我们大可放心。

格劳孔 对，没有必要担心。

苏格拉底 所以，一些我根本不想提的烦琐小事，比如巴结有钱人、为了养家费尽心思去借债还债、挣钱给服侍妻子的仆人发酬劳等，所有人都清楚的这些琐事，就不会发生在他们身上。

格劳孔 是啊，就连盲人都知道这些事。

苏格拉底 避免所有这些小事的纠缠后，他们会比奥林匹克运动会的获胜者生活得更幸福，就像进入了一个完美的世界一样。

格劳孔 为什么？

苏格拉底 因为，跟运动会的这些获胜者相比，他们得到的荣誉和酬劳会更多。他们取得的荣誉是整个国家对他们的帮助：国家将满足他们及他们的子女所有的需求；全国人民都会崇敬他们，待他们去世后还会为他们举行隆重的葬礼。

格劳孔 太厚重了。

苏格拉底 不知道你还记不记得，在之前的论证中，有些人是这样反驳我们的：既然护卫者掌管所有事物，为何他们一无所有？当时——我们只关心，寻找到一种可以培养出合格的护卫者的方法，以便让整个国家获得幸福，而不只是让国家中的某个阶级幸福——我们的回答是，我们会在恰当的时候再回头阐述这个问题。我觉得你应该还记得。

格劳孔 是的，我没有忘记。

苏格拉底 现在，还有必要拿我们的治理者、辅助者，和农民、鞋匠与其他工匠相比吗？既然我们已经说明了，他们的生活条件比奥林匹克运动会获胜者的还要优越。

格劳孔 没有必要了。

苏格拉底 这样吧，我在这儿重复一次我在其他地方讲过的事情。假如我们的护卫者还是被愚昧无知的快乐观念支配，以致为私欲所腐蚀，以权谋私，只顾自己，试图过上一种非真正的护卫者该拥有的生活，而不满于我们给他的这种安逸生活——这在我们看来是最好的——那么，我认为他们早晚会理解赫西俄德的这句名言：“‘一半胜过全面’从某种意义上来说是对的。”

格劳孔　假如他能接受我的劝说，他还会回到之前的生活中的。

苏格拉底　那么，对于这种生活：女性和男性拥有同样的教育、共同的子女，同时一起保卫其他公民；此外，无论是在国内事务中，还是在出门作战时，女性都要和男性同进退，如猎狗一样去战斗——总之，就是一种女人和男人尽可能将所有事物都公有化的生活，你表示赞成吗？既然这么做不违背男女之间的天生差异和团队关系，那么你同意，唯有采取这种做法才能最好地完成一件事情吗？

格劳孔　同意。

苏格拉底　那么，人与人之间能不能形成类似其他动物那样的共生关系呢？要是可以做出肯定回答的话，我们还要探讨：怎么做才能建立起共生关系？

格劳孔　你抢先说出了我正想要提的问题。

苏格拉底　我觉得，不用说也可以知道，他们将在战争中采取什么样的做法。

格劳孔　他们会怎么做？

苏格拉底　女性会像其他职业中做的一样，带着比较强壮的孩子，和男性一起去往战场，让他们知道自己长大后要承担的职责是什么。孩子在跟随父母去见世面的同时，还要学会照顾父母，协助父母进行一些军队后勤工作。你应该见过，一些工匠（类似陶匠）的孩子就是这样的：他们需要经过长时间的旁观，同时协助干活，以后才能独当一面。

格劳孔　是的，我见过。

苏格拉底　难不成护卫者要做的都不如一名陶匠做的？

格劳孔　这念头太荒唐了。

苏格拉底　在和敌人战斗时，如果有孩子在的话，人们会更加勇敢，这点和动物是相同的。

格劳孔　没错。但是这种事也充满了危险。战场上胜败都不奇怪，不过，一旦战败，损失惨重的不仅仅是他们，还有他们的孩子，而孩子事关一个国家的后续发展和昌盛。惨败有可能导致国家彻底灭亡。

苏格拉底　说得没错。但所有具有危险的事情，你都不让他们去做吗？

格劳孔　没有这个意思。

苏格拉底　假如一定要顶着风险，自然最好争取获胜。这样，参与冒险的人肯定会在这次历练中有所长进。

格劳孔　当然。

苏格拉底　一个少年想在长大后做一名军人，但他觉得从小冒险实习是不值得的，或者是没有用的，故而不冒险到战场上历练。你觉得他的想法对吗？

格劳孔　是错的，想要参军的话，去不去战场历练差别很大。

苏格拉底　所以，孩子必须自小去战场历练，这是前提。当然，我们最好想一个两全其美的办法，既能保证落实这个前提，又能保证孩子的安全，对不对？

格劳孔　没错。

苏格拉底　如何分辨某些战事危险不危险呢？关于这点，他们的父辈总会有一些军事方面的经验，是吧？

格劳孔　他们当然知道。

苏格拉底　所以，他们可以选择不带孩子去有危险的战事历练。

格劳孔　没错。

苏格拉底　他们会让一些人去带领孩子们，做这些孩子的教导者。这些人在年龄和经验方面都具有足够的说服力，绝不是那些徒有其表的军官。

格劳孔 这么做没错。

苏格拉底 可我们也知道，意外总是会发生。

格劳孔 对。

苏格拉底 所以，我觉得应该尽早给孩子们插上翅膀，以便他们在必要时可以展翅翱翔，对抗意外。

格劳孔 你在说什么？

苏格拉底 带孩子去战场上观看战况，最好让他们骑着马，但是要给孩子挑选温顺又健壮的马，性格暴躁的烈马就不要让孩子骑了。这样做的话，一旦发生危险，他们就能够跟随年长的领导者，快速离开战场，同时也见识到了自己未来应该做什么样的工作。所以说，要尽早让孩子学会骑马。

格劳孔 我觉得你说得没错。

苏格拉底 我有一些想法：怎样制定军纪？士兵该如何对待自己人和敌人？不知道我想的对不对。

格劳孔 请谈谈你的想法。

苏格拉底 是不是要将一些犯了错误的士兵——比如逃兵、丢失武器的士兵以及由于胆小懦弱而违背军纪的士兵——逐出军队，让他们去做农夫或者工人之类的工作？

格劳孔 肯定的。

苏格拉底 我们应该把那些被敌人捉走的士兵当作送给敌人的礼物——不管敌人怎样对他。

格劳孔 完全赞成。

苏格拉底 对于一个功勋卓著的士兵，不仅应该让他的战友们赞扬他，而后还应该让所有孩子向他致敬，你同意吗？

格劳孔　同意。

苏格拉底　所有人应该伸出右手列队欢迎他。

格劳孔　是的。

苏格拉底　我接下来要说的话，我认为你可能要反对了。

格劳孔　你要说什么?

苏格拉底　他和每个人都应当相互亲吻。

格劳孔　事实上，我赞成这个法令，而且我还要补充一点：在战争期间，一个对别人（不管男性还是女性）有爱慕之心的人，会更积极地想要获得荣誉。所以，战争时期，不管他想得到谁的爱，那个人都不能拒绝他。

苏格拉底　太好了。为了让拥有优秀素质的孩子多出现一些，应该给这些优秀人才更多结婚的机会。这件事我们之前提到过。

格劳孔　对，我们之前确实说过。

苏格拉底　不过荷马在他的诗篇中，也提到了一种正确向青年勇者致敬的方法：在战场上骁勇善战的埃尔斯，宴会上被奖赏了整块脊肉。这种奖赏不仅能够增强青年勇者的体质，还能当作一种功勋。

格劳孔　非常对。

苏格拉底　那我们最起码能够学习一下荷马。我们在祭礼和诸如此类的场合，对那些满载荣誉、素质极高的优秀男女给予赞扬，除了赐予我们刚说过的那些待遇，还要让他们坐在重要的位置，品尝诸如羊肉美酒这类高级食物，欣赏动听的赞美诗。这样不仅给予了他们荣誉，还会增强他们的体质。

格劳孔　这么做实在太棒了。

苏格拉底　对于那些在战场上牺牲后才家喻户晓的人，我们应该确定他一定是贵族的后代，一个黄金种子。

格劳孔　肯定是的。

苏格拉底　这些黄金种子就如赫西俄德诗篇中提到的，是“大自然中的精灵，保护平民的救星”——我们要坚信这点吗？

格劳孔　肯定要。

苏格拉底　我们是否要去询问阿波罗采取什么样的隆重葬礼，厚葬这些勇士？

格劳孔　必然的，没有其他方式了。

苏格拉底　在葬礼之后，我们要像崇敬神明一样尊敬逝者，定期祭拜清扫他们的坟墓。对于那些终生在各方面都表现卓越，最终逝于衰老或其他原因的人，应当给予相同的荣誉，不是吗？

格劳孔　是的。

苏格拉底　还有，在对待敌人上，我们的士兵该怎么做？

格劳孔　指的是什么？

苏格拉底　是有关将俘虏转为奴隶的问题。你认为，希腊人的这种做法合理吗？在攻打其他希腊城邦时，把同为希腊人的俘虏当作奴隶。或者，你认为应该采取与此相反的做法：非但自己不那样做，还劝解其他希腊城邦友好相处，团结互助，让外族侵略势力找不到可乘之机。你是否觉得后一种更符合正义？

格劳孔　当然最好是团结所有的希腊人。

苏格拉底　那他们就不能把同族当成奴隶了，此外还要劝说其他希腊人像他们一样。

格劳孔　没错，这么做肯定会让所有人团结在一起，一致对外。

苏格拉底　曾经，在战役中获胜的人习惯搜寻战亡者尸体上的物品，能拿尽拿。这种做法甚至成了一些胆小的人不去乘胜追击败军的理由。这类自私的强盗作风毁掉了多少部队啊！你是否认同，更好的做法是，胜利者只从死亡的敌人身上搜走武器，不搜刮其他物品？

格劳孔 很对。

苏格拉底 搜刮一个战亡者的尸体，这做法该有多么卑劣！就像小心眼的女人一样，放走那些丢盔卸甲活着的敌人，倒把战亡者当敌人！这跟一条狗只会冲着打到它的石头吼叫，而不去咬扔石头的人有区别吗？

格劳孔 完全没区别。

苏格拉底 所以我们不仅不能抢占战亡者的物品，还要让战亡者入土为安。

格劳孔 对，这么做是有必要的。

苏格拉底 还有，除非神明要求，我们绝不能将这些得到的武器当作祭祀的物品送给神庙，特别是来自希腊人的武器。因为，这么做会影响我们和其他希腊人之间的良好关系。我们也害怕将同族的武器献给神明倒会亵渎了神明。

格劳孔 说得非常对。

苏格拉底 那么，在如何处理希腊敌人的土地和房屋的事情上，你会告诉你的士兵怎么做呢？

格劳孔 你说说你的看法吧，我很乐意听你说。

苏格拉底 我的看法是，士兵们应当最多只拿走足够吃一年的粮食，不能焚烧或者损害希腊敌人的土地和房屋。想知道这么做的理由吗？

格劳孔 想。

苏格拉底 既然存在“战争”“内讧”这两种不同的说法，那么，对我们而言，它们就分别意味着不同的事情：“内讧”是自己人内部的问题，“战争”是国家对外的问题。

格劳孔 这些想法没问题。

苏格拉底 那请听一下我这种说法有没有问题：希腊人之间出现的问

题，都是希腊人自己内部的事情；而希腊人与其他民族之间的事情是对外的矛盾。

格劳孔 没有问题，很对。

苏格拉底 所以，希腊人和蛮族这两个天生的敌人之间的争斗，定是被称为“战争”才对。至于当敌对双方都是希腊人时，因为他们之间本来非常友好，只是因为出现一些问题导致互相争斗，所以这种情况就称为“内讧”。

格劳孔 非常赞成。

苏格拉底 那现在我们就来说说有关“内讧”的事情。真正的爱国者不会因为内斗而践踏对方的土地，焚毁对方的房子，让一个完整的国家一分为二。所以，当同种族之间互相争斗，对犹如亲人一样的祖国做出这种事情时，我们会觉得他们都不是真正的爱国者。不过，如果内讧中的胜利者表现出希望“内讧”早日停止、彼此重归于好的态度，他们也只是拿走战败者的粮食，那么，他们的做法还算恰当，我们可以原谅他们。

格劳孔 对，这个建议既文明又很有人情味。

苏格拉底 你想要建立一个希腊城邦吗？

格劳孔 肯定想。

苏格拉底 看来，这个城邦里的人民应该都是有文化的人了？

格劳孔 没错。

苏格拉底 这些人会不会对同族的希腊人、希腊人共同的信仰以及希腊的大好河山，满怀敬爱？

格劳孔 肯定会的。

苏格拉底 他们不愿意将希腊人之间的争斗称作“战争”，只会将这种同种族内部的分歧称作“内讧”，对吧？

格劳孔 对。

苏格拉底 吵归吵，斗归斗，他们还是无时无刻不希望早日达成统一，恢复和平的。

格劳孔 是的。

苏格拉底 他们并不是为了摧毁什么和抢占奴隶才进行争斗的，而是为了劝诫对方才这么做的。他们绝对不是敌人，而是指导者。

格劳孔 没错。

苏格拉底 除了一小部分确实有罪的元凶，希腊大部分人之间都是朋友，他们不会将每个城市的希腊人都视作敌人，践踏对方的土地、焚烧对方的房子。他们是无辜的，因为他们是为了让对方认识到错误，给予一些压力，迫使对方认罪而被迫发动战争的。一旦这个目的实现了，一切就都结束了。

格劳孔 你的想法我很赞成。在对同为希腊人的敌人上，我们的人民是应当这么做。至于和蛮族之间的争斗，他们也应该像对同族敌人那样去做。

苏格拉底 这么说来，我们是不是需要将“禁止践踏土地和摧毁住房”作为法令，向我们的护卫者发布？

格劳孔 是的。我们都觉得到现在为止所讨论的话都没有错。不过，我亲爱的朋友，我现在担心的是，你再这样无休止地侃侃而谈下去，那个你承诺过要回答的问题将无法被提到了。重申一次这个问题：我们能不能将我们规划的国家变为现实，假如可以的话又该怎么做？我非常认同你描绘的国家，要是可以变为现实，那会有多美好，甚至我还能替你补充你没有提到的事情，诸如全国人民都像亲人一样亲密，在战场上团结一致，战无不胜；如果再使得男女士兵协同作战，或者共同努力威吓敌人，那么他们更能所向披靡了。要是这种国家成为现实，还会有很多你没有谈到的好处，当然，这些好处说也说不完，你也没必要去详细谈论。这些事情我都非常赞同。但现在，我们应该马上回到这个问题上来：这个国家能不能实现以及怎么去实现？

苏格拉底 格劳孔啊，你还真是不给我迟疑喘息的机会，突然就对我的讨论发起进攻。我刚刚突破了前面两个艰难的阻碍，你现在马上就把第三个阻碍摆在我面前——你可能没意识到，这个阻碍是最难最复杂的。不过，我相信，一旦我们开始这一讨论，你就清楚这是个多么奇特的论题，因此肯定会对我的担忧和迟疑有所体谅。

格劳孔 那请你不要耽误时间了，继续往下说。不管怎样，你必须要回答“怎么做才能实现这种政治制度”这个问题。只有你回答了，我们才会让你走。

苏格拉底 那好吧。我们一开始是讨论正义和不正义分别是什么，对吗？

格劳孔 没错，然后呢？

苏格拉底 然后问题是这样的。假如我们发现了正义的本质，那么，我们是不是要让一个人的正义完全符合正义本身，各方面的行为都不能与之有差异？或者说，我们不要太追求完美，只要这个人比其他人更能靠拢正义本身，表现出更多的正义就可以了？

格劳孔 只要他们尽可能地靠近正义就行。

苏格拉底 我们一开始讨论正义本身和不正义分别是什么，并假设绝对正义者和绝对不正义者（假定他们是存在的）分别是什么样的，是为了什么呢？都是为了能够得到一种模板。我们不是为了证明这些模板真正存在于现实中，而是为了通过它们去辨识幸福是什么、不幸福是什么，以及幸福或不幸的程度。

格劳孔 这些话没有错。

苏格拉底 假如一个画家画出了一幅画作——一个所有方面都近乎完美的美男子，但无人能证明现实的确存在这样的美男子，那么，可以说这个画家是最差劲的吗？

格劳孔 不可能，绝不能这么说。

苏格拉底 我们所规划的这种美好的国家，是我们的言语创造或者说假设出来的，对吗？

格劳孔 没错。

苏格拉底 假如我们所讲的这种最好的治理规划，无法在现实中的国家中得到证明，那说明我们提出理论是最差的吗？

格劳孔 不是这样的。

苏格拉底 就是这么一个道理。不过，为了让你满意，我还是想办法给你讲一讲，在什么方面以及何种情况，我们最有可能实现我所说的这些事物。在这之前，请你重复一次之前你赞成过的话。

格劳孔 哪句话？

苏格拉底 凡是说过的都有可能实现吗？应该说，能做到的总是比说到的要少——你赞成这个观点吗？有的人也许不会认同。

格劳孔 我赞成。

苏格拉底 那么，对于我用话语规划出来的事物，你就不该总是让我去证明它们能否实现。换句话说，只要我们发现一个和我们规划的完美国家很接近的国家，你就该满意了。反正能做到这样，我挺满足的，你呢？

格劳孔 那我也满足了。

苏格拉底 那么，接下来我们要做的是，找出这些城邦实行的法律中，存在什么会阻碍其实施的缺点，再根据我们所制定的法令去填补这些漏洞。在这么做的时候，我们要尽可能用最少的改动，使他们所祈求的符合我们的法律——最好只改动一点，实在不行就两点，越少越好。

格劳孔 没错。

苏格拉底 我们能够找到这么一种变动，虽然很难实践它，但它能引起我们所需要的改革。

格劳孔 什么样的改革呢？

苏格拉底 我觉得，我已经很靠近那个奇怪的最大阻碍了。现在，就算众人用排山倒海一样的嘲笑将我淹没，我也希望说下去。听我说吧。

格劳孔 那你说吧。

苏格拉底 只有一种方法可以将幸福带给每一个人，那就是，使得我们这些国家的统治者都成为哲学家，或者说，现在被我们称作统治者和国王的人们，能够积极诚恳地追寻智慧，将自己的天赋和权力融合为一体。无法做到这点，要么只顾得上天赋，要么只顾得上权力的人，我们一定要将他们淘汰掉。格劳孔啊，我担心，如果不是采用这种方法，国家甚至全人类将会遭到灭顶之灾；之前我们所构建的规则法令就只是信口开河，痴人说梦。我非常清楚，只要讲出这些话，人们肯定会觉得我的话荒谬至极，所以我才犹豫不决，不敢说。

格劳孔 我亲爱的朋友，你前面已经大放厥词，胡乱说了一堆理论的话来敷衍我们，恐怕这些人都要随便用什么东西来砸你了，甚至是用身上的衣服。所以，要是你再拿不出论据来支撑你的观点，或者你干脆逃避问题，那么人们一定会嘲笑你。

苏格拉底 这种难堪的境地还不是你带给我的！

格劳孔 我认为我没做错。不过，我会充满善意地尽全力帮助你、鼓励你，还会比其他人更认真地回答你的问题。你看，我这么支持你，你就努力证明你所说的事情千真万确、非常合理，让那些质疑的人都认同你。

苏格拉底 既然你这么力挺我，那我一定要尝试一下。要是我们可以避免你所说的那种辩驳，那么我们必须明确地说清楚，我们到底放心让什么样的哲学家来作为我们的治理者。说清楚有关这种哲学家的范围后，我们就可以向人们证明，爱智慧的哲学家和政治家，天生就分别适合政治和哲学方面的工作；至于不知道研究哲学的人，只要知道跟随领导者就够了。证明了这点，就没有什么让我们畏惧的了。

格劳孔 没错，必须赶紧定义出这种哲学家。

苏格拉底 或许我们可以找到方法来证明，那么，请你注意听了。

格劳孔 请说吧，我听着。

苏格拉底 假设某个人爱好某样事物，那么，我们就该说，他不是单单爱这个东西的某个或者某些部分，而是爱它的所有。你一定还记得我们这样说过的吧？

格劳孔 不太记得了，因为我不是非常明白。

苏格拉底 格劳孔啊，你给出的那个回答适合别人，但不适合你。所有正值青春年华的孩子都会让那些喜爱孩子的人对他们心生怜爱，你看到青春貌美的少年不就是会产生这种感情吗？像你这样的“爱者”，总该理解这点吧？你会觉得鼻子平塌是一种妩媚；如果是鹰钩鼻，你就说这使少年看起来帅气；对于不平也不直挺的鼻子，你就说它长得正好。同样的还有，你会说脸色黝黑是英勇的象征，白皙则使人看起来清秀。原本就是爱者发明了“白皙”这个词语，用来形容那种看起来又瘦又白的面孔。一句话，对于优秀的晚辈，你总是能够包容他们的缺点，赞扬他们的每一个优点。

格劳孔 既然你为了方便论证，非让我来充当这种爱者的代表，那我就充当一下吧。

苏格拉底 你是否注意到，那些爱喝酒的人也是这样的？他们总能为自己找到爱每一种酒的理由。

格劳孔 确实是。

苏格拉底 你应该也注意到，那些爱慕虚荣的人也是如此。他们热衷追逐荣誉，若不能当将军，就想着当连长；若不被大人物看重，就觉得被小人物赞誉也不错。

格劳孔 是这样的。

苏格拉底 所以，我问你：当我们说某个人喜欢某种东西的时候，那就是指他不仅是喜欢这个东西的某一部分，而是喜欢它的整体，即所有部分。你说呢？我希望你做出回答。

格劳孔 全部。

苏格拉底 同样，我们是否可以这么说：喜爱智慧的人，即我们的哲学家，喜爱的是智慧的全部，而不是其中的某一部分？

格劳孔 可以这么说。

苏格拉底 如果一个年轻人不爱学习，无法判断事物是有益的还是有害的，我们就可以说，他就是一个不爱学习或者不爱智的人。就好比，如果一个人没有饥饿感不想进食，我们就说他没胃口，不爱食物。

格劳孔 没错。

苏格拉底 那么，我们把那种对每一门学问都感兴趣、永远保持学习热情的人，称为爱智者或者哲学家，是否恰当呢？

格劳孔 要说出于好奇而去学习的话，爱看的人以及爱听的人都属于这类，所以，如果说好奇就等于爱智，那很多滑稽可笑的人都可以说是哲学家。但这种人热衷的事情，不是学习研究，因为你很少看到他们出现在任何严肃的辩论中。他们热衷的是听合唱，凡是在酒神节的日子里，他们的耳朵就跟对外出租了一样，出现在有合唱的城里或者乡下的任何一个地方。对于这种人和类似他们的人，以及那些不上档次的艺术爱好者，难道我们也要称他们为哲学家吗？

苏格拉底 坚决不能，因为他们和哲学家的相似之处只有那么一点。

格劳孔 所以，真正的哲学家应该是什么样的？

苏格拉底 爱好真理并追寻真理的人。

格劳孔 说得好，但你这番话如何解释？

苏格拉底 我就阐述一下我的观点，我想你会认同的，虽然别人很难理解。

格劳孔 你说说看。

苏格拉底 美和丑是互相对立的两种东西。

格劳孔 自不必说。

苏格拉底 美就是美，丑就是丑。

格劳孔 没错。

苏格拉底 对于正义和不正义、善和恶以及类似的相反的两种理念，我们同样也可以这么说，即它们分别就是自己本身，是纯粹的一种事物，不过，因为它们体现在不同动物和不同行动中，又会发生彼此结合的情况，所以，每个理念往往又会呈现出“多”种理念的样子。

格劳孔 言之有理。

苏格拉底 所以，我们一定要明确区分这两种人。一种就是你所说的那些热衷看戏的、爱好艺术的以及喜欢干实事的人，另一种则是我们这边所阐述的，唯一有资格被称为哲学家的人。

格劳孔 我没听懂你的意思。

苏格拉底 也就是说，第一种人，充其量只能说是喜欢美丽的色彩、形状和声音，以及这些事物合成的艺术作品，但他们实际上并不认识美，也不真正地喜欢美本身。

格劳孔 的确是。

苏格拉底 第二种人则是少有的，也就是能够理解并真正喜爱美本身的人，对吧？

格劳孔 是的，这种人非常少。

苏格拉底 那么，你认为那种只知道美丽的事物而不知道美本身的人——即便有人告诉他美的本质，他也不能体会——是一生都活得很清醒还是很梦幻？你不妨这样想：这个人无论是醒着还是睡着，都把事物的相似品当成了事物本身。

格劳孔 这么说的话，我自然认为他一生如梦。

苏格拉底 那么，相反的那种人——他们知道美本身，并知道有些事物只是包括美在内的一种具体东西，所以他能区别美本身和这类具体东西——你认为，他的一生又是怎样的？

格劳孔 他无论何时都是清醒的。

苏格拉底 现在我们说，能够认识美本身的人具有“知识”的智慧，至于第一种人，我们说他们只是具备“意见”，因为他们确实只有这种认识能力，你赞同吗？

格劳孔 当然赞同。

苏格拉底 假若一个不具备知识只具备意见的人，反驳我们的论点，说我们讹他，我们是否该委婉地劝导教育他，告诉他，他的心智有问题？

格劳孔 应该这么做。

苏格拉底 我们考虑一下该如何劝导他。假设我们这样做：先说，我们很高兴他是有知识的，我们根本不妒忌他；然后我们让他回答这个问题：“一个人既然有知识，那他是什么都知道，还是什么都只知道一些？”要不，你就来回答一下。

格劳孔　要我说的话，就是“什么都只知道一些”。

苏格拉底　那么，“一些”是“存在的”还是“不存在的”？

格劳孔　当然是“存在的”，假若是“不存在的”，那怎么知道它？

苏格拉底　所以，综上所述，我们有充分的理由下这样的结论：整个存在的东西是绝对可知的，根本不存在的东西就是绝对不可知的。

格劳孔　没错，可以得到这个结论。

苏格拉底　假设一种东西既存在又不存在，那么就说它能够处于这两种状态之间？

格劳孔　是的。

苏格拉底　既然我们可以肯定知识和“存在”有关，无知和“不存在”有关，那么，如果说有一种东西介乎“存在”和“不存在”之间，我们就可以找出一种介乎知识和无知之间的东西来。

格劳孔　没错。

苏格拉底　我们不是把一种东西称为“意见”吗？

格劳孔　是的。

苏格拉底　你认为，它等同于知识，还是另外的东西？

格劳孔　另外的东西。

苏格拉底　既然意见不同于知识，就必然关乎不同的状态。

格劳孔　是的。

苏格拉底　与“存在”关联的知识，显然就是一种能够认识“存在”和“存在之物”的存在状态。等等，我觉得在此需要说明一个区别。

格劳孔　什么区别？

苏格拉底　假设你我对“看见”“听到”这种能力的理解相同的话，我们不妨把我们以及其他事物所具有的这种官能，归为同一类东西，说它们是一种能让我们做事情的“能力”。

格劳孔 可以这么归类。

苏格拉底 我来说说我是怎么理解这些官能的。我不认为官能与颜色或者形状之类的东西有关，在其他很多情况下，我们只要根据它们自身，就可以区别每一种事物的每种能力。我认为，官能只和与之有关的事物以及它自身的效果相关。就这么说吧，我把能够完成某件事情的官能归为一种，另一种官能就意味着它能完成另外的事情。你赞同吗？能理解吗？

格劳孔 完全赞同。

苏格拉底 好的，现在我们回归主题。那你说说看，知识算是一种能力还是属于另外类别的东西？

格劳孔 只能说它是一种能力，而且是最强大的一种。不能将它归为其他类别。

苏格拉底 “意见”呢？是否应该说它属于其他类别，而不属于一种能力？

格劳孔 不该这么归类。因为，它本身也是一种能力，从而使我们具备意见的力量。

苏格拉底 你刚刚不是赞成，知识和意见并不等同？

格劳孔 没错。一个有知识的人，能够分清楚什么是“绝不会有错的东西”，什么是“容易有错的东西”。

苏格拉底 那么，我们显然一致同意：知识和意见是不同的。在这点上达成一致太好了。

格劳孔 它们的确是不同的东西。

苏格拉底 所以，它们分别有不同的能力和相关事物。

格劳孔 肯定的。

苏格拉底　我认为，知识关乎“存在”，其目的也在于认识“存在”的状况。

格劳孔　同意。

苏格拉底　意见只是形成了意见。

格劳孔　对。

苏格拉底　那么，知识的对象，即可知的事物，等同于意见的对象——可对之形成意见的事物吗?

格劳孔　按照我们的一致意见，它们绝对是不同的。因为，若说不同的能力原本就针对不同的事物，既然我们赞成知识和意见不同，那么，它们的对象自然就不一样。

苏格拉底　可见，若说知识的对象是“存在的”事物，那么，意见的对象必定是另外的“非存在的”事物，你说呢?

格劳孔　没错。

苏格拉底　那么，“不存在的”事物，是意见的对象吗?或者你认为，“不存在”东西根本没法形成“意见”？总之，你就想想吧，当一个人有意见时，这个意见是针对某种事物形成的吧?难道有可能，这个意见是针对“不存在的”事物的意见?

格劳孔　当然不可能。

苏格拉底　可见，产生意见者是针对某种事物产生意见的。

格劳孔　赞成。

苏格拉底　“不存在”即为无，说它是“某个东西”不恰当，对它最准确的称呼就是“无”。

格劳孔　对。

苏格拉底　所以，我们必须称“存在的”为有知识的，“不存在”的为无知的。

格劳孔　非常正确。

苏格拉底　如此，一个人产生的意见既非针对不存在的事物，也非针对存在的事物。

格劳孔　没错，两者皆非。

苏格拉底　所以，意见既不是知识，也不属于无知。

格劳孔　应该是这样的。

苏格拉底　那么，它比无知更无知，比知识更知识，也就是说超出了无知和知识吗？

格劳孔　不该这么说。

苏格拉底　所以，你觉得它比无知更知识，比知识更无知，是吗？

格劳孔　就是这样。

苏格拉底　也就是说，你觉得意见在无知和知识之间。

格劳孔　没错。

苏格拉底　好，那就这么定论吧。

格劳孔　完全可以。

苏格拉底　我们之前是不是这么说过：如果存在一种既存在又不存在的东西，那说明它处于两种状态之间，它所对应的能力，就是一种介乎知识和无知之间的能力？

格劳孔　是这么说过。

苏格拉底　我们刚刚已经证明了，意见就是一种介乎知识和无知之间的东西。

格劳孔　没错。

苏格拉底　那你同意我下面的说法吗？我们接下来要找到一种既存在又不存在的东西，要是找到了，我们就完全可以说它就属于意见的对象。如此，我们就分别为处于两端的事物和中间的事物[1]，找

[1] 指无知、意见和知识这三种事物。

到了它们各自关联的东西?

格劳孔 同意。

苏格拉底 确立了这些原则，我们现在就向那位爱看景色的人提问了。这个人相信有很多美丽的事物，却不相信美本身或者说美的理念是恒定不变的，不相信美本身、正义本身等其他理念本身，都是“一”。我们就这么问他：难道，在很多美的事物里都不存在一点儿丑陋？难道，在很多正义的事物里都不存在一点儿不正义？难道，在很多虔诚的事物里都不存在一点儿不虔诚?

格劳孔 很多美的事物有时候也是丑的，其他也如此。所以，回答是否定的。

苏格拉底 有些东西是其他一些东西的双倍，又是另外一些东西的一半。这样的例子不是很多吗?

格劳孔 对的。

苏格拉底 同样，我们不是说有很多东西有时候是大，有时是小的，有时是重的，有时是轻的?

格劳孔 没错。总是可以反着说。

苏格拉底 这些呈现多种特性的东西，是否只能说它就是这样的，不能像有些人以为的，说它是那样的?

格劳孔 这个问题和那种宴席上常用来为难人的话很像，或者像是小孩子玩猜谜语时说的那个有关太监打蝙蝠的谜语[1]。它们就是一些模糊的、让人无法断定的事物，很难说它“是”或者“非”，又或者“既是又非”，再或者既不是它本身也不是其他事物。

---

[1] 谜语是：一个不是男人的男人看见而又非看见一只不是鸟的鸟，停在了一根不是树枝的树枝上，然后用不是石头的石头去打。谜底是：一个太监看见一只蝙蝠停在芦苇上，然后用一个薄薄的石头片打它。

苏格拉底 你有解决这个难题的办法吗？你还能在说它“是”或者“不是”之外，找到更适合定义它们的说法吗？首先要指出，比“不存在”更阴暗，从而使事物更不真实的状态，以及比“存在”更明亮，从而使事物更真实的状态，都是没有的。

格劳孔 说得很对。

苏格拉底 由此看来，我们可以说：普通人对于美的事物以及其他事物的想法，介乎绝对的不存在和绝对的存在之间。

格劳孔 确实如此。

苏格拉底 而我们在之前说过，这样的事物要是被我们找到了，我们就说它是意见的对象而非知识的对象；它处于两种能力之间，故此也只能是中间的官能才认识它。

格劳孔 我们的确这么说过。

苏格拉底 所以，对于这种人——他们只看到很多美的事物、正义的事物以及其他事物，不管别人如何教导，都无法领会美本身和正义本身——我们要说，他们对所有事物产生的只是意见而已，而意见不是知识。

格劳孔 必须这么说。

苏格拉底 那么，对于相反的人——他们看到每种事物的本质乃至能看到永恒的事物——我们不是该说他们具备知识而非意见吗？

格劳孔 必须这么说。

苏格拉底 我们还要说，前一种只关心意见的对象，后一种人则真正关心知识的对象。我曾指出，前一种人，即只关注声音、色彩之类的美的人，不认为美本身是存在的、真实的，你可还记得？

格劳孔 记得。

苏格拉底 所以，对于这种人，我们不称呼他们是爱智者，而称之为爱意见者，是妥当的吧？不会惹怒他们吧？

格劳孔　人们不会生真理的气，所以，要是他们相信我们的教导，就不会发怒。

苏格拉底　那么，我们是否应该将那些关心每种事物本质的人，称为爱智者而非爱意见者？

格劳孔　自不必说。

第六卷

苏格拉底　格劳孔，我们讨论了如此之久，都挺累的，好在现在已经搞清楚了真正的哲学家到底是什么样的，以及非哲学家又是什么样的。

格劳孔　毕竟凡事得慢慢来才能做成。

苏格拉底　我的看法与此不同。我坚持认为，如若我们仅就一个问题讨论，没有同时讨论其他问题（一个人若想要搞清楚正义之人和不正义之人的生活有什么不同，那他必须研究这些问题），那么，关于这个问题，我们可能已经更明白了。

格劳孔　那么，我们接下来讨论什么？

苏格拉底　我们是该想想这个问题。在我们眼中，能掌握恒定事物的人是哲学家，而无力做到这点的人，也就是那些迷失在事物各种不同特性中的人，不是哲学家，那么问题来了：我们应该让哪种人来领导城邦呢？

格劳孔　你觉得呢？

苏格拉底　依我之见，最能坚守城邦的习惯和法纪的人适合做城邦的领袖。

格劳孔 的确如此。

苏格拉底 而且，应该用一个盲人还是一个视力非常好的人担任看守，也是显而易见的，对吧？

格劳孔 当然，不言自明。

苏格拉底 有一种人无法看清任何事物的本质，内心没有一目了然的原型，所以他们就无法看到绝对的真实——这种真实就好比画家画画时所认真看着的东西——于是只能重复做着自己的工作。这样的人，由于他们无法在必要时尽可能专注于原型，所以也就无法为我们制定出完善的法律，即包含正义、美德和善良的法律，他们自然也无法守护它们。你说，这样的人和盲人有什么区别？

格劳孔 这些人跟盲人的确差不多。

苏格拉底 而同时有另外一类人是这样的：他们清楚每一种事物的本质，无论在经验还是在美德方面来说，他们都胜过上面所述的那种人。所以，应该让这种人还是上述那种人当护国者，不是显而易见的吗？

格劳孔 如果后一种人有良好的美德和丰富的经验，的确该选他们当护国者，否则就太愚蠢了，毕竟，清楚事物的本质这个美德，可能是最重要的美德。

苏格拉底 那么，现在有个问题：一个人要如何才能同时具有美德和经验？我们是不是该就此讨论讨论？

格劳孔 是的。

苏格拉底 在一开始进行这个主题的讨论时，我们就说过首先要明确哲学家的天性是什么，现在我的看法是，如果我们在这个问题上达成了一致，那么也应该一致赞成这个论点：的确可能存在同时具有这两种优点的一类人，而这类人正是我们城邦领袖的人选，也只有他们才是。

格劳孔 是这样的吗？

苏格拉底 关于哲学家的天性，我们姑且就说它是这样的一种东西：他们非常热爱那种能让他们感受到永恒的知识，而这种知识来自那些永恒存在的事物。你可同意这个观点？

格劳孔 算是同意吧。

苏格拉底 进而，在以下这个观点上我们也可以达成一致：他们对事物的知识的爱是一种全方位的爱，即这些知识中的任何一个点，无论是重要的还是不重要的，荣誉强的还是弱的，他们都爱。就像我们前面提到爱荣誉者和爱者时所说过的那样。

格劳孔 赞成你所说的。

苏格拉底 现在的问题是：按照我们对他们的定义，那么他们的天性里是不是就只需要那么一种品质，其他的就不是那么必要了？

格劳孔 你说的是什么品质？

苏格拉底 即求“真”。他们憎恨一切虚假的东西，而热爱真的，他们永远只能赞同真实的东西。

格劳孔 或许可以这么说。

苏格拉底 我亲爱的朋友，用“或许”这样的字眼可不行，应该说“完全可以肯定”：一个人会珍惜所有和他所爱事物相近的东西。

格劳孔 是这样的。

苏格拉底 那么，关于智慧，除了真实，你还能找到什么东西与之更相近吗？

格劳孔 找不到了。

苏格拉底 所以说，存在同时热爱智慧和虚假的一种天性吗？

格劳孔 绝对不可能。

苏格拉底 可见，真正热爱知识的一个人，他从小时候起便一定是所有真理的追随者。

格劳孔 完全赞成。

苏格拉底 再者，我们依据经验可以得出一个结论：就像水被分流后在某个方向会减弱一样，一个人的欲望一定是在一方面强时在另一方面就弱。

格劳孔 的确如此。

苏格拉底 如果一个人是真正的哲学家而非伪哲学家的话，我认为，当他专注于求知这类事情时，那他就是忽略了肉体的欢乐而注重心灵的愉悦。

格劳孔 这是肯定无疑的。

苏格拉底 这样一种人具有节制的品德，不会贪恋钱财，因为他们不会像别人为了获得物欲快乐而费心尽力追逐财富，他们觉得这种事情无关紧要。

格劳孔 对的。

苏格拉底 关于哲学家和非哲学家各自的天性，我们还需要注意一点。

格劳孔 请说。

苏格拉底 也就是心胸狭窄与否，这点不同是很重要的，可万万不能忽略。你想，哲学家既然追求的是有关人以及神明的全面知识，所以，他们的心灵必定是博大的，心胸狭窄无疑是最违背其品质的。

格劳孔 说得非常对。

苏格拉底 一个以宇宙历史的本质为研究对象的人，他的视野一定非常开阔，你认为他会看重个人性命吗？

格劳孔 绝对不会。

苏格拉底 那么，你觉得这种人会怕死吗？

格劳孔 我看绝对不可能。

苏格拉底　由此看来，真正的哲学家其本性中不会有懦弱、心胸狭窄这两种，你觉得呢?

格劳孔　我同意。

苏格拉底　一个不迷恋钱财、心胸宽阔、勇敢又谦虚平和的人，你觉得他可能刻薄对待他人吗?

格劳孔　我看不可能。

苏格拉底　那么，当你要辨别一个人是不是哲学家时就要注意了：此人从小就性格温和而坚守正义，还是从小就粗鲁凶残。

格劳孔　所言极是。

苏格拉底　还有另外一点，我想你也会注意到。

格劳孔　愿闻其详。

苏格拉底　看他学习事物快还是慢。若他无法从所做之事中获得快乐，且做得事倍功半，那么他肯定不热爱自己所做的事情，你觉得呢?

格劳孔　是这么样的。

苏格拉底　另外，如果一个人学而无所获，学什么忘什么，难道他不是一个无知者吗?

格劳孔　毫无疑问是的。

苏格拉底　由此可以得出一个结论：当一个人在一项工作上付出了却没有收获，他最后一定痛恨这个工作。

格劳孔　一定会。

苏格拉底　所以，真正的哲学家其天性中有一点：良好的记忆能力。健忘的灵魂不是哲学家的灵魂。

格劳孔　对极了。

苏格拉底　此外还有一点：不和谐、不恰当的性情唯一带来的就是做事有失分寸。我们也应该同意这点。

格劳孔　完全正确。

苏格拉底　那么你觉得，真理是接近于做事有尺度还是做事没尺度？

格劳孔　接近于做事有尺度。

苏格拉底　所以，不仅需要上述好品质，我们还需要一个天生就讲究分寸、优雅温和的心灵。这样的一个心灵受本能驱使，很容易去追寻所有事物的理念。

格劳孔　的确还得注意这一点。

苏格拉底　不过，这样也不能说明什么，因为我们要证明的是：一个试图透彻搞清楚事物本质的灵魂必不可少上述各项品质，而这些品质又是彼此相关的。这需要我们以某种方式去证明，但我们还没做这项工作。

格劳孔　这项工作的确是最紧要的。

苏格拉底　由以上可知，要想研究哲学，一个人必须具备以下品质：非常好的记忆力、良好的理解能力、热衷真理、追求正义，此外还有勇敢、节制、心胸豁达、温雅亲和。

一个人若是具备了这些品质而从事哲学学习，你觉得还能挑出他的什么毛病吗？

格劳孔　哪怕是摩莫斯[1]也挑不出了。

苏格拉底　所以是不是这样的：唯有对这类人——当然要等他们完成教育，达到成熟年龄之后——你才愿意将国家交付出来？

埃德曼托斯　啊，苏格拉底，一直在听你发言的人中自然无人可以反驳你上面的言论，不过他们觉得这就像下棋一样，你是高手，他们则没什么技巧，最后便被你围困得无法走棋了。在这场辩论中，

[1] 在希腊神话中，摩莫斯是嘲弄和非难指责之神，以挑剔众神和凡人的毛病为乐。——编者注

你的每一问都在追逼他们，而没有辩论经验的他们则逐渐被你引入歧途，一步一步的错误累积成了最后的大错，等进入结论阶段时他们发觉结论和自己之前的看法大相径庭。你把他们逼入了无言以对的困局中。也就是说，这场辩论类似于下棋比赛，不同的是它是口才方面的较量。然而，口才的好坏毕竟和真理没有任何关系。我之所以这么说，是因为注意到了刚才讨论时大家的反应。

人们或许会说他们只是因为口才不佳而不能逐一反驳你的提问，但他们注意到了这么一个事实：真正的哲学爱好者绝不以完成教育为目的去学习哲学，也不会在年轻时就放弃了学习，他们会一直学习下去，这样使得他们中的大部分人变成了怪咖——且不说变成坏人。而你们所称道的这种学习方式，甚至倒让其中最卓越的那些人变得对城邦没有任何用处了。

苏格拉底 （*在听了他的这番话后说*）他们所说的，你觉得是对是错呢?

埃德曼托斯 我很乐意听你的看法，因为我不知道他们说的这些是否正确。

苏格拉底 那么你从我这儿得到的回答是:“我认为他们所言正确。”

埃德曼托斯 既然我们都同意“哲学家对城邦没有用处”这个观点，又如何能证明你的“城邦唯有在被哲学家统治后才能脱离罪恶”这个观点是正确的?

苏格拉底 我必须打比方来回答你提出的这个问题。

埃德曼托斯 啊，打比方可不是你的风格!

苏格拉底 你让我现在处于进退两难的辩论困局中，却还来嘲笑我。不过，我还是要打个比方，请你听听我怎么说，然后你就可以明显看到我打这个比方也是打得很艰难的。

最卓越的人物并不会在管理城邦中获得快乐，而且没有其他事物可类比他们的这种感受，为了获得相似的比喻，我们需要像画家画怪物——比如鹿和羊的结合体——时进行拼凑那样，将很多东西拼凑起来。现在请想象这样的事情：有一只船或者说一支船队，船上的水手们都觊觎船长的职位，想要替代他，理由是虽然他比任何人都健壮有力，但眼睛和耳朵都有点不好使，而且他的航海知识也一般。水手们为了获得掌舵之权争吵不休，然而事实上他们都没有学过如何航海，说不出自己有过这方面的学习经历。他们肯定地说航海技术是无法传授的，还称，要残忍处死那些说它可以传授的人。他们围堵逼令船长交出掌舵权，为了达到目的甚至无所不用其极。船长若是选出一个人来代替他，他们就将此人驱离或者杀死，接着再绑架尊贵的船长，给他服用酒或者麻药之类的东西。通过这种方法夺取掌舵权后，他们尽情享用船上的食物，沉溺于物质欢乐中，并使船只遵循自己的意愿向前航行。另外，他们还授予荣誉给那些参与他们的篡权阴谋，帮助过他们的奸猾之人。为他们出过点子的或者出过力的，不是获得了航海家的称号，就是获得了领航人或者船长的称号。同时，他们咒骂那些不与他们同流合污的人是废物。

如果一个人要真正拥有船只的领导权，即成为真正的航海家，那他必须具备有关星辰气候以及季节特性方面的知识。而且，这样的人最终也一定能成为航海家——无论别人赞成与否。唯有事实如此，那些人才敢想象，不仅可以学会航海技术，还可以实践这门技术以及成为这方面的专家。

现在你再设想一下：在经历过这种暴动之后的船只上，那些篡权夺位的水手会如何看待一个真正的航海家？你不觉得他会被他们看作是啰唆鬼，或者被说成是迷信星辰，或者被骂一无是处吗？

埃德曼托斯　我想是的。

苏格拉底　那么现在，我认为你已经明白我这个比方的用意了——说明一个真正的哲学家在城邦中会被如何对待。如此我便无须再进行诠释了。

埃德曼托斯　是的，我明白了。

苏格拉底　在我们这些城邦中的确存在人们不尊重哲学家的情况，你若是碰到惊讶于这种情况的人，首先要做的就是对他打这个比方，并竭力说服他相信这一点：人们要是哪天尊重起哲学家了那才够奇怪!

埃德曼托斯　好吧，就依照你所说的。

苏格拉底　他要是说最优秀的哲学家对世人也没什么用处，那么你就这样告诉他：的确如此，不过，是因为世人不用哲学家才造成了最优秀的哲学也无用，所以责任不在哲学家。

这么说是因为，“智者爱投靠富人家”这句讨巧话是错的，智者那么做是违背自然原理的；同理，真正的船长也不会恳求当水手们的领导者。好比病人会投靠医生而主动去医生家，任何人若是想要受管治，那他应该主动去请能管治他的人来，这才合乎自然法则。

真正做得好的统治者绝不会要求别人受他统治，因为那违背自然法则。如今回头看看我们现在的统治者，你大可把他们当作我们前面所述的那些水手；反倒是那些被他们称作废物、迷信星辰者的哲学家，你大可说这些人是真正的舵手。

埃德曼托斯　说得无可置疑。

苏格拉底　根据上面所述可以看出，虽然哲学是最有价值的一门学科，但反对它的人多半不会尊重它，但使得哲学遭受最大毁谤的并不是这样一些人，而另有其人。你曾指出，反对哲学的人都说大部分研究哲学的人都是坏人，而最优秀的哲学家也不过是废物。我当时肯定了你所说的话。我说得没错吧？我认为，在你指出这点时你暗自所指的那些哲学研究者，才是给哲学带来最大毁誉的人。

埃德曼托斯　我是那么指出过。

苏格拉底　我们现在阐释清楚为何优秀的哲学家也没有用处了吗？

埃德曼托斯　很明白了。

苏格拉底　那么接下来我们要说明这一点：我们无法避免大部分哲学家变糟糕这种情况，但发生这种情况也不能怪哲学本身——如果可以的话，我们会尝试证明这一点。现在就进行证明如何？

埃德曼托斯　好。

苏格拉底　在前面，我们讨论过一个人必须从小具备哪些天性才能成为一个具有美德的善良人。现在，就让我们以问答的形式从这个话题开始说。当时我们指出，这样一个人必须时刻追寻真理，要不然的话，他压根儿就不能算是哲学家，而是大骗子。你可还记得这点？

埃德曼托斯　是的，还记得。

苏格拉底　今天的人们对哲学家的看法，是不是正好和这一点相反？

埃德曼托斯　没错。

苏格拉底　我们的辩词可以是这样一些话：真正热爱知识的人一定具有求真的天性，他们绝不仅仅满足于意见所指出的东西，因为意见是多样化的，它们所指出的也是多样化的事物。他们会永远保持热情去爱真实，这种爱也将永远保持巅峰状态。他们将不断追寻真实，直至最后获得真知——在这个时候，他们内心能接近真实、把握真实的那部分，碰触到了所有事物的真实所在，在这种碰触、融汇之下，真理和理性出现了。唯有到这个时候，他才会停止对真实的苦苦追寻。此时，获得了真知的他才能活在真实中，并真实地成长起来。难道我们为他们如此辩护的理由还不够充分？

埃德曼托斯 理由已经十分充分了。

苏格拉底 你觉得他们会热爱虚伪的东西吗？或者反着问：你觉得他们憎恨虚伪吗？

埃德曼托斯 对虚伪，他们只会憎恨。

苏格拉底 那么我们或许能这么说：在真理的引领下，这个队伍是不会出现任何恶的东西的。

埃德曼托斯 的确是这样的！

苏格拉底 伴随着真理的，是一颗节制的、正直的、健康的心灵。

埃德曼托斯 是的。

苏格拉底 关于哲学家应具备的天性，我想你一定还记得都有些什么——勇敢、心胸宽广、良好的记性以及智慧敏锐。所以我们还有必要重新证明一遍吗？

你曾这样反驳：众人只是被迫赞成我们的言论，如果不管这些言论而专注谈论这些言论所说的对象，即哲学家们，他们就会用他们所看到的一个事实来反驳我，这个事实就是，有些哲学家毫无用处，而大部分哲学家则无恶不作。

紧接着，我们便开始讨论为何哲学家的声誉那么糟糕。这个讨论现在进行到了这一步：我们接下来要研究大部分哲学家为何变成了坏人。为了这个研究，我们又一次提出了“真正的哲学家有什么天性”这个问题，并再次明确了答案。

埃德曼托斯 没错。

苏格拉底 为何大部分哲学家的天性腐坏了，而少数人能够保持原本的天性——他们虽没变坏，但被人们说是废物？这个问题，是我们接下来必须讨论的。然后我们再来看看一些自称为哲学研究者，还非要装成哲学家样子的那些人，看看他们有什么样的灵魂和禀赋，以及他们抱着何种痴心妄想——竟想要从事他们根本不配做的一种研究工作。就是这么一些不讲究原则的人，给哲学造成了你提到的那种糟糕名声。

埃德曼托斯 你所谓的腐坏是指什么？

苏格拉底 我会根据我所了解的，尽可能向你解释清楚。我们之前所说的这么一个观点：一个真正哲学家应该具备的禀赋，在人们身上是很难呈现的，即便可能呈现，也只是发生在少数人身上。我想无人会反对，你觉得呢？

埃德曼托斯 我同意那是很难的。

苏格拉底 然而，另一方面又有很多强大的因素能腐坏它。

埃德曼托斯 这些因素都有什么？

苏格拉底 就是那些我们所称道的自然禀赋中的每一个。这才是最令人震惊的。勇敢、节制以及其他我们举例过的优良品性，都能腐坏其所属的哲学家，使其灵魂偏离哲学正轨。

埃德曼托斯 听起来匪夷所思，荒诞至极。

苏格拉底 人们所说的生活中美好的东西，诸如美貌、财富、健康以及与城邦中上层家族有关系等，也都会腐坏哲学家的灵魂。我觉得你能听懂我的话。

埃德曼托斯 听得懂，不过你要是有更详细的阐述，我乐意听之。

苏格拉底 要想理解这点，你要将问题视为整体来考虑，如此，也就不会觉得我前面那番话是什么天方夜谭了。

埃德曼托斯 我该怎么去理解呢？

苏格拉底 首先来说一个你我都知道的自然现象：无论是动物还是植物，任何生命的种子或者胚芽如果不是在适宜的季节、地点生长并得到合适的营养，那么它越是有力量，就越是不够成熟。其中的原因是，恶对善的反对更强于它对不善的反对。

埃德曼托斯　没错。

苏格拉底　那么，是不是可以得出这个结论：如果最好的天赋缺乏合适的营养来孕育，那么，它的后果比天赋差还要糟糕？我认为这个结论是合理的。

埃德曼托斯　没错。

苏格拉底　所以说，差的教育会让最好天赋的灵魂变得比其他的灵魂都要坏。埃德曼托斯，你觉得呢？或者你的看法是这样的：并非好天赋但被教育腐坏了的人带来了纯粹的恶和罪孽，而是天赋本就糟的人带来的？你要注意，一个天赋较差的人既不可能做出任何大好事，也不会做出任何大坏事。

埃德曼托斯　我不那么认为。你说得没错。

苏格拉底　所以可见：如果我们所假设的哲学家的天赋得到恰当的培养，那么他一定会成长并臻于完善。反之，如果他的成长环境是错误的，那么，若没有神明庇佑，他就像植物一样最终长成全然相反的东西。

不过，有很多人相信是所谓的诡辩家导致青年变坏的。难不成你也相信有哪位私人诡辩家有这种能耐？照我说，最称得上大诡辩家的正是说这番话的这些人——因为，就是这些人依照自己的意愿教导着众人——无论男女老少——并成功将众人塑造成了他们想要的样子。

埃德曼托斯　这是怎么发生的？

苏格拉底　当很多人或聚起来开会，或到法庭听审判，或到剧场观戏，或在军营中生活，又或者在任何公共活动举行之时，这些人总是在场嚷嚷，对正发生的事情以及人们正说出的话给出夸张的评价——赞许是夸张的，批判也是夸张的。他们鼓掌的鼓掌，起哄的起哄，喧嚣至极，以至于激起会场岩壁的回声，这又使得现场更加吵闹了。

试想，在这么一种场合中，你觉得一个年轻人的心灵活动会是怎样的？面对众人或褒或贬的言论洪流，有什么他所受过的来自私人诡辩家的教诲能使他保持自己的立场，而不会跟随大流，人云亦云，甚至人为亦为，变成众人中的一员？

埃德曼托斯　苏格拉底啊，他必定会成为众人那样的人。

苏格拉底　话说我们一直没有提到过一个最重要的“必定”。

埃德曼托斯　你指的是什么？

苏格拉底　当语言说服不了众人时，这些诡辩家和教育家就采取强逼的举动，对那些不服他们的人，他们或者剥夺其公民权，或者用罚款甚至处死的方式来逼迫他们臣服。你有听闻过这些吧？

埃德曼托斯　的确有这样的事。

苏格拉底　所以你想想看，从诡辩家或者私人教师那里所受到的教育，有可能成功抵抗这种强大的大众言论的洪流吗？

埃德曼托斯　恐怕不可能。

苏格拉底　甚至可以说，产生这种想法都非常愚蠢。因为，迄今为止还没有过这样的事情：在对抗这种公共教育的势力之下，美德教育还能培养出一种美德。将来也绝不可能有这样的事情。当然，朋友，我在此的意思是人力之下不可能，没有说神明力量也不可。如俗话所言，神明之力是另一回事。在当前这种政治环境下若有哪种品德幸免于难而产生一种好结果，那你大可相信并完全可以说，这是借助了神明力量。

埃德曼托斯　我完全赞成你所说的。

苏格拉底　我希望你同样赞成另外一点。

埃德曼托斯　请说。

苏格拉底 这些私人教师，即政治家称为诡辩派并以之为敌的那些人，授予人们的所谓知识、智慧，也不过是在集会中便可听到的众人意见。

野兽饲养者通过饲养可以弄清野兽的脾性和需求，知道如何靠近它们，它们在每一种环境下通常会发出什么样的叫唤，能使它们变凶猛或者温驯的是什么声音、什么东西或什么情况。总之，在和野兽不断接触的过程中，他们掌握了这些方方面面的知识。

那些私人教师和这些饲养员非常相似。他们把这类知识称为智慧，并组合成一系列技艺然后传授给他人。然而，他们根本不知道这些知识和意见中哪些是美的哪些是善的，哪些是丑的哪些是恶的，以及哪些是正义的哪些是违背正义的。当他们使用这些形容词的时候，他们纯粹从野兽的角度去考虑：善就是野兽所爱的，恶就是野兽所厌恶的。他们只会将必然的事物说成是正义的、美的，却说不出什么道理来。然而，必然的事物和善的事物有着巨大的差别，他们自己并未发觉这个差别，也无法向别人说出这点。说实话，这样一种教师的存在，你不认为是荒唐的吗？

埃德曼托斯 的确荒唐。

苏格拉底 有人觉得智慧就是这么一种能力——当众人聚集起来时能够分辨出各种各样的人的各种情绪；并认为，无论是就绘画、音乐，还是政治而言，智慧就是如此。你觉得，以此为智慧的人和前面那种野兽饲养员有何不同？

试想，这种人组成的群众当了裁判，去评判某个人的艺术作品，比如诗歌，或者去评判他为城邦所做的事情，而这个人必须承认群众的评判具有权威性——虽然没有承认的必要，结果就是，在这种“狄俄墨得斯的必须”的驱使下，他创造出了符合群众口味的东西或者做出他们所喜欢的事情。然而，当他证明群众所喜欢的就是善的、美的时，他的各种证据有哪一条不是荒诞至极？你有听说过一条不荒诞的吗？

埃德曼托斯 的确闻所未闻，估计以后也不会听到。

苏格拉底 现在请你千万记住这些话，然后回想前面提到的问题。“真实存在的并非诸多美的事物，而只是美的本质”这么一个论点，或者说“真实存在的并非诸多特别的事物，而只是每个事物的本质”这么一个论点，你觉得会有很多人承认或者相信吗？

埃德曼托斯 没有谁会相信。

苏格拉底 所以，能成为哲学家的人有很多，这可能吗？

埃德曼托斯 不可能。

苏格拉底 故而，他们刁难哲学研究者就是难免的了。

埃德曼托斯 没错，同意你所说的。

苏格拉底 混在群众里头讨好群众的那些私人教师，也就必定会刁难哲学家。

埃德曼托斯 显然如此。

苏格拉底 前面，我们在“哲学家的天赋是学习力强、善于记忆、勇敢、心胸开阔”这一点上达成了一致。请你牢记这一点，然后再来思考下面这个问题：根据上述情况，你觉得，天生就是哲学家的人如何才能坚持不懈地进行哲学研究？

埃德曼托斯 请你继续说下去。

苏格拉底 往往，这种人小时候就是孩子中的佼佼者，特别是如果他还有一个和灵魂天赋相配的健康身体的话。

埃德曼托斯 非常赞同。

苏格拉底 我认为，他所在城邦的人们以及他的亲朋好友都想着，待他长大成人后让他为他们服务。

埃德曼托斯 没错。

苏格拉底 他们估摸着他将来能有多大的权力，并极力讨好他，甚至会跪拜在他脚下，奉上敬意和恳切的心愿。

埃德曼托斯 经常可以看到这种现象。

苏格拉底 你觉得，一个受到这种对待的年轻人会变得怎样？特别是如果他还具备这些条件：生活在一个富裕的大城邦中，有着高贵的身世、良好的品德、高大健壮的身躯。显然，他一定会野心膨胀乃至失去自控力，他会变得傲慢自负乃至狂妄自大，不仅觉得自己能够主导希腊的内务，甚至认为自己能够主导希腊之外的事情。

埃德曼托斯 的确，他会变成这样。

苏格拉底 事实是，精神处于这样一种状态之下的他已经失去了理性。但是，如果这时有人轻轻走向他，告诉他这个事实，并告诉他唯有像奴隶一样受过苦难才能获得理性，在如此糟糕的情景下，你觉得他能听得进去这番不一样的话吗？

埃德曼托斯 根本听不进去。

苏格拉底 即便这个青年有着过硬的素质，稍微听懂了别人的忠告并快速接受，由此走向了哲学之路，我们也可以想象这种结果：原来围绕在他身边的那些人预感到他不会给他们带来好处了，他们当然就会采取行动。为了不让他被说服并使任何想要说服他的人都没有办法，他们难道不会同时私自采取什么阴谋诡计和利用公众指控吗？

埃德曼托斯 他们一定会的。

苏格拉底 所以这个人还能继续进行哲学研究吗？

埃德曼托斯 不可能了。

苏格拉底 所以可见，和所谓的财富、美貌等其他生活中的福利一样，如果受到了坏环境或者不良教育的影响，构成哲学家天赋的那些品性也会导致哲学家不再继续研究哲学。你同意我所说的吧？

埃德曼托斯 我完全同意。

苏格拉底 我的好朋友，这就足以解释，为什么适合用来研究最善的学问的最好天赋——我们曾指出，无论何时都很难获得这种天赋——会消亡。正是在这一类人中，产生了能为个人和城邦带来极大利益的人——前提是他刚好受到往这个方向的引导；同时产生了会给个人和城邦带来极大的恶的人。至于天赋平庸之人，他们是无法成大事的，对个人如此，对城邦也是如此。

埃德曼托斯 毫无疑问是这样的。

苏格拉底 由此，哲学便被最有资格研究她的人抛弃了，变得孤零零的。而抛弃她的那些人继续过的生活却不适合他们，也是虚假的。同时，那些没有资格接触哲学的人则趁着她孤苦无依去糟蹋她，使她遭受污名，即如你所指出的反对她的人给她加的这个污名：她的伴侣中大部分作恶多端，一部分则毫无用处。

埃德曼托斯 没错，有些人说过这样的话。

苏格拉底 这些话的确非常对。

有一些奸猾的人看到哲学领域中名誉多多，而其中却没有主人，于是趁机进入哲学的神圣殿堂，就像逃离监狱的囚犯进入了神殿，摆脱了他原本的行当（这些人在自己的行当里也可能掌握了一门手艺）。

不过，即便处于恶劣的环境之下，哲学这门学科和其他行当的技艺相比较，还是有着更高的名声。所以说，这些不具备哲学天赋的人——由于他们所处的行当和从事的工作非常卑贱，他们的身体都受损了，他们的灵魂同样也变畸形残疾了——被吸引过来不是必然的吗？

埃德曼托斯　必然的。

苏格拉底　假设有这么一个走运的无名癞头铜匠：他刚从监狱释放，就可以去和他主人的女儿结婚，因为她已经孤苦无依、穷困潦倒了。于是他沐浴换新装，打扮成新郎。你说，上述那些人不就完全像这个小铜匠吗？

埃德曼托斯　完完全全地像。

苏格拉底　这样的结合所生出的后代难道不是很劣质的下等货色吗？

埃德曼托斯　毫无疑问是的。

苏格拉底　可见，那些配不上哲学的人和哲学不相称地结合之后，你觉得这种结合能够“产出”的思想见解会是什么样的？依我之见，把他们的产物叫作诡辩正合适，因为其中没有什么东西是真实的、和真知相近或者配得上真知的。

埃德曼托斯　赞成你说的。

苏格拉底　所以啊，埃德曼托斯，余下的人中只有极少一部分有资格研究哲学了。这些有资格的人，有的被流放了——他们有高贵的出身、良好的教育，还保持良好的本色并仍在真正研究哲学；有的是在一个小城邦出生，但他们天生有伟大的灵魂，且对小城邦事务漠不关心；有的原本从事其他非哲学的工作，但他们天赋极好，于是最终脱离了他们也蔑视的本行，转而进入哲学领域，这样一类人是少数；另外有些人的情况则如我们的朋友塞亚哥斯：从塞亚哥斯的角度来说，他完全有条件背弃哲学，但他最终选择哲学而背离政治，是因为他身体有病。

至于我，我的情况属于罕见的神迹，人们此前很少看到，甚至不曾有人看到。

话说回来，那些极少数的真正研究哲学的人，虽已感受到了拥有哲学的幸福甜蜜，但他们同时也非常清楚地看到了自己的处境：城邦中的群众是疯狂的，各项事务都是不健康的，无人站在正义的列队中帮助他们，保护他们免受毁灭。

他们就像是落入野兽群中，孤立无援，既不能独自和群兽抗争，又不愿加入野兽的队伍中，和它们一起干坏事。如此，可能等不到能够为亲朋好友和城邦带来好处，他们便早早死去了，终生对谁都无用，包括他们自己。正是因为这些种种原因，哲学家们于是便不问世事，遁隐缄默。就像一个人在遇到沙尘暴或者暴风雨的恶劣情况时，会寻觅一面墙来保护自己一样，他们在别人都不正义、都作恶的这种恶劣处境下，只求自己不会沦为其中的一员，终生保持干净的名声。在告别这个世界之时，若心中最后还保存善良，仍怀着世界会变得美好的希望，那么他也就死而无憾了。

埃德曼托斯 啊，这么说来，他一生所取得的成就也没排到最后。

苏格拉底 （没排到最后，也没排到最前）哲学家只有生活在一个适宜的国度才能很好地自我成长，然后才有能力护卫他自己以及公共的利益，若非如此，他便不可能有最大的建树。我认为我已经充分阐释清楚，哲学家为何受到人们非议，以及这种非议的不公正。你还要就这个问题进行提问吗？

埃德曼托斯 我在这个问题上已经无话可问了。不过，我要请教你另一个问题：在今天的政治制度中，适合哲学的是哪一种？

苏格拉底 没有一个适合。就是因为这一点，我才痛恨今天的政治制度。也正是因为现行的政治制度没有一个适合哲学本性，哲学的本性才堕落变坏的。其中的道理，跟种子生长于他乡会失去其本性一样，因为它要适应当地的土质、水质。哲学在不适合的政治制度下也会失去其本性，腐坏变质。最适合哲学的政治制度必须跟哲学一样，是最善的，一旦有了这样的政治制度来匹配哲学，我们便可以清楚地看到哲学的神圣，并明白过来：天赋、学习、工作等各种事情，都只是属于人为之事。讲到这里，我知道你接下来就要问我：最善的政治制度是什么样的？

埃德曼托斯 错。我要问的是：我们在描绘“创建”的城邦，是不是就是拥有最善的政治制度的这么一个城邦？

苏格拉底 从某种程度上说，是的。不过，必须注意我们此前提到过的这一点：这个城邦中必须永远有一个人如同立法者一样，立法者为国家立法时怎么考虑的，他就该怎么考虑这个国家的制度。

埃德曼托斯 我们之前说过这一点。

苏格拉底 不过，当时你打断并反驳了我们，所以我们还没有充分阐释清楚。你的反驳确实说明了，必须得花很长时间在这个讨论上，而且这是个艰难的过程，仅是讨论余下部分也很艰难。

埃德曼托斯 余下部分都有哪些内容？

苏格拉底 是这个问题：一个由哲学主导的国家如何才能不腐坏堕落？——正如俗话说的好事多磨，风险总是伴随着任何一个大目标。

埃德曼托斯 让我们弄通这个问题，结束这个讨论。

苏格拉底 在弄清楚这个问题、这项工作上，若说我缺少什么，那一定是缺少能力，唯有能力不足才会影响到我。你要知道，我有的是满满的热情。另外，你届时还会发现，我将会勇敢而热情地宣告这一点：那样一个城邦所采取的哲学研究的方法，和当前的截然不同。

埃德曼托斯 具体是怎样的？

苏格拉底 现在的人们是在少年时期，即童年到成人成家之间的这个时期，学习哲学的。哲学最难的是推理论证这个部分，而当他们刚开始接触这个部分时便不再学习了，人们却还把他们当成真正的哲学家。他们自己觉得，将来若是能被邀请去听其他人的哲学辩论，那就是至上的荣耀了。他们认为，应该利用闲暇时间来学习哲学。因此，等老了之后，他们几乎都失去了对哲学的热情，心中原本的火焰彻底熄灭了，比赫拉克利特的太阳灭得更彻底。

埃德曼托斯　所以应该怎么做呢？

苏格拉底　采取截然相反的做法。在年少时期，他们应该接受适合孩子学习的教育和哲学课程；成年后应该注意锻炼身体，增强体质，为以后的哲学研究做好准备；等他们的灵魂随着年龄渐增而渐渐成熟时，就应该加强历练自己的心灵；待之后身体素质逐渐下降，不必再从事政治、军事方面的工作时，就应该让他们自由生活，即便还工作也只是做一些轻松简单的事情，因为这时他们应该只专注学习研究哲学。唯有如此，他们才能生活得幸福，并且在死后的另一个世界中也同样获得幸福——如果我们有此愿望的话。

埃德曼托斯　我相信你这番话饱含热情，但是，苏格拉底，我认为你的听众中会有大部分人，特别是色拉叙马霍斯，不会信服你，并将更热情地反驳你。

苏格拉底　我和色拉叙马霍斯原本并非互为敌人，且刚刚成为朋友，请你不要在我和他之间挑起矛盾。我们一定要说服色拉叙马霍斯以及其他人，起码在某种程度上说服。这样，当他们在下辈子遇到这种讨论时，我们也算是对他们起到了帮助作用。为此，我们要倾尽全力去和他们辩论。

埃德曼托斯　你预言的可是一个很长的时间呀。

苏格拉底　时间是永恒的，所以相比起来它根本不值一提。不过，也可能，我无法说服众人，这也是正常的。如果是这种结局，那是因为他们一直以来所见的哲学，不过是人为将词语堆砌起来的一种死板的哲学，而我们现在的论证则是将词语自然而然地结合起来。他们看不到我们的话变为现实。毕竟，他们从来没有看见过，更别谈常见到这样的一个国家：它的统治者在言行上都和最高的善完全匹配。你赞同我说的吧？

埃德曼托斯　完全赞成。

苏格拉底　我的好朋友啊，自由人所做的论证——它远离奸猾狡诈和挑刺儿这些手段，这些手段只会导致法庭上和私人谈话中的意见冲突——目的在于设法获得真理和知识，这种论证才是正当的。然而，上述那些人并没有充分听过这样的论证。

埃德曼托斯　的确如此。

苏格拉底　正是因为我们料想到了这些原因，所以，哪怕心有畏惧，但为了真理，我们还是得如此宣称：一个人乃至一个城市、一个国家，唯有在满足以下两个前提之一的情况下才可能达到完善：

第一个前提是，当前被人们视为无用之徒的、还没变质的那些极少哲学家，在某种必然的巧合之下出来掌权，管理城邦——且不管他们是否自愿如此——而且公民也服从他们的管理；第二个前提是，目前掌权的国王及其他当权者，还有国王的儿子以及其他当权者的儿子，在神的感化下真正爱上了哲学。

断定这两种前提或者其中的某一种不可能实现，我认为理由不足。假如真无法实现，那我们活该被嘲笑，被说成是幻想家。你认为呢？

埃德曼托斯　没错。

苏格拉底　那么，现在假设在非常远古的某个时期，或者假设在某一个距离我们非常遥远的陌生原始国家中，出现过国家被最善的哲学主宰这样的事情——又或者，假设某一天，某种必然的命运导致了这样的事情。那么，我们将可以尽情宣告：只要国家是受哲学这位女神主宰的，那么就可以说，历史的确存在过我们所幻想的体制，或者说这一幻想正在实现或即将实现。虽然必须承认实现这件事情非常艰难，但我们觉得那是可能的。

埃德曼托斯 我的想法和你的一样。

苏格拉底 你是指大众的想法和我们的不一样？

埃德曼托斯 对。

苏格拉底 这也不能全赖群众。我的好朋友啊，只要我们说服的方法方式得当，他们的想法一定会改变。首先，你劝导他们的方式要柔和，不能粗蛮，要不知不觉地使他们爱上学习；接着，你要向他们说清楚几点：真正的哲学家是什么样的、有什么天性以及从事的学习研究内容是什么——就像我们之前做的那样。总之，你要使他们相信哲学家并非他们原以为的那样。

退一步来说，即便他们像以前一样考察哲学家，他们的看法见解也是会改变的，你不觉得吗？或者，我换个方式问你：如果一个人是温雅的、没有嫉妒性的，你觉得，他会粗鲁对待温雅之人，嫉妒那些不具备嫉妒性的人吗？

就由我来回答这个问题吧，大多数人身上没有粗暴的性情，只有极少数人有。

埃德曼托斯 我同意你说的，请你相信我。

苏格拉底 还有一点：是伪哲学家导致了群众痛恨哲学。对此，想必你也赞成吧？这些伪哲学家闯入不属于他们的领域中互相争斗，还经常毁谤对方。还有比这更违背哲学家的身份的行为吗？

埃德曼托斯 没有了。

苏格拉底 我的好朋友啊，一个人若真的认真钻研事物的本质，那么，他是不会注意到生活中的各种琐事的，也不会带着满腔的嫉妒和敌意去和别人争吵。他全部精力都投放在永恒的事物身上，这些事物之间不存在互相伤害的情况，而只是各自合理而有序地活动着。看到这一点的他，会努力模仿这些恒定的事物，并竭力使自己如它们一样。不过，或许你觉得，人不能模仿他自己推崇的东西？

埃德曼托斯 不，我觉得一定会模仿。

苏格拉底 可见，既然哲学家与神圣的秩序有着密切的接触，那么，在合乎人的能力范围内，他们会变得神圣、有秩序。然而，毁谤无论何时都是有的。

埃德曼托斯 的确是这样。

苏格拉底 假设他们在某种必然的命运之下，可以使得个人以及国家都具备他在另一个世界所看到的那些特性，重塑他们——而非他自己一人，那你觉得，这时他会因为自己塑造了这么一个具有节制、正义和所有公民美德的国家，而像一个蹩脚的工匠一样去表现自己吗？

埃德曼托斯 肯定不会。

苏格拉底 那些之前对哲学家粗暴无礼的人，如果看到了我们所说的有关哲学家的话千真万确，他们还会像之前那样对待哲学家吗？对于我们说过的这点——任何一个城邦，唯有在艺术家按照神圣的样子去雕琢的情况下，才可能获得幸福——他们还会怀疑吗？

埃德曼托斯 如果他们知道了，就不会对哲学家无礼了。不过，请问届时要如何雕琢呢？

苏格拉底 就像画家首先拿起画板擦干净一样，他们首先擦拭个人和城邦的素质。当然，这是个很难完成的工程。不过，唯有先这么做，让对象干干净净的，他们才会着手雕琢个人和城邦并开展立法工作。这也是证实他们不同于其他改革家的一点。

埃德曼托斯 这种做法非常正确。

苏格拉底 擦干净之后就开始草拟政治制度，是吧？

埃德曼托斯　自然是这样。

苏格拉底　我认为，在拟定制度后的工作中，他们会一面参照绝对的正义、节制和美，一面在人类的摹本上努力刻画，设法为这些摹本加上肤色，使之和人相似，等到他们出现那种如神一样的特性时——荷马也曾说这种出现在人身上的特性如神性——再判断。

埃德曼托斯　是这样。

苏格拉底　他们也可能继续再擦再画，直到画出神所喜爱的人。

埃德曼托斯　这样雕琢出来的画一定是最好的。

苏格拉底　所以，你原本觉得会竭力反驳我们的那些人，到这时该有些相信我们，相信我们曾夸赞过的那种人——并建议让这种人来当国家的领袖，但他们当时对此非常生气——就是现在这位勾画雕琢制度的画家了吧？并且，如果他们听到了我刚才有关这位画家的言论，态度难道不会比以前更好些吗？

埃德曼托斯　如果他们不是不明事理之人，态度会变得好些。

苏格拉底　那他们对我们还有什么好反驳的？难不成要说哲学家并不热爱真理和事物本质吗？

埃德曼托斯　不会的，那太可笑了。

苏格拉底　对我们所说的这种天性，他们能否认它接近最高的善吗？

埃德曼托斯　同样不可能。

苏格拉底　所以他们能否认这点吗？具有这种天性的人只要得到恰当的教育，就会成长为在善方面无懈可击的哲学家。或者，他们宁愿坚持这点：我们反对的那种人才是真正的哲学家。

埃德曼托斯　我想他们一定会赞成我们说的。

苏格拉底　所以，若我们指出这点：唯有让哲学家领导管理城邦，公民个人以及城邦才不会作恶，我们依据理论幻想出来的制度才可能实现——他们还会怒而反驳吗？

埃德曼托斯　怒火可能没那么大了。

苏格拉底　我觉得不仅如此，甚至可以说他们态度转变得非常友好，心服口服地相信我们所说的了，所以，仅凭羞耻心——假如没有其他因素了——他们也会赞成我们的结论，你说是吗？

埃德曼托斯　肯定会这样。

苏格拉底　那就假设他们已经赞同我们的上述论断了，那么现在，对于这个论断：国王或者其他当权者的后代，天生就是哲学家——他们会反对吗？

埃德曼托斯　不会。

苏格拉底　既然这些人都是天生的哲学天才，那还有人要论证他们一定会堕落变质吗？当然，不可否认，很难保证他们不会堕落变质。但是，难道因此就能肯定地说，从整个时间角度来说，他们最终都会变质，无人做到保持本性？

埃德曼托斯　的确没法做这样的论断。

苏格拉底　而且，确实是只要有哪怕一个这样的人就足矣。他能掌管城邦，在城邦中实施所有的理想制度——尽管目前还无人相信这个制度。

埃德曼托斯　没错，只要有一个这样的人。

苏格拉底　因为，这确实有可能成为现实：他成为城邦的统治者，并制定出我们所描绘过的那种法律和社会习俗后，所有公民都甘愿听从他。

埃德曼托斯　确实如此。

苏格拉底　别人和我们达成一致意见也就是自然而然的事情了，对吧？

埃德曼托斯　是的。

苏格拉底　既然如此，那充分说明这些事情是至善的——我是这么觉得的。

埃德曼托斯　没错。

苏格拉底　由此，有关立法，我们便可做这样的论断：虽然实现我们的计划是件很难的事情，但那是有可能的，而一旦实现了，那它一定是最善的。

埃德曼托斯　可以做这样的论断。

苏格拉底　终于解决了这个问题，那么接下来，我们可以讨论这些问题了吧——让那些人接受什么样的教育和锻炼，才能使之足以拯救国家制度？具体而言，他们应该在哪个年龄段上学习相应的课程？

埃德曼托斯　对，接下来必须讨论这些。

苏格拉底　有关娶妻生子，以及如何选一个人当统治者的问题，是比较难论述的，而且我深知，绝对的真理难以实现，也容易被人们痛恨，因此我在前面有意不提。但故意回避也毫无用处，现在还是得讨论。

我们已经讨论过儿童和妇女的问题了，现在须重新讨论有关统治者的问题。我们曾指出，统治者必须在或苦或甜的生活磨炼中证明他是爱国的，必须证明，这种爱国之心经受得住任何困难、可怕的事情，或者其他考验。若一个人证明了这些，我们就必须任命他为统治者，使其生而光荣，死后仍受到赞誉。无法证明这一点的人，则必须排除在国家统治者之外。我们曾大概提过上面一番话，或许你还记得。不过，当提到这层意思时，我们唯恐会引发刚刚的那场争论，故而当时就偷偷地转移了话题。

埃德曼托斯　是的，我还记得，你所言属实。

苏格拉底　那么现在，就让我们大胆地说出当时没有敢说出的这个主张：最好的护卫者必须只能由哲学家来担当。

埃德曼托斯　不错，让我们把它提出来。

苏格拉底　不过要注意，各种天赋——我们曾说过，接受教育的前提是具备这些天赋——很少会同时聚集在一个人身上，所以很少见到同时具备多个天赋的人。

埃德曼托斯　你的意思是……

苏格拉底　如你所知，诸如学习力强、良好的记性、机智敏锐、积极进取、心胸开阔等之类的优秀品质，很少会同时在一个人身上出现。即便会，一个人也很难一直保持，使它们免受打扰，因为命运的某种偶然会让这个人主要受机智敏锐指挥，从而乱了分寸，使这些品质都失去稳定性。

埃德曼托斯　你说得对。

苏格拉底　以天性平稳来说——这种人更能得到人们的信任——虽然具备这种品质的人置身于战争中时更勇敢一些，但在学习上，他们也更迟钝，没法领会要义，像呆子一样。当需要他们投入到需要智力的工作中时，他们便提不起精神，总是困意连连。

埃德曼托斯　的确如此。

苏格拉底　然而我们曾提出这点：有资格获得最高教育以及权力荣誉的人，必须同时具备这两个优点，并恰当地结合发挥它们。

埃德曼托斯　是的。

苏格拉底　难道不是很难出现这样的人吗？

埃德曼托斯　自然很难。

苏格拉底　所以，除了要使他们经受或苦或甜或可怕的事件考验，现在，我们还要加上一个新的条件：把他们放在各种各样的学习环境中锻炼，检验他们有无能力从事至高的学习，或者，观察他们的灵魂有无进行这种学习的胆量——就好像有些人缺乏体育竞技的胆量。

埃德曼托斯 如此考察非常正确，不过，你所谓的至高的学习指的是什么？

苏格拉底 你可能还记得，我们此前曾辨识灵魂包含的三种品质，然后讨论了所谓正义、节制、勇敢及智慧的含义。

埃德曼托斯 要是我忘了也就没资格再听你说下去了。

苏格拉底 那么，之前说过的另外一些话你也记得吗？

埃德曼托斯 哪些话？

苏格拉底 我们曾在某种程度上宣称，全面、透彻地认识这些美德是一个漫长而曲折的过程，不过，经历了这个过程，对它们就会有清楚的认识。我们当时只是暂时阐述了这个论点，论证的程度如前面的一样。你当时说，这样的解释就够了。所以，之后，当我继续论证它时，便只是用一个不是很严谨的方法。现在就要看你是否满意这种方法了。

埃德曼托斯 我认为，这个方法让在这儿的几个人，包括我，都看到了标准。

苏格拉底 不。我的朋友啊，一个事物要想作为其他事物的标准，它首先必须是完善了的，哪怕只是有一丁点儿的不真实性，它便无法成为标准。有时候，有些人会觉得自己做得很好了，无须进一步论证了，然而事实并非如此。

埃德曼托斯 是的，很多人有这种懒惰心理。

苏格拉底 护卫城邦和法律的人最不该有这种惰性。

埃德曼托斯 你说得对。

苏格拉底 所以说，对这些护卫者而言，不仅必须锻炼身体，还需锻炼学习的功力，他们要走的路是很漫长曲折的。若非如此，那么则如我们刚才所言，他们便无法完成那最重要的学习，而这才是他们的使命所在。

埃德曼托斯　正义以及我们讨论过的其他美德，难道还不是最重要的论题，而另有其他？

苏格拉底　没错，还有比它们更重要的。即便是正义这些美德，我们现在也只是看到了它们的大致轮廓，而仅仅这样还不够，我们必须注意它们最后的样子。对较为次要的这些问题，我们都耗费巨大心力去研究透彻，那么，理所当然，我们更应该不辞辛劳，把最重要的问题搞清楚透彻，否则就太可笑了。

埃德曼托斯　是的。但我们有一个疑问：最重要的学习到底是什么，你觉得和它有关系的又是些什么？你不会以为我们会忘记问你这个问题吧？

苏格拉底　我当然做好了回答的准备，你尽管问。不过，关于这个问题，我说过很多遍了，你一定听过。所以，你若非当时没听明白，那便是现在有意刁难我。我认为更像是后一种。

善的理念是最重要的知识，唯有从它延伸出来的正义等知识才对人们有好处和用处——这个论点，你听我说过很多遍了。所以料想你现在也知道了，我将要论证的就是这一点。

此外，我还曾指出，如果不知道善的理念，那么知道其他的知识也于我们无益。然而事实却是，我们对善的理念知之甚少。就好像，拥有一个东西或者所有一切，却不拥有这个东西或者所有一切的善；又或者说，我们知道其他一切，唯独不知道善和美——你认为这对我们有什么好处呢？

埃德曼托斯　说实话，我认为毫无益处。

苏格拉底　众人皆以为，快乐就是善，智慧更高一点的人则认为，知识是善。你也清楚有这种现象吧？

埃德曼托斯　没错。

苏格拉底　但是，即便是后一种人，他们对知识的定义也说不出个所以然，最后只好说所谓的知识就是善的知识。

埃德曼托斯 的确可笑。

苏格拉底 这当然可笑。他们怪罪我们不知道善是什么，而在定义善的时候又似乎当我们是懂的。你看他们的定义：善就是善的知识。这么说好像我们一定清楚，他们所用的“善”这个词的意思。

埃德曼托斯 说得很对。

苏格拉底 至于那些把善定义成快乐的人，他们不也同样思想混乱吗？或者我这么问：迫于无奈时，他们不也只好承认的确存在恶的快乐吗？

埃德曼托斯 肯定的。

苏格拉底 所以我觉得，结论就等于，他们承认同一个事物既善又恶。你认为呢？

埃德曼托斯 没错。

苏格拉底 显而易见，有关这个问题将会引发烦琐的大争论。

埃德曼托斯 确实。

苏格拉底 另外还有一种现象：对于正义和美，大部分人无论在说话做事中，还是在拥有什么东西时，并不追求实在的正义和美，倒宁愿要被意见肯定的正义和美。而对于善则相反，众人都想要实在的善，无人想要某一个意见认为的善，“意见”在此是不被人尊重的。大家也都知道有这么一种现象。

埃德曼托斯 事实如此。

苏格拉底 所有人在做任何事情时，都以善为目标，追求善。人们直觉善的确存在，但由于不完全清楚善到底是什么，不能像明确其他事物一样明确并牢固树立善的信念，所以他们又无法切实认清善，也无法分辨出其他事物中的哪些成分是善的。就这个重要的问题而言，我们难道会允许那个最优秀的人物，即我们托付整个城邦的那个人，同样愚蠢吗？

埃德曼托斯 绝对不允许。

苏格拉底 我的看法用一句话说就是：不知道什么是正义和美的人，便不配捍卫正义和美。而我认为，一个人唯有知道了善，才能充分了解正义是什么，美是什么。

埃德曼托斯 你最后一句很对。

苏格拉底 所以说，一个城邦的护卫者必须具备这些知识，由他监督着城邦的政治制度，城邦才能正常发展。

埃德曼托斯 必定是这样的。不过还是有个问题：对于善，你本人到底觉得它是知识还是快乐或者其他？

苏格拉底 我向来清楚你的为人，知道你不只是想要了解别人有关这个问题的意见。

埃德曼托斯 苏格拉底啊，在我看来，你既然花了那么长时间去研究这些问题，自然也该谈谈自己的见解，而不是只论别人的。

苏格拉底 你觉得一个人有资格大谈特谈他本身不清楚的东西，还装得很清楚的样子吗？

埃德曼托斯 他自然没有资格。不过，将自己的想法当成意见说出来也可以吧？

苏格拉底 没有知识支撑的意见都是丑陋的，你没发觉这一点吗？即便是这类意见中最有价值的部分，那也是盲目的。或者我问你：一个人不是通过理性而是偶然发出正确意见，和一个人盲人偶然没有走错路，有什么区别？

埃德曼托斯 两种情况是一样的。

苏格拉底 所以，如果你可以从一些人那里看到美和光明，那么，对那些丑陋的、盲目的、扭曲的事物，你还有看的兴趣吗？

格劳孔 的确没有了。不过苏格拉底，你可别又走回头路呀，就快抵达终点了。你曾解释过什么是正义和节制，现在若能解释何为善，我们会非常高兴的。

苏格拉底 我的朋友啊，要知道，我能做到的话，最起码我自己也会高兴的。只怕我空有一腔热忱而没有能力，届时弄巧成拙，反倒被你们笑了。所以，我们现在还是暂且放着“什么是善”这个问题不谈。况且我自己也认为，目前还很难解释清楚我已经想到的答案，再努力也是枉然。不过，如果你们乐意听听的话，我倒很乐意谈谈善的儿子，即看着和善很相像的那个东西。要是你们不听就作罢。

格劳孔 那就讲讲善的儿子吧，反正，关于善，你总是要给我们补说的。

苏格拉底 我也不想像现在这样，只能先付利息谈儿子，要是能连本带息都给你，把父亲也讲透了，让你们同时听听这两个方面，我自己也高兴呢。不过现在就请先听听有关善的儿子吧，就当先收下利息。请你们注意了，小心我有说错的地方，误导了你们。

格劳孔 行，我们会小心翼翼的。你就开始吧。

苏格拉底 好，不过在这之前，你先回想一下我提到过的一个说法。这个说法，我在这个阐述过程中将会提到，事实上，我在别处也提到过。我必须和你在这个说法上先达成一致。

格劳孔 什么说法？

苏格拉底 这个说法一方面是讲，美的或者善的东西有很多种，且每一种有很多个。因此，在给它们下定义时，我们也是用复数描绘它们的。

格劳孔 没错。

苏格拉底 另一方面，如我们曾讲过的，存在唯一的一个善本身、美本身或者其他事物的本身，总之，我们假设事物的理念是单一的，这个统一者为每一个事物的实体，它和上面说的“每一种东西里面有很多个事物”相对应。

格劳孔 没错，我们这么说过。

苏格拉底 我们还指出，作为很多种的其一的事物，是看得见的对象，不是思想的对象；思想的对象是理念，它是看不见的对象。

格劳孔 完全赞成。

苏格拉底 那么，我问你，我们如何看见事物？

格劳孔 用眼睛。

苏格拉底 同样，我们是不是靠耳朵去听，靠其他感官去感觉其可以感觉的事物？

格劳孔 自然如此。

苏格拉底 不过，你可曾发现过这一点：为了让我们看见事物、使事物能被我们看见，感觉的创造者费了很大的劲？

格劳孔 根本没有注意过这点。

苏格拉底 那我们就来讨论讨论这个问题吧。在听者和声音传出者之间，还需要第三种事物吗——有它，一个能听到，一个被听到，否则就不行？

格劳孔 根本不需要。

苏格拉底 我认为，即便不说所有其他的感觉，最起码很多也是不需要的。不过，也有需要这种东西的感觉，你知道那是什么吗？

格劳孔 不知道。

苏格拉底 是视觉，在它和可见的东西之间还需要第三种东西，你没发现吗？

格劳孔 此话怎讲？

苏格拉底 眼睛可以看见东西，人也想利用眼睛的这种视觉功能，但光靠颜色的存在还不行，还需要第三种东西，人们才能自然而然地看见东西。你知道的，没有这种东西的话，颜色也无法被看见，视觉所见是无效的。

格劳孔 你说的到底是什么呢?

苏格拉底 这东西，你把它叫作光。

格劳孔 你所言极是。

苏格拉底 光联结了眼睛和可见的事物，如果说作为纽带的它十分重要，那么，和另一些同样是进行此类联结的纽带相比，它的这一重要性可要大得多。

格劳孔 应该是非常非常重要的。

苏格拉底 你说说，我们的眼睛之所以看清事物，是得益于天上哪位神明给了我们光?

格劳孔 不言自明是太阳，大家都会同意这点的。

苏格拉底 那么，视觉和这位神明的关系是这样的吗：无论视觉本身，还是具有视觉功能的所谓眼睛，和太阳都是不能等同的?

格劳孔 自然不等同。

苏格拉底 不过我觉得，眼睛是所有感觉器官中最接近太阳的一样东西。

格劳孔 的确是的。

苏格拉底 眼睛的视觉能力如果说是一种射流，那也是源自太阳，对吧?

格劳孔 没错。

苏格拉底 所以说，虽然太阳并非视觉，却是视觉的因，并为视觉所见，是这样的吧?

格劳孔 对。

苏格拉底 所以，我们说的那个很像善的东西，即可视世界中的它的儿子，就是指太阳。太阳、视觉和可视事物的关系，就好比可被认知的世界中，善本身、理智和可知事物之间的关系。

格劳孔　请你解释一下为何这样说。

苏格拉底　如你所知，如果没有白昼的光芒，而只有黑夜中的一点点光，那么事物的颜色是难以被看见的，用眼睛去观察也只能得到模糊的效果，好像你的眼睛丧失了视觉功能，你变成了盲人一样。

格劳孔　没错。

苏格拉底　不过，一旦处于日光中，你的眼睛又恢复了视觉，当你看事物的时候就能看得非常清晰。

格劳孔　对。

苏格拉底　人的灵魂类似于眼睛。当一个人看见的对象处于真理和实在之下时，灵魂便具备了理智，故能清楚认识这些对象。不过，他看到的是没有光泽的幻灭世界时，他就好像没有理智一样，只剩下变幻莫测的模糊意见。

格劳孔　没错。

苏格拉底　那么，你现在是不是必须承认这点：正是善的理念，将真理赋予了知识的对象，并将认知能力赋予了知识的主体？也就是说，有善的理念，靠知识以及个人认知才能见到真理。你尽管承认，善的理念比美的知识和真理更美，因为这是个绝对正确的真理。我们在前面打了一个比方：视觉和光虽非太阳但类似太阳。现在我们也可以打一个类似的比方：我们不能认为真理和知识是善，但可以认为它们类似善。善比它们更重要。

格劳孔　按照你的说法：善使得真理和知识得以真正存在，而且，它比这两者更美。那么，你所谓的善一定非常非常美。不过，你不会说快乐就是善吧？

苏格拉底　我的话绝对不包含这层意思。我们还是继续阐述一下刚才的比喻吧。

格劳孔 如何诠释清楚呢?

苏格拉底 我猜想你会这么说：太阳自身并不产生万物，但它使万物被看见，并让它们获得营养而得以出生、成长。

格劳孔 的确如此。

苏格拉底 我猜想，你同样还会说：善虽然不是实在的东西，但它让知识具有了可知性，并得以真实存在，所以，无论从能力还是从地位上说，善都高于一切实在的东西。

格劳孔 （极度滑稽的表情）呀！没有比这个更夸张的了，太阳神阿波罗做证！

苏格拉底 全是因为你步步紧逼，我才说出了自己有关这个问题的想法！

格劳孔 那么，有关太阳的那个比喻，如果你还有什么想法就请继续吧，千万不要有任何遗漏。

苏格拉底 我的确还有很多要讲的。

格劳孔 请千万不要有任何一丁点儿的遗漏。

苏格拉底 我会尽量全面无遗漏。不过恐怕得省略很多内容不提。

格劳孔 可别这样啊！

苏格拉底 首先我要说有两个世界：一个是可见的——为了避免你说我玩弄术语，我就不说它是“天界”了；一个是可知的。我相信你理解这个说法。在此基础上，我假设有两个王分别统治这两个世界。

格劳孔 好，我理解。

苏格拉底 现在，请你假设有一条线，它分成了不等的两部分，一部分代表可见世界，另一部分代表可知世界。然后又按照同样的比例去划分每一个部分，把它分成清楚与不清楚两部分。现在你可以发现，我们可以将可见世界中的第一部分视为影像——首先是指阴影，其次是指水中影像、光滑固体反射出的影像之类的东西。这么说你能理解吧？

格劳孔 是的，理解。

苏格拉底 第一部分是影像，第二部分则是实物，即真实存在于我们身边的各种事物，包括动物、自然造就的万物以及一切人造物体。

格劳孔 姑且这么比喻。

苏格拉底 可见世界中的影像和实物的比例，就是不真实性和真实性的比例，它类似于意见世界和可知世界的比例，你同意这个说法吗？

格劳孔 完全赞成。

苏格拉底 那么，请你继续想想可知世界又是怎样划分的。

格劳孔 就请你直说吧。

苏格拉底 是这样的：在它的两部分中，第一部分里面有的是影像——可见世界中那些会产生影像的实物。研究这部分要以假设为前提，从假设直接推到结论，而不是向前追述原理。在第二部分中，灵魂则采取相反的做法：从假设出发，向前追究假设的原理。而且，在这部分中纯粹用理念来研究，和第一部分中使用影像进行研究不同。

格劳孔 我听得不是非常明白。

苏格拉底 好吧，我们再试着解释。下面我像作序一样先说说其他的事理，相信你接下来就听得更明白了。

在数学这门学科中，研究者们首先假设了诸如奇偶数、各种图形以及三种角这些东西的存在。这是一种绝对假设，即肯定它们是已存在且众人皆知的，无须向任何人证明。就是从这样的假设出发，再去推理，最后得出前后一致的结论，研究者的目的也就达成了。关于这点，你应该明白吧？

格劳孔 是的，我明白。

苏格拉底 如你所知，这些被他们利用来进行研究的图形，实际上是不存在的，它们只是他们思考中所想到的东西的模仿品。当他们画出诸如正方形或者某条对角线时，他们讨论的是这些图形本身的理念，而不是这些形状。的确，他们画出的图形是实物，但它们类似于水中的影像，他们也是如此看待它们的，因为他们真正要看的东西，得靠思想去看。

格劳孔 没错。

苏格拉底 这种东西就属于我所谓的可知一类，不过，要注意两点：一是由于必须先假设才能研究它们，而灵魂是无法超越这些假设的，所以就不能向前论述从而获知原理；二是在研究它们时，要利用可见世界中的实物作为影像——这些实物本身会产生影像，而且更加清晰和重要。

格劳孔 你关于几何学以及类似它的学科的论述，我听得明白。

苏格拉底 关于可知世界中的知识，我指的是，理性通过辩证获得的那种知识。你要明确这一点。在此，假设也仅仅是假设，它所起到的作用是起点的作用，而不具有原理的作用。从假设出发进行论述，不断从假设延伸，一直上升到绝对原理，然后返回去论述根据绝对原理提出的论点，最终回到起点，得出结论。在这一整个过程中，纯粹只是利用理念，一个理念导出另一个，最终又归于理念。任何感性的东西都没有被派上用场。

格劳孔 你所说的，我只明白了一部分。你所描绘的这个过程，于我而言是很难理解的。不过，不管怎样，我也算是理解了。

按照你的意思，辩证法研究中的那些可知的实在，不同于以假设为原理的研究中的那些技术的对象。你认为，前一种比后一种更具有实在性。在从假设出发去研究技术时，这种研究并不上升到绝对原理，所以，尽管研究者并非运用感觉而得用理智，而且他们研究的对象放在绝对原理中也是可知的，但你还是认为，他们并不真正具备理性。

对于研究几何学以及类似学科的人，我不认为你会把他们的心理状态叫作理性，我想你会称之为理智——一种介于意见和理性之间的东西。

苏格拉底　你非常理解我所说的了。现在，你必须承认这四个部分对应四种灵魂状态，从最高一部分到最低一部分依次是理性、理智、信念、想象。你可以按比例排列它们，赋予每一部分恰当的真实性。

格劳孔　我理解并赞成你说的，也愿意按照你说的去排列它们。

第七卷

苏格拉底 下面我们可以打个比方，来说明受过教育的人和没受过教育的人的本质。

你想象一下有一个地下洞穴，它很长，和外面是相通的，阳光可以照射进来，铺满它的通道。洞穴里面住着一些人，他们打出生就在里面，由于脑袋被固定，脚也被绑着，他们无法动弹，只能一直看着自己前方的洞穴后壁。

在洞外，距离他们很远的地方有一个高处，上面有东西在燃烧发光。在火光和囚徒之间还有一道矮墙，它就像是木偶戏演员设在他们和观众之间的一道屏障。演员会把木偶高高举起来，同样，在这道矮墙的后面，也有一些人高高举着用木料或者石料等材料制成的假人、假动物。你可以想象，这些人或者沉默，或者在说话。

格劳孔 我能想象得出你所说的。这个比喻很奇怪，那些囚徒也很奇怪。

苏格拉底 其实，他们和我们一样。他们唯一看到的，就是洞穴后壁上的影像，是火光投射上去的。不然，你以为他们还能从自己或者伙伴们身上看到什么？

格劳孔 的确，如果他们的脑袋就这样被固定住，他们还能看到什么吗？

苏格拉底 他们不也是只看到了后面那些路人所举之物的阴影吗？

格劳孔 是的。

苏格拉底 假设这些囚徒可以说话，他们一定会断言自己所见阴影就是物体本身，你觉得呢？

格劳孔 必然的。

苏格拉底 再假设有一个路人叫喊，使囚徒对面响起回声，你觉得，囚徒们会不会认为声音来自洞壁上那些移动不定的阴影？

格劳孔 他们一定会那么认为。

苏格拉底 所以，他们那样的人肯定想不到，除了阴影还有其他的实在物体。

格劳孔 必然的。

苏格拉底 现在请你设想一下他们获得了自由，有机会纠正错误，他们会有什么反应呢？

假设有一个人的禁锢被解除了，他突然站起来并转过头，然后四处走动，不经意间看见了发光的地方，你觉得他的感觉是怎样的？

在做这一系列动作时，他会感觉头晕目眩，看不清东西，包括投射出阴影的那些实物。这时，假若有人跟他说，他过去所见都是假象，他现在转头后看到了更真实的东西，和实在更接近了。你觉得，他听后会有什么反应？假设有人指给他看墙头上的每一件东西，并让他说点什么，他一定无话可说，而且还坚持，眼前的这些实物并不如他过去所见的阴影真实。你觉得呢？

格劳孔 是的。他觉得以前的更真实。

苏格拉底 如果再逼着他看火光，他的眼睛会难受，然后便转过身，逃回去看实物的影像，他认为它们比被人指出的实物更真实、清晰。你认为呢？

格劳孔 没错。

苏格拉底 再接着，如果有人逼着他走过一条曲折陡峭的道路，不许他折返，最后将他拉到洞穴外面，那么他一定会愤怒。而当他置身于阳光之下时，他会感到眼花缭乱，看不见任何真实的物体。你认为呢？

格劳孔 是的，他不可能立刻看见东西。

苏格拉底 他得逐渐适应环境，才能在洞穴之外的高处看清东西。首先他会看见阴影，因为那是最容易的，其次他会看到人和其他物体在水中的影像，然后会看到物体本身。经过这个过程后，他可能会意识到，相比于白天看太阳和阳光，夜晚更容易清楚地看见月亮和星星，更容易观察天象、研究天空。

格劳孔 肯定的。

苏格拉底 所以，这时候我觉得，他无须再借助水或者其他任何媒介，来看太阳的影像了，他可以在他所在的地方直接观察太阳本身，看到它的真相。

格劳孔 必然如此。

苏格拉底 然后，他可能会得出这么一个结论：正是这个太阳，使得他们曾经好不容易看到了那些事物；太阳是世界的主宰者，四季变化和年岁的周转，也是它造成的。

格劳孔 的确，他们有可能会得出这个结论。

苏格拉底 假设回顾过去，想到那个洞穴以及里面被禁锢的伙伴，想到自己当时的智力，他一定会对自己命运的改变感到幸运，同时为伙伴们还在原地感到遗憾。你认为呢？

格劳孔　必然的。

苏格拉底　假设在洞穴里面曾进行过选举，有些人曾获得荣誉，有些人曾获得奖励——他们擅长观察事物，能记住那些出现过的影像的次序，故而能预知一个影像之后会出现什么影像。你觉得，对于这种荣誉和奖励，那个已经走出洞穴的人还会在乎吗？对于那些受囚徒尊重并被选为领袖的人物，他会嫉妒并与之争权夺位吗？或者，你觉得他会如荷马所说的，宁愿活在外面的世界做一个生活艰难的穷人，也不愿再回到洞穴中，像那些囚徒一样思考和生活？

格劳孔　我觉得他无论如何也不愿再回到囚徒们那里了。

苏格拉底　假设他又回到了洞穴中自己的原位上，你觉得他会有什么感觉？由于从阳光处突然走到洞穴中，使双眼处在黑暗中，难道他不会看不见任何东西吗？

格劳孔　必然如此。

苏格拉底　他对黑暗还有一个适应过程，这个过程通常很长，在此期间，他眼睛所见是模糊的。这时，如果有人让那些没动过的囚徒和他来一场“评论影像”的比赛，他一定会被讥笑。囚徒们会笑话他出去一遭就把眼睛弄坏了，还声称他们根本没有走出洞穴的念头，因为那不值得。如果可以抓住那个说要解放他们并把他们带出去的人，他们一定会把他杀了。

格劳孔　绝对会的。

苏格拉底　我的朋友啊，我们现在必须套用这个比喻来说明我们前面提到的事情。我们所说的可见世界类似洞穴，太阳的能力类似火光。你可以将这个上升过程——从洞穴出去到外面世界，看到东西——联系到这个过程：灵魂上升到可知世界。如此联想，你就可以理解我所做的这个解释了。

因为你着急要听，所以我便只能这么解释了。当然，除了神，谁也不知道如此解释是否正确。不过，不管怎样，我都坚持这个观点：我们要花很大力气，才能最后在可知世界中看到的东西，就是善的理念。而一旦我们看到了，我们就会相信：在可知世界中，它是一切真理和理性的因，是一切美和一切正确事物的因，是光的创造者；在人们的个人生活或者公共生活中，任何人必是看到了善的理念，才去做符合理性的事情。

格劳孔 在我的理解范围内，我同意你上面所说的。

苏格拉底 我现在要说的是：灵魂已经上升到这种高度的人，其心灵永远渴望留在高处，拥有真实，因此不屑于生活中的庸俗琐事。这么一个观点，我希望你也同意，赞成它是合理的。因为我认为，假若我们刚才比喻得当，那么它就是合理的。

格劳孔 的确合理。

苏格拉底 再说了，一个人从对神圣东西的观察回到了人间黑暗中，由于还没适应环境，他看不见任何事物，而就在这个时候，他就被硬拉到法庭上或者某处，和其他还没看过正义的人，就正义的影子、正义的观念之类问题进行辩论。在这个过程中，他的举止自然显得滑稽可笑。所以，就这种情况而言，你会认为他可笑奇怪吗？

格劳孔 不会。

苏格拉底 不过，眼睛出现盲视的情况有两种，一种是从亮处突然到暗处，另一种则相反。凡有头脑的人都清楚这一点，并都相信灵魂也有同样的情况。所以，当看到某个灵魂处于盲视状态时，他不会立即嘲笑这个灵魂，而是会考察其中的原因，看它是因为骤然从光明进入黑暗中才迷失，还是因为骤然从无知的黑暗世界进入光明世界中，被光亮刺激了才丧失视觉功能。他会认为，有两种截然不同的由经验造就的生活，一种幸福，另一种不幸。如果他要嘲笑的话，他也是嘲笑从有光的上方到下方的这一种，因为它比从下方上升到上方的那种可笑。

格劳孔　言之有理。

苏格拉底　若承认上述说法有道理，那么，我们就会得出这样的结论：关于教育，有些人说就像可以将视力放入盲人的眼中一样，可以将知识灌输到灵魂中——这种说法实际上是错的。

格劳孔　的确有人这么说过。

苏格拉底　我们刚刚的论述却说明了，每一个灵魂中都自有知识，他们学习这些知识，就像运用眼睛去看东西一样——只有改变整个身体的朝向，眼睛才能脱离黑暗，看到光明；同理，只有整个灵魂转变方向，使灵魂的“双眼”直接看到真实，它才能看到所有真实东西中最明亮的那个，即我们所谓的善。你觉得呢？

格劳孔　赞成你所说的。

苏格拉底　可能存在一种技巧，使得灵魂转向尽可能轻易而有效。这种技巧的前提是：肯定灵魂有视力，但没有掌握正确方向的能力，所以会看到不该看的。也就是说，这种技巧不在于创造灵魂的视力，而在于设法使灵魂转向。

格劳孔　这种技巧的确可能存在。

苏格拉底　所以，好像可以说，灵魂所具有的另外一些美德，就好像是身体所具有的优点一样——源自后天的教育和实践，而非天生的。而心灵的优点则是一种永远存在的东西，并且更具有神圣性，不过，这种优点会因为灵魂所朝着的方向不同而产生截然不同的效果：不是纯粹有害，就是纯粹有益。

有一种人就被人们称为聪明的坏蛋，这种人就具有非常敏锐的目光，你是否注意过这点？这类人虽然有着“坏”灵魂，但当他们看着自己所关注的事情时，其目光是十足敏锐的。他们的灵魂“坏”就坏在让恶主宰视力，而不在于视力微弱。故此，他们越具有好的视力，作的恶也就越多。

格劳孔 的确是这样的。

苏格拉底 不过，如果一个人从小磨炼自己灵魂中的“坏”的这部分，使灵魂如同摆脱了毒瘤——这个变动的世界原本就具有这种毒瘤，它会妨碍人们灵魂的视力，使之只看到捆绑在人们身上属于下面世界的诸如贪吃之类的欲望——那么，这个人“坏”的那部分灵魂便等于转向了，把目光投向了真理。因此，当它看到真理时，它就会像现在看到事物时那样目光敏锐。

格劳孔 非常有可能。

苏格拉底 故而，根据上述理论，我们可以得出这个结论：有两种人不可以成为国家的管理者，一种是没受过任何教育，对真理无知的，另一种是被获准终生都投入到知识研究中的人。第一种人无法做到只关注一个目标，无论私人生活还是公共生活都是为了这个目标；第二种人总是会想着脱离这个世界，升入天堂，所以无法做出任何实际的举措。

格劳孔 没错。

苏格拉底 故而，作为创建这个国家的人，我们的职责就在于驱使最好的灵魂上升到知识的最高点，即能看见善。当他们做到了这一点，我们就不能再像现在这样纵容他们了。

格劳孔 此话怎讲？

苏格拉底 他们现在就想待在上面的世界中，不愿意下来并回到囚徒中间，与他们一起吃苦和分享或大或小的荣耀。

格劳孔 你的意思，在他们可以过更好的生活时，我们要逼迫他们过更不好的生活？

苏格拉底 我的朋友啊，你难道忘了我们立法的宗旨：是为了整个国家的整体幸福，而不专为哪一个阶级的幸福。换句话说，通过立法劝服或者强迫全体公民互相配合，和谐共处，杜绝各自为政的情况。由立法造就的国家公民会拿出自己的利益分享给大家、集体，所以这样一个集体是一个统一的、不会分裂的公民集体。

格劳孔 你说得非常对。我忘了这一点。

苏格拉底 格劳孔啊，那么你现在知道了，即便我们强迫那些哲学家去关心保护其他公民，我们对他们仍是公正的。我们会这么对他们说：

如果一个国家中的哲学家是自我培养，而不是国家有意去培养的，那么，在这样的国家中，哲学家便可以拒绝从事辛苦的政治工作，因为他没有欠国家任何人情，他自然也不会有恳切报答国家的心理。但是，你们是受过我们培养的，是我们有意要让你们成为如同蜂王一样的领袖。这不仅是为了你们自身，也是为了国家的其他公民。你们所受的教育比其他人的更完善，你们也更有能力掌握两种生活。所以，在轮到你们去服务时，你们必须走下来，和其他人共同生活，把观察模糊的影像变成一种习惯。要知道，一旦养成了这种习惯，你就能比其他人看得更清晰。因为你曾看过实在的善、美和正义，所以你可以辨认出各种各样的影子所代表的是什么。

由此，我们的国家就不同于现在的大多数国家：后者的统治者把权力当成最大的善，总是为各种影子争斗不止，这样的国家管理是混乱的；我们的国家有我们以及你们作为统治者，管理则是有力有序的。

总之一句话：如果一个国家的所谓统治者对权力漠不关心，

那么，这个国家的管理一定是最善最稳的；相反，如果统治者最热衷追逐权力，那么这个国家的管理一定是最恶的。

格劳孔 绝对是这样的。

苏格拉底 如此告诉我们的学生后，他们还会不满抗议，在轮到自己当班时拒绝分担国家的治理任务吗？当然，他们通常是可以主宰上面世界的。

格劳孔 绝对不可能拒绝了，因为他们是正义的，我们向他们提出的要求也是正义的。当前所有国家的统治者觉得公职是种迫不得已的负担，但他们恰恰相反，觉得那是该做的事情。

苏格拉底 我的朋友啊，事实就是这样的：我们要想自己的国家得到妥善的管理，那么，就必须让我们未来的统治者拥有一种更善的生活——比统治国家更善。这是因为，唯有如此，真正富有的人才肯为我们治理国家。不过，这里的富有指的是善和智慧的充足，以及由此而富有幸福。它不是指财富上的富有。

假若我们未来的统治者是一些在善、智慧方面贫穷的人，那么，他们在担任公职时就会一心想着为自己捞取好处，我们的国家管理就会腐败。况且，如果统治者为了统治权而互相争斗不止，被毁灭的便不仅是国家，还有他们自己。

格劳孔 非常对！

苏格拉底 你说，除了真正的哲学家，还有其他哪种人会无视政治权力？

格劳孔 的确没有什么人了。

苏格拉底 为了防止为权力而互相争斗，我们便只能让无视权力者掌掌权。

格劳孔 只能如此。

苏格拉底 同样，国家的保卫者只能由这种人担当：他能最好地管理国家，同时拥有其他酬劳，以及他的生活比政治生活更好。若不然，你认为还有其他哪种人吗？

格劳孔 的确没有了。

苏格拉底 接下来，我们就研究这个问题：怎样才能创造出这种人？就像故事中说的，把一个人从冥界拉上天堂一样，我们如何把这种人带到上面的明亮世界？

格劳孔 好，我们来讨论这个问题。

苏格拉底 这件事情自然很难，因为它是让心灵从隐约可见的黎明，走到光亮的大白天——我们称这个世界为存在真正哲学的世界。它可不是像玩翻贝壳游戏一样轻松。

格劳孔 一定不容易。

苏格拉底 那么，什么样的学问才可以实现这一点呢？这就是我们接下来要研究的。

格劳孔 自然的。

苏格拉底 我的朋友啊，你说说看，什么样的学问才能让灵魂脱离变化世界，升入实在的世界。这么一问我想起了我们好像曾经说过，这种人在他们年轻时必须上战场。

格劳孔 我们是这么说过。

苏格拉底 那么，我们正在研究找出的这门学问就必须做到一点。

格劳孔 什么呢？

苏格拉底 对士兵同样有用。

格劳孔 当然，如果它有这一能耐的话。

苏格拉底 在前面，我们曾说他们必须接受音乐以及体育训练。

格劳孔 没错。

苏格拉底 体育训练对人的身体强弱会有影响，它关心的是生或者死方面的事情。

格劳孔 理解。

苏格拉底　故此我们所寻找的学问和它无关。

格劳孔　赞成。

苏格拉底　那么，我们提到过的音乐，是我们寻找的吗？

格劳孔　或许你还记得音乐和体育正好相反，它对护国者的教育培养是这样的：用意见教育他们，用音调来使他们具备平和的精神而不是知识，用韵律使他们举止得体，通过讲故事——可能纯属虚构，也可能是真实的——使他们具备相似的语言素质。不过，这些教育方式中的任意一种都无法达到你所追求的善。

苏格拉底　你的记忆非常准确。这类教育中的确没有到达那种善的因素。但是，格劳孔呀，那么我们到底在寻找什么样的学问呢？手艺方面的又都是低贱的。

格劳孔　的确是。但是，若排除了体育、音乐和手艺，还有其他什么学问？

苏格拉底　既然我们想不到别的什么学问了，我们就来假设一个学问吧，它是我们所有方面的知识都要用到的。

格劳孔　这是一种什么样的东西呢？

苏格拉底　呃，它是一种人人都必须学习的学问，因为技术、思想，以及科学等方面的知识都要用到它，它是所有知识共同利用的东西。

格劳孔　它到底是什么呢？

苏格拉底　一言以蔽之，就是很平常的算术，“一、二、三”，因为任何一种技术和一门科学，都必须要数数，这是事实吧？

格劳孔　的确。

苏格拉底　战术也不例外。

格劳孔　自然的。

苏格拉底　这也是为什么，每次巴拉米德斯出现在舞台上，阿伽门农必定会被嘲笑，因为后者不会数数，不知道自己拥有的步兵数量。巴拉米德斯宣称数目是他发明的，然后，就好像在特洛伊的大军数目从来没被数过一样，他说他组织排列了这支军队，还数了船只以及其他东西。你有注意到这个情况吗？另外，你认为，就那种情况而论，阿伽门农这个将军当得如何？

格劳孔 果真是那样的话，我觉得他非常可笑。

苏格拉底 所以你认为，一个军人必备的能力该不该包含算术这一项？

格劳孔 他要是想胜任指挥之职，或者哪怕只是为了当一个正常人，就必须会这门本领。

苏格拉底 我想的就是这门学问，你是否跟我一样？

格劳孔 哪一门？

苏格拉底 这门学问似乎就是我们在寻找的学问之一，它可以让本性引导思想，让灵魂上升到实在世界。但是，这门学问现在却没有被人们正当使用。

格劳孔 我没明白你说的。

苏格拉底 我会尽力向你解释清楚我是怎么想的。刚才我提到本性对思想的引导力，接下来我将告诉你，我是如何区分有这种引导力事物和没有这种引导力的事物的。若是你愿意继续听我的论述并说出你的意见，我们最后就知道我的观点是对是错。

格劳孔 请你继续。

苏格拉底 如你所知，有时候不必借助理性，感官就可以自行判断，得出一些感觉。不过，有时候光靠感官是无法对一些感觉作出可靠判断的，这时就需要借助理性。

格劳孔 显然，你指的是在画中出现的，或者距离很远的东西。

苏格拉底 你对我说的一知半解。

格劳孔　那你到底是指什么?

苏格拉底　如果一样东西会同时引起两种相反的感觉，那就需要借助理性去判断它，因为这时感官不能作出可靠的判断；如果一样东西不会那样，那么就不需要借助理性。距离远近和需不需要借助理性没有关系。下面我用小指、无名指和中指举例说明，你就更清楚了。

格劳孔　好的。

苏格拉底　请你记住，我是把手指当成近处的东西来说明问题的。不过，你还要注意有关这些手指的一个现象。

格劳孔　什么现象?

苏格拉底　无论是中间的指头还是两边的指头，也不管指头是大是小，是黑是白，它们都是一样的，都长着指头的样子。任何一个正常人都不会疑问手指是什么东西，因为手指就是手指，我们的心灵从未接收到视觉官能发出的这种信号：手指也可能是和手指相反的东西。

格劳孔　是这样。

苏格拉底　所以显然，这种感觉不会动用理性。

格劳孔　是的。

苏格拉底　不过，视觉可以辨识手指的大小吗?在视觉看来，手指在中间和在边上有什么区别吗?同理，手指的粗细软硬，触觉可以分辨出来吗?事实上，难道不是每一种感觉在辨识诸如此类的性质时都存在缺陷吗?

它们的作用——以触觉为例，可以这样说：触觉既可以感受软，也可以感受硬，所以它会向灵魂传达这样的信息：一个东西既是软的，也是硬的。你说呢?

格劳孔　对。

苏格拉底　如果灵魂接收到触觉传达的这个信息，心灵这时就会疑惑：触觉所谓的硬到底是什么？或者，如果和感受轻重有关的感觉告诉灵魂，某个东西既是轻的，也是重的，那么我们的心灵是不是会纳闷轻重分别是什么？

格劳孔　没错，由于搞不清楚这些信息，心灵就会继续探究。

苏格拉底　这时灵魂就会立刻召唤理性以及算数的能力，研究这些信息到底是一个还是两个。

格劳孔　一定的。

苏格拉底　如果结果是两个，说明每一个是不同的。

格劳孔　对。

苏格拉底　这样的话，理性便是将它们分开而论了，否则就只能把它们当成是同样的一个东西。

格劳孔　是的。

苏格拉底　我们说过，眼睛也可以看见东西的大小，但是，视觉无法分辨出它们，于是将它们一概而论。

格劳孔　我们是这么说过。

苏格拉底　可见，理性采取的做法和感觉刚好相反：将诸如“大”“小”的两种东西分开而论，而不是合二为一。理性之所以这样做，是为了“看见”“大”和“小”。

格劳孔　说得对极了。

苏格拉底　那么，我们现在首先遭遇的问题就是：大和小到底是什么？

格劳孔　必然的。

苏格拉底　我们之所以说把事物分为“可见事物”和“可知事物”两类，原因正在此。

格劳孔　非常有理。

苏格拉底　正是为了解释这么一个意思，我刚刚才说了那番话——有的事物需要借助理性思考，这种事物会同时给感官两种相反的感觉；有的则不需要，因为它们不会同时给感官两种相反的刺激。

格劳孔　我明白了，也赞成你所说的。

苏格拉底　那么，在你看来，数和“一”属于哪一种事物，即是可知的还是可见的？

格劳孔　我不知道。

苏格拉底　你不妨按照我们刚才的论述进行推理看看。假设视觉就能看清楚“一”，或者说其他感觉就可以清楚地知道它是什么，那么，正如我们在举例手指时所说的，它对心灵就没有引导作用，使心灵把握实在。

但是，如果视觉看到的两种相反的东西都可以说成是“一”，那么就需要对这种东西作出判断，由此，灵魂就会陷入迷茫，引发自身的思考，努力研究“一”到底是什么。这种研究实际上就是引导心灵去关注“一”的实在。

格劳孔　在视觉理论上，有关“一”的定义确实很矛盾，它可以是单个，也可以是无限。

苏格拉底　假设这个理论对“一”而言是正确的，那么，对其他数而言也是正确的，对吧？

格劳孔　自然。

苏格拉底　显然，算术和算学都和数有关。

格劳孔　没错。

苏格拉底　那么，这门学问能引领灵魂走向真理。

格劳孔　对，它在其他学科之上。

苏格拉底　故而可以说，我们所寻找的学科包括这一门。因为，无论军人还是哲学家都必须掌握它，否则军人就无法统领指挥军队，哲学家也就无法走出可变世界，掌握真理。

格劳孔 没错。

苏格拉底 我们说过，我们的护国者不仅是哲学家，也是军人。

格劳孔 没错。

苏格拉底 可见，我们应该用法律将算学这门学问列入教育内容，并让即将在城邦中担任要职的那些人，去认真学习乃至钻研算学，直至他们能运用纯粹的理性掌握数的本质。不过切记，我们让他们学习这门学问，是为了将来在战争中能用到它，以及为了让灵魂从可变世界升入实在的真理世界。切记，我们不是为了把他们培养成为会做生意的商人商贩。

格劳孔 你说得再正确不过了。

苏格拉底 既然我们说人们学习算术不是为了做生意，而纯粹是为了掌握知识，那么我觉得，这门学问对我们而言，还是一种小巧而有多种用途的工具。

格劳孔 怎么说？

苏格拉底 刚才我们说，它对灵魂具有强大的引导力，迫使灵魂去研究纯粹的数的问题；在这种情况下，若是有人非要追问某个可见或者可触摸的物体的数，那么，从算学角度而言是不允许这么做的。

你也知道，擅长算术的人绝不允许在理论上把“一”分割开来，企图这么做的人一定会被他们嘲笑，而且无论如何也得不到他们的承认。因为，如果你要把“一”除成很多个部分，那他们就会紧跟着用乘法来反驳你，时刻都让“一”是“一”，而不是很多个部分的合成体。

格劳孔 你说得太对了。

苏格拉底 如果他们被人这么质问：“我的好朋友，既然你们说‘一’

就是‘一’，它是纯粹单一的东西，也是不可分割的，那么我问你，你们正讨论的是哪‘一’种数呀？”你觉得，他们会怎么回答这个问题？

格劳孔　他们会这么回答：只能用理性去把握所有的数；除此之外，无其他办法。

苏格拉底　我的朋友啊，所以你现在明白了，我们必须要学习这门学问，因为很显然，它可以让灵魂运用纯粹理性，去寻找获得真理。

格劳孔　没错。算学能做到这点。

苏格拉底　另外，你可曾注意过这种现象：敏于算术者通常也敏于学其他的学问；若让迟钝的人去接受算术训练，姑且不谈他们在其他方面会有何受益，单是他们的反应力就会提高。

格劳孔　是有这种情况。

苏格拉底　另外，我觉得，算术似乎是所有学问中最难学习的，少有学科具有像它那样的难度。

格劳孔　的确是。

苏格拉底　正是因为这些，我们一定要重视这门学问，让我们那些具有最高天赋的公民接受这门学问的教育。

格劳孔　我同意。

苏格拉底　那么，我们就定这门学问为必修学科之一。接下来我们再看看它后面那一门是否有益于我们。

格劳孔　哪一门？几何学吗？

苏格拉底　没错。

格劳孔　它在军事上有显而易见的作用。一个指挥官有没有接受过几何学教育，事关作战成败，因为军队驻扎、地段利用，以及军队队形的统筹等都涉及这门学问。

苏格拉底　但是，军事上只需一点几何学和算学方面的知识，不是全部。我们在此要讨论研究的是，几何学中占大部分的那些更加深奥的知识，对人们掌握善的理念是否有用。在我们看来，如果一门学科能够迫使灵魂转向真实中最神圣的部分——这部分是灵魂努力要看到的——那么它一定有益于人们掌握善之理念。

格劳孔 没错。

苏格拉底 总之，要看它是迫使灵魂看实在世界还是看可变世界，若是前者则它是有用的，若是后者则它是无用的。

格劳孔 我们赞成。

苏格拉底 由此，我们可以相信，即便只是稍微了解几何学的人也会同意这一点：在几何方面很专业的人士使用的语言表现出的几何学作用，并非这门学问真正的作用，因为其真正的作用刚好是与此相反的。

格劳孔 此话怎讲?

苏格拉底 比如，那些人会使用诸如“化方”“绘图”“延长”这些词语，当然，他们也必须得这么说，但当他们使用这些词语的时候，好像他们正在干什么一样，好像他们是为了获得什么实际用处才如此推理一样。这实在太可笑了。因为，实际上，几何这门学科是为了获得知识而存在的。

格劳孔 对极了。

苏格拉底 下面我们要论述的一点，不知我们是否还会意见一致。

格劳孔 请说。

苏格拉底 那些时而存在、时而不存在的事物，绝不是几何学的对象，因为几何学的对象是永恒的事物。

格劳孔 当然。永恒事物才是几何学的认识对象。

苏格拉底 那么，格劳孔啊，你说几何学是不是可能迫使灵魂转向真理，以及使得哲学家的灵魂向着上面的世界，而不是如我们现在做错的那样，向着下面的世界？

格劳孔　必然的。

苏格拉底　况且，几何学还有其他附加的益处呢。所以，我们必须让理想国的公民认真学习几何学。

格劳孔　你说的附加益处是什么？

苏格拉底　除了你说的它对战争的益处之外，它还有益于人们学习其他功课。我们也看到，有没有学过这门学科，在学习其他学科时的成效就大有差别。

格劳孔　的确是。

苏格拉底　那么，我们就将几何学定为青年必修的第二门学科，如何？

格劳孔　赞成。

苏格拉底　至于第三门，我们就定为天文学，如何？

格劳孔　自然也赞成。因为，无论是在农业中、军事中还是航海中，对年月和四季知识的透彻了解，都是非常重要的。

苏格拉底　很明显，你有一种担忧：恐怕众人觉得你刚刚建议的学科是没有用的。你的这种担忧虽然有些可笑，但也可以理解，因为的确很难让人们相信，每个人的灵魂原本都有一个器官存储着知识，当我们养成的习惯摧毁了我们的盲点，继而我们建议学习的这些学科清洗了我们那个器官——这个器官是唯一可以看见真理的，所以，它比一万只眼睛还重要，必须维护好它——我们的灵魂就会重新发光。

有些人和我们一样，相信上述说法，他们就会赞成你所说的；而不相信的人则不知道这些，也不认为这些学习有哪怕一丁点儿的用处，所以就会觉得你在说废话。现在你可以自行做主，看看要和哪一方讨论。或者，你不要进行讨论，因为你没想过反驳别人并从中获得什么好处，你纯粹是为了自己才论证这些的。

格劳孔　没错，我纯粹是为了自己，向自己提问，向自己论述，最后自我回答。

苏格拉底　这么说的话，你得把话题退回去一些，因为我们在结束几何学的讨论后紧接着就选出来的那个学科，是错的。

格劳孔　为什么说它错?

苏格拉底　我们结束平面的讨论后，应该先讨论纯立体的东西，再去讨论会运动的立体东西，但我们直接跳到了最后一步。先讨论第二维，再讨论第三维，才是正确的。所谓第三维，我认为，所有立方体以及有厚度的东西都具有第三维。

格劳孔　你说得对。但是，好像这门学科现在的发展只是一般般。

苏格拉底　两个原因造成了它现在的这种发展状况：一是由于它很难，且得不到任何城邦的重视，所以无人想去学习研究它；二是，即便有人学习，也要有指导老师辅助他才能成功，但是很难找到这样的老师，况且，哪怕找到了，在当前的社会风气下，这类学习人员也不一定会谦逊地接受他们的教导。要是城邦重视立体几何这项事业，推广管理之，学习者就会听从指导老师的教诲。加上坚持不懈地努力研究，这门学科中的很多问题就能搞清楚。

总而言之，这门学科现在的确被很多人轻视，而学习它的人也并不清楚它的真正用途而不能给予恰当的重视，使它发展不良。但是，凭借它自身固有的价值魅力，它还是克服了很多苦难，取得了些许进步。即便说人们搞懂弄通了这门学问，我们也觉得那是正常的。

格劳孔　它的魅力不必怀疑。不过，我要确认一下，你说之前提到的几何是研究平面的?

苏格拉底　没错。

格劳孔 然后你谈到了天文学，之后又倒退回去了。

苏格拉底 是的。因为我们必须循序渐进，慢慢来。我们之前之所以跳过了立体几何——在谈论完平面几何后就该谈论它的——是因为我们太着急了，另外还因为它的发展还不完善。于是我们就谈论了天文学，这是一门有关运动的立体事物的学科。

格劳孔 没错，你是那样做的。

苏格拉底 现在，假设被我们跳过的那门学科有助于城邦管理，可列为青年必修学科之一的话，那么，我们就把天文学定为第四个必修学科，你认为呢?

格劳孔 完全可以。但是，苏格拉底，你刚才批评我，说我对天文学的评论带有功利性，动机不纯。那我现在就改用你的原则，极力称赞这门学科：这门学科对心灵一定有引领作用，能使心灵摆脱对当前事物的关注，转而去看上面世界的事物——而且我认为，这是尽人皆知的。

苏格拉底 可能如你所说吧，但我的看法和大家的不同。

格劳孔 你的看法是怎样的呢?

苏格拉底 如果像现在的那些引导我们把握哲学的人一样，去看待天文学，那只能说这门学科会使得灵魂的眼睛转向下面的世界。

格劳孔 此话怎讲?

苏格拉底 首先说说你是怎么理解“学习上面世界的事物”这句话的，我认为你的理解挺高端的。或许，在你看来，只要是抬头看看天花板上的天井，都可以视为灵魂在学习知识，而不是眼睛在学习。可能你的想法是对的。至于我，我认为，唯有学习研究实在的事物和不可见的事物，才能迫使灵魂向上看。或许这么想是因为我无知。但是，我始终认为，一个人不管以什么姿态——张嘴向上看也好，双眼向下看也好，或者哪怕他是在陆地上或者海上仰卧着——只要他学习的是实在的事物，我便不会认为他是在真正地学习，而坚持他就是看着下面的世界。因为，我认为，所有实在的事物里面都没有真正的知识。

格劳孔　我是错的，你的批评有道理。既然你觉得不能像现在这样去学习天文学，那么，为了使之有利于我们，我们应该怎么学习它?

苏格拉底　我认为，把这些装点天空的天体说成是可见事物中最美丽、最准确的东西，没有错。但它们毕竟是可见的事物，和真实的事物根本没法相比。所谓真实的事物，就是具有真实的数和图形的、运动着的彼此相关的事物，而且它们的运动有快慢之分。眼睛是看不见真实事物的，只有理性和思考才能看到。你认为呢? 或许你的看法不同。

格劳孔　完全赞成你，无任何异议。

苏格拉底　所以，我们必须确定天空的作用：它只能是辅助我们学习天空的实在，相当于一张说明图。我们恰巧有这张说明图，就好比一个人恰巧看到了代达罗斯[1]或者其他某个画家精心画出的图画。看到这幅图画，凡是懂几何学的人都会称叹画工如何精细，但他们不会想到解剖这幅图画，以便从中找出有关相等、加倍或者其他比例的绝对真理。而如果有人相信这幅画，并试图从中找到那些真理，他们会觉得这个人的做法非常荒唐。

格劳孔　是的，肯定荒唐。

苏格拉底　你难道不认为，一个真正的天文学家在仰头观察天体运动时，也同样会觉得有些人很荒谬? 因为，在他看来，天以及天空

[1] 希腊神话人物，是一位伟大的艺术家、建筑师和雕刻家，最著名的作品是为克里特岛国王建造的一座迷宫，因此外语中会以他的名字指代迷宫。

中星体的创造者已经非常完美地完成了这种创造。而有些人却认为，在斗转星移、日夜交替、年月周转之间，存在着一种恒定不变的比例关系，或者认为，其他星体的周期和日月年之间，以及各个周期之间，存在这种关系。这些人的这种看法之所以荒谬，是因为所有星体都是可见的，是属于物质的，其中不可能存在真理。

格劳孔　听完你的阐述，我同意你所说的了。

苏格拉底　可见，如果我们打算正确使用灵魂的理智去真正研究天文学的话，那么，我们便不应该去理会天空中的那些可见的事物，而应该采取研究几何学的那种方法，即提出问题，然后解决问题。

格劳孔　这意味着，对天文学的研究要比现在烦琐、困难很多。

苏格拉底　我认为我们要发挥出立法者的作用的话，还需提出其他与此相似的要求。话说，你觉得还有其他合适的学科吗？

格劳孔　我一时想不到。

苏格拉底　我认为运动有很多种，而不仅是一种而已。虽然应该让哲学家列举出运动的所有种类，但我们起码也能说出两种运动来。

格劳孔　请说说看。

苏格拉底　一种就是前面提到的天文学，另一种则是和它相对的。

格劳孔　那是什么呢？

苏格拉底　不妨这么说：好比眼睛的存在是为了天文一样，我们耳朵的存在是为了和谐的声音。毕达哥拉斯派有关这两门学科的主张，即说它们是兄弟学科，我们也赞成。你认为呢，格劳孔？

格劳孔　我赞成。

苏格拉底　既然这个问题很重要，我们似乎应该去请教毕达哥拉斯派，看看他们有什么独特的或者其他的见解。但是，我们还是专注自己的事情吧。

格劳孔　什么事呢？

苏格拉底　就像我们刚刚讨论天文学时讲的，不能让我们的学生去学习那些不应该学习的东西，因为这些东西与我们的目标不符——这个目标也是所有事物的目的。事实上，我们的学生在研究和谐之音时，犯了研究天文学时那样的错误——他们浪费了很多精力去听声音，并比较所有可以听到的声音。你或许也知道这种情况吧？

格劳孔　的确是这样的。这种做法真是太荒唐了。他们好像在听邻居谈话一样，去认真辨听音程，并谈论自己的观点。有的人说他能辨听出两个音之间还有一个最小的音，并将这个最小的音作为计量单位。有的人则认为所有音都是一样的。总之，他们不愿意用心灵去听音，而纯粹利用耳朵。

苏格拉底　你所说的是一些著名人士。他们把琴弦捆绑在弦柱上拷打，试图得到什么真话。关于这些音乐家的这种行径，即对琴弦的卑鄙指控和侮辱，我本可以继续用比喻说下去，但是，我还是算了吧，因为这些人不像毕达哥拉斯派那样值得我重视。还因为，这些人不过是像那些天文学家一样，不去深入研究，看看哪些数之间有着和谐关系、哪些之间是矛盾的、原因又分别是什么，只关心可听闻的声音之间的数的关系。

格劳孔　要知道，普通人很难做到这点。

苏格拉底　对于这门学问，我的看法是，若说它是以其他和美及善无关的东西为目的，则是没有任何好处的；若以善和美为目的，它才于人有益。

格劳孔　或许你是对的。

苏格拉底　我的另一个看法是：对这些学科的研究，必须深入到这种地步——搞清楚它们之间有什么关系，并得出一个有关它们之间关联的总认识。因为，唯有如此，我们的辛苦研究才能算是得出一个结果，以便我们实现既定目标。否则，整个过程就是在浪费时间。

格劳孔 赞成你的看法。但这可意味着工作量繁重呀。

苏格拉底 你指的是序言[1]吗？然而，的确，它们就是我们学习法律之前先要学习的序言。你不会以为，擅长上述学科的人是辩证法专家吧？

格劳孔 抛开我碰见过的个别例外不谈，我的确没有那么认为。

苏格拉底 假设一个人无法用逻辑论证自己的观点，你觉得，他有可能领悟到我们主张青年应该学习的知识吗？

格劳孔 不能。

苏格拉底 我的朋友啊，那么，到此为止，这就是由辩证法制定的法律正文了呀！虽然它是可知的事物，但是，在我们前面讲述的那个视觉能力的改变过程中，可以看到它的样本：先是看见了阴影，然后试图去看真正的动物，接着看见了星星，最终看见了太阳。

同样的道理，假设一个人不是通过感官的知觉，而是通过辩证法进行推理，来获得每一个事物的实在，并且不达到下面这个目的不罢休：依赖思想本身，他理解了善到底是什么，那么，是不是可以说，这个人好比我们比喻中的那个达到可见世界的最高点的人一样，达到了可知事物的巅峰？

格劳孔 没错。

苏格拉底 所以，难道你不打算将这个思想过程称为辩证过程吗？

格劳孔 自然有此打算。

苏格拉底 当一个人摆脱束缚，从阴影看向投射阴影的物体，接着看

[1] 学习辩证法之前得先学习数学、天文学及其他学科，好比法律正文前面有序文。

向火光，然后走出洞穴，置身于阳光之下。此时的他只能看见水中由神创造的虚幻影像，以及由太阳（而非那个不如太阳真实的火光）投射的物体的阴影。他还无法直接看见植物、动物和阳光。

我们考察这些学科的知识这一整个研究过程，所起到的作用就是，引领灵魂最善的部分不断上升，直至看到实在的最善部分。这个上升过程就好比，我们那个比喻中的人身上最亮的东西转向并看见了可见世界中最亮的东西。

格劳孔 虽然我觉得很难赞成你说的，但又觉得不赞成不行，所以最后还是赞成吧。无论如何，就首先假设这些事物就如你刚才所论述的吧，因为，我们以后还有很多听你重新论述的机会，而非仅仅就听这么一次。那么，我们接下来就像讨论法律的序言一样，开始讨论法律正文。现在，请你说说，辩证法到底有什么用？它可分为几类，各有什么方法？看起来，解决了这些问题，我们就可以到达终点，可以休息了。

苏格拉底 可是，我的朋友啊，不是我不愿意让你继续和我在那个议题上走下去，而是我现在要给你看事物的真实本身，不再看我们当成比喻的影像了。所以，你只能跟我走到这一步了。当然，我给你看的事物的实在，也只能是尽力呈现它们给我看到的。也就是说，我们无法肯定我们所见的就是实在，但可以肯定，我们认定的实在就是这么一种东西，你觉得呢？

格劳孔 自然同意。

苏格拉底 那么，我们现在是不是可以下这个论断：唯有学习过我们所列举的学科，并学习过辩证法的人，才能看到实在。除此之外，别无其他办法？

格劳孔 没错。

苏格拉底 在这个观点上，相信所有人都同意我们。因为确实无人还可以找到其他的研究方法，系统地研究确定所有事物的实在。

其他的所有学科和技术，它们的存在不是为了生产制造事物，就是为了服务这些被生产制造出来的事物，或者纯粹由人们的想法和欲望产生的。至于我们提到过的几何学以及与之有关的其他学科，虽然它们可以在某种程度上看见实在，但必须承认，这种看见是梦幻似的看见——只要它们还得照搬那些被利用的假设，却不能说明任何问题，那么它们对实在的认识就是不明确的。因为，如果以不明确的东西为前提，那么，论述过程中的东西以及结论就都是不明确的，由此得出的结果也就不可能是真正的知识。

格劳孔 绝对不能。

苏格拉底 所以说，要想进行这种研究，只能用辩证法。运用这种方法可以省略假设，不断上升到第一原理自身，然后从中找到可靠的依据。当灵魂的眼睛处于极度的无知中时，利用辩证法以及我们列举过的那些学科，可以引导它走出无知的泥潭，实现转变。

通常，我们习惯把那些学科分别称为某一门知识，其实我们应该给它一个统称，这个统称没有知识那么明确，但比意见明确。在前面，我们曾用"理智"这个词。不过我现在认为，我们目前需要讨论的是一个非常庞大的命题，所以到底用一个什么样的名称就无须耗费精力讨论了。

格劳孔 对。

苏格拉底 所以我们就用前面用过的那些名称好了。从第一部分到第四部分，我们依次称它们为知识、理智、信念和想象——知识和理智又合称为理性，信念和想象又合称为意见；理性和实在有关，意见和可变世界有关；所以，理性和意见的关系，就好比实在和可变世界的关系，也好比知识和信念的关系、理智和想象的关系。

还有其他的关系问题：对应这些灵魂状态的各事物之间的关系，以及这些事物分为的两部分——能导致意见的部分和能导致理性的部分——之间的关系。但是，格劳孔，我们还是暂且不管这些关系吧，否则我们恐怕又要展开一场更漫长的辩论了。

格劳孔 好的，在我还能理解你的论述的范围内，我同意你有关剩余部分的观点。

苏格拉底 如果一个人可以恰当论证所有事物的真实存在，那么我们就可以称之为辩证法家；相反，如果一个人对别人对自己都没有这种能力，那么，我们就认为他缺乏理性，不清楚事物的本质。你赞成这个说法吧？

格劳孔 当然。

苏格拉底 那么，对善者，这个说法不也恰当吗？假设一个人做不到下面这些事情：像战场的士兵能抵抗住攻击一样，经受住所有考验，努力用本质而非意见去观察任何事物；能用论证定义善者的理念，并区分这种理念和其他事物；在准确的方向上，一直无懈可击地论证到最后——难道你不认为，他对善本身以及任何特殊的善，并没有正确的认识？不过，如果他可以看到善的大致轮廓，那么他对它虽然没有知识，但也算是有意见了。但是，如果意见一直只是意见，那他一生就像在朦胧的睡梦中，等不到真正的清醒，他就与世长辞了，对吧？

格劳孔 绝对的，赞成你。

苏格拉底 对于当前那些只是接受我们口头教育的孩子，即便给予他们实质的教育，我认为，由于他们还是无理性的——就像几何学中的无理线一样——你也绝不会让他们来担任国家的统治者，主宰国家政务。

格劳孔 是的。

苏格拉底　所以你会通过法律来规定他们应受的教育，特别是训练他们的这种能力：用最科学的方法提出问题并回答问题。

格劳孔　是的，我会按照你所说的去制定这种法律。

苏格拉底　那么，你是否也同意这个观点：若要将什么置于我们的教育体制之上，没有什么比辩证法更正确了，我们要把它放在上面，使之固定如一块墙头石；也就是说，我们的学习要到最后学了辩证法才算完结？

格劳孔　我赞成。

苏格拉底　那你接下来还应该考虑的是，如何选定这些课程，以及该由哪些人去学习它们。

格劳孔　没错。

苏格拉底　你是否记得我们之前选择哪种人作为统治者？

格劳孔　当然记得。

苏格拉底　那种人必须具有勇敢、果断、有毅力这些品质，而且在可能比较的范围内，他们必须是最有风度的，对吧？那么现在你必须承认，在“该由哪些人去学习那些课程”这件事上，我们也必须挑选出具有上述品质的人。另外，他们必须是高尚的、严肃的，还须具有适合接受这些教育的禀赋。

格劳孔　你所说的是哪些禀赋？

苏格拉底　第一个是必须有学习的热情，第二是要有敏于学习的能力。要知道，相比于体力劳动中的艰辛，学习过程中的艰辛更令灵魂恐惧，因为这种艰辛原本就不是由肉体承受的，而是由灵魂承受的，和灵魂也更接近。

格劳孔　没错。

苏格拉底　他们还须具备的品质有：记忆力强、坚毅刚强、热爱所有方面的辛劳。若不具备这些，很难想象一个人可以让肉体承受住各种辛劳，完成这一任务繁重的学习训练。你认为呢？

格劳孔　是的，除非具有很好的天赋，不然一个人无法完成这些课程。

苏格拉底　就如我在前面指出的：当前，哲学的伴侣和追求者是没有资格碰触哲学的，这才使得人们轻视哲学，以及造成我们当前犯的其他错误。真正的哲学研习者不应该有一点伪哲学研究的成分。

格劳孔　我没听懂。

苏格拉底　首先，真正有心研究哲学的人，在对待劳动的态度上一定要持有全部的热爱，不能像瘸子走路一样，一半热爱，一半讨厌。比如，有些人热衷格斗、打猎和其他体力活动，却对学习研究、听课和其他此类的智力活动没有任何兴趣，这种态度就是瘸子走路的心态。反之，只爱智力活动，不爱其他的互动，也是瘸子走路的心态。

格劳孔　说得对极了。

苏格拉底　还有这么一种人：他虽然厌恶故意的虚假，不允许自己有这种虚假，而且愤怒别人有此虚假，但是，对于无意的虚假，他却自愿接受。比如，当他让别人看到自己知识匮乏这一缺点时，他却不以为意。就像一头在泥泞中滚来滚去的猪一样，他假装没看到自己的无知。你说，在谈到真实时，我们难道不应该认为这种人的灵魂是残疾的吗？

格劳孔　绝对应该。

苏格拉底　同样，我们必须警惕各种美德也有真假之分，节制、勇敢、大度等都不例外。个人及国家都必须有分辨这些美德真假的能力，否则就可能不小心选了一个假好人或者一个瘸子来作为国家的统治者。

格劳孔　没错。

苏格拉底　所有类似的错误，我们都要小心避免。因为，我们要想维护好我们的社会制度及我们的国家，就必须挑选出心智和身体都健康的人，并给予他们必要的长期教育和训练，确保我们所做的都符合正义本身。假设我们所选的人是完全相反的一种，人们将会变本加厉地嘲讽哲学。

格劳孔　是的，若选错了，的确是我们的耻辱。

苏格拉底　虽然我们所说的是事实，但在此刻，我觉得我正让自己看起来很滑稽。

格劳孔　为何这么说?

苏格拉底　我们一直都是在开玩笑而已，但我竟搞得那么严肃。但是，你也要理解，当我在谈话过程中瞬间想到哲学，同时发现它被如此不应该地中伤时，我就会心生不快，在谈论到那些造成这种中伤现象的人时，我就好像是动怒了一样，语气很严肃。

格劳孔　实话说，我听着觉得那种严肃也是正常的。

苏格拉底　站在发言人的角度，我觉得自己严肃过头了。但是我们应该改掉一个旧习——总是选老人作为国家的统治者。在我们的城邦中，不能如此选举。我们一定不能相信梭伦[1]说的，老人可以学习很多东西。事实是，老人行动不便，也学不了什么。唯有年轻人才可以完成任何繁重庞大的事情。

格劳孔　这个道理不容置疑。

苏格拉底　所以，我们必须让年轻人去学习算学、几何等预备性的学科，为他们将来学习辩证法打下基础。当然，我们不会强迫他们去学习。

格劳孔　为何不?

---

[1] 古代雅典的政治家、立法者、诗人。

苏格拉底 因为，强迫性的劳苦虽然不会折损身体，但强迫性的学习却无法在心灵产生成效。一个自由的人应该是会主动学习的。

格劳孔 言之有理。

苏格拉底 所以，格劳孔啊，我们要用玩游戏的方式去让孩子们学习，而不是强迫他们去学。况且，玩游戏的方式还可以让我们了解每个孩子的天性。

格劳孔 说得太对了。

苏格拉底 我们还曾指出，必须让孩子骑马到战场上前线的安全地带观看战争，就好像让小野兽品尝一下血腥味一样。你或许还记得这一点?

格劳孔 是的。

苏格拉底 看看在这些受过教育、亲历过恐怖战争以及身体承受过劳累的锻炼的孩子中，哪些表现得最出色，我们就该挑选出哪些人。

格劳孔 年龄标准是怎样的?

苏格拉底 在必要的体育锻炼期间——通常是两三年——他们无法做其他的事情。这是因为，过于疲惫和睡得太多非常不利于学习。况且，对每个人在体能方面的考察也是非常重要的，是整个考察中不可缺少的一部分。等到这方面的考察一结束，就可以挑选人员了。

格劳孔 理解。

苏格拉底 过了这个阶段后，要求挑选的孩子从二十岁起综合学习研究他们小时候分散学习过的。他们既要研究这些课程之间的关系，也要研究它们与事物实在的关系。被挑选出的这些孩子会比其他孩子获得更多荣誉。

格劳孔 只有通过这个方法，才能获得永恒的知识。

苏格拉底 看一个人有没有辩证法天赋也主要通过这个方法考察。不能看出事物之间的关联就不是一个辩证法者，能看出才是。

格劳孔 赞成。

苏格拉底 衡量有无这一天赋要做两次挑选。第一次是通过考察学习、打仗以及履行其他义务时的表现，在这一次中要挑选出最具有毅力的青年。第二次是在这些青年中挑选出最具有我们提到的天赋的。当他们到了三十岁，让他们拥有更高的荣誉，同时考察他们辩证法方面的知识。格劳孔啊，在此有一个必须谨慎考察的项目：看看他们中的哪些人不用眼睛和其他感官，就可以追随真理的脚步，达到事物的纯粹本质。

格劳孔 为什么要特别小心这一步？

苏格拉底 目前的辩证法引起了一些不良效应，你知道吗？

格劳孔 不知道。

苏格拉底 搞辩证法的人做违法的事情。

格劳孔 的确有这种现象。

苏格拉底 他们的心灵变成这样，你觉得奇怪吗？以及，你觉得不可以宽恕他们吗？

格劳孔 我没听懂你的提问。

苏格拉底 打个比方，假设一个富裕的大家庭收养了一个孩子，这个孩子周围自然不乏伺候他并向他献殷勤的人。后来他长大了，也知道了他是被收养的，自己称为父母的人并非他的亲生父母。这时，你认为，他会如何看待养父母以及那些奉承之人？他的看法和以前会有什么不同吗？可能你想先听听我的意见？

格劳孔 是的。

苏格拉底 我猜想，在他不知道真相前，他关心尊重他的养父母和其他亲人，胜过关注其身边的奉承之徒。那时，他很少会在重要事情上违背养父母的意见，也很少对他们出言不逊。

格劳孔 多半是的。

苏格拉底　我猜测，当他知道真相后，他会更关注那些奉承之徒，而日渐不尊重养父母，对他们的忠诚也逐渐变弱。他将公开和那些奉承之徒交往，并按照他们的规矩行事，最后将完全不把养父母和家庭其他人放在心上。若说他不会有这种改变，那唯一的前提就是他天生具有特别正的心术。

格劳孔　你说的很可能是对的。不过，这个比喻和搞辩证法的人有什么关系？

苏格拉底　我下面就来说明。我们是不是从小就有关于正义、光荣的观念？我们浸泡在这些观念中，就像在父母的养育下一样，逐渐长大。我们尊重并服从这些观念。

格劳孔　对的。

苏格拉底　不过，有的风俗习惯却刚好相反。它们是一些能带来快乐的习惯，能诱惑灵魂。当然，任何正派的人都不会遵从这种习惯，他们始终愿意尊重和听从父亲的教诲。

格劳孔　这样的习惯是存在。

苏格拉底　对于“光荣是什么”这个问题，如果一个人从立法者那里学习过相关的道理，他会据此给出回答，但是，他的答案会在辩论中被反驳。试想一下，当他被反驳的次数多了，而且几乎无论到哪儿都会被反驳，他难道不会动摇自己的信念，转而相信可耻的东西也不见得比光荣的东西差劲？再试想一下，当他对善、正义以及他原本尊重的很多东西都产生这样的转变时，他以后会如何尊重并服从这些东西呢？

格劳孔　他不会像之前那样敬畏它们了，这是肯定的。

苏格拉底　既然他认为没有必要敬畏这些信条了——同时他心中又缺少真理的信条——你认为他这时会选择什么样的生活？难道不是会选择诱惑他灵魂的那种生活吗？

格劳孔 肯定的。

苏格拉底 所以他便不再遵守法律，而成为一个违法者。

格劳孔 必然如此。

苏格拉底 但这样一个结果却是搞哲学辩论自然会产生的，所以你是否认为，我刚刚说可以原谅他是对的？

格劳孔 对。而且，那些学生很可怜。

苏格拉底 所以，必须特别小心地引导他们进行这种辩论，以免有一天你不得不可怜那些三十岁的学生，是这样的吧？

格劳孔 对。

苏格拉底 一个很重要的预防措施就是，禁止他们小小年纪就进行这种辩论，你赞成吗？因为，那些觉得辩论好玩、便小小年纪就到处跟别人辩论的人，他们会模仿别人，并养成辩驳别人的习惯，就像一只见到人走近就拽着别人撕咬的小狗。

格劳孔 说得太对了。

苏格拉底 在他们和别人多次互驳，结果或胜或败之后，他们很快就会开始怀疑自己曾觉得正确的一切东西。由此，不仅使得世人对他，也使他对整个哲学事业的好感大大丧失了。

格劳孔 非常对。

苏格拉底 但是，年龄更大的人就不会像那些耍嘴皮子的人一样作乐，他会更成熟稳重些，选择向那些为了获得真理才进行辩论的人学习。就因为他做人做事有分寸，所以他不会损坏哲学的名誉，反倒会提高哲学的名誉。

格劳孔 赞成。

苏格拉底 我们说上面一番话，就是为了预防他们变坏以及哲学的名誉受损。现在参与哲学辩证的人各色各样，我们不能这么做，我们只能允许懂分寸和个性坚定的人参与这种辩论，你认为呢？

格劳孔 完全赞成。

苏格拉底 如同在体育锻炼中一样，学习辩证法也要坚持不懈，全身心地投入。你认为，这个时间两倍于体育锻炼时间如何?

格劳孔 你是指四年或者六年吗?

苏格拉底 姑且定为五年。因为在他们结束辩证法的学习后，我们还有事情让他们去做：强迫他们到地下洞穴中去，或者让他们上战场指挥军队，或者指派合适他们的公职。确保他们既有强于别人的实践经验，也要在公务中经受锻炼，以便考察他们能否保持本色，不在困难面前畏缩，能坚决抵抗各种诱惑。

格劳孔 你觉得这个阶段要多久?

苏格拉底 十五年。等到这些人到了五十岁时，再考察他们在实践工作、学识等方面的能力，那些表现优秀、通过考察的人还得经历最后一项考察。届时，我们让他们用灵魂的眼睛看向上方，看着那个照亮所有东西的光源。当他们在这样的注视中看到善，就必须依照善去治理国家，管理好他们自身和公民。

他们后半生的大部分时间必须用来研究哲学，不过，在轮到每个人值班处理政务时，这个人必须为了城邦而非为了荣耀，去担任统治者的职责，而且工作要不辞劳苦。因为，对他们来说，处理繁杂的政务是必须要去做的事情。

那么，他们何时才能辞去公务，定居于极乐世界呢？只有当他们培养出和他们一样，可以护卫国家的继承人时。这时，假如皮提亚的神示允许，国家就可以为他们建立纪念碑，把他们当神一样祭拜。最起码，也要把他们当成神一样的伟人供着。

格劳孔 我说，苏格拉底啊，你有关统治者形象的说明，就像一个雕刻师完美地塑造了一个人物一样。至此，这项工作算是完结了。

苏格拉底 格劳孔啊，需要说明的是，当我们说统治者的时候，并没将妇女排除在外。你要知道，只要妇女也具备我们要求的天赋，那么我们所说的有关男人的话，同样也可以放在她们身上。

格劳孔　是的，只要她们愿意像男人一样，参与我们所说的那些活动。

苏格拉底　我认为，我们提出的那些有关国家及政治制度的观点虽然很难实现，但它们并非不切实际。就如我们前面所言，只要走对了路，只要一个或者多个真正的哲学家来统治国家，那么它们就有可能成为现实。这样的一个或者多个哲学家，最注重的是正义以及正义带来的光荣，最看不上的就是现在的人觉得光荣的所有事情，因为觉得它们毫无价值。他们认为，正义才是最必要且最重要的东西，并主张推动正义，促使自己的国家步入正道。你觉得是这样的吗?

格劳孔　他们打算如何去做?

苏格拉底　所有家庭中满十岁的、有公民身份的孩子，都会被他们要求送到乡下接受他们的一套教育，即我们前面说过的由他们制定的法律和习惯。他们会改变这些孩子受到的来自家庭的影响，另外培养他们。我们所描绘过的制度要想实现以及国家要想最快建立并繁荣发展，最快捷的方法就是这样。

格劳孔　的确是。对于如何让这种国家的建立成为现实，我认为你说得已经很清楚了。

苏格拉底　那么，到此为止，我们描绘过的这种国家以及与之对应的人，是不是都已经说得够清楚了?我觉得，已经很清楚地知道我们需要什么样的人了。

格劳孔　是的。对你的问题，我都做出回答了。

第八卷

苏格拉底　那么，我的朋友啊，我们现在是不是一致同意这个观点：在一个管理良好的理想的国家中，所有东西——包括教育——都是公有的，妇女儿童也不例外；男人和女人是公平的，无论是在和平时期还是在战争时期，他们所干的事情是一样的；至于这样一个理想国的统治者，他必须是在各方面都非常出色的人物？

格劳孔　关于这些，我赞成你所说的。

苏格拉底　另外，我们还一致同意过这一点：一旦任命谁为统治者，他就要带领人员到我们讲述过的那种营地中生活；这里没有什么东西是个人的，都是公共的。除了描述过的那种营地，你是否记得我们还允许他们拥有什么？

格劳孔　记得。他们还应该得到报酬，这是现在的人们通常都可以有的，我们原本觉得他们不应该要这个东西。但是，因为他们不仅要接受训练以备战，还要履行作为护法者的职责，所以，其他人每年都给予他们报酬也是合理的。

苏格拉底　没错。关于这些，我们都讲过了。不过，我们已经脱离本来的议题了，这是从何时开始的？我们还是回归原本话题吧。

格劳孔 回归本题也很容易。那时——也可以说就刚才——如果说那时你已经描述了理想中的国家，并说明了什么样的人和这种国家相适应，那么我们承认，这种国家的确是对的——虽然，我们现在觉得你可以描述得更好。

我还记得你曾说，值得我们考察的其他国家制度有四种，我们要考察它们有什么缺陷，以及它们对应的代表人物。当我们搞清楚了所有这些问题，并一致同意最善、最恶的人各是什么样的，我们就可以断定“最幸福的人就是最善的那些人，最痛苦的人就是那些最恶的人”这个观点是否正确，或者刚好相反。不过，当我问你，你所想的这四种政治制度分别是什么样的时，我们的讨论被波雷马赫斯和埃德曼托斯打断了，于是你又从头讲起，一直到现在。

苏格拉底 你的记忆力非常好！

格劳孔 现在就让我们像摔跤一样再战一个回合吧。请你说说，当我问那个问题时，你原本想如何回答。关于你所谓的那四种政治制度，我非常想知道你怎么说。

苏格拉底 好的，回答这个问题也不难，我会尽力说清。它们各有通用的名称，分别叫作斯巴达和克里特制、寡头制、民主制以及僭主制。第一种广受称赞。第二种的特点是由少数人统治，弊端多多，被认为是第二好的制度。第三种和寡头制相反，也是在其后才出现的。最后一种和前三种都不同，它是最后一个会给城邦带来恶果的制度。

除了上述四种，你还能想到其他有名称的政治制度吗？我指的是能算是一个种类的特殊制度。有一些小国——这种国家更多是野蛮人建立的，希腊人建立的较少——是世袭的君主国，或者国王王位可以买卖，又或者施行介乎这两种之间的其他制度。

格劳孔 确实听说过各种各样奇怪的政治制度。

苏格拉底 政治制度是从石头木头中产生的吗？显然不是。它们源自城邦公民的习惯，什么样的习惯决定了什么样的政治制度。所以，你一定同意，政治制度有多少种，说明了人们的性格有多少种。

格劳孔 没错，不是别的什么，而是习惯造就了政治制度。

苏格拉底 如果政治制度有五种，说明人们的心灵有五种。

格劳孔 自然。

苏格拉底 我们曾论述过，贵族政治或者好人政治所对应的人，是善者和正义者。这一论述已证明正确。

格劳孔 是的。

苏格拉底 接下来我们就要讨论比较差的那几种人。一种是和斯巴达类型制度相应的人，这类人具有很强的好胜心，爱慕虚荣。然后我们再依次讨论寡头分子、民主分子和僭主。

在考察最不正义的人是什么样的之后，我们就可以比较他们和最正义的人，看看这两种人哪种过得快乐，哪种过得痛苦。在这之后，我们便知道我们到底该怎么做了：是按照我们现在论述的，走正义之道，还是相信色拉叙马霍斯说的，走不正义之道。

格劳孔 不管怎样，我们接下来就这么做。

苏格拉底 鉴于个人的道德品质比国家的道德品质更难看清，我们就先讨论国家的，再讨论个人的。那么现在，我们就来看看荣誉制或者说荣誉统治——在希腊文中没有它的专有名词，我们姑且就这么称它，因为它是一种爱荣誉的政治制度。考察该制度后，我们再来看看和它有关的那种人。

再接着，依次考察寡头制及其对应个体、民主制及对其应个体、僭主制及其对应个体。考察完这些，对于我们的那个问题，我们就可以做出正确判断了。你认为呢？

格劳孔　不错。论证就是按照这个步骤做出研究和判断的。

苏格拉底　那现在，我们就先考察荣誉制，看看它是如何从贵族政治中产生的。很显然，是领导阶层的矛盾冲突导致了政治制度的改变。在领导阶层团结一致——哪怕是稍微团结一致——的情况下，不可能发生政制的变革。

格劳孔　同意。

苏格拉底　我的朋友啊，那你认为，在什么样的情况下，我们的国家才会发生暴动，我们的统治者以及帮助我们的人，才会起内讧乃至刀兵相见？

也许，你可以效仿荷马的做法——向文艺女神祈求，请她说明是什么导致了我们的第一次内讧。也许，我们可以想象得出这些文艺女神会给出什么样的回答——她们像给孩子讲故事一样，用高贵、严肃、悲剧性的语调告诉我们事情的起因。

格劳孔　此话怎讲？

苏格拉底　大概意思就是：所有出现并存在的事物必定是有生有灭的，所以，哪怕是一个良好的、难以发生颠覆的国家，也不可能永久存在，它的社会组织结构迟早会崩塌。

可以这么讲述这种情况：无论是植物还是动物的躯干和灵魂，它们的生长都会经历好的时期和坏的时期，这两个时期循环出现，循环一次等于时间在动植物身上转了一圈，经历了一个周期——动植物生存的时间短则周期短，时间长则周期长。

虽然你们训练挑选出来的城邦统治者极具智慧，但是，凭借感官观察和理性思考去做事的他们，也有做事出错的时候，可能会选择错误的生育时间，为你们种族的延续生育了一些不好的孩子。

神圣的产物具有完美的一个时间循环周期，而注定消亡的产物，它的这个周期数字是最小的。这个最小数字可以这么计算出来：先用乘法算出有理数，这些有理数有相同的单位，有的相似，有的不相似；然后，利用加减法，算出最后的数字。

然后，取这个数字的三分之四，加上五，得出的结果再乘自己三次，最后就会得到两个和谐的结果：一种结果是十乘同次方加上等因子相乘的和，也就是有理数（各减掉一）的对角线平方乘以十的结果——或者可以说是因子（有的相等，有的不相等）相乘的结果，即无理数（各减掉二之后）的平方乘以十的结果；另一种则就是三的立方和十相乘。

总之，对这件事起决定作用的因素，完全和几何有关。假设我们的护国者在错误的、不有利于生育的时节里结婚生子，那么，他们生出来的孩子就是差劲的，以后的运气也不好。由于他们本身并不优良，所以，虽然后来他们也被选为最优秀的人来统治国家，但当上护国者，掌握了权力的他们就会轻视我们。这种轻视首先表现为对音乐教育的轻视，接着表现为对体育锻炼的轻视。因此，年轻人变得越来越无知粗鲁。

我们说过，赫西俄德也说过，真正的护国者必须要有辨识金银铜铁的能力。但是，从那样粗鲁无知的年轻人中挑选出来的治国者，却是缺乏这种能力的。

将金银铜铁混合起来，会导致人们之间的矛盾冲突；哪里有矛盾冲突，哪里就必定有战争。你必须知道，任何地方任何时间的战争冲突，本质上都是血统的冲突。

格劳孔　如果女神是这么回复的，我们会赞成她。的确，能治理国家、造福百姓的，一定是那些在吉利时间出生的孩子，因为这样的孩子才聪明，并具有好运气。

苏格拉底　既然是女神的回答，自然正确无误。

格劳孔　女神接下来还会说些什么呢？

苏格拉底　一旦发生了这种冲突，统治者内部就会分裂为两个集团，一个是铜铁集团，另一个是金银集团。前者趋向为自己谋利，会尽可能敛财和控制土地房产；后者注重心灵的财富，趋向于守护传统秩序和美德。两者刀兵相见后的结果就是，达成了妥协，将土地房屋全部分配，据为己有。至于原来供养他们的那些人以及他们的朋友——这些人的自由本应受他们的保护的——前者沦为他们的奴隶，后者被发配到边远地区。总之，原本应该专门在军事中服务的、作为护国者的他们，现在倒成了压迫人们的奴隶主了。

格劳孔　变动就是由此爆发的。

苏格拉底　可见，这种制度就是在贵族制和寡头制之间的。

格劳孔　没错。

苏格拉底　上面所述就是它的产生过程。至于它产生之后的情况，显然，因为它处于贵族制和寡头制之间，所以和这两者都有相似之处。当然，它也有自己的一些特征。你认为呢？

格劳孔　是的。

苏格拉底　它和贵族制的相似点是：崇拜统治者，规定统治者终身都要进行体育竞技锻炼和从事战争，同时规定公餐；另一方面，规定战士完全脱离农工商方面的活动。你赞成吗？

格劳孔　赞成。

苏格拉底　与此同时，这种国家还具有这个特征：他们宁愿挑选勇敢单纯的人，而不是挑选智者，来掌管权力，治理国家。其中原因，一方面是前一种人崇尚谋略战术，更适合战争，他们大多数时候都在战场上，而不适用于和平时期；另一方面是在目前的国家中，智者已经不同于以前的智者了，以前的智者忠诚、淳朴，而现在的是什么人都有。你赞成吗？

格劳孔　赞成。

苏格拉底　就上述特征而言，这种制度下的统治者类似于寡头制度下的统治者。他们都暗中贪财谋利，他们的住宅通常四围是墙，暗藏密室，密室里藏着金银珍宝。他们还往往在私室中养有女人或者宠幸者，以便寻欢作乐。

格劳孔　对极了。

苏格拉底　他们热衷追逐财富，但公开攫取财富是不行的。在花钱消费方面，他们表现吝啬。为了满足私欲，他们很乐意用别人的钱财。

这样一些人受到的是强制教育，而非劝服性教育。这么说是因为，他们不注重理论以及哲学的朋友——真正的文艺女神；他们忽略了音乐的熏陶，而只注重体育锻炼。就像孩子惧怕父亲而躲开他一样，他们惧怕法律而躲起来，暗中寻欢作乐。

格劳孔　关于这个既有善也有恶的政治制度，你已经描述得很清楚了。

苏格拉底　它的确混合了善恶。不过，由于是勇敢这个品质主导这个政治制度，所以，它最为突出的，也是唯一的一个特征就是热衷荣誉和好胜心强。

格劳孔　完全赞成。

苏格拉底　我们前面也讲过，根本不必详细阐述这种政治制度，只用简简单单几句话，便可说明它的起源和本质的大概情况，也足以让我们看清楚，最正义的人和最不正义的人分别是什么样的。况且，毫无遗漏地列举出各种制度的特征以及它们对应的人，也是不切实际的。

格劳孔　是这样。

苏格拉底　那么，什么样的人对应我们刚刚所说的那种政治制度？这些人又是如何产生的？他们的个性是怎样的？

埃德曼托斯　我认为他们和格劳孔相似——就好胜而言。

苏格拉底　可能就这点而言相似，不过我认为，他们还具有下面的性格，这就和格劳孔不同了。

埃德曼托斯　什么性格？

苏格拉底　他们对文化感兴趣，但没有什么文化；他们喜爱听别人的演讲，但自身没演讲才能。他们总体而言自信不足。在奴隶面前，他们不仅有一种优越感——就像任何充分受过教育的人一样——还表现出苛刻的态度。对于自由人，他们的态度很温和。对待长官，他们则毕恭毕敬。

他们热衷荣誉和权力，但是，为了获得它们，他们会选择以军人的才华去建功立业，而不是通过花言巧语去争取。他们热衷打猎等强身健体的体育活动。

格劳孔　没错。那种政治制度是对应这些性格。

苏格拉底　这种人在年轻的时候可能并不在乎金钱财富，不过，会越老越爱。这是因为，年岁的增长使他们丧失了最善的保障，不再那么纯粹地向着善了，他们天性中的爱财性格开始显露出来。

埃德曼托斯　你所指的最善的保障是什么？

苏格拉底　这一保障是唯一的对个人所有美德的内在保障，它只存在于具有美德的心灵中。它就是一种融合了音乐的理智。

埃德曼托斯　非常赞成。

苏格拉底　上述就是爱荣誉者的性格，和爱荣誉的国家适应。

埃德曼托斯　完全赞同。

苏格拉底　这种性格的形成过程大概是这样的：打个比方，在一个政局动荡的国家里有爱荣誉的年轻人，但他的父亲原本并不爱荣誉，也不爱权力，对诸如诉讼之类的事情也都不感兴趣，尽量避免惹是生非，为此宁愿舍弃自己的一些权利。

埃德曼托斯 那他的儿子为何热衷荣誉？

苏格拉底 一开始，他总是听到他母亲抱怨他的父亲，说其他妇女因为她的丈夫不是统治者而轻视她。她还在她儿子面前哀叹自己的丈夫懒惰，没有男人的刚强，总之是妇女们这时惯常有的唠叨埋怨。而这种哀叹源于她看到她丈夫在生活中只专注修炼身心，对其他事物都漠不关心，比如钱财；对她也是不冷不热、不好不坏；在私人诉讼和公共集会上，也从不和人相争。

埃德曼托斯 这种抱怨确实常可听闻。

苏格拉底 在这种家庭中，那些表面看起来很忠诚的仆人，暗地里也会偷偷这么告诉这个家庭的孩子。比如，如果主人不去指控作恶的人或者欠债者，他们就会告诫孩子以后不要像他父亲那样，而要做个刚强的男人，长大后要惩治那种人。

这个孩子走出了家庭，去到外面又听到同样的言论。他还看到，大家都轻视守本分的人，觉得他们蠢；他们极力褒扬那些专门四处走动、对别人事情指手画脚的人。听到看到外面的这些情况后，这个习惯了听从父亲的孩子开始近距离观察父亲，发现他的言谈举止和别人截然相反。这时，他的内心有两种力量在对抗，就像拔河一样，一边是他从父亲那里受到的心灵理性方面的教养，另一边是受别人影响而变得强烈的本能激情欲望。两种力量的对抗，使这个并非天性本坏，而只是受到了别人坏影响的青年，最终形成了中间的性格：在激情和好胜之间，他既能自我控制，又热衷荣誉，同时傲慢自负。

埃德曼托斯 在我看来，你已经说清楚这种人是如何产生的了。

苏格拉底 看来，我们可以暂停对第二种政治制度及其对应个人的描述了。接下来，是不是就如埃斯库罗斯所说，我们该讨论与另一种政治制度对应的个体了？或者，还是依照原来说的，先论国家再论个人？

埃德曼托斯 就按照原来说的吧。

苏格拉底 第三种政治制度就是寡头制。

埃德曼托斯 你清楚它是什么样的一种政治制度吗？

苏格拉底 这种政治制度的特征是，富人掌权，穷人无权，它是一种以财产为资格依据的制度。

埃德曼托斯 我知道。

苏格拉底 寡头制如何从荣誉制中产生，这是我们首先必须说明的，对吧？

埃德曼托斯 没错。

苏格拉底 其实，它的产生过程显而易见，连盲人都能看清。

埃德曼托斯 怎么说？

苏格拉底 荣誉制会被个人利用其私有钱财破坏。这些人什么违法的事情都做，放肆地搞奢侈浪费活动。男人这么做了，女人也跟着这么做。

埃德曼托斯 的确可能发生这样的事情。

苏格拉底 长此以往，有钱人越有钱，越奉行金钱主义，善也就越被轻视。这难道不像是一个严重失衡的天平，一端翘起，一端下沉吗？

埃德曼托斯 是的。

苏格拉底 金钱和有钱人在一个国家获得了尊崇，那么，善以及善者变得低贱了。

埃德曼托斯 毫无疑问。

苏格拉底 往往，人们的行动会向着受尊崇的东西，而不会向着不受尊崇的那些。

埃德曼托斯 没错。

苏格拉底 所以，本来热衷荣誉、好胜心强的人，最后便改为追逐金钱了。他们轻视穷人，吹捧赞扬有钱人并让他们掌权。

埃德曼托斯 真是这样。

苏格拉底 接着，他们开始制定法律，规定一个财产数字，作为在政治中参选的最低标准——达到此数目的人可以当选，否则无法当选。这也就是寡头制的标准。在这种制度更主流的地方，这个数目就更大，反之就更小。那么，他们是如何制定这项法律标准呢？是通过暴力手段，或者通过威逼恐吓，先创建他们自己的政府，然后再制定实行这种制度。你同意我的上述观点吗？如果同意的话，那我就算说明了寡头制是如何产生的了。

埃德曼托斯 同意。不过，这种制度的特点、弊端分别是什么呢？

苏格拉底 它的本质是根据人们的财产来决定人选。然而这个标准首先就不对。比如，按照这个标准，一人虽然很擅长航海，但由于他穷，所以不能被选为船长。[1]

埃德曼托斯 结果就是他们会搞砸一次航行。

苏格拉底 这个道理不也适用于其他需要领导者的工作吗？

埃德曼托斯 是的。

苏格拉底 这个道理是不是也适用于政治？

埃德曼托斯 政治上的领导责任更重大，更难选出，所以这个道理特别适合说明政治上的问题。

苏格拉底 可见这也正是寡头制的弊端。

埃德曼托斯 显而易见。

---

[1] 前面曾讲述船长的故事，用船长比喻国家的统治者。

苏格拉底　你认为，这个弊端算是不足为道的吗？

埃德曼托斯　什么意思？

苏格拉底　肯定不止一个国家是这样的，假设有一穷一富这样的两个国家，它们肯定都会心怀叵测，想要谋害对方。

埃德曼托斯　这的确是一个很大的弊端。

苏格拉底　它的另一弊端是，无法打仗。因为，这样的国家想要打仗的话，那些少数统治者只能武装起人民群众。然而，相比于对敌人，他们对自己的人民更恐惧。但如果不利用人民去打仗，他们只能亲自上战场，然后他们会意识到他们的人数太少了，简直就是以一敌众。另外，贪财又吝啬也是这些人的缺点。

埃德曼托斯　这个缺点还真是一种羞耻。

苏格拉底　我们曾谴责过的一种现象也存在于这种政治中，就是：一个人身兼多职，不仅是农民，还是商人和士兵。你如何看待这种情况？

埃德曼托斯　我认为这种情况当然不对。

苏格拉底　这种情况中的最大的问题是不是最先就从这个制度中产生的？我们接下来就来讨论讨论。

埃德曼托斯　你说的最大的问题是什么？

苏格拉底　容许个人自由买卖产业，卖自己的或者买别人的。而且，卖完自己全部产业的个人还可以继续留在国家中，但他仅仅就是作为一个依附者了，有的还自称穷人。总之，他们什么都不是，在商人、工人或者步兵、骑兵中都找不到他们的身份。

埃德曼托斯　对。这种国家体制是最早出现这种情况的。

苏格拉底　正是因为没有任何阻止这种情况发生的法律，所以寡头制的国家中的富人、穷人走向了两个极端：穷者很穷，富者很富。

埃德曼托斯　赞成。

苏格拉底　还要注意另一点。在这种情况下，一个人花的虽然是他自己的钱财，但就刚才所说的几个方面[1]而言，他能做出什么有利于社会的事情吗？或者，我换个问法：由于他既不是领导者，又不是为社会出力的被领导者，只不过表面像是个统治者罢了，事实上，他就是社会资源的纯粹消费者。你觉得呢？

埃德曼托斯　对，他看着是何种身份都好，他本质上就是一个消费者。

苏格拉底　我们知道，雄蜂在蜂巢中长大后倒给蜂巢带来害处，所以，对这种受国家恩惠、后来倒祸害国家的人，我们称之为雄蜂如何？

埃德曼托斯　这个比喻非常好。

苏格拉底　自然界中所有会飞的雄蜂天生都是不带刺的，人类中的雄蜂有的却带着吓人的刺，这些带刺的后来专门作恶。至于那些不带刺的，他们老了之后沦为了乞丐。以上观点，你是否同意呢？

埃德曼托斯　同意。

苏格拉底　所以说，无论是在哪一个国家中，如果你看到了乞丐，那他附近的地方一定暗藏盗贼、抢劫犯或者其他类型的坏人。

埃德曼托斯　显然是这样。

苏格拉底　我现在问你，你在实行寡头制的国家中见过要饭的吗？

埃德曼托斯　除了统治者，几乎无人不是要饭的。

苏格拉底　在这些乞丐中，有很多就是类似于带刺雄蜂的罪犯，而且，统治阶级密切地监控着他们，这么说你赞同吗？

埃德曼托斯　可以。

苏格拉底　然而，之所以有这样的公民，是因为国家没有给予他们良好的教育培养，国家的政治制度不好。这么说，你又赞成否？

---

[1] 指商人、工人、骑兵、步兵几个方面。

埃德曼托斯 赞成。

苏格拉底 我们刚才说的或许还不是寡头制度的全部弊端，不过，也是大多数了。寡头制国家基本就是这样了。

埃德曼托斯 理解。

苏格拉底 那么，关于这个以财产标准来决定当选资格的寡头制，我们就告一段落了，然后来谈谈对应这种制度的个人吧，看看他们是如何产生的，以及他们的性格是什么样的。

埃德曼托斯 好的。

苏格拉底 我认为，热衷荣誉的人通常经过下面一个过程后，就会变得热衷金钱。

埃德曼托斯 请你继续说说。

苏格拉底 一开始，热衷荣誉的统治者的儿子总是小心翼翼地效仿、追随他的父亲。后来，他的父亲在政治上遭遇不测，失去了一切。比如，他可能已经身至将军之位，或者位高权重，但被人告发了；法庭没收了他的所有财产，判处他死刑或者流放他。

埃德曼托斯 这些都是可能的。

苏格拉底 埃德曼托斯啊，我认为，那个亲身经历这些家庭变故的儿子，从此之后一定会变得胆小懦弱，不再那么喜爱荣誉和那么好胜。他觉得贫困是种耻辱，因此努力赚钱，设法揽钱，同时非常吝啬。我还认为，在这样一种人的内心中，金钱和私欲已经被封为神圣的帝王，他们还会为之戴上皇冠，佩以波斯宝刀。你觉得呢?

埃德曼托斯 我赞成。

苏格拉底 在这种情况下，激情和理性也被迫屈服为奴。理性的唯一用途就是研究计算怎样才能赚更多钱，激情的唯一用途就是赞颂金钱和富翁。生财之道和金钱被视为荣耀。

埃德曼托斯　这样一种改变，毫无疑问会迅速使一个青年从争强好胜，转变为贪婪金钱。

苏格拉底　这样一种青年就是寡头制类型的人啊！

埃德曼托斯　总之，他们的前身是寡头制所对应的那种人。

苏格拉底　现在我们考察看看，这种人的特征和这种制度有无相似之处。

埃德曼托斯　请吧。

苏格拉底　对金钱的热衷和推崇，算不算它们之间的第一个相似点？

埃德曼托斯　当然。

苏格拉底　第二个是节省和勤劳。他们只要基本需求得到满足便可，向来都勤俭节约，视其他欲望为无用之物，因而能够自我控制。

埃德曼托斯　赞同。

苏格拉底　他们绝不错过一丁点儿的好处，总是有利必争。大家都赞扬他们。这些性格不是正好对应寡头制度吗？

埃德曼托斯　正是。这种人最注重的就是财富，和寡头制国家一样。

苏格拉底　我认为他们对自己的文化教育根本没上过心。

埃德曼托斯　仍表示赞成。不然的话，他不会为了获得最大荣耀，而选择一个盲人做主角人物[1]。

苏格拉底　比喻得很好。现在我问你，我们是否可以这么说：由于教养不足，他们萌生了类似雄蜂的各种念头。不过，结果是有的像是乞丐，有的则像是坏蛋。不管怎样，他们那种自我控制个性压制住了那些念头，他们自我管理。

埃德曼托斯　赞同这种说法。

苏格拉底　那么，你是怎么看出这些人的恶人特质的？

[1] 在古希腊世界中，财神是个盲人。

埃德曼托斯 请你说说。

苏格拉底 看看他们是如何监管孤儿的，以及看看他们在作恶之后却能逃避惩罚。这些就反映了他们的坏。

埃德曼托斯 的确是。

苏格拉底 显而易见，在与人交易和订立契约时，他们倒好像具有很高的信誉。为何会这样呢？关键在于他们内心中还保存有一部分善。这部分善恐吓并强迫——而不是通过婉转地说教，或者用道理去说服——他们自己压制住了内心的恶念，使他们谨慎行动。不过，这部分善之所以能起作用，仅仅是因为他们想要保护好自己的财富。

埃德曼托斯 对的。

苏格拉底 他们中的大部分人都有这样的特性：只要可以花别人的钱，那就绝不放过这样的机会。观察这点，你一定可以发现他们就像雄蜂一样有很强的欲望。

埃德曼托斯 必然的。

苏格拉底 这种人无时无刻不存在内心矛盾，其性格是两面的。实际上，他们就像两个人。不过，通常而言，他们内心中较善良的部分，总是能抵抗住较罪恶的那部分。

埃德曼托斯 没错。

苏格拉底 故此，在我看来，和其他人相比，这些人更有尊严，也更值得尊敬。虽然如此，那种身心和谐统一的最高的善还是离他们很远，你无法在他们身上发现。

埃德曼托斯 同意。

苏格拉底 此外，由于吝啬节约，这种人在城邦中往往也没什么竞争力。他们胆小懦弱，很难争取到光荣和胜利。他们害怕自己会产生花钱的念头——为了争取到胜利来满足好胜心。也就是说，他们不愿意为了荣誉而花钱。即便肯出自己的钱，他们也只会出一点点。所以，他们在战场上也只是孤军作战，最终失败，但这种结果却保证了他们的财富不会流失。

埃德曼托斯　就是这样的。

苏格拉底　可见，我们足以相信，又贪钱又吝啬的人，是对应寡头制的，对吧？

埃德曼托斯　是的，完全可以相信这点。

苏格拉底　下面，我们就该考察民主制是如何产生的、它的本质是什么，然后再考察和它对应的个人具有什么样的性格。最后，比较这种人和其他类型的人，得出我们的判断。

埃德曼托斯　一个具有连贯性的研究过程起码就是这样的。

苏格拉底　寡头制转变为民主制的过程，事实上就是永不满足地猎取最大财富的一个过程，你赞同吗？

埃德曼托斯　愿闻其详。

苏格拉底　统治者深知，是财富造就了他的统治地位。所以，对于年轻人肆意浪费家产钱财的现象，他是不会禁止的。他会等着有朝一日成为这些放纵的年轻人的债主，让他们用家产做抵押或者直接收购他们的家产。如此，他们便能越来越有钱，影响力越来越大，名声越来越好。

埃德曼托斯　对。

苏格拉底　人们只要追崇金钱财富，就不可能过淳朴节约的生活，对任何一个国家而言，这个道理都是不言自明的吧？

埃德曼托斯　是的。

苏格拉底　寡头制鼓励人们这样做：在追崇金钱的同时，又毫无自制力地挥霍无度。其实就是纵容人们的懒惰和放纵，结果就是不断将一些世家子弟变成了穷人。

埃德曼托斯　就是这样。

苏格拉底　那些纨绔子弟或者欠下一屁股债，或者丧失了公民身份。同时陷入这两种境况的那些人，则变成了带刺的雄蜂，他们武装起来，迫切想要来一场革命，好同那些侵占了他们财产和其他所有物的富贵之人干一仗——他们和这些人在同一个城邦中，互相忌恨。

埃德曼托斯　的确如此。

苏格拉底　那些唯利是图、一心想着钱的人，照旧终日只想着如何捞钱，根本懒得管这些穷荡子。他们继续用金钱诱骗更多的人，结果，他们放出的高利贷使得城邦如同人类一样，繁殖出越来越多的雄蜂和乞丐。

埃德曼托斯　这是必然的。

苏格拉底　当出现恶之火焰时，他们本应扑灭它，或者制定某一项恰当的法律，比如禁止人们自由处置财产。然而，他们没有那样做。

埃德曼托斯　这样的法律意义何在？

苏格拉底　可称之为第二好的一种法律，它的意义在于迫使公民注意道德。比如，它可以规定：契约的签订者自行负责其自愿签订的契约。如此，城邦内那种钱利崇拜之风便可得到稍微的控制，我们前面所述的罪恶行为也会减少一些。

埃德曼托斯　会大大减少。

苏格拉底　然而，实际情况却是，在寡头制的国家中，统治阶级只管去享受优越的生活，而不管难以维生的人民。其中的原因，正如我们前面所述。显然，这些统治者的后代会是一些娇生惯养的懒人，既吃不了苦，也不会真正享乐，因为他们根本不会用心去生活。

埃德曼托斯　的确。

苏格拉底　他们什么都不爱，唯一养成的习惯就是捞钱。从某种程度上说，他们和穷人一样，因为他们同样无视道德。你说呢？

埃德曼托斯　是的，他们根本不管什么道德。

苏格拉底　这就是平时统治阶级和被统治阶级的关系。但是，只要他们一起合作——比如一同行军打仗，或者共同履行某项任务，一起参加陆地或者海上的某次战斗，一同对抗敌人，或者一起参加宗教活动——他们就会互相观察，富人此时是不会看低穷人的。

相反，情况会是这样的：当战场上一个又黑又精瘦的穷人，看到一个又白又胖的富人一副喘不上气的可怜样子时，他会想到，是因为穷人们自己的胆小懦弱，才让那些富人成为富人的。因此，当这些穷人过后碰到一起时，他们会讨论说："那帮人并不是有多了不起。"

对于上述情况，你相信与否？

埃德曼托斯　再同意不过了。

苏格拉底　身体如果本身不健康，那么，只要一丁点儿外邪入侵，人就会得病。甚至，有时候，这个人的身体内部就存在问题，不被外邪入侵也会得病。国家也类似这样，一旦有机会，就可能生病起内乱，比如，和寡头制国家成为盟友的一个党派，和从民主制国家得到援助的另一党派，互相争斗。同样地，有时，党派之争是在无外人干涉的情况下就发生了，对吧？

埃德曼托斯　非常正确。

苏格拉底　我认为，民主制的产生就基于这种党派之争的结果：穷人打败了富人，处死了一些对手，或者流放了其中的一些人。然后，通过抽签的方式，在剩下的公民中——他们具有同等的权利——选出一些人来担任官职。

埃德曼托斯　赞成。民主制就是这样的。不管它是通过何种方式建立的——武装暴力也好，威逼恐吓也好——最终结果都是反对党不得不退出政治舞台。

苏格拉底 这种制度的特质是什么？在这种制度之下，人民的生活状况是什么样的？我觉得有一点不言而喻：和这种制度特质对应的人，将会表明自己属于民主派。

埃德曼托斯 很明显是的。

苏格拉底 他们的第一个特征是不是自由？这样的城邦不是说，所有公民都具有言论自由和行动自由吗，任何人都可以自主行动？

埃德曼托斯 听说是如此。

苏格拉底 既然人人可以不受约束，那么，每个人都可以自行其道，随心所欲，是这样的吧？

埃德曼托斯 明显是的。

苏格拉底 那么，这样的国家就会具有最多种类的人物个性。

埃德曼托斯 同意。

苏格拉底 或许可以这么说，这样的一种政治制度就是最美的。它就像一个具有各种性格和样子的东西，看上去五颜六色，非常漂亮。也正因此，普通的老百姓就像孩子和女人一样，一见到一个东西五彩斑斓，就觉得它是最美的。

埃德曼托斯 通常就是这样。

苏格拉底 我的朋友啊，就是在这样的国家中，最适合寻找一种最好的制度。

埃德曼托斯 为何这么说？

苏格拉底 因为它允许最大的自由，所以，所有种类的制度都适合存在于其中。就如我们刚刚所言，一个人如果渴望组织建立一个国家的话，他或许只能去一个民主制城邦中。因为，在这样的城邦中，他可以随自己的意愿制定国家的制度，自由得如同一个人可以在市场随意购买自己所爱的东西一样。

埃德曼托斯　无论如何，他总能在这个市场上选到适合他的模式。

苏格拉底　另外，在这样的城邦中，有资格作为统治者的一个人也可以选择不掌权。一个人如果不愿意听从命令，他只管抗拒好了，因为他是完全自由的。同样地，你可以在别人当兵打仗时远离战场；也可以按照自己所好，在别人要求和平时要求战争；假如你被法律禁止担任行政职位，或者不能参与审判，你还是可以抓住机会争取到这些职位。就上述这些而言，那不是非常美妙的一件事？

埃德曼托斯　就此而言的确是。

苏格拉底　那些罪犯在被判刑后，还表现出根本无所谓的样子，他们看着不是有点儿可爱吗？在这种国家中就常有这样的情况：被判死刑或者驱逐出国的罪犯，依旧正常出没在群众中间，好像什么事情也没发生。他们就像来去无踪的精灵一样，引不起任何人的注意。你一定见过此现象的吧？

埃德曼托斯　多次见过。

苏格拉底　我们之前说过建立理想国应满足种种要求，比如指出，天赋很高的人也只有从小在一个好的环境中学习和娱乐，长大后才能成为一个善者。这种制度根本不在乎这些要求，也看不上我们宣布过的应有的神圣原则。所有我们提出的理想，都被它的无知和浮躁糟蹋了。当决定选择谁当统治者时，它只要看到一个人宣称会善待人民群众，就给予他尊敬和荣誉，根本不管他的品德如何，以及他原来从事什么工作。

埃德曼托斯　这个制度的确好啊！

苏格拉底　民主制的特征就是上面所说的，或者类似上面所说的。这种制度当然会得到人们的喜欢，因为它的管理其实就是无政府管理的一种花哨形式。它不论所有人是否真正平等，就盲目地使所有人的地位都平等。

埃德曼托斯 不难理解你这句话。

苏格拉底 现在我们来讨论对应这种制度的人物性格，就按照讨论这种制度时的方式，先讨论这类人是如何产生的。

埃德曼托斯 好的。

苏格拉底 我先提出个问题：寡头制度下的那些吝啬的统治者，是否很可能打算将他们的儿子培养成为他们的样子？

埃德曼托斯 是的，有可能。

苏格拉底 所以，他们的孩子也会将那种无法捞钱还反倒花钱的快乐之事，视为不必要的，并极力控制自己在这方面的欲望。

埃德曼托斯 明显会这样。

苏格拉底 要不，我们先来定义一下欲望的含义，以便分清必要和不必要的欲望都有哪些，如此才能让我们的辩论置于光明之下，顺畅地进行下去。

埃德曼托斯 我赞成。

苏格拉底 那么，我们就将“必要的欲望”定义为我们无法避免的，或者是有益于我们的欲望，因为我们本能会需要这两种欲望。你意下如何？

埃德曼托斯 赞成。

苏格拉底 说它们是“必要的”，你认为正当合适吗？

埃德曼托斯 可以这么说。

苏格拉底 至于“不必要的欲望”，我们就定义它为，于我们有害无益的那些欲望——如果我们从小就努力戒掉它们，它们也是可以不存在的。你觉得这样定义可以吗？

埃德曼托斯 也可以。

苏格拉底　下面，就这两种欲望，我们分别举个例子。

埃德曼托斯　好的。

苏格拉底　为了身体健康产生的吃饭吃肉之类的欲望，是必要的吧？

埃德曼托斯　是的。

苏格拉底　吃饭这件事，于我们不可或缺，同时又有益，从两个方面看都属于必要的欲望。

埃德曼托斯　没错。

苏格拉底　吃肉有益于身体，这种欲望也是必要的。

埃德曼托斯　对。

苏格拉底　超出了吃的各种欲望，以及那些会妨碍心灵获得智慧、培养节制美德的欲望——如果我们从小训练戒除它们，是可以戒除掉的——我们就说它们是不必要的。

埃德曼托斯　太对了。

苏格拉底　我们将不必要的欲望中的第一种，称为“浪费的欲望”，第二种称为“有利的欲望”，因为有益于生产。

埃德曼托斯　可以。

苏格拉底　我们对色欲及其他欲望的看法也是这样的。

埃德曼托斯　没错。

苏格拉底　我们前面所说的那种可称为雄蜂的人，就是被不必要的欲望引导，内心充斥着这种欲望的快乐的人物。而那些和寡头制对应的人，则是被必要的欲望引导的，节俭型的人物。

埃德曼托斯　对的。

苏格拉底　现在，我们还是回到原来的那个问题，即寡头类型的人是如何变为民主类型之人的。我认为这个过程大概如下：一个年轻人原本一直生活在吝啬的环境中，没有见过什么世面。后来，他第一次去做雄蜂那样的人，感觉很不错，于是也入了这个团伙，从此变得粗鲁奸猾、贪图享乐。你必须坚信：就是从这时开始，他的思想由寡头式转变成了民主式。

埃德曼托斯 毋庸置疑。

苏格拉底 一个国家中的某个党派如果得到国外盟友的支持同情，国家就会发生暴乱。同样，如果年轻人的某种内心欲望得到同样或者相似的欲望支持，那么他的心灵思想就会发生改变。你同意吗？

埃德曼托斯 自然同意。

苏格拉底 假设这时，他父亲或者其他亲属给他施加影响，支持他内心中的寡头思想，那么他一定会陷入心灵的矛盾冲突中。

埃德曼托斯 必定的。

苏格拉底 他的寡头思想有时征服了民主思想，有的欲望或者湮灭了，或者被暂时戒除了。总之，这个年轻人重拾了虔诚和敬畏，恢复了内心秩序。

埃德曼托斯 有时候会是这样的一种情况。

苏格拉底 但是，有时因为他父亲对他的教育并不奏效，所以，被暂时戒除的那些欲望以及相似的一些欲望又悄悄抬起了头，并变得越来越强烈。

埃德曼托斯 通常是这样。

苏格拉底 于是他又被引导回到了同伙那里，与他们秘密交往，与此同时，那些欲望也逐渐蔓延滋长。

埃德曼托斯 对。

苏格拉底 最后，它们全面攻占了这个年轻人的心灵，发现里面空无一物，没有一丁点儿思想学问，也没有什么事业心——为神所爱之人的心灵必须要有这些，因为它们是最好的守护者。

埃德曼托斯 的确，最好的守护者。

苏格拉底　这时候，那些虚妄的意见和理论乘机侵占他的心灵，取代那些作为守护者的思想和意见。

埃德曼托斯　不可否认。

苏格拉底　于是，这个年轻人便回到他那些吃忘忧果[1]的伙伴中，甚至干脆公开和他们厮混。这时，假设他的家人劝告他保持节俭节制的美德，那些入侵的思想欲望就会起来抗议，不让那些美德有进入心灵的机会，于是，这个年轻人不会听进去任何亲朋好友的劝告。在他的内心冲突中，那些入侵者[2]获胜了，它们让他抛弃了羞耻心，说有这种心理很愚蠢；也让他抛弃了自制，说这是胆小懦弱的表现；至于他原有的那种理性的消费习惯，它们说那是"没有社会经验""卑贱"的生活方式，同样使他抛弃了该习惯。他的所有美德都被驱除了，只剩下一些有害无利的欲望。

埃德曼托斯　是的。

苏格拉底　入侵者既已清空了这个年轻人上述的心灵美德，傲慢、放纵、奢侈浪费和卑鄙无耻等便会紧随着乘虚而入。入侵者如领袖一般走在一个盛大的花冠游行前头，同时大力称赞后面的跟随者，说傲慢等于礼貌，放纵等于自由，浪费奢侈等于大度，卑鄙无耻等于勇敢。一个原本只受必要欲望支配的年轻人，便是如此陷入了有害无益的不必要欲望中，成了一个放肆无度的卑鄙者。你说是吧？

埃德曼托斯　没错，理解。

苏格拉底　可以设想，在他的后半生中，他的时间、精力和钱财将会平分花在必要的和不必要的欲望之上。假如他是幸运的，只是在

[1] 出自荷马的《奥德赛》。奥德赛的船队返乡途中遭遇风暴，在一处海滩停留，船员们吃了那里的忘忧果，忘了上岸目的和返船归乡。

[2] 指前面提到过的，虚妄的意见和理论。

那些不必要的欲望上冲动一时，那么随着年岁的增长，他的心灵将重拾那些被驱逐的品质，他将会有越来越稳定的精神状态，由此得以控制那些入侵者。他会试图让每一种快乐得到平等的满足，即建立公平的轮流机制，自主决定该满足哪种快乐。

埃德曼托斯 完全赞成。

苏格拉底 若是有人对他说，欲望的快乐也有高贵卑贱之分，高贵的快乐应该得到满足并提倡，而卑贱的则应予以压制，他根本听不进去，因为他的心灵拒绝走向真理。他将会摇头回答说，应该对所有快乐一视同仁，同样地尊重它们。

埃德曼托斯 他的确是这么想的，也是这么做的。

苏格拉底 他每天不是沉溺于这项快乐，就是那项快乐。比如，今天唱歌喝酒纵欲，明天又严格控制饮食只喝水；或者，今天卖力锻炼身体，明天又无所事事懒惰一天。总之就是心思飘忽不定，偶尔研究研究哲学，经常想搞搞政治，时而又雄心壮志地专心去弄军事，或者努力搞生意捞钱。他过着没有节制的混乱生活，却自以为这就是自由、快乐和幸福，因此坚持这么过下去。

埃德曼托斯 你很形象地描述了一个平等主义者的生活。

苏格拉底 我的确认为，这种人的身上呈现出了最多的个性特征，和呈现出很多面的复杂的民主制相对应。这种人看起来花样繁多、光鲜亮丽，可以适应最多的制度和生活方式，所以很多人都羡慕这种样子。

埃德曼托斯 没错。

苏格拉底 所以，这种与民主制相应的民主式的人物，被称为民主分子是恰当的。我们便如此定义他们，怎么样？

埃德曼托斯 赞成。

苏格拉底 那么，剩下的僭主制以及对应的僭主——最好的一种政治制度和一种人——便是我们最后要描述的了。

埃德曼托斯　是的。

苏格拉底　我的朋友啊，你觉得僭主制是怎么产生的？我认为，明显来自民主制。

埃德曼托斯　是的，很明显。

苏格拉底　僭主制从民主制的演变，正如民主制从寡头制的演变一样，你觉得呢？

埃德曼托斯　愿闻其详。

苏格拉底　财富是寡头制建立的基础，也是该制度所认为的善的基础。我是这么认为的，你呢？

埃德曼托斯　赞同。

苏格拉底　对财富追求过度，为了钱财不择手段，这是寡头制失败的原因。

埃德曼托斯　赞成。

苏格拉底　所以，民主制也有某种东西作为善的基础，它也是因为过度追求这种东西导致了失败。

埃德曼托斯　你认为是什么东西？

苏格拉底　自由。你可能也听说过，民主制国家的最大好处就在于此。最具有自由精神的人们，也因此最爱生活在民主制国家中。

埃德曼托斯　是的，听过很多这样的说法。

苏格拉底　我刚刚说过，没有顾忌地过度追求自由，会导致民主制的基础遭到破坏，从而导致极权政治。

埃德曼托斯　这是怎么发生的？

苏格拉底　我猜想是这样的：在这样一个过度追求自由的国家中，一些坏人趁机当上统治者，然后欺骗人们，使人们的生活更加腐败，每天处于醉生梦死之中。这时，正直的统治者觉得有必要站出来控制这种现象，不能让人们过度放纵，于是这个国家的人们便转而指控那些人，称他们为寡头分子，并要求严惩他们。

埃德曼托斯 民主制国家就是这么做的。

苏格拉底 在这样一种国家中——听命于当局的人被视为低贱的走狗，被人们羞辱；而所有统治者和老百姓看起来没什么不同，无论在什么场合都受人们尊重——自由必然会走向极端。

埃德曼托斯 必然的。

苏格拉底 埃德曼托斯啊，甚至，私人家庭乃至动物身上，最后都会呈现出这种无政府状态。

埃德曼托斯 没听明白你的意思。

苏格拉底 你看，当前的现象是，父子平起平坐，父亲竭力使自己看起来如同孩子，有的父亲甚至害怕儿子；当儿子的对其父亲毫无敬重之心，好像这样做才能说明他是自由的。另外，投奔本国的外来人认为，他们和本国人民是平等的，而本国人民也承认这一点。在这样的国家中，根本没有什么外来人和本国人民之分。

埃德曼托斯 的确有这样的现象。

苏格拉底 毫无疑问，而且不仅是这些，还有其他同样无趣的：学生不把老师和保育员放在眼里，老师恐惧学生，投学生所好；年轻人通常装成熟装老，和老一辈平起平坐，在他们面前滔滔不绝，而老人们则表现得如同年轻人一样，迎合他们说笑，态度谦逊——这是因为，老一辈怕年轻人厌恨及恐惧他们。

埃德曼托斯 全部是实情。

苏格拉底 这种国家自由到了极点。一个人花钱买了奴隶，这些奴隶也跟这个人一样自由。至于男女之间的平等和自由，那更是毋庸置疑的。

埃德曼托斯 我们就如埃斯库罗斯所说的，继续“知无不言”下去吧。

苏格拉底　当然。要知道，在这样的国家中，动物也比其他国家的动物自由很多，正如一句谚语说的，就连狗也“和它的女主人一样”了。大街上可以看到自由地走来走去的驴，如果你和它们狭路相逢，你要是不让路，它也理所当然地冲撞你。总之，这种国家中的任何东西都具有自由精神。当然，这些都是我们亲眼所见后才敢相信的。

埃德曼托斯　我早就知道有这种事情，你告诉我过，我在城外也常看见。

苏格拉底　总之，这种国家中的公民的灵魂，因此变得极度敏感。若有谁建议他约束一下自己，他就会反感、生气乃至怒火中烧。最后，正如你所知，他们无视成文的或者不成文的法律，还拒绝人的管束。

埃德曼托斯　是这样。

苏格拉底　我认为，这就是僭主制产生的根源所在，而且是一个很有力的根。

埃德曼托斯　赞成，不过之后呢?

苏格拉底　产自寡头制的弊端，最终摧毁了这种制度。也正是这种弊端奴役着民主制度，而且，由于它在民主制下得到更自由的放纵，所以对民主制的影响更大。无论对任何事物，“物极必反”这个道理总是对的。天气也好，动植物也好，政制社会也好，都不例外，后者尤其如此。

埃德曼托斯　非常对。

苏格拉底　我认为，极端的自由会导致可怕的极端奴役。故此说，民主制或许是僭主制的根源。

埃德曼托斯　从逻辑上说是对的。

苏格拉底　不过，我认为你要问的是另一个问题：正如寡头制为它本身的一个弊端所奴役支配一样，那么，奴役并支配着民主制的，是它的哪个弊端？

埃德曼托斯 我就是想这么问的。

苏格拉底 我曾说过，有一些人既奢侈浪费又四体不勤，在这些人中，较强的领导较弱的，我把较强的比喻为带刺的雄蜂，把较弱而依附较强者的人，比喻为无刺的雄蜂。你还记得这个比喻吧？

埃德曼托斯 是的，这个比喻很好。

苏格拉底 就像人体中的胆液和黏液会导致身体错乱一样，这两种人只要出现在城邦中就会导致混乱。所以，一个好的立法者要像一名优秀的医生一样，或者说像一名经验丰富的养蜂人一样，在很早之前就警惕反对这两种人。应尽可能阻止他们萌生，一旦发现，就要尽快剿除。

埃德曼托斯 非常对。

苏格拉底 接下来，我们就按照下面的步骤去讨论，以便更清晰地关注我们的目标。

埃德曼托斯 什么步骤？

苏格拉底 首先，我们按照一个民主国家的实际构成，在理论上将其分为三种成分[1]。我们曾指出，由于第一种是可以自由发展的，所以通常比在寡头社会中还多。

埃德曼托斯 姑且同意。

苏格拉底 在民主制城邦中，这一成分比在寡头制城邦中更强烈。

埃德曼托斯 为何这么说？

苏格拉底 因为，在寡头制城邦中，人们轻视这部分人，而且，由于

[1] 民主制处在寡头制和僭主制之间，所以三种成分指寡头成分、民主成分和僭主成分。

他们手中并无权力，也因此较少进行锻炼，力量就较弱。但是，在民主制城邦中，这部分人几乎都是掌权统治者。在最重大的政务方面，都是他们在说话办事。至于其他的人，只能坐在会场后面喧哗大叫，争抢着要讲话阻止其他人开口。总之，在民主制国家中，这一部分的人几乎掌握着一切。

埃德曼托斯 确实如此。

苏格拉底 至于第二种成分的人，他们来自群众，随时可能冒出来。

埃德曼托斯 他们是什么类型的？

苏格拉底 当所有人都去追逐财富时，什么样的人成了最大的富人？答案是，天性中最节约最有秩序的那些人。

埃德曼托斯 通常是的。

苏格拉底 因为，他们可以最快捷地为雄蜂提供源源不断的蜜汁。

埃德曼托斯 穷人空无一物，没有榨取价值。

苏格拉底 所谓富人，就是供养雄蜂之人。

埃德曼托斯 非常对。

苏格拉底 那么，人们口中的“平民”可能就是第三种人。这类人虽然自力更生，但没有什么钱，也不参加政治活动，他们是民主制国家中的主要组成部分。因此，只要聚集起来，他们就能拥有最强大的力量。

埃德曼托斯 对。但是，除非能分享蜜汁，否则他们很少会聚集起来。

苏格拉底 他们能分享到。他们的带头人掠夺富人的钱财，自己拿出大部分所得，会把剩余的一小部分分给他们。

埃德曼托斯 对的。他们也只能分享到这些。

苏格拉底 依我看，财富被掠夺的那些人必定会采取行动捍卫自己的利益，比如在大会上发言或者采取其他措施。

埃德曼托斯 一定会的。

苏格拉底　反对他们的人会指控他们对抗平民，另外，虽然他们无意发起革命，但仍会被说成是寡头派。

埃德曼托斯　非常对。

苏格拉底　但他们最终觉察了平民对他们的伤害意图。当然，平民是由于听信了他们的坏领头人的造谣中伤，误会了那些人，才心生歹意的。他们就是这样，被逼着变成了真正的寡头派——雄蜂刺螯的结果。

埃德曼托斯　对极了。

苏格拉底　然后，两个派系互相控告，直至闹上法庭。

埃德曼托斯　确实会这样。

苏格拉底　平民们在这时通常会选出一个人来作为他们的领袖，培养他，使他具有威望，同时让他保护他们。

埃德曼托斯　没错。

苏格拉底　显然，“保护”就是唯一可能产生僭主制的根源。

埃德曼托斯　显而易见。

苏格拉底　能让一个保护者变成僭主的最重要因素是什么呢？如果把有关阿卡狄亚的吕凯阿宙斯圣地的故事，和这个保护者的所作所为联系起来，我们很容易看出那个最主要的因素。

埃德曼托斯　那个故事说的是什么？

苏格拉底　它说的是，一些人肉混在了祭品中，一个人如果不小心品尝了一小块人肉，那他就一定会变成狼。你可听说过这个故事？

埃德曼托斯　听过。

苏格拉底　人民领袖同样如此。由于人民群众轻信他，受他控制，那么一定会有人因此遇害。他污蔑别人，让法庭审判之，最后判其死刑，或者判处流放；或者，他纯粹只是为了饱尝同胞的鲜血，而干出杀人的罪恶之事；又或者，他取消了所有人的欠款，将土地分给人民。这种人的下场，要么是为敌所杀，要么变成了豺狼一样的僭主。这是必然的。

埃德曼托斯 绝对是必然的。

苏格拉底 反对富人阶级的一个派别的领袖人物，就是这样的。

埃德曼托斯 是这样的。

苏格拉底 也有可能，他被流放了，后来又不顾政敌阻止返回国家，成了一个真正的僭主。

埃德曼托斯 的确也有这种可能。

苏格拉底 如果无法通过指控让人民驱赶或者杀了他，那么，就会由一个秘密成立的团体暗中谋害他。

埃德曼托斯 这种事情很常见。

苏格拉底 然后，所有的僭主在此时就会要求人民同意这么一个建议：既然他负责保护人民，那么人民就应该成立一支警卫队来保护他。这样一个建议显然很无耻。

埃德曼托斯 的确。

苏格拉底 我认为，人们考虑他的安全，就会毫无顾忌地同意他的这个要求。

埃德曼托斯 我也赞同。

苏格拉底 这时，如果一个人被怀疑可能是人民公敌——无论他是谁，那他应该采取这样的行动——按照给克罗伊斯的那个神谕去做："沿着遍布石头的赫尔墨斯河边逃跑，一直勇敢地跑下去，且不管有人会耻笑他胆小懦弱。"

埃德曼托斯 若不然，他可能下一次连跑的机会都没有。

苏格拉底 我觉得，他要是被逮住了，只能死路一条。

埃德曼托斯 是的。

苏格拉底 这时，显然可知那位保护者的结局：他战胜了诸多反对他的人，成功攫取了国家的最高统治权。他不是被人们棒打得“庞大的四肢摊在地上”，而是从一个保护者变成了地道的僭主。

埃德曼托斯 注定的结局。

苏格拉底 下面，我们就来讨论一下这种人的幸福，以及产出他们的那个国家的幸福。你意下如何?

埃德曼托斯 很好。

苏格拉底 在一开始的时候，这个人对谁都非常谦逊有礼，从不以君主自居，见人必笑着向对方问好。但凡人民对他有要求，无论是公的方面还是私的方面，他都是有求必应。他取消了穷人们的所有债款，让他们拥有土地，还可以充当他的跟班。他给人们的印象就是温和亲民的。

埃德曼托斯 肯定如此。

苏格拉底 我觉得，在城邦内没有任何敌人让他担忧了，因为，凡是与之对立不肯屈服的，他都消灭了；至于被流放国外的那些，他和他们达成了某种妥协。这时，为了使人民依然需要一个领袖，他通常会发动一场战争。

埃德曼托斯 非常有这种可能。

苏格拉底 这时，人民因为要为战争出资而陷入了贫穷，所以只能整天忙活着生计，谁有空造反抗议他?

埃德曼托斯 没错。

苏格拉底 再说了，一旦他觉得谁有自由意志，意图反抗他，他肯定会用借刀杀人之计，找理由将反对者送到敌人那里。这种种原因注定了僭主会引发战争。

埃德曼托斯 他一定会的。

苏格拉底 既然如此，人民群众一定会更容易起而反之，不是吗?

埃德曼托斯 自然的。

苏格拉底　不过，在曾经助他攫取权力并且目前也手握大权的那些人中，有一部分人可能反对他的做法，而恰巧这些人很勇敢，所以公开向他谏言，双方一起讨论。

埃德曼托斯　是的，有这种可能。

苏格拉底　然而，他既然是一个僭主，那么，为了保住自己的权力，他一定会杀尽这种人，且不管对方对他有用与否，也不管对方是友是敌。

埃德曼托斯　显然是的。

苏格拉底　所以，他必须要有敏锐的目光，可以辨识出最勇猛的、最聪明的、心胸最宽广的、最有钱的，都是哪些人。然后，他要抛开自己的主观意愿，无论如何都要视这些人为敌人并一个不留地消灭，以保自己永远好运气。

埃德曼托斯　清除得真是妙哉。

苏格拉底　没错。不过，僭主们施行的这种清除是去好存坏的清除，刚好和医生对人体所做的相反。

埃德曼托斯　他唯有这么做才能保住他的权力啊！

苏格拉底　他只能在以下两种选择中做出有利于他的选择：一是选择死，二是选择和那些痛恨他的、毫无价值的同胞在一起生活。

埃德曼托斯　这就是他的命！

苏格拉底　他越是做出违背人心的事情，也就越有必要不断加强护卫队的力量，使这支力量成为他可完全信任的工具，难道不是这样的吗？

埃德曼托斯　没错。

苏格拉底　那么，可完全信任的人是哪些人？他又该去哪儿寻找？

埃德曼托斯　这些人一大把，只要有钱可捞取，他们就会主动投奔他。

苏格拉底　我认为——以狗之名发誓——你所说的是成群结队从国外

飞来的雄蜂。

埃德曼托斯　你猜对了。

苏格拉底　不过，难道他不应该也让一些新人加入吗？

埃德曼托斯　如何补充？

苏格拉底　从公民那里掠夺奴隶并给予他们自由，让他们进入护卫队。

埃德曼托斯　真是这样。他们会是护卫队中最忠诚无二的人员。

苏格拉底　当他灭掉一开始拥护他的那些人后，也只有这些人才可能成为他的朋友，他也必须雇佣他们作为他的忠诚保镖。如果一个僭主能拥有这样的好运，那可真是羡煞人也。

埃德曼托斯　原来他是这么做的。

苏格拉底　依我看，在这么做之后，当这位僭主遭到所有正派人的憎恨以及远离时，这些最新的、为他所亲近的公民，却无一例外地都称颂他。

埃德曼托斯　毫无疑问。

苏格拉底　人们认为悲剧充满智慧，其中又以欧里庇得斯的悲剧最为智慧。这是有理由的。

埃德曼托斯　怎么说？

苏格拉底　因为，欧里庇得斯说过很多非常深刻的话，其中有一句讲："一个僭主要是和智慧之人做朋友，那么他就是智慧的。"这句话的意思很明显：僭主身边的人都是智慧之人。

埃德曼托斯　他说过的称颂僭主的话很多，比如"僭主如神"。当然，其他的很多诗人也这么做。

苏格拉底　这些歌颂僭主制的悲剧诗人，看来也都像僭主们一样充满智慧，如此说来，对于我们禁止他们进入我们国家这件事——和我们施行同一种国家制度的国家也禁止——他们一定会理解原谅的。

埃德曼托斯　没错，其中的明白事理之人会理解原谅我们的。

苏格拉底　不妨假设，他们为了推行僭主制或者民主制，会聘用一些有着优美嗓音的演员去其他国家游说，在剧场的舞台上向群众宣扬这两种制度。

埃德曼托斯　对的。

苏格拉底　他们这么做，当然会得到报酬，此外还有好名声。不难设想，这种收获首先主要来自僭主那里，然后才是人民那里。不过，当他们进入政坛之后，他们的名声会随着他们权势地位的越来越高而越来越坏。他们看起来在政坛上攀登得很吃力，最后好像没有一点儿力气了。

埃德曼托斯　很生动的说明。

苏格拉底　我们还是回归正题吧，这属于题外话了。刚才，我们谈到了僭主的私人护卫队是吧？这是一支非常庞大的军队，不过，组成人员鱼龙混杂，十分不稳定。所以，该如何维护这支军队呢？

埃德曼托斯　不用说，僭主会使用城邦中的寺庙财产——如果有的话。用完了这部分，他们会使用已被他们铲除的仇敌的财产。当然，他们也会让平民交出一些钱，不过这部分比较少。

苏格拉底　要是用完了这些，接下来又该怎么做呢？

埃德曼托斯　不用说，为了维持他自己以及他那些同伙，他只能动用他父亲的财物了。

苏格拉底　我知道了。按你的意思，那些平民原本只是供养他自己，而现在，必须供养他的一个团伙了。

埃德曼托斯　他只得这样。

苏格拉底　如果平民向他发出这样的抗议："儿子成年后应该供养父亲，而不该还要父亲供养他。我们过去培养拥护你，是为了让你保护我们，使我们免受所谓上层阶级以及富人们的统治。我们不是为了像现在这样，等你手握大权后，反过来奴役我们，迫使我们供养你以及你的奴隶，还有你从外国雇回来的莫名其妙的兵团。”最后，就像一个父亲命令他的儿子和儿子那些不三不四的朋友离开家庭一样，平民命令他带着他的团伙离开这个国家。这时，你认为会发生什么？

埃德曼托斯 人民很快就会发现，他们养育和提拔的这个人的真面目——一只野兽。这只野兽已经成长得非常强大了，他们无力将其驱逐出国家。

苏格拉底 你什么意思？你是说，如果人民——这位僭主的父亲——坚持自己的意见，僭主就会用暴力手段殴打他们？

埃德曼托斯 没错。不过，他首先会解除他们的武装。

苏格拉底 看来，你已经清楚了：僭主堪比照顾老人而有歹毒之心的人，堪比杀父之流。在此，有关真正的僭主制度，我们已经毫无保留地直接揭露出来了。有句老话说："跳出了油锅，又跌入了火坑。"现在，平民发现了他们就是这样的。他们发现：自己摆脱了自由人的奴役，反倒被奴隶奴役了；原本想要的最大限度的自由，如今变成了最残酷的奴役。

埃德曼托斯 这就是真实情况。

苏格拉底 那么，关于民主制是如何演变为僭主制的，以及僭主制的本质是什么，我想我们现在已经说得足够清楚了。你觉得呢？

埃德曼托斯 没错。

第九卷

苏格拉底　最后，我们还要讨论的问题是：僭主类型的个人是如何从民主类型的个人演变的？这种人的性格特征是什么？他们生活得是快乐还是痛苦？

埃德曼托斯　对，还要讨论这些。

苏格拉底　还有另外的问题，你知道是什么吗？

埃德曼托斯　不知道。

苏格拉底　有关欲望的问题。有关欲望的种类和特性，我认为我们的分析还不充分。唯有充分分析了这个问题，我们才能清楚地讨论僭主式人物。

埃德曼托斯　就趁现在吧。机会难得。

苏格拉底　好，我下面就展开论述。有关不必要的欲望和快乐，我认为，其中一些是不合法的，而我们所有人都有这种欲望和快乐。不过，因为我们同时又受法律约束，以及良好的欲望，即结交理性的那种欲望的引导，所以，那种非法的不必要的快乐和欲望便会得到控制，结果就是，有些人身上根除了它们，有些人还受一点儿影响，有些人则还受较强控制。

埃德曼托斯 你到底是说什么欲望?

苏格拉底 在人们睡觉时才冒出来的那种欲望。当人们入睡后，灵魂中理性的那部分，即受过训练的、能控制身心的那部分，便不再起作用了。在人处于这种饱足的状态下，动物性的、兽性的那部分却开始活动，试图冲破困意，寻求途径满足它们的本能欲望。

我的意思是，睡眠中的人们丧失了理性和羞耻心，内心的恶念开始滋生。这时，他们在梦中可以做出任何的恶事，诸如乱伦乱交，甚至和动物或者神交媾，或者杀人，吃不能吃的东西等。总之，任何下流无耻的事情，他们都敢想敢做。

埃德曼托斯 说得无懈可击。

苏格拉底 不过，我觉得，在入睡之前，如果一个人保持着健康理智的状态的话，那么他会先唤醒理性，让它质问自己之后再入睡。对于自己的欲望，他会使它们保持适当的饱足状态，使它们保持平和稳定，以免痛苦或者快乐来侵扰他灵魂中的至善部分。如此，这部分便可以自由顺畅地进行研究，探索并把握包括过去、现在以及未来的各种未知事物。

在我看来，一个人在入睡前如果让自己保持激情澎湃的状态，任由各种欲望互相争吵，那他是很难入眠的。他必须使灵魂中的两个部分保持平静，同时让理性所在的第三部分保持活跃，才有可能入睡。在这种睡眠之下，他才不能在梦中做违法之事，而这也是他最容易掌握真理的时候。

埃德曼托斯 我赞成。

苏格拉底 不过，我们又大大偏离正题了。回归正题，我只想表达这个意思：所有人内心中都具有那种可怕的不合法欲望，而且十分强烈；这些欲望会在人们的睡眠中活跃起来。从这点说来，每个人都是道貌岸然的。你是否同意上述一番话?

埃德曼托斯　同意。

苏格拉底　下面，我们回头说说民主类型的人物性格。他们从小受到的来自父亲的家教是节约克制，对吧?因为他们的父亲一心想着挣钱，从不允许自己有不必要的欲望和快乐，诸如休闲娱乐、搞奢华的活动。

埃德曼托斯　是这样的。

苏格拉底　但他们的儿子后来结交了一些非常世故的人，所以逐渐产生了我们前面说的不必要的欲望，并逐渐变得傲慢自负、目空一切。他开始反感父亲那种吝啬的生活方式，变得奢侈挥霍起来。不过，他的本性毕竟不如那些影响、唆使他的人坏，所以，他最终在两种方式之间选择了中间的方式生活——不吝啬也不奢侈，合法又不至于寒酸。他觉得自己这是同时汲取了两种方式的优点。他就是这样从一个寡头式人物，变成了民主式人物。

埃德曼托斯　我们一直都是这么看待这种人物的。

苏格拉底　我们继续假设一下：此人后来有了儿子，然后用自己的一套教育孩子。

埃德曼托斯　可以想象。

苏格拉底　继续假设：他的儿子也和曾经的他一样。所以，这个儿子将会被人唆使走向完全的非法——唆使者称之为完全的自由。这时，他的父亲和其他亲人劝他行中间之道，但唆使他的人则鼓励他追求极端的自由。

不过，那些唆使者——他们拥护僭主制，堪比可怕的魔术师——最终意识到，如此下去是无法控制这个年轻人的思想的，于是，为了把他造就成一只带刺的恶毒的雄蜂，他们运用各种手段，试图在他的灵魂中培养出一种能控制他的激情，这种激情将使他安于懒惰、奢侈这些欲望。关于这种激情，你还能想到比这更好的比喻吗？

埃德曼托斯 别无其他了。

苏格拉底 其他的欲望都以这种激情为中心，诚惶诚恐地伺候它，给它奉上山珍海味、鲜花美人，用各种放荡的快乐喂养它，使它常处于饱足状态，以致一旦得不到满足便痛苦万分。这时，为了让身边的那些欲望护卫能继续向它供奉淫乐，它就会变得疯狂而无所不为。一旦发现这个人身上还保存有某些可谓正派、知耻的欲望或者意见，它一定会彻底铲除它们，不让任何节制或者其他美德留在其身上。它只允许疯狂的存在。疯狂取代了这个人的所有美德。

埃德曼托斯 你非常完整地陈述了一个僭主式的人物的产生过程。

苏格拉底 爱情自古被称为专制暴君，道理也是这样的。

埃德曼托斯 极有可能。

苏格拉底 埃德曼托斯啊，一个醉汉是不是有点儿像暴君？

埃德曼托斯 没错。

苏格拉底 一个神经病就更像了，他不仅试图统治人，还要管辖神。

埃德曼托斯 是这样的。

苏格拉底 可见，要是一个人由于天性使然，或者由习惯造就，又或者两个因素兼而有之，而变成了醉鬼或者神经病，那他无疑就是一个地道的暴君僭主了。

埃德曼托斯 的确。

苏格拉底 看来，我们已经说明了这种人物的产生过程和性格特征。那么，他有什么样的生活方式呢？

埃德曼托斯 我正想问这个问题呢，你倒来问我了。还是你来说明吧。

苏格拉底 好，我说。我的看法是，如果那种起主控作用的激情完全控制了一个人的心灵，那么，这个人此后一定沉迷于放纵无度的淫乐之中，他的生活一定是奢侈纵欲的。

埃德曼托斯　必定是这样。

苏格拉底　在这个激情周围，还会不断萌生各种可怕的欲望，随之而来的还有对各种事物的占有欲，以便它们满足自我。

埃德曼托斯　没错。

苏格拉底　最后，这个人会挥霍完他的所有财产——不管是多少。

埃德曼托斯　一定的。

苏格拉底　接着他就开始向别人借钱，或者把自己的某些东西抵押掉。

埃德曼托斯　没错。

苏格拉底　等到别人不会再借钱给他，他也没有什么东西可抵押出去时，他内心萌生的欲望自然就会接连发出抗议，要求他拿出东西喂养它们。它们——尤其是那个作为首脑的激情——将会不断地刺激他，甚至使他发疯癫狂。这时，他就会四处窥探，寻找机会掠夺或者诱骗别人的财物。

埃德曼托斯　必然会这样。

苏格拉底　只要能抢，他无所不抢，不抢他就会觉得万分难受。

埃德曼托斯　是的。

苏格拉底　当心灵感受到了比原有激情更强烈的新的快乐，原有的那部分便会被侵占。同样的道理，这个人将会做出有违晚辈身份的事情，即在花完他的财产后，反过来凌驾于他的父母之上，侵夺他父母的财产，继续过放荡生活。

埃德曼托斯　必定的。

苏格拉底　要是他的父母反对他，他首先会采取欺骗手段。

埃德曼托斯　没错。

苏格拉底　要是欺骗失败了，他接着就要暴力侵占了。

埃德曼托斯　赞成。

苏格拉底　埃德曼托斯啊，假设他的父母坚决抵抗，他难道会心慈手软而不再像个暴君一样吗？

埃德曼托斯　他这样一种人，只能让我操心他的父母不好过呀。

苏格拉底　假设这个人新找了一个漂亮而不必要的女友，你认为，他会为了这个女人虐待从出生就一直照顾他的母亲吗？或者，假设他找来了一个不必要的少年，他会为了这个少年去殴打他那已年老孱弱的父亲吗？总之，他会为了什么可有可无的外人，而虐待自己最亲的人和最亲密的朋友吗？假设他把这些人带回家，他难道会让这些美女或者少年践踏他的父母吗？

埃德曼托斯　我觉得会的。

苏格拉底　身为暴君僭主的父母看来可真是最幸运的啊！

埃德曼托斯　太幸运了！

苏格拉底　当有一天他连父母的家产都耗尽了，这时，那些堆砌在他心灵里的快乐欲望却越发强烈，你说他会怎么办呢？他一定会采取偷盗的做法，或者翻墙入室行窃，或者抢劫夜归路人，甚至可能把手伸到神庙中去，对吧？

当他做出这一切时，他从小接受的有关正义的理念，有关什么是卑鄙无耻、什么是崇高的理念，都不再起作用了，因为心灵最新释放的信条控制了他整个身心。这些新的信条是现今主宰他的激情的守卫者，它们得到激情的支持，压倒了其他的信念理念。

我所说的“最新释放的信条”，指的是那些以前只能出没于梦境中的信条。以前，由于他还受父亲的约束和法律的控制，心灵还站在民主制度一边。而现在，主宰的激情控制了一切，使他在清醒的时候竟也想满足那些非法的欲望——它们以前只是在梦中偶尔得到满足。

总之，他现在已经目空一切、无恶不作了，抢劫杀人，甚至亵渎神明，都不在话下。这是因为，控制了他心灵的激情，本身就如同一个目空一切的暴君僭主。这个暴君僭主驱使他无恶不作，就像一个僭主驱使着一个国家那样。这样，它才能得到满足，其他的欲望要求也才能得到满足——这些欲望，有的是他本身自有，因他养成了恶习而得以释放；有的是被他的那些猪朋狗友影响才产生的。我认为这种人的生活就是上述那样的。你不也这么认为吗？

埃德曼托斯　赞同。

苏格拉底　当一个国家这种人占少部分，有理智头脑的人占大部分时，那么，这种人便只能去国外投靠某一僭主，做他的警卫；或者他们有可能被雇佣到某一场战争中。但是，如果国家处于和平稳定时期，那么，他们便将哪儿都不去，就留在本土做不算大恶的事情。

埃德曼托斯　什么样的恶？

苏格拉底　偷盗抢劫诈骗之流，或者诱拐儿童，或者扒人衣物，或者打劫神庙。那些油嘴滑舌之徒，则沦为告密小人或者做伪证的人，又或者收人钱财干什么罪恶勾当。

埃德曼托斯　这种人挺多的，他们的确有条件做这些小恶之事。

苏格拉底　我说的小恶，是和大恶对比才显得小。要知道，这样的恶累积起来后，造成的恶果堪比一个暴君僭主造成的恶果，对国家的危害同等严重。俗话说得好，它们只是以五十步笑百步。

假设这种人及其追随者人数众多，而且他们也意识到自己力量强大，这时，他们会怎么做呢？他们会从同伙中挑选出一个最强者——心灵是最强暴君的心灵，然后利用民众的愚蠢，让此人当选为僭主暴君。

埃德曼托斯　他既然可能是最残暴的，那么这自然就会发生。

苏格拉底　要是人民任由他行事，那就没什么好说的。不过，要是国家抗议他的话，那他将会严酷对待自己的国家——要是他有这能耐的话，就如我们上面提到的那个人殴打他的父母一样。他将如何惩戒祖国呢？他会统一管制他那些关系密切的新朋友，让他们辅助他奴役自己从前至亲的祖国——或者，像克里特人的叫法：母国。这种人的欲望的最终目的，可能也就是这样的。

埃德曼托斯　没错，就是这样的。

苏格拉底　可见，在没有掌权之前，这种人的个人生活应该是这样的：一开始，他结交那些对他溜须拍马的人，这些人随时都为他出力。如果他需要他们的帮助，他也会去屈尊讨好他们，表明自己和他们是朋友。但是，一旦获得了他们的帮助，他的表现就又是另一种样子了。

埃德曼托斯　就是这样的。

苏格拉底　可见，他们要么主宰别人，要么受人主宰。总之，他们永远不可能和谁建立真正的友谊。因为，僭主的本性决定了他们永远不知道何为自由，以及何为真正的友谊。

埃德曼托斯　说得对极了。

苏格拉底　我们说他们是无法信任的人，这难道有错吗？

埃德曼托斯　非常对！

苏格拉底　有关正义，我们之前已经在它的定义上达成了一致。若说那种定义是对的，那么，我们也正确陈述了不正义是什么。

埃德曼托斯　是的，正确。

苏格拉底　那么，我们现在就用一句话来定义什么是最恶的人：清醒着也能做出梦境中出现的那种恶事的人。

埃德曼托斯　对极了。

苏格拉底　一个天生的僭主是如何获得绝对权力的？正是去做那种梦境中才可能干出的恶事。他掌权越久，暴君的特性就越强烈。

格劳孔　（这时插话说）必然如此。

苏格拉底　现在可以如此论断了：最恶者，同时也是最不幸之人。而且，在他专制掌权期间，权力越大，掌权越久，他也就越发不幸，不幸越久——当然，这只是我个人之见。

格劳孔　就是这样的。

苏格拉底　一个专制暴君如同一个专制的国家，一个民主式的人就如同一个民主国家。同理，其他类型的人和制度也可以这么说。你不这样觉得吗？

格劳孔　自然同意。

苏格拉底　就美德和幸福而论，不同类型的人之间的对比如何，不同类型的国家的对比就是如何——现在，我们可以得出这么一个论断了吧？

格劳孔　是的，两者是一样的。

苏格拉底　就美德而论，我们要一开始描绘的那种王政国家，与后面所说的僭主独裁的国家，对比起来又是什么样的？

格劳孔　截然相反的最善和最恶之对比。

苏格拉底　谁为最善，谁为最恶，是显而易见的。我就不再继续深究了。现在，请你说说，它们是否也是一个最为幸福，一个最为不幸？

当我们考察这个问题的时候，我们应该全面深入地研究整个城邦，毫无遗漏地仔细剖析它的方方面面；而不应该仅限于去考究僭主一人，或者仅仅考察他的少数跟班，这样反倒会使我们迷乱了心智。

格劳孔　这个建议很好。有一点，是大家都清楚了的：最为不幸的城邦就是僭主统治之下的城邦；最为幸福的城邦，就是国王统治之下的城邦。

苏格拉底 还有一个建议：当讨论对应的个人，我们不应该像小孩子一样，只会看表面。比如，当讨论僭主型人物时，我们不应该只注意到他的生活环境，以及他的威严之态，而应该深入思考他的心灵和性格。

只有这样去考察，才有资格作出判断，这样的判断才值得我们倾听。如果一个判断者还曾和僭主生活过，不仅见过僭主在公共场合的表现，还亲眼看到他在家中以及对待亲信的表现，那么，我们更应该聆听这么一位判断者的判断。因为，他曾亲眼看见僭主的灵魂卸掉所有伪装之后赤裸裸的样子。

所以，关于“和其他类型的人相比，僭主的生活是幸福的，还是不幸福的”这个问题，我们就应该请这么一位判断者来判断。

格劳孔 这个提议再好不过了。

苏格拉底 我们不妨就假设自己曾和僭主朝夕相处，有这个判断资格，我们当中有人可以回答这个问题。你看怎么样？

格劳孔 就这么办。

苏格拉底 下面我们就针对这个问题展开讨论吧。首先，请记住一点：个人和城邦有着相似的性格特点。然后我们再逐一考察每一种人和城邦的性格。

格劳孔 请说吧。

苏格拉底 我们先来讨论国家。在你看来，一个由僭主统治的国家是自由的国度，还是被奴役的国度？

格劳孔 根本就是受奴役的。

苏格拉底 不过，你也可以在这种国家中看到自由人——能自我做主的人呀！

格劳孔　但是，他们只占很少的比例。从所谓的整体而言，以及就它最优秀的那部分看来，它是受奴役的、受辱的、不幸的。

苏格拉底　一个类似于这种国家的人，其所处状况也是一样的。他心灵中最优秀的部分，也就是最具有理性的那部分，遭受着奴役，他的心灵整体是不自由的；他心灵中最残暴凶恶的那一小部分充当着暴君。你觉得呢？

格劳孔　必定如此。

苏格拉底　这样的灵魂，你认为，它是自由的还是受奴役的？

格劳孔　受奴役的。

苏格拉底　所以说，最没有自由的就是僭主统治之下受奴役的城邦了。

格劳孔　真的。

苏格拉底　也因此，从整体而言，受僭主统治的心灵也是最不自由的。因为，各种疯狂的欲望纠缠控制着这样的心灵，使它无时无刻不处于混乱之中，同时充满了悔恨。

格劳孔　这是显而易见的。

苏格拉底　那么，一个受暴君僭主统治的国家必定贫穷还是富有？

格劳孔　必定贫穷。

苏格拉底　可见，一个实行暴君僭主制的心灵也一定是贫穷的，永远感觉不到满足并为此痛苦。

格劳孔　对。

苏格拉底　另外，这样的一种人和一种国家，一定怀着很大的恐惧。

格劳孔　赞成。

苏格拉底　你是否这样认为：没有哪个国家比这种国家更充满悲伤、仇恨、痛苦以及忧虑？

格劳孔　是的。绝对没有。

苏格拉底　同样地，被各种强烈欲望纠缠不休的暴君僭主也是最充满悲伤、仇恨、痛苦以及忧虑的人，你认为呢？

格劳孔　毫无疑问。

苏格拉底　鉴于以上所说的，我觉得你会断定，最不幸的就是这种城邦了。

格劳孔　难道这么判定不对吗？

苏格拉底　非常对。那么，同样也鉴于上面所说的，关于僭主式个人，你也一定有自己的独特见解。

格劳孔　我断然判定他是世界上最不幸的一种人。

苏格拉底　这样说你可就错了。

格劳孔　居然有错？

苏格拉底　我们觉得他还不算最不幸的。

格劳孔　那什么样的人才算？

苏格拉底　等我说出这种人来，你就会觉得他比暴君僭主更不幸。

格劳孔　请说吧。

苏格拉底　这种人有僭主的特质，本是普通公民，但在某种不幸的影响下变成了一个地道的暴君僭主，从此也就丧失了作为普通公民的生活。

格劳孔　从以上的论述再推断，我赞成你说的。

苏格拉底　不过，我们不能想当然地就如此推断，而应该用论据去考察。毕竟，我们在此讨论的是，善的生活和恶的生活——这是所有问题中最重要的。以下我们就展开论述。

格劳孔　非常对。

苏格拉底　我觉得，我们必须根据下面的事例去论证。请你想想看我这么说是否在理。

格劳孔　什么事例？

苏格拉底　我们要引以为例的一种人，是城邦中的那些大富翁，他们拥有非常多的奴隶。他们和僭主的相同点在于，统治的人数也很多——只是数量具体而言不一样。

格劳孔 人数上的确不同。

苏格拉底 不过，他们不会畏惧自己的奴隶。

格劳孔 那他们畏惧什么？

苏格拉底 没有什么是他们畏惧的。你知道为什么吗？

格劳孔 我只知道，城邦中的每一个公民都受国家保护。

苏格拉底 你所言妙哉。不过，现在假设这么一个富有的奴隶主——拥有最少五十个奴隶——被某一位神明驱逐出城邦，他的所有家人、财产以及他的奴隶，也跟着他被驱赶到一个荒无人烟的地方。没有谁会来救他。这时，难道你不觉得，他会担心那些奴隶杀害他及他的家人吗？他难道不会非常恐惧吗？

格劳孔 他会恐惧到极点。

苏格拉底 所以，在这种情况下，他一定会转而奉承讨好自己的一部分奴隶，许诺给予他们自由以及其他——当然，这都是虚情假意的许诺。

格劳孔 若不这么做，他就只有死路一条了。

苏格拉底 不过，又假设神在他身边安插了其他人，这些人阻止奴役现象的发生，要是谁想要做奴隶主，他们就会严惩此人。你觉得，他这时的处境又是怎样的？

格劳孔 那就更糟了。因为他身边遍布敌人。

苏格拉底 我们曾描述过僭主的天性，并说，他们充满了欲望和恐惧。现在你想想，他们最终会陷入的困境，不就是上面所说的奴隶主身陷的那种困境吗？在他的城邦中，他是唯一一个被禁止出国的，唯一一个无法观看自由公民都爱看的节日庆典的人。他就像深宫怨妇一样，眼巴巴地远观着这些自己所爱的事物，对其他自由人羡慕万分。

格劳孔 非常对。

苏格拉底 你曾判断僭主型的人物是最不幸的，根据是，他心灵十分混乱，以致产生了应有的恶果。但现在可以看到，更为不幸的是，命运使他不能再作为一个普通的公民，而成了一个地道的暴君僭主，而这时，他连自己都控制不了，却还要控制其他人。这就好像，一个病人或者一个瘫痪的人不能在家静养，反倒被强迫着去参加体育竞赛或者上战场拼杀。

格劳孔 苏格拉底啊，你说得对极了，比喻非常贴切。

苏格拉底 所以，我的朋友啊，这种处境才是最不幸的呀！和你判定的那种最不幸的人相比，僭主一样的暴君更不幸呢。

格劳孔 的确是。

苏格拉底 那么，我们现在可以得出一个绝对正确的论断：真正的僭主，本质上是一种讨好依赖恶人的最卑鄙无耻的奴隶。当然，可能会有人反对这个论断，但它的确是真理。因为，这种人永远处于欲求不满的状态。要是我们善于全面考察他的内心，就会发现他的欲望是如此之多，他本人实际上是那么贫穷。他整天都生活在恐惧中。要是把他的状况比作国家的状况，那可以说，他就像国家一样总是处于动荡和痛苦之中。你认为呢？

格劳孔 是这样的。

苏格拉底 除了我们以上所说的，造成他悲惨不幸至极，以及他周围的人也跟着极度不幸的因素，还来自他的权力。权力导致他在忠诚可信、正义、大度、情义以及对神的敬仰等方面，做得更差劲，使得他的住处藏了太多不干净的东西。

格劳孔 任何一个有理性的人都会赞成你上面的一番话。

苏格拉底 现在，是你作出判断的时候了，请你务必把自己当作最后的一个裁判员去判断。王者式个人、爱荣誉式个人、寡头式个人、民主式个人以及僭主式个人，这五种人，请你按照最幸福到最不幸的顺序，立刻作出判断。

格劳孔 现在很容易判断了。他们就像依次登上舞台的合唱队，我们按照他们的登台顺序排序就好了，这个排序也是幸福和美德的排序。

苏格拉底 “阿里斯通的儿子格劳孔在此判定：最幸福的人就是最善和最正义之人，因为他们的自制力最强，最具有王者风范；最不幸的人，就是最恶和最不正义之人，因为他们对己对国家都施行暴政，他们具有暴君的特性。”

上面这个结果，我们该如何宣布呢？我们自己来，还是让一个传令官来？

格劳孔 由你宣布好了。

苏格拉底 “不管神是否知道他们的德行，有关善恶、幸与不幸的结论总是一样的。”这句话，我可以加在上述声明后面吗？

格劳孔 当然可以。

苏格拉底 很好。我们现在已经完成一轮证明了。下面进行第二轮，让我们看看它是否也在理。

格劳孔 如何证明？

苏格拉底 每个人的心灵也如同城邦一样，可以分为三个等级或者说部分。这是我认为还有其他证明方式的前提。

格劳孔 是什么样的方式？

苏格拉底 下面我就展开论述。我认为，心灵的这三个部分对应着三种快乐，也对应着三种欲望、三种统治类型。

格劳孔 愿闻其详。

苏格拉底 这三个部分，第一部分主学习，第二部分主激情，第三部分——我们很难用一个简单又恰当的词语统称它，因为它具有复杂的内部成分；若要命名，我们只能用它最主要也是表现最强烈的一个成分来命名，即“欲望”。可以看到，无论吃方面、爱方面还是其他方面的欲望，都是非常强烈的。又因为，无论是哪类欲望，都主要是靠金钱得到满足的，所以，我们也可以称这部分为“爱钱”部分。

格劳孔 赞成。

苏格拉底 假设心灵的第三部分主要是因“利益”而感受快乐和爱的，那么，为了更清晰地阐述这部分，我们最好还是把这部分叫作“爱钱”或者“爱利”两部分。你意下如何?

格劳孔 这样才对。

苏格拉底 回头说说主激情那部分。我们可以说，这部分完全就是考虑地位、名誉和胜利的。你不觉得吗?

格劳孔 赞成。

苏格拉底 那么，把这部分叫作“爱胜利”或者“爱荣誉”部分如何?

格劳孔 没有比这更合适的称呼了。

苏格拉底 有一点不言自明：心灵的三个部分中，主学习的那部分整个投入到对事物真理的认知中，所以它最漠视金钱和荣誉。

格劳孔 没错。

苏格拉底 我们把这部分叫作“爱学”或者“爱智”部分，恰当吗?

格劳孔 当然。

苏格拉底 有些人的心灵受这一部分统治，有的受第二部分或者第三部分统治，对吧?

格劳孔 没错。

苏格拉底 由此，我们可以将人分为三种类型：一类称为爱智者或哲学家，另一类称为爱胜利者，最后一类称为爱利者。

格劳孔 非常恰当。

苏格拉底 要是你询问这三类人，他们对应的三种生活哪种是最快乐的，他们回答的一定是自己那种。有钱人会果断地说，除非受尊敬和学习能变出金钱，不然，它们不会比利益更能带来无价的快乐。

格劳孔 这是真的。

苏格拉底 至于爱荣誉者，他们则抱着这种看法：金钱带来的快乐是无耻的，学问带来的快乐若不能带来荣誉和他人的尊敬，那它也是无趣的。

格劳孔 是这样。

苏格拉底 至于哲学家，他以认识真理并能够永远进行真理的研究为快乐。那么，当他将这种快乐和其他的快乐对比时，你觉得，他难道不会认为，其他的快乐根本不是真正的快乐，并称那样的快乐为“必然的”快乐？其理由是，他唯有在受到必然的约束下，才会要这种快乐。

格劳孔 肯定是这样。

苏格拉底 关于三种生活和三种快乐，选择某一种的人都各执己见。然而，我们要做的是，在它们之间确定出，相对而言更为快乐或者更为幸福的一种——而不是从善恶、荣耻方面去比较它们。所以，我们如何判断挑选出最正确的那种说法？

格劳孔 我不知道。

苏格拉底 那请想想，要把什么当标准才能做出正确判断。有什么比知识、经验、推理这些更好的标准吗？

格劳孔 的确没有。

苏格拉底 请你想想，在这三种人中，哪一种人最常有这三种快乐？利益给哲学家带来的快乐，和学习真理给爱利者带来的快乐，你认为前者少后者多吗？

格劳孔 肯定不是这样。因为爱利者对学习真理带来的快乐不一定有兴趣，而且，即便他有兴趣去获取，也很难获取到。但哲学家就不同，他从小便能够同时品尝两种快乐。

苏格拉底 既然哲学家能同时获得两种快乐，那么他比爱利者更厉害。

格劳孔 没错。

苏格拉底 哲学家和爱敬者相比呢？和爱敬者收获的学习快乐比起来，哲学家体验到的受尊敬的快乐会更少吗？

格劳孔 不会。只要能达成自己的目标，每个人都可以获得尊敬，所以都能体验受尊敬的快乐。在这方面，富人和勇士、智者是一样的。不过，唯有哲学家才能获得看到事物本质的快乐。

苏格拉底 可见，哲学家是三种人中最具有快乐经验的，也就是最有评判资格的。

格劳孔 对。

苏格拉底 而且，同时具有知识和经验的，也唯有哲学家。

格劳孔 是的。

苏格拉底 另外，也唯有哲学家或者说爱智者，才具有作出判断所需的工具。爱利者和爱敬者是没有的。

格劳孔 你指的是什么？

苏格拉底 我们是不是曾指出，推理是判断的手段？

格劳孔 没错。

苏格拉底 若说谁最能掌握推理这种手段，那只能是哲学家。

格劳孔 自然是。

苏格拉底 若说评判事物的最佳标准是利益和财富，那么无疑，爱利者所称赞的东西就是最真实的。

格劳孔 必然的。

苏格拉底 要是评判事物的最佳标准是受尊敬程度、勇敢度和胜利，那么无疑，爱敬者或者说爱胜者所称赞的东西，就是最真实的。

格劳孔 显然是这样。

苏格拉底 要是评判标准是知识、经验和推理呢？

格劳孔 爱推理爱智慧的人所称赞的东西，肯定就变成最真实的。

苏格拉底 所以，我们是不是可以这么说：在三种快乐中，灵魂中主学习的那种快乐是最真实的；对应的，灵魂中的主要成分是这部分的那种人，过着最快乐的生活？

格劳孔 当然可以这么说。不管什么情况下，具备知识的人说他过得最快乐，那绝对不用怀疑。

苏格拉底 接下来，我们就来判断位居第二的是哪一种生活和哪一种快乐。

格劳孔 不用说，战士和爱敬者的生活和快乐比爱利者的更高明，所以位居第二。

苏格拉底 那么，位居最后的就是爱利者的生活和快乐了。

格劳孔 自不必说。

苏格拉底 在连续两轮的较量中，正义者都打败了不正义者。第三轮较量开始了。按照奥利匹亚运动会的规矩，在这一轮中，我们要请出奥林匹亚的神明宙斯予以护佑。似乎一位智者曾说："唯有智慧之人的快乐才是真实纯净的快乐，其他人的快乐不过是快乐的影像。"请注意这句话。这一轮的较量具有最大的决定性，事关成败。

格劳孔 说得很好。请你开始阐释吧。

苏格拉底 我来提问，你要是肯做出回答，我就进行阐释。

格劳孔 尽管提问吧。

苏格拉底 我们是不是说过，快乐和痛苦相对立？

格劳孔　对的。

苏格拉底　既非快乐也非痛苦的这么一种状态，有可能存在吗？

格劳孔　存在。

苏格拉底　这样一种介乎两者之间的状态，你认为，是否意味着灵魂在两个方面都保持平静？

格劳孔　我是这样认为的。

苏格拉底　人们生病时会说什么话，你知道吗？

格劳孔　什么话？

苏格拉底　他们会说，他们在生病前没有意识到，最大的快乐就是拥有健康的身体，生病后意识到了。

格劳孔　这个我知道。

苏格拉底　感到非常痛苦的人会说，最大的快乐就是不再有痛苦，是这样的吧？

格劳孔　是的，我也听过。

苏格拉底　在很多类似的情况下都是这样，即当人们遭受痛苦时，会觉得最大的快乐就是摆脱痛苦，虽然这并非直接获得的积极感受。我想，你一定也注意过这种现象。

格劳孔　没错。在这时，仅仅是一种平静的状态，就足以称得上是快乐的或者说令人着迷的。

苏格拉底　同理，一个人的快乐要是终止了，转而进入平静状态，那么，这种平静于他而言也是痛苦的。

格劳孔　可能。

苏格拉底　故此，对于介乎两者间的平静状态，我们刚刚说它有时是一种痛苦并快乐的状态。

格劳孔　可以这么说。

苏格拉底　一个东西既不是这个也不是那个，那它能同时是这两者吗？

格劳孔　我认为不能。

苏格拉底　痛苦也好，快乐也好，都属于心灵的一种运动，是这样的吧？

格劳孔　没错。

苏格拉底　但我们刚刚说，既非痛苦也非快乐的，是介乎这两者之间的一种平静状态。

格劳孔　我们是这么说的。

苏格拉底　那么，不快乐就是痛苦，不痛苦就是快乐，你认为这种说法恰当吗？

格劳孔　不可能是这样的。

苏格拉底　看来，和痛苦形成对比的快乐并非真实的快乐，和快乐形成对比的痛苦也不是真实的痛苦，而都只是一种平静的状态——可分别称为似是而非的快乐和痛苦。也就是说，所谓的快乐有时远非真正的快乐，而只是快乐的影像，一种纯粹的欺骗。

格劳孔　这一点已经通过论证被证明是正确的。

苏格拉底　你最初固执于这种想法："实际上，停止痛苦就是快乐，停止快乐就是痛苦。"现在，你要是留意那种非产生于痛苦之后的快乐，就可以坚决摒弃这种想法了。

格劳孔　去哪里留意这种快乐？再说，这种快乐到底是怎样的？

苏格拉底　在产生这种快乐之前，痛苦是不存在的。这种快乐突然出现，人们可以强烈地感受到它；而当它停止时，也不会给人留下痛苦。它是一种更高级的快乐，如果你乐意去注意它的话，会发现它跟嗅觉的关系尤其大。

格劳孔　很可能是的。

苏格拉底　所以现在，我们就彻底摒弃"停止痛苦就是快乐，停止快乐就是痛苦”这种见解吧。

格劳孔 没错，不要相信它了。

苏格拉底 但是，我们心灵感受到的、由身体传达的最大快乐，大部分属于这一种摆脱痛苦的快乐。

格劳孔 没错。

苏格拉底 还有一种快乐和痛苦，它们是对快乐和痛苦先有了预期，之后才产生的。这种快乐和痛苦也属于这一种[1]。难道你不这么认为吗？

格劳孔 赞成。

苏格拉底 你可知道它们和什么东西最像？

格劳孔 不知道。

苏格拉底 你可赞成自然有上级、中级和下级之分？

格劳孔 赞成。

苏格拉底 当一个人从下级升到中级时，由于他还没有到达上级，不知道上级时什么样的，所以，他自中级往下看自己，便以为自己在上级了，是这样的吧？

格劳孔 他一定会这样认为。

苏格拉底 如果他降落回去，他也会觉得自己是在下降，他这么想自然正确。

格劳孔 没错。

苏格拉底 显然，这全是因为他没有经历过真正的上中下三级，才造成了那些见解。

格劳孔 明显是的。

苏格拉底 所以，如果一个人没有经历过真实，那么他对其他事物的

[1] 指快乐是摆脱痛苦后的快乐，痛苦是脱离快乐后的痛苦。

见解都是错的，他对快乐和痛苦，以及介乎两者间的状态的见解，也是错的。这就导致了，当他承受着似乎是痛苦的痛苦时，他会坚信这痛苦就是真正的痛苦；会坚信，介乎快乐和痛苦之间的感受就是快乐和满足。然而，真相却是：由于他没有体验过真正的快乐，他会误把痛苦和不痛苦对比。这就好比，由于从没见过白色，一个人会误把黑色和灰色对比。你不觉得，他这么做很正常吗？

格劳孔 是的，太正常了，一点儿都不奇怪。如果他不这么做，我反倒觉得奇怪。

苏格拉底 我们按照下面的思路，继续讨论这个问题。身体缺少某些东西时，是不是有诸如饥渴之类的表现？

格劳孔 自然。

苏格拉底 心灵缺少东西，通常不正是表现为无知、没有智慧吗？

格劳孔 不可否认。

苏格拉底 吃饭了身体便充实，学习了心灵不就充实吗？

格劳孔 很对。

苏格拉底 一种是和较不实在之物相比而言的充实，另一种是和较实在之物相比较而言的充实，你认为，这两种充实中的哪一种更真实？

格劳孔 不用说，后一种。

苏格拉底 一种是诸如吃喝之类的东西，另一种是真理、知识、理性和各种美德，你认为，这两种东西中的哪一种更纯粹地真实存在着？

换个问法：一种是永远变动的、会消亡的事物，而这种特性是它本身就具有的，它也正是在具有这种特性的事物中产生的；另一种是本身具有永恒不变的特性的事物，它也产生于具有这种特性的事物中——你认为，这两种事物中的哪一种更纯粹地真实存在着？

格劳孔 永恒不变的事物更具有纯粹的真实。

苏格拉底 那么，这种事物的实在性就超过它的可知性吗？

格劳孔 断然不是。

苏格拉底 它的真实性呢，能超过吗？

格劳孔 同样不能。

苏格拉底 也就是说，和可知性比较而言，它更不真实、更不实在，对吗？

格劳孔 当然是的。

苏格拉底 故此，总归而言，维持身体所需的事物，在真实性和实在性方面都不如心灵所需的那种事物。

格劳孔 远远不如。

苏格拉底 所以，你是否觉得，身体的真实性和实在性远不如心灵的？

格劳孔 觉得。

苏格拉底 所以我们可以得出这个结论：发挥充实作用的东西以及被充实的东西越实在，充实本身也就越实在。你是否赞成这个观点？

格劳孔 当然赞成。

苏格拉底 进而可以得出这个结论：若说得到符合自然性的东西的充实，可以让我们快乐；那么，用来充实的东西以及被充实的东西越具有实在性，我们的快乐也就越实在。相反，如果这两种东西都不那么实在，我们所具有的充实满足感，也就不那么实在、可靠，也就是，感受到的快乐更不真实。

格劳孔 必然的。

苏格拉底 故而，缺乏美德和智慧之人所体验到的，永远只能是我们所比喻的中下级之间的东西，在这两个级别之间群聚并纵情欢乐。他们没有继续向上攀登，从未到达并看见最高境界，也从未感受到任何实在的满足和真实可靠的快乐。正如农场中的牲畜只知道低头吃草和交配一样，他们只知道低头看着餐桌上的食物。

他们这么做，就是试图用不实在的东西，来充实心灵中不实在的部分——这部分是永远不会满足的，所以他们这么做也根本没有丝毫用处。也是因为他们永远没有满足感，所以就会像牲畜舞角挥蹄一样，用铁器互相争斗厮杀。

格劳孔 苏格拉底啊，你对人们生活的描述就像是神谕一样。

苏格拉底 故此说，这类人的快乐只是真正快乐的影像罢了，其中必定混杂着痛苦。全是因为对真实的无知，愚蠢的他们才会被这种相比较而言的表面快乐——它经常表现强烈——所主宰，内心各种疯狂的欲望由此被唤起，他们为了这些欲望而互相残杀——正如斯特希霍诺斯说的，英雄们为了海伦的幻影在特洛伊互相残杀。你认为呢?

格劳孔 正是这样。

苏格拉底 至于激情部分，你不觉得也是这个情况吗?如果一个人盲目又肆意地追慕胜利、荣誉和敬意，那么，为了获得它们带来的满足感，他们便有可能陷入暴力、嫉妒和愤怒中，是吧?

格劳孔 在这样的情况下，肯定也会发生这样的事。

苏格拉底 现在，我们可以坚信这个结论是正确的：要是爱利之欲望和爱胜利之欲望能接受推理和知识的引领，只追求智慧带来的那种快乐，那么，这两种欲望最终得到的快乐，会是它们感受到的所有快乐中最真实的。而且，既然这种快乐是在真实的引领下产生的，可见它也是这两种欲望本身就有的快乐——假设我们可以说，事物的最善时，就是它最成其为自己时。对于以上论点，你是否同意呢？

格劳孔 同意。事物固有的最真实自己，就是最善的自己。

苏格拉底 可见，要是整体的心灵让它的爱智部分引领自我，消除内部争斗，那么，它的所有部分都会是正义的。当某个部分起作用时，心灵不仅得到这个部分的独特快乐，也能得到最善的快乐，以及应有范围内这个部分的最真的快乐。

格劳孔 必定是的。

苏格拉底 如果是心灵的其他两个部分的某一个，对心灵起引导作用，那么，心灵就无法得到它原本就有的快乐，而只能迫使另外的两个部分去追求也并非它们自身的一种虚假快乐。

格劳孔 对的。

苏格拉底 若说哪个部分会最明显地造成这种后果，难道不是距离推理和哲学最遥远的那个部分吗？

格劳孔 正是。

苏格拉底 这部分，不也同时最远离秩序和法律吗？

格劳孔 明显是的。

苏格拉底 现在是否可以知道了：爱的欲望和暴君僭主的欲望，就是最远离秩序和法律的？

格劳孔 非常对。

苏格拉底 而最靠近法律和秩序的，就是王者的有秩序的欲望。

格劳孔 对的。

苏格拉底 所以我认为，最接近固有的真正快乐的人是王者，而最远离它的人是暴君僭主。

格劳孔 一定是的。

苏格拉底 王者的生活是最快乐的，暴君僭主的生活是最不快乐的。

格劳孔　毫无疑问。

苏格拉底　你可知道，王者会比僭主快乐多少倍吗？

格劳孔　请你告诉我。

苏格拉底　依我看，快乐分为三种，一种是真实的，其他两种都是虚假的。远离法律和推理的僭主，他的快乐是某种受奴役的、短暂的快乐，这种快乐比两种虚假的快乐还要惨且卑贱。很难表述这个意思，除非这么说——

格劳孔　怎么说？

苏格拉底　在僭主式人物和寡头式人物之间，还有一个民主式人物，也就是说僭主处于三者中的第三级。

格劳孔　没错。

苏格拉底　若我们之前所述正确，那么可以肯定，他享受的快乐只是快乐的幻象，而且是第三级的幻象，对吧？

格劳孔　对的。

苏格拉底　另外，假设我们认定贵族式人物等同于王者，那么，寡头式人物就是处在王者下面的第三级。

格劳孔　对。

苏格拉底　那么，用数字来计算的话，由于三三得九，所以僭主距离真正的快乐就是九。

格劳孔　毋庸置疑。

苏格拉底　所以，测量僭主快乐的幻象的长度，其结果是个平方数。

格劳孔　没错。

苏格拉底　如果将这个数字二次相乘然后将结果三次相乘，很显然可知这个差距会拉到多大。

格劳孔　一个算数家一眼可知这个结果。

苏格拉底　换言之，只要一个人对这个数字做完立方运算后，他就可以知道，王者和僭主享受的真正快乐有多大的差距——前者的快乐是后者的七百二十九倍，反过来说，后者过得比前者悲惨七百二十九倍。

格劳孔 这个奇特的算术方法说明了，正义者和不正义者对痛苦和快乐的感受相差很大。

苏格拉底 既然人类的生活可以用昼夜和日月年划分，那么，这个数字同样也适用于人类生活。

格劳孔 自然的。

苏格拉底 既然正义且善者比不正义又恶者快乐很多，那么，在生活中的美、道德和礼貌这些方面，前者是不是也比后者要高明很多？

格劳孔 对，会高明无数倍。

苏格拉底 我们的论证到这里了，很好。现在，我们返回到最初的那个观点上，即让我们讨论到这一步的那个观点：对一个徒有正义之名，在实际行动上全然不正义的人来说，不正义是有好处的。是这个说法吧？

格劳孔 没错。

苏格拉底 有关“正义行为和不正义行为分别会产生什么结果”这个问题，我们已经取得一致意见了。现在，我们和提出这个问题的那个人继续讨论一下。

格劳孔 如何讨论？

苏格拉底 为了让这个人更清楚地弄懂这个问题，我们在讨论中假设心灵有一个塑像。

格劳孔 这个塑像是什么样的？

苏格拉底 在古代传说中，有一种动物天生长着多种动物的样子。我们要假设的塑像就是这种动物的样子，就像是喀迈拉这样的，或者斯库拉、刻耳柏洛斯这样[1]，又或者其他类似的怪物的样子。

格劳孔　我听过这种传说。

苏格拉底　请想象这么一只野兽：它长有很多个脑袋，既有猛兽的，也有温驯的野兽的；而且，可以随意控制让哪个脑袋露出来。总之，它是一只混杂式的动物。

格劳孔　显然，只有技艺高超的工匠才能雕刻出这么一个塑像。不过，鉴于语言的可塑性比蜡的还高，我们就姑且假设已经雕塑出了这个塑像。

苏格拉底　接下来，我们再塑造两个塑像，一个是狮子形，一个人形。塑造得最大的是第一个塑像，狮子那个则是第二大。

格劳孔　讲一句就明白了，理解这个更不难。

苏格拉底　现在，我们把这三个塑像合在一起，就好像它们一同长在某种怪物身上一样。

格劳孔　好。

苏格拉底　再塑造一个人形外壳套在这个合体身上，人们就无法用双眼看到里面了，就好像这个塑像完全是个人一样。

格劳孔　这一步也弄好了。

苏格拉底　现在，对于提出“行不正义之事有利于人，行正义之事无利于人”这个观点的人，我们可以告诉他，他等于承认：不管人的死活，一味纵容那只多头怪兽和狮子怪，以至于它们想对人干什么就干什么——结果却能有利于人。

或者，他的主张等于承认：当那两只怪兽互相残杀时，人应该放任它们为所欲为，不必化解它们的矛盾以使它们相安无事，等着和它们一起死去好了。

---

[1] 喀迈拉、斯库拉、刻耳柏洛斯都是传说中长着多种动物形状的怪物。

格劳孔 主张不正义正是这个主张。

苏格拉底 支持“正义有利于人”这一观点的人，则等于主张：好比农夫除掉野草是为了让禾苗更好地生长一样，我们的所有言行都是为了约束好那只多头怪兽，保护我们内部的人性并使之成为我们整个人的主宰。而且，他还让努力让狮怪站在自己这边，平等对待所有部分，使它们能够相安无事地成长。对于以上观点，你是否赞同？

格劳孔 没错，主张正义有利于人，就是主张上述意思。

苏格拉底 看来，从任何角度去考虑的结论都是一样的：正义有利于人。所以，主张这个观点的人总是对的，而反对它的人就是错的。这么说是因为，无论从利益、快乐或者荣誉去考察论证，主张这个观点的人总是对的，而反对它的人总是错的——这些反对者并没有真正认识他们所反对的事物。

格劳孔 我觉得真是这样。

苏格拉底 鉴于反对我们的人犯这样的错是无意的，我们是否要对他动之以情，晓之以理呢？也就是这么跟他说：“我亲爱的朋友啊，所谓美的东西和丑的东西，都是被习惯和法律明确了下来的。那么，它们凭什么去明确规定呢？依据都是这样的：能让我们天性中的人性部分——更准确地说，是神性部分——主宰兽性部分的事物，就是美好可敬的事物；反之，让兽性部分控制我们温良的人性部分的事物，就是无耻丑陋的事物。”你觉得，我们若这么跟他说，他会赞成吗？

格劳孔 要是他能听进去，我们就能说服他。

苏格拉底 根据这种说法，如果一个人通过不正义手段获得了金钱，让自己的最恶部分主宰自己的最善部分，你说这是有利于他吗？或者这么问：要是一个人为了获得很高的价钱，将自己的孩子卖给一个罪恶残忍的主人做奴隶，你觉得，会有人说这有利于他吗？让自己最恶最可恨的部分主宰自己最神圣的部分，这难道不是一种残忍可怜的自虐行为吗？和厄里费勒出卖她的丈夫以换取一条项链相比，这件事的后果难道不是可怕得多吗？

格劳孔 要我说的话，的确可怕得多。

苏格拉底 人们之所以常常谴责放纵自我的行径，正是因为它让我们内部的多头怪兽获得了过多的自由，你不觉得吗？

格劳孔 明显是的。

苏格拉底 暴躁和固执会增强我们内部的狮性或者说龙性的力量，所以会遭到批判，难道不是吗？

格劳孔 断然是的。

苏格拉底 同理，软弱和奢侈会减弱心灵内部的狮性力量，以致滋生出胆小懦弱和懒惰，因此人们才谴责这些性格，是吧？

格劳孔 没错。

苏格拉底 所以，人们难道不会谴责这么一种无耻谄媚的人吗？这种人让自己内部的多头怪兽主宰自己的狮性，也就是激情；为了满足金钱欲望及其兽欲，而强迫内心的那头狮子从小忍辱，以致这头狮子长大后变成了一只猴子。

格劳孔 是该谴责。

苏格拉底 你认为手工艺人为什么会被轻视？唯一能作为回答的原因难道不是这个吗？他们内心最善的部分由于天生就羸弱，所以只能受兽性那部分控制，为之服务并极力讨它们的欢心。

格劳孔 应该就是这个原因。

苏格拉底 所以，我们正是为了让这种人能像最优秀的人一样管理自我，才提出他应该成为最优秀人物，即自我内部有神圣的管理系统的人的奴隶。我们有这样的看法，不是因为我们觉得，奴隶就应该接受有害于他自己的东西的统治（色拉叙马霍斯就是这样看待被统治者的），而是让神圣的智者来统治自己，对任何人而言都是更善的。

当然，最好的智慧和管理应该来自自身内部，但如果内部没有的话，就必须从外部获取这种智慧和管理。这样，所有人接受了同样的指导，才能平等以及成为朋友。

你赞成以上说法吗？

格劳孔　非常对。

苏格拉底　显然，也正因如此，才有必要制定法律并使之成为每一位公民的朋友。同样，对儿童的管理教育也是这个道理，也是出于这个原因：我们要等到，他们身上已经明确建立了一种可称为宪法管理的机制，等到他们的心灵在我们心灵最善部分的帮助下，产生了至善，并以此统治、护卫着心灵。一直等到这样，我们才会给予孩子们自由。

格劳孔　对的，很显然如此。

苏格拉底　格劳孔，那你说，对于“一个人自我放任，专门干不正义之事或者其他下流无耻的事情，总之就是为了获得金钱权力而让自己变得更恶——如此是有利于他的”这种观点，我们如何论证呢？

格劳孔　没办法论证。

苏格拉底　做了坏事却因为无人知道而得以逃过惩罚，这样不是只会让一个人变得更坏吗？对他没有好处吧？要是他被发现了，然后接受了惩罚，他心灵中的人性部分才会被释放出来，获得自由，而兽性的那部分才会被驯服，难道不是吗？

显然，当他的整个心灵在建立最善部分的天性时，它也就得到了伴随着智慧的正义和节制，而这才是心灵的一种宝贵的状态。

当然，当一个人的身体同时兼具健康、力量和美时，这具身体的状态也是非常宝贵的。不过，就像身体毕竟不如心灵可贵一样，身体的这种状态也不如心灵的这种状态宝贵，你认为呢？

格劳孔　非常对。

苏格拉底　有理智的人终生都在努力实现这一目标，为此，他首先要做的就是轻视其他无关紧要的东西，而注重让心灵学习恰当的学问以培养那种高贵的品质，你认为是这样吗？

格劳孔　当然。

苏格拉底　另外，他不在乎身体欲望的快乐，注重培养好的习惯以及锻炼身体，绝对不会放纵自己贪图享乐，就连身体的健康与否他都不考虑。别人首要追求的身体健康强壮或者美，在他那里都不会是最重要的——除非做这些事有利于他培养自我控制能力。总之，人们会发现，无论何时，他调控自己的身体都是为了使自己的心灵和谐。

格劳孔　他要是有志于成为一个真正的音乐家，肯定可以做到。

苏格拉底　同样，在追求财富时，他也会以协调、有秩序为原则；当众人把他高高捧起时，他也不会借机敛财而使自己陷入不利之境地。你不这么认为吗？

格劳孔　自然是这样认为的。

苏格拉底　他时刻注意遵循心灵的宪法，使其不受财富多少的纷扰，根据这个原则，他会设法减少或者充实自己的财富，使自己在金钱方面保持正常水准。

格劳孔　的确是这样。

苏格拉底　至于荣誉，他遵循的原则是：他乐意接受那种能使人变得更善的荣誉，而拒绝那种可能会破坏他养成的习惯——私人习惯，或者在公共生活方面的习惯——的荣誉。

格劳孔 如果心灵才是他最为关心的，那他是无意于政治生活的。

苏格拉底 实话说，除非有奇迹，否则他是不愿意在自己出生的城邦中从政的。他只愿意在他认为合适的城邦从政。

格劳孔 你所说的合适的城邦，是指符合我们理论和理想的城邦。但我认为，地球上不可能有这种城邦。

苏格拉底 可能只能到天上创建这种城邦，不过，我们不知道是它会创建于当下还是未来。但可以肯定的是，一旦建成，所有希望建成这种城邦的人可以在那里定居下来。他们不可能在其他的城邦，而只能在这样的城邦中从政。

格劳孔 似乎是这样。

第十卷

苏格拉底 我坚信，我们创建这么一个国家时的做法，特别是有关诗歌的做法，完全正确。有很多其他的原因支持我如此深信不疑。

格劳孔 关于诗歌的什么做法?

苏格拉底 它绝对不会进行任何的模仿。我们说心灵由三个不同的部分组成，而我们已能辨识这个三部分。既然如此，我认为，拒绝模仿的理由就更显而易见了。

格劳孔 请你说清楚什么意思。

苏格拉底 我的意思是，对某些听众而言，这种艺术对他们的心灵有害，会腐蚀他们的心灵——但无人预先警告他们这一点。我现在只是和你私下交流，希望你不会把它转告给悲剧诗人或者其他模仿者。

格劳孔 请你说得再清楚点儿。

苏格拉底 那我就只好直说了，虽然我不想说荷马如何不好——毕竟，好像是他开创了美的悲剧诗歌，而且我从小就很尊敬他。但是，我认为我必须如我提过的那样，说出自己的真实想法——我们在尊敬一个人的时候，一定要把这种尊敬放在真理之下。

格劳孔 请你务必说出自己的真实想法。

苏格拉底 接下来，要不我提问你回答，要么你一直听我陈述。

格劳孔 第一种方式吧。

苏格拉底 先说说模仿是什么，因为我自己也不清楚它的目的是什么。你来说说看。

格劳孔 我比你还不懂呢。

苏格拉底 视力差的人比视力好的人更容易看清东西，这也是常有的事情，所以，你知道得比我多也很正常。

格劳孔 话虽这么说，但是，我在你面前即便能有所见，也不会着急告诉你的。所以，就由你来说说自己所看到的吧。

苏格拉底 既然这样，我们下面仍按照惯用的方式进行讨论。在某些场合中，如果我们可以赋予多个事物同一个名称，那我认为，这等于假设这些事物的理念或者形式是唯一的。这么说，你能理解吗？

格劳孔 理解。

苏格拉底 同一类事物的很多东西，我们现在就可以随便列举出来，比如很多床或很多桌子。

格劳孔 没错。

苏格拉底 但对于很多的床和桌子，我们就只用两个理念来描述它们，即分别为床的理念和桌子的理念。

格劳孔 对的。

苏格拉底 另外，工匠打造床或者桌子的时候，通常是根据它们各自的理念去打造的；同样，打造其他物品的时候也是如此，对吧？然后，可以肯定，任何一位工匠都不是事物的理念或者形式的创造者，你觉得呢？

格劳孔　自然赞同。

苏格拉底　下面我将列举一种工匠，你想想看你会怎么称呼他。

格劳孔　哪种工匠?

苏格拉底　他是一种万能工匠，能制造所有东西——各个种类的匠人所制造的东西。

格劳孔　你所说的这种人必定具有让人震惊的灵巧技艺。

苏格拉底　稍等一会儿，很快你也会抱有与我同样的看法。要知道，这种工匠既可以制造出所有类型的工具，还可以制造出他自己以及动物植物，甚至，天地也是他开创的，各种神明和各个天体以及冥界的一切，也都是他打造的。

格劳孔　他是一位神通广大的智者呀!

苏格拉底　你怀疑我所说的?我问你，你是根本不相信有这种工匠吗?或者你认为，在某种意义上可以说他存在，在另外的意义上又可以说他不可能存在?事实上，从某种意义上来说，你也可以制造出所有一切，你知道这个吗?

格劳孔　什么意义上?

苏格拉底　有很多快速而简易的方法。要想最快速地做到，你可以拿着一面镜子四处照一下。要是你愿意这么做的话，太阳、大地和天空中的一切，以及你自己、其他动物植物和用具，还有我们刚刚谈到东西，都可以很快被你制造出来。

格劳孔　对。然而，如此制造出来的并非实在的事物，而只是影子。

苏格拉底　说得好，你这话正有利于我们的论证。我认为画家就是这种创造者，你觉得呢?

格劳孔　自然赞同。

苏格拉底　我认为，你会说画家的“制造”不是真正的制造。但不可否认，从“某种意义上”来说，画家也是在制造一张床，你认为呢？

格劳孔 没错，他所制造的也只是床的影子。

苏格拉底 那么，制造床的木匠呢？你刚才说，他造的是一张具体的、特别的床，并非床的理念或者形式；或者说，我们不承认它是真正的床。你是这么说过的吧？

格劳孔 没错。

苏格拉底 既然他无法造出事物的本质，也就是实在的事物，那么就可以说，他所制造出来的只是一种类似实在而并非实在的东西，对吧？要是有人说，由木匠造出的床或者其他匠人造出的东西，是绝对不可置疑的存在，那他很可能就说错了，对吧？

格劳孔 不管怎么说，像我们这种很会进行这种论证的人不大可能持这种观点。

苏格拉底 所以，要是有人说，那些东西[1]只是真实的模糊浅淡的阴影，我们会觉得他说的不足为奇。

格劳孔 是的。

苏格拉底 现在，我们是否仍用刚刚所讲的例子来探讨这个问题：谁才是真正的模仿者；或者说，模仿者的本质是什么？

格劳孔 用吧。

苏格拉底 接下来，我们假设床有三种。第一种，我们可以说它是由神制造的天然的床——你觉得可能是其他什么造的吗？

格劳孔 不会，只能是神造的。

苏格拉底 第二种床是木匠制造出来的那种。

格劳孔 对的。

苏格拉底 最后一种是画家画出来的那种，你赞同吗？

[1] 指木匠造出来的床以及诸如此类的东西。

格劳孔　可以这么说。

苏格拉底　所以，神、木匠和画家分别造出了三种床。

格劳孔　同意。

苏格拉底　神只能造出唯一的一个本质的、真正的床，而不能造出多个，其中的原因，可能是某种力量要求他这么做，也可能是因为他自己不愿意造出多个。总之，神造出的床从来都只有一张，不会有第二张或者更多。

格劳孔　这是为什么呢？

苏格拉底　这是因为，要是神造出了两张，那接着就会有第三张。前两张坚持自己的床的理念，第三张自然也坚持，结果就是，前两张床不算床，第三张成了本质的、真正的床。

格劳孔　是这样。

苏格拉底　神料想到了这种情况，他想成为真正的床的真正制造者，所以他只造出了唯一一张真正的床。他不想成为木匠那样的，只能造出某一张特别的床的人。

格劳孔　依我看就是这样的。

苏格拉底　我们就把神称为真正的床的创造者，如何？或者你还想到了其他更好的称呼？

格劳孔　既然神创造出了真正的床以及其他真正的东西，如此称呼他很恰当。

苏格拉底　那么，我们把木匠称为床的制造者恰当吗？

格劳孔　可以。

苏格拉底　也可以同样称呼画家吗？

格劳孔　这就绝对不行了。

苏格拉底　那你认为称他为什么比较合适？

格劳孔　最恰当的说法应该是，他模仿创造了那种两人所制造的东西。

苏格拉底 很好。他“创造”的东西和真正的东西隔了两层，因此你称之为模仿者？

格劳孔 没错。

苏格拉底 那么，作为模仿者的悲剧诗人，自然也像任何一位模仿者一样，和真实、真理隔着两层。

格劳孔 应该是的。

苏格拉底 现在，我们在模仿者的问题上取得了一致意见。不过，请你说说，你觉得画家是在竭力模仿工匠造出来的东西，还是在模仿自然中的事物本身？

格劳孔 工匠造出来的东西。

苏格拉底 那么，我们有必要进一步确定这个问题：这种东西是真正的事物，还只是事物的影像？

格劳孔 你这是什么意思？

苏格拉底 我打个比方，假设你从侧面、前面或者其他角度去看一张床，你会觉得所看到的和床本身有区别吗？还是觉得，每一次看到的都有着相同的本质，而只是样子有所区别罢了，其他事物也是如此？

格劳孔 没错。本质相同，只是样子有所区别罢了。

苏格拉底 那么，画家在画画时是模仿真实还是模仿影像？换句话说，他是在模仿实在本质，还是模仿表面的样子？

格劳孔 模仿表面的样子。

苏格拉底 可见，模仿术造出的东西远非事物的本质，而也正因此，它可以仅凭掌握事物的一点儿表面，就制造出任何一种事物。比如，一个画家根本不了解木匠或者鞋匠，又或者其他工匠的技艺，但如果我们要求他画出这样一个匠人，他也可以凭借自己卓越的绘画技巧，画出一个让观众——在此特指一些笨蛋以及孩童——

远距离观看时会信以为真的匠人肖像。

格劳孔　说得对。

苏格拉底　在诸如此类的情况下，也就是当我们听到别人说，他遇到一个非常厉害的人，擅长所有技艺，是各方面的专家，比其他人都懂得多，此时，我们须这样告诉他："你认为他无所不能，是因此你无法辨识什么是无知、什么是模仿以及什么是真正的知识。就像一个没什么头脑的人遇到了魔术师或者其他精于模仿的人，最终会上当受骗。"

格劳孔　太对了。

苏格拉底　既然如此，那么，接下来，我们就该讨论讨论悲剧诗人以及他们的领袖荷马了，因为有人说这些人不仅知道人世间有关善恶的事情，还知道有关神的事情，知道所有的技艺。

要知道，读者通常会认为，一位优秀的诗人唯有用知识创造出事物，才能准确地描绘出它们。鉴于此，我们得好好考虑一下：对这种读者而言，这些诗人是否就像是魔术师一样成功欺骗到了他们的模仿者？他们看到他们的作品时并不知道，诗人们即便不知道事物的实在也可以创造出这些作品来——因为它们并非真实的，而只是影像；他们不知道，这些作品和实在的事物还隔着两层。当然，读者通常会说，卓越的诗人真正知道他所描绘的事物，你认为此话是不是有些道理？

格劳孔　我们一定要好好讨论这个问题。

苏格拉底　你觉得，要是一个人可以造出影像和被模仿之物，那他会以制造影像为最高生活目标，全身心地投入到这项事业中去吗？

格劳孔　不会的。

苏格拉底　依我看，要是他真正知道自己所模仿的东西，那么，他便不会以模仿为终身事业，而会全身心投入到创造真正事物的事业中，创造出很多优秀的真正的作品，让它们流传到后世。他不会想去羡慕别人，而是想着成为一个让人羡慕的人。

格劳孔 同意你所说的。做到这样的话，他会获得同等的利益和荣誉。

苏格拉底 所以，我们不会向荷马或者其他诗人这样发问：你们当中，谁是真正的医生而不只是在模仿医生？谁曾听说过哪位诗人——不管是古代还是现代的——像阿斯克勒庇俄斯那样，成功救治过病人吗？或者，有哪位诗人像阿斯克勒庇俄斯的学生那样，向人传授过医术吗？

我们不会要求他们回答解释这些或者其他问题，因为我们在此不谈其他的技艺问题，而只谈战争、领导统筹、治理城邦以及教育人的问题——这些都是最重要且美好的事情，也都是荷马想讨论的。

我们要问他："亲爱的荷马呀，假设你是我们所说的那种模仿者，即制造影像的人——不过，你制造的东西和美德的真实仅隔一层，而非两层，并且假设你知道，什么样的教育和锻炼能让人于私于公都是好人，什么样的会让人成为坏人——现在我问你：你可曾让那个城邦的治理变好过吗，就像来库古使斯巴达有好的治理，其他或大或小的城邦因为它们的立法者，而有了好的治理那样？可曾有过哪个城邦的公民说，因为你给他们制定了良好的法律，所以他们的城邦才有了良好的治理。可曾有过哪个城邦把你当作它的造福人，认为你对城邦有功，就像意大利和西西里人承认嘉隆达斯有功于他们，我们承认梭伦有功于我们？"我认为，这样的提问对荷马是公道的。但是，荷马能够回答出来吗？

格劳孔 恐怕不能。就连崇拜他的人也不曾说过他是一位优秀的立法者。

苏格拉底 同样，你听过有人说，荷马曾指挥或者统领某场战争并获得了胜利吗？

格劳孔 没听说过。

苏格拉底 如果是对一个擅长做实际工作的聪明人，比如米利都的泰勒斯、叙拉古的阿纳卡西斯，我们可以期望他发明很多实用的好东西，或者在技艺方面有巧妙的创造。但是，你可曾听说过荷马在这些方面有过什么创造？

格劳孔 没听说过。

苏格拉底 假设他从来没当过公职人员，那你可曾听说过他在教育方面有过什么功绩，比如像毕达哥拉斯那样——建立私人学校，有很多人师从他；在他离世后，人们出于对他的特殊崇敬，还将他视为榜样；而在今天，他的继承者还把一种生活方式叫作“毕达哥拉斯方式”，并奉它为更高级的方式。荷马得到过这样的殊荣吗？

格劳孔 从未听说过。反而要是有关荷马的传说可信的话，他的学生克里昂法洛斯倒是可以作为荷马式教育的一个可笑的样本——比他的名字还可笑[1]。传闻，当荷马还在世时，该学生就鄙视他。

苏格拉底 有这样的传闻。不过，问题是，要是荷马不是仅仅会模仿，而是具备真正的知识，要是他的教育真的有助于人们提升品德，那么，很多青年人就会拜他为师，并尊敬他，你认为呢？

诸如阿夫季拉的普罗塔哥拉、凯阿岛的普罗迪卡斯以及其很多智者，都曾创建私人学校，用他们的教育让同时代的人们相信，来自智者的教育是管好家国的必要条件。人们因为他们富有智慧而热爱他们，他们的学生膜拜他们——走路的时候都几乎想把他们扛在肩上。

[1] 此名字的原希腊文有“吃肉氏族之人”的意思。

同样，我们要问：要是与荷马同时代的人们曾得到过他的帮助而具备美德，那么，难道人们不会觉得他比黄金还宝贵，珍惜他乃至强行留他住在自己家中，如此，荷马（或者赫西俄德）至于以卖唱为生，居无定所吗？即便留不住他，难道人们不会一直跟随他并侍奉他，直至他们从他那里学有所成？你赞同我上述说法吗？

格劳孔 苏格拉底啊，我完全赞成你所说的。

苏格拉底 那么，我们现在是否可以这样论定：荷马以及他之后的所有诗人，对真实根本一无所知，他们都不过是模仿者，他们的美德源自对美德之影像的模仿，其他产物也是如此。

这个道理就如同我们刚刚说画家时提出的：虽然画家根本不清楚鞋匠的技艺，但他们仍能画出一个鞋匠来——他们自己以及只通过颜色形状辨识事物的观众认为画得像就够了。你认为是这样吗？

格劳孔 对的。

苏格拉底 同理，可以这么说：诗人只是知道如何模仿罢了，他的手段是通过韵律、音调和曲调去描绘一个鞋匠如何制造出鞋子、一个将军如何指挥战争等。不过，听众总会认为他描绘得非常好，这是因为，他们根本不了解他所描绘的事情，只会根据词语去认识事物。

这些诗歌具有如此大的魅力的原因就在于它包含的音乐色彩。可想而知，要是没有了这种色彩，这些诗歌的语言会变成什么样呢？只能是像散文一样，对人们不会有多大的吸引力。我认为你一定注意过这一点。

格劳孔 没错，是注意过。

苏格拉底 可以用一种面孔来比喻它们。这种面孔并非天生丽质，只是在青春时具有美貌，一旦青春消逝，它的美也就不复存在了。它们的确就像是这样的面孔。现在，请思考一下“模仿者，即制造影像的人，只知道事物的外表，并不知道事物的实在”这句话，这么说对吗？

格劳孔　对的。

苏格拉底　那么我们就继续说下去，将这个问题讨论完。

格劳孔　请继续吧。

苏格拉底　画家能画出嚼子和马缰，对吧？

格劳孔　是的。

苏格拉底　不过，铜匠和皮匠才能造出它们，是吧？

格劳孔　没错。

苏格拉底　嚼子和马缰是怎样的，画家知道吗？或者，连造出它们的皮匠、铜匠都不知道，只有知道如何使用它们的骑马者才知道？

格劳孔　就是这样的。

苏格拉底　那么，是否可以说，这个道理对任何事物而言都是对的？

格劳孔　你的意思是？

苏格拉底　我等于是问：是否可以认为，任何事物的技术都可以分为三种，即制造者的技术、模仿者的技术以及使用者的技术？

格劳孔　可以。

苏格拉底　所以，是否可以说，无论就生物本身、行为本身还是其他所有器具本身而言，它们的美、至善以及正确性，就是为了被使用，这是人们的目的，也是大自然创造万物的目的？

格劳孔　对的。

苏格拉底　那么，可以肯定，使用者是对被用之物最了解的人，在使用过程中，他能发现事物的好坏，并将情况报告给制造者。就好比，吹长笛的人通过演奏知道长笛的好坏，然后将长笛的性能汇报给制造者，告诉他应该把长笛造成什么什么样，制造者就根据其意见去制造。

格劳孔 自然是这样。

苏格拉底 可见，一种是了解笛子性能并进行汇报的人，另一种是相信汇报者并按照他的叮嘱去制造长笛的人。

格劳孔 没错。

苏格拉底 使用者具备有关长笛的知识，制造者则具备有关长笛的好坏性能的正确信念——这种信念是在和使用者交流并听取其意见时建立起来的。

格劳孔 确实如此。

苏格拉底 模仿者可以通过经验以及对事物的使用，获得有关其所描绘事物在美丑、对错方面的真知吗？或者，因为必须与具备真知的人交往，并从后者那里得知了正确制造事物的要求，所以他就获得了事物的真知？

格劳孔 两者都不可能。

苏格拉底 所以说，模仿者根本不知道自己的模仿品到底是好是坏，即便他能说出什么，他的意见也是不正确的。

格劳孔 显而易见。

苏格拉底 作为模仿者的诗人的作品，于是就这样具有最美的智慧。

格劳孔 根本不是这样的。

苏格拉底 虽然不知道自己的作品是好还是坏，但他就是照旧继续模仿。这说明，在无知的群众眼里，他的模仿品看着还是美的。

格劳孔 只能这样说了。

苏格拉底 看来，我们现在一致同意：模仿者根本不具备他所模仿事物的真正知识。所以，不能把模仿当成真的，它不过是一种游戏罢了。无论尝试用史诗体还是抑扬体写出悲剧诗歌，这样的诗人都只能算是模仿者。

格劳孔 必然的。

苏格拉底 实话说，模仿出来的东西和真正的知识隔着两层，它属于第三级事物。

格劳孔 没错。

苏格拉底 那我问你，模仿属于人的哪一种能力?

格劳孔 我没听懂你说什么。

苏格拉底 当人分别在远近不同的位置看同一个东西时，它所显示的效果是一个大，一个小。

格劳孔 是这样。

苏格拉底 一个东西放水里看到的曲直度和不在水里看到的就不一样。看同一个东西，有时候也会觉得它表面凹凸不同，这也是由这种视觉错误所致。很明显，类似的混乱也发生在我们心灵中。画家、魔术师以及类似的很多技艺之人，都是利用了我们的这个弱点，才能发挥出他们的魅力。

格劳孔 非常对。

苏格拉底 人们不是已经证明，弥补这一弱点的最好方法，就是去数事物的数量，以及称量它的轻重? 因为，一旦确定了事物的数的多少、量的大小以及轻重，我们的心灵就可以受这些数据控制了，而不是像之前一样，被这些数据的不确定性所主宰。

格劳孔 自然是这样。

苏格拉底 这些测量活动，都是由心灵的理性部分来完成的。

格劳孔 是的。

苏格拉底 然而，有时对事物大小的测量结果往往和事物看上去的大小刚好相反。

格劳孔 的确如此。

苏格拉底 然而，我们曾指出，不允许我们心灵的同一部分对事物持两种截然相反的观点。

格劳孔 我们之前说的是对的。

苏格拉底 所以，必定是心灵的两个不同部分去看待测量结果，一个同意结果，一个则持相反观点。

格劳孔 必是这样。

苏格拉底 测量的那部分以及相信测量结果的那个部分，应该是心灵中最善的部分。

格劳孔 必定如此。

苏格拉底 所以说，持有和测量结果相反意见的那个部分，应该是心灵中最卑贱的部分。

格劳孔 必定的。

苏格拉底 所以，我们一开始说的那番话的结论就是上述那个了。那番话是这么讲的：当人们在绘画以及进行诸如此类的模仿艺术工作时，他们实际上是在和心灵中的非理性部分接触，向这部分学习；因为这种学习不是为了追求健康和真理，其最终创造出的作品也就远离真实。

格劳孔 必然的。

苏格拉底 可见，模仿的艺术是低贱的，使模仿出现的东西也是低贱的。这和"有其父必有其子"一个道理。

格劳孔 赞成。

苏格拉底 除了可见事物，这个道理也适用于可听事物吗？比如我们称之为诗歌的事物。

格劳孔 可能也适用。

苏格拉底 "可能"这个字眼，只是根据绘画的经验所得出的结论，我们还是不要相信这个结论，而应该考察被只是在模仿的诗歌打动的心灵的那个部分，是高贵的还是低贱的。

格劳孔 必须这么做。

苏格拉底 我们就这么说吧，诗歌模仿着正在做什么事的人，以及这些人的行为结果，设想他们倒霉了或者交上了好运，还感受了他们的悲喜。还有什么要补充的吗？

格劳孔 没有了。

苏格拉底 人的心灵在感受这些时会有一致的感觉吗？或者，正如眼睛所见同一事物会让人产生不同看法一样，一个人对同一行为，也会产生自相矛盾的内部感受吗？这么一问后，我想起来，我们在前面已经一致同意了一点：在任何时候，我们的心灵都有着这种自相矛盾的意见，它始终是冲突的。所以，我们没有必要在这个问题上寻求共识了。

格劳孔 是的。

苏格拉底 虽说不必在这点上寻求共识了，但现在必须将我们之前遗漏没说的，补充说出来。

格劳孔 我们遗漏了什么？

苏格拉底 我们前面是不是说过，一个优秀的人比其他人更能承受住不幸的苦难，比如死了儿子或者遗失了所爱的东西之类？

格劳孔 没错。

苏格拉底 我们现在要思考一下，那是因为他虽然也痛苦，但能克制自己的痛苦，还是因为他没有痛苦的感觉？

格劳孔 第一种更恰当。

苏格拉底 那我问你，他什么时候更容易克制自己的悲伤，是独处时，还是有旁人在场时？

格劳孔 有旁人在场时。

苏格拉底 不过，我认为，他独处时更容易说出不愿被人听到的一些话和看到的一些事情。

格劳孔 没错。

苏格拉底 难道不是纯粹的情感使得他会悲伤，法律和理性使得他学会克制自己吗？

格劳孔 正是。

苏格拉底 一个人面对一个事物，能有两种截然相反的表现，这说明了他身上蕴含两种成分。

格劳孔 必然如此。

苏格拉底 其中的一个成分指引人听从法律，你说呢？

格劳孔 请你继续阐述。

苏格拉底 法律会用某种方式告诉人们，遭遇不幸时不要急着去诉苦，而要沉着应对不幸，这是最善的。毕竟，正如俗话说的："塞翁失马，焉知祸福。"况且，放任自己的悲痛也挽救不了事情，以及，生活中的任何事情本就不值得过于关注。最后，悲痛还不利于我们尽快争取所需的帮助。

格劳孔 你说的是什么帮助？

苏格拉底 一种对所发生之事的严谨的思考。就好比掷下骰子，等它落下后要确定它的点数是多少，同理，当事情发生之后，我们也要理性思考并确定下一步的行动，这样做才是最善的。要是像小孩子那样，在受伤后只会哭哭啼啼，浪费时间，那可不行。我们应该在悲伤中锻炼自己的心灵，使之养成习惯，懂得如何疗伤，根除痛苦。

格劳孔 在遭遇不幸时这样做，确实才是最善的。

苏格拉底 所以我们认为，听从理性的指引就是我们的最善部分。

格劳孔 明显是的。

苏格拉底 所以，是否也可以说，只知道让我们沉溺于痛苦中的那部分，是对我们没有好处的无理性的部分，它让我们只会哀怨叹气，无法获得应有的帮助，它和懦弱没什么不同。

格劳孔　可以这么说。

苏格拉底　正是我们心灵中那个容易浮躁不安的部分，给模仿者提供了大量不同的素材。但理性的那部分则不同，因为它几乎永远保持平静状态，因此模仿者很难模仿它。即便它被模仿出来，人们也很难看懂，特别是那些热衷在剧场观看表演的各式各样的人，因为他们对它不了解。

格劳孔　必然如此。

苏格拉底　那么，很明显，只是在模仿的诗人实际上并非在模仿心灵中善的那个部分；他要是想观众们给予他的作品好评，那么他使用这种模仿技艺的目的，就不可能是让这个部分开心。从根本上说，他的模仿本质上只和狂躁易变的心性有关，因为这部分最易被模仿。

格劳孔　明显是的。

苏格拉底　那么现在，我们可以将诗人和画家列为同类人了。这么将他们同一而论是公正的，因为，诗人和画家的创作本质是一样的，这种创作只和心灵的卑贱部分有关，不具备什么真实性。诗人的作用不过是，倡导鼓励和加强心灵中的卑贱部分。让他们进入城邦等同于把政权交给了恶人，鼓励他们去祸害好人。因此，我们有充分的理由，禁止诗人在治理良好的城邦中生活。甚至，我们还要补充说，只会模仿的诗人通过制造一个状似真实的幻影，以及通过讨好心灵中的无理性部分——这部分无法辨识事物大小，对同一事物的大小有各种论断——将在每个人的心中建立起一种恶的政治制度。

格劳孔　没错，是这样。

苏格拉底　不过，诗歌的最严重的罪孽却不在于此，而在于，它甚至可能让最优秀的人物几乎无一例外地受到腐蚀。它的这种可怕力量，有待我们去指控。

格劳孔　它若果真具备这种力量，那的确太可怕了。

苏格拉底　我接着就来阐述清楚。你知道的，当听到荷马或者其他某个悲剧诗人在创作、模仿某位受苦受难的英雄不停地悲声吟唱，还伴随着捶胸的动作，我们当中最优秀之人也会被这种场面吸引，兴致勃勃地听这些诗人吟唱，乃至为之着迷。这些诗人已然让我们的情感受到了最大的触动，我们就会说他们是优秀的诗人。

格劳孔　是的。

苏格拉底　但是，现实是，如果我们真遭遇了不幸，我们会采取相反的做法，即极力保持沉静，因为我们认为这才是大丈夫的做法，并以此自豪。这时，我们会觉得，之前自己称赞的舞台上的那种做法是妇人做法。

格劳孔　没错。

苏格拉底　既然舞台上那种性格都不是我们想要的，我们却称赞它，这么做正确吗？换句话说，我们赞扬这种性格而不是讨厌它，这应该吗？

格劳孔　不应该。

苏格拉底　你不妨来这样思考，如此就更容易搞清楚了。

格劳孔　如何思考？

苏格拉底　像我说的：当人在舞台上表演时，我们心灵中的哪个部分会为此感到满足呢？显然，是心灵本性中那个有发泄欲望的部分（当我们遭受不幸时，这部分被压抑住了），是想要哭个痛快的那种本能。这时，我们本性中最优良的那个部分由于缺少理性的教育，或者未养成习惯，便放松了对哭泣欲望的约束。此外也因此，它[1]只是别人——这个人在表演极度痛苦时还一面宣扬自己的美德——的痛苦的旁观者，故而赞扬以及悲悯别人并不可耻。而且，在它看来，能获得快乐就是好的，它才不会舍弃这种快乐来反对所有诗歌。然而，当我们代入别人的情感体验久了，并由此喂养壮大了我们的悲悯之情，那么，我们自己的感受就会受到影响，使得我们在遭受苦难时，这种悲悯情感也会泛滥而生，难以被克制。遗憾的是，大多数人都不清楚这个道理。

格劳孔 说得对极了。

苏格拉底 论述悲悯之情的这个方法，也同样适用于论述喜剧引发的欢笑。你原本觉得插科打诨是一件很害臊的事情，但是，在日常聊天中听到好笑的事情，或者观看戏剧表演时，你还是会感到开心，不觉得这些事情和表演有多么低俗不堪了。这种情况和悲悯痛苦中的人是一个道理。这么说是因为，你的理性在这时的处境是一样的：平时的你虽然也有说笑话的本能，并一度试图释放这种本能，但你又害怕别人会笑你是小丑，所以，你就压抑了这个本能；到了观看剧场表演时，你就放任这种本能了，于是它的脸皮也就被锻炼得越发厚起来，神不知鬼不觉地使你成了一个在生活中也爱逗笑取乐的人。

格劳孔 的确如此。

苏格拉底 诗歌在模仿爱情、愤怒以及心灵的其他欲望感受——这些感受伴随着我们的所有行为——时对我们产生的作用，也是这个道理。它是在给我们本应扼杀的这些情感施肥浇水。换句话说，为了我们的生活能更美好幸福，而不是陷入更可怜糟糕的境地中，我们本应该统治这些情感，但诗歌却反过来让这些情

[1] 指心灵的理性部分。

感主宰了我们。

格劳孔 完全赞成。

苏格拉底 所以，那些认识水平有限的人，自然会称颂荷马，把他说成希腊的教育家，并认为，我们应该学习他在生活和教育方面的管理意见，遵从他的教诲去生活。你必须尊重和维护这些人，因为他们的认知仅此而已。此外，你还要对他们承认，荷马是第一位悲剧诗人，也是最优秀的诗人。然而，不管怎样，你必须清楚，我们能允许进入城邦的诗歌，只能是那种称颂神明和好人的诗歌。要记住，绝不能允许那种充满柔情蜜意的史诗和抒情诗歌进入城邦。要是你违背了这个原则，放入这种诗歌，那么，公认是最善的理性和法律将会被取而代之，你们就将由悲苦和欢乐来统治了。

格劳孔 非常对。

苏格拉底 以上，我们重新讨论了诗歌，并进一步阐述驱逐诗歌的理由——诗歌的特点，或者说论证的结果，要求我们这么做。现在，我们就结束这部分讨论吧。

不过，我们还要说，诗歌和哲学自古以来就存在矛盾。这么补充，可以避免诗歌觉得我们是妄自粗鲁地否定它。诸如“喜欢乱吠并正对着主人狂吠的狗”“蠢人闲谈时口中所谓的大人物”“统治博学者的一群文盲”“认真严谨思考自身的穷困之人”等比喻，都是哲学和诗歌互相争吵的证据。虽然有这些证据，但鉴于我们自己也感受到诗歌的诱惑，所以还是要做这样的声明：诗歌和戏剧纯粹是为了娱乐人们而存在。如果能充分证明，任何一个城邦若想获得良好的治理，就务必需要它们，那我们自然就乐意接纳它们。

不过，我的朋友啊，违背真理不是有罪的吗？你自己也有感受到诗歌的诱惑吧？特别是荷马本人诱惑你的话。

格劳孔　不可否认。

苏格拉底　在诗歌用抒情体或者其他格律为它自己申辩时，我们就可以公正地赦免它，不再流放它吗？

格劳孔　当然。

苏格拉底　那么，我们或许也该让那些爱好诗歌、赞许诗歌的人——他们本身不是诗人——用没有韵律的散文来为诗歌申辩，证明诗歌既能让人高兴，还有益于人们的生活，以及建立有序的管理。要是他们真能证明诗歌既让人快乐，又有益于人，那我们就可以确认它是有好处的。为此，我们有必要友好耐心地聆听他们的申辩。

格劳孔　诗歌于我们怎样才是有好处的？

苏格拉底　但是，要是他们的理由无法使我们信服，那么，我们便只能像那种觉察爱情不利于己便逃离爱情的恋人一样了——虽说这么做很难。

无论如何，既然我们在这种美好的教育制度[1]下习惯了热爱诗歌，所以很想听听他们的理由，看看他们如何拿出令人信服的证据，证明诗歌是善的、真实的。届时，如果他们真拿不出理由的话，我们就要坚决抵抗诗歌的诱惑，以免自己像众人一样，掉入幼稚的爱之中。怎么做呢？我们要在心里默默地说一遍自己抵抗诗歌的缘由。

我们已经确信，诗歌绝不是以真理为依据的，绝不是严肃的。对于诗歌的听众，我们还要劝告他们相信我们有关诗歌的观点，警告他们诗歌会对心灵制度带来危害。

格劳孔　完全赞成。

[1] 此处是反话。

苏格拉底 这场战斗的重要性比我们所想象的还要大，它是最重要的战斗，是决定一个人是善还是恶的关键。所以，除了要提防金钱、荣誉和权力，我们还要提防诗歌，防止这些事物诱惑我们，致使我们不关心正义和任何一种美德。

格劳孔 根据我们已有的论述，我同意你的这一结论。我认为其他人也都会同意。

苏格拉底 那么，至善能获得什么样的最大奖励呢？这个问题是我们没有论及的，对吧？

格劳孔 要是还有什么东西比我们说过的大，那么，你所说的最大奖励肯定是指一个大得无法想象的东西。

苏格拉底 人的一生放在整个时间长河里是非常短暂的，所以，在如此短的一段时间里能有什么真正巨大的东西产生出来呢？

格劳孔 的确没有。

苏格拉底 所以，你说是应该将一个永恒的事物和时间整体关联起来，还是将它和如此短暂的一段时间关联起来？

格劳孔 应该和整体时间关联起来。话说，你所说的永恒事物指什么？

苏格拉底 我们的灵魂啊，它是永恒不灭的，你不知道吗？

格劳孔 （吃惊地看着苏格拉底）我的确不知道。不过，你准备如何去论证呢？

苏格拉底 这很容易，我应该——我认为你也应该——这么论证。

格劳孔 要我论证的话，的确很难。不管怎样，我很乐意听听你这个容易的论证。

苏格拉底 那我就开始说了。

格劳孔 请知无不言。

苏格拉底 “善”和“恶”这两个术语，你有使用吧？

格劳孔 是的。

苏格拉底 不知道你我对它们的理解是否一样。

格劳孔 请你说说看。

苏格拉底 善就是有助于保全事物的东西；恶就是会破坏乃至毁灭事物的东西。

格劳孔 我赞成。

苏格拉底 那么，你是否同意任何事物都是善恶兼备的？我就觉得，所有事物天生就具有恶，或者说天生就是病态的，比如眼睛会发炎、食物会腐烂、树木会枯萎、铜铁会生锈，以及身体会生病等。你觉得呢？

格劳孔 同意你说的。

苏格拉底 那么，要是某个事物沾染了恶，它不是就会全部变恶并最终瓦解崩塌吗？

格劳孔 自然。

苏格拉底 可见，使事物灭亡的，是它自身特有的恶或者说疾病。要不是这样，事物是不可能被毁灭的。因为，无论是善，还是非善非恶的“中性”，都不可能毁灭事物。

格劳孔 没错。

苏格拉底 所以，要是我们发现某种东西具有这样的天赋——它虽然也具备会破坏它的恶，但并不会因为这种恶而消亡——那我们就可以确认，这样的事物一定是无法毁灭的。你说呢？

格劳孔 应该是这样的。

苏格拉底 所以呢？是否存在会让心灵变恶的东西？

格劳孔 有的。自我放纵、胆小懦弱、无知愚蠢以及不正义等我们前面提到的这类东西，都会使心灵变恶。

苏格拉底 这些东西中的每一个都能瓦解心灵吗？请慎重思考这个问

题，不要这么回答：如果一个不正义的笨蛋在干坏事时被逮住，那么，他就是被不正义给毁了。

虽说不正义是心灵特有的一种恶，但我们还是宁愿这么说：正如身体特有的恶——疾病——使身体变得虚弱乃至会摧毁身体，是事物特有的恶毁灭了它自己，使它不再是它自己。你认为呢？

格劳孔 同意。

苏格拉底 那我们接下来也用这方式讨论心灵。心灵会因为原本就具有或者沾染了不正义以及其他内在的恶，而走向死亡，脱离肉体吗？

格劳孔 不管怎样都不会。

苏格拉底 但是，我们也不应该持这样的观点：一个事物特有的恶不会毁灭它自己，其他事物的恶却可以毁灭它。因为，这样的观点是没道理的。

格劳孔 的确没道理。

苏格拉底 所以，我的朋友啊，事物的恶，诸如发霉、变质、变丑或者其他，造成了人身体的毁灭，这样的观点也是不恰当的。事实是，当食物的恶给身体带来了疾病，我们会说，这些食物“使得”身体“因为”它自身的恶——疾病——而毁灭。我们永远不会说，是食物这个东西的恶——它并非身体产生疾病的原因，它是外来的恶——导致了身体这个东西的毁灭。

格劳孔 说得对极了。

苏格拉底 同理，要是承认肉体之恶无法促成灵魂之恶，那么，说一个外来的恶——不在灵魂内的恶——会毁灭灵魂，便是不可信的。换句话说，我们不能相信，一个事物会被其他事物的恶毁灭。

格劳孔 有道理。

苏格拉底　所以，对于这么一个观点：热病或者其他疾病，又或者被刀捅、被残忍分尸而死等，会毁灭灵魂——我们必须予以反驳，指出它的错误所在。哪怕不去反驳它，我们也必须始终坚持这种态度：若无人可证明，肉体承受的这些痛苦会让灵魂变得更恶或者不正义，那么，支持它的理由就不充分。总之，我们绝不赞成这一见解：灵魂或者其他什么东西自身不存在恶，会因为其他事物的恶附在它身上而走向毁灭。

格劳孔　死亡不会使一个临死之人的灵魂变得更加不正义——不管怎样，没人可以证明这点。

苏格拉底　不过，可能会有人坚决不愿承认灵魂是不朽的，为此，他无论如何都要坚持上述观点，坚持说：一个临死之人，就是会变得更恶、更加不正义。

　　这时，我们该怎么办呢？应该说：好比疾病会导致死亡一样，不正义也会导致不正义者死亡。要是不正义天生具有杀死不正义者的能力，那么，不正义就会导致沾染不正义的人毁灭——沾染不正义越少则活得越久，故此，最不正义的人必定是最快灭亡的。然而，现在的事实是，不正义并非不正义者的死因，别人对他作恶的惩罚才是。

格劳孔　很有道理。要是不正义能杀死不正义者，那意味着它可以杀死恶的东西，如此，它就没什么可怕而言了。我倒更愿意坚持相反的见解：它倒是能让不正义者活下去，而（只要有机会就）杀死其他人。而且，它不仅会让不正义者活下去，且由于它绝对不是致命的，故此还会使他活得激情盎然。

苏格拉底　对极了。要是特有的恶、病都无法摧毁灵魂，那么，用来毁灭其他东西的恶就更不能了——它也无法毁灭其他事物，只能专门毁灭那个东西。

格劳孔 看来是这样。

苏格拉底 既然它不能被外来的或者特有的恶毁灭，那说明它一定是永恒的，而永恒即不朽。

格劳孔 必然如此。

苏格拉底 那我们就这么定论吧，而一旦定论，你就会发现灵魂永远都是一个样，既不会增多也不会减少。因为，要是能增多的话，那肯定是可腐朽的事物变成了不朽的，这就意味着所有事物都可以是不朽的；不会减少是因为，没有一个灵魂是会灭亡的。

格劳孔 对的。

苏格拉底 理性不允许我们持有这个见解，所以我们一定要摒弃它。另外，我们还要摒弃这种见解：灵魂实际上包含各种不同、互相矛盾的内部成分。

格劳孔 这话怎么说?

苏格拉底 要是灵魂不是像我们现在所见的那样有着最良好的组织，而是一种包含很多种成分的事物，那么，它很难是不朽的。

格劳孔 看来确实很难。

苏格拉底 通过刚刚的论述以及其他的论述，我们只能承认灵魂是永恒不朽的。不过，我们现在对它的观察还不够，因为现在它还混杂着肉体或者其他事物的恶。要想了解灵魂的真实，我们必须借助理性，仔细观察灵魂在纯洁状态下的样子。如此观察，你会更清楚地认识正义和不正义，还有我们刚刚论述的任何问题；此外，你还会发现，灵魂比你以为的更美。

但是，需指出，我们目前所看到的灵魂的“真实”状况——我们刚刚说过这个状况——并非灵魂的本相，我们所看到的只是如海神格劳科斯像而已。海神的本相不是一眼就可以看清的，因为他已经被海水洗刷得变了个样：肢体的各个部分支离破碎，贝壳、海草以及石块附在他身上，他如今看上去就像一个怪物——灵魂由于被各种数不清的恶糟蹋，如今也是这副模样。所以，格劳孔啊，我们必须要看向其他的地方。

格劳孔 哪里？

苏格拉底 灵魂的爱智慧的部分。请思考这两个问题：接近神圣不朽和永恒的灵魂，可以维持这种接近关系多久，以及，要经过多长时间它才能理解这些字眼？

要是灵魂完全受这种力量[1]的指引，从埋没它的海洋中浮现出来，并将其身上的石块、贝壳等——人们觉得这些庸俗的东西是快乐的源泉，所以它也是依靠这些东西生存的，并在自己身上收集了很多这类粗俗野蛮的东西——清除干净，它将会是什么样的？

我想，不管灵魂具有单一的还是复杂的，或者其他类型的形式，在思考上述这个问题后，人们或许就会知道它到底是什么样的了。不过，我认为，我们已经非常清楚地描述了灵魂在人世间的形式以及感受。

格劳孔 确实。

苏格拉底 所以，在论证这个问题上，我们已经做了所有该做的。我们已经充分证明了正义是对灵魂最有利的。然而，我们并不为正义索取美誉和奖励——如你们说，这是荷马和赫西俄德的做法。不管一个人有没有古格斯的戒指或者哈迪斯的隐身帽子，他都应该做一个正义者。

格劳孔 说得非常对。

苏格拉底 那么现在，要是我们让正义和其他美德获得应有的各种奖

[1] 指神圣不朽和永恒这种力量。

励，也就是使得正义者和具备其他美德的人，在有生之年和死亡之后从人和神明那里得到这些奖励——要是我们这么做了，还有什么理由来反对我们吗？

格劳孔　肯定没有了。

苏格拉底　那么，你在讨论中向我借用的东西，现在可以归还给我了吧？

格劳孔　什么东西？

苏格拉底　当时你们是这么想的：虽说这些事都被人和神清楚地看在眼里，但为了便于讨论，以辨识真正的正义和不正义，我们还是应该退一步说话——于是，我便允许你们假设：正义者是不正义的，不正义者是正义的。你可记得？

格劳孔　耍赖有失公正。

苏格拉底　既然我们已经辨明了什么是正义，什么是不正义，那么，我现在要求你应该坚持这个见解：正义的荣誉来自它本身，而不是人和神——所以你要把荣誉归还给它自己。

我们的论述已经证明，正义可以将因善而得的利益，赠送给那些真正寻求并获得善的人们，而不是欺骗他们；既然如此，那我们唯有在上述见解上达成一致，才能相信以下这个见解：同样地，正义也可以将因正义而得到的奖励，赠送给那些正义者。

格劳孔　你的要求是公正的。

苏格拉底　那你应该归还的第一件东西，应该是这个观点：实际上，神知道正义者和不正义者的性质。

格劳孔　是的。

苏格拉底　既然他们逃不过神的眼睛，那么，正如我们一开始所同意的：神会爱一种人，而恨另一种人。

格劳孔　对的。

苏格拉底　另外，我们是不是也该一致同意：对于被神爱着的人，若非他必须为前世造的孽接受惩罚，那么，神也将会最大限度地赐福于他？

格劳孔　自然如此。

苏格拉底　所以，无论一个正义者遭遇了什么不幸，诸如穷困、疾病或者其他，都终将证明，对他而言——无论是活着的他还是死后的他——所有不幸都是好事。

我们必须坚持上述观点。支持它的理由是：只要一个真正追寻正义的人，平时有在人力可能的范围践行神一样的美德，那么，神永远不会忽略他。

格劳孔　神应该不会忽略这类如神一样的人。

苏格拉底　那么，我们不应该持着与此相反的意见来看待不正义者吗？

格劳孔　自然的。

苏格拉底　那么，神赠予正义者的奖励就是这些了。

格劳孔　不知道别人怎么想的，最起码我赞成。

苏格拉底　不过，一名正义者可以得到来自人们的什么好处呢？按照事实，是否可以这么比喻：奸猾的不正义者很像这种运动员——他在前半程的速度飞快，在后半程就比不过别的运动员了？这类在起跑时速度飞快的运动员，最后没有了一点儿力气，跑完时非但没有奖品，还被讥讽暗骂。真正的运动员才能成为冠军，赢得奖品。正义者的结局往往也是这样：他用自己的行动、与他人的交际，乃至用他的一生，在人生的终点处获得人们赋予的光荣和奖励。你说呢？

格劳孔　确实是。

苏格拉底　那么，你们曾说属于不正义者的那些好处——随着年岁的增大，想娶谁家的女儿就娶；乐意治理国家就去治理，不乐意就算了，等等，我现在可以将它们还给正义者了吗？

事实上，我现在不仅要将这些好处说成是正义者的，我还要说说不正义者的结局：即便他们在年轻时能掩饰自己，不被人识破，到了人生的结局时，他们中的大部分人还是会被识破逮住，受尽人们的讥讽唾弃，以及国内外人士的臭骂。他们的老年生活将悲惨至极，鞭打、拷问以及烙印等野蛮惩罚——你是这么称呼它们的，事实上这种称呼非常恰当——将会施加到他们身上。即便你已听我说过他们的所有遭遇，还是请你想想是否继续耐心听下去。

格劳孔 你说的都是公道话，我自然要继续听下去。

苏格拉底 除了正义本身会赠予的好处之外，正义者在活着时能从人和神那里得到的报酬和奖励，就是这些。

格劳孔 这些报酬奖励很美好且有价值。

苏格拉底 不过，要是考察正义者和不正义者死后所得到的东西，然后拿这些东西和刚刚我们所说的那些相比，你会发现，无论从数上来看，还是从量上来看，那些东西又都是不值一提的。下面我必须讲述一个故事，来说明这两种人都分别得到了经我们论证的他们应得的。

格劳孔 还有什么比听故事更让我开心的，你就讲吧。

苏格拉底 我准备讲的这个故事和一个勇士有关，不过，故事不会像奥德修斯对阿尔喀诺俄斯讲的那样长。勇士是阿尔米纽斯的儿子，名叫厄洛斯，潘菲利亚人。厄洛斯死于一次战斗中，人们在他死后第十天才找到他的尸体并运回家，两天后为他举行葬礼。没想到，在火葬时他竟活了过来，还陈述了自己在另一个世界的所见所闻。

他说，他的灵魂离开了躯体，加入了鬼魂队伍中，一起前行，先是到达了一个诡异的地方：在天上和地上都有两个并列的洞口，而且，天上那对和地上的那对是正对着的。在这两对洞口之间是一些负责审判人们的法官。他们每判决一个人，正义的便吩咐从右边升天，胸前贴着判决证书；不正义的便命令他从左边下地，背上带着表明其生前所作所为的标记。厄洛斯说，法官在他走近时交给了他一个任务：让他认真细致地看清楚那个世界发生的一切，然后把他看到的所有事情作为信息传回去给人类。

接下来，厄洛斯看到，在接受判决后，有的鬼魂走了通往地下的洞口，有的走了通往天上的洞口；与此同时，两个洞口不断有鬼魂出来，从天上的洞口掉下来的整洁干净，从地上的洞口走上来的肮脏疲惫。

然后，这些看上去风尘仆仆的鬼魂高兴地聚在了一片草地上，搭起了帐篷，好像要过什么节日似的。他们好像还彼此相熟的样子，天上来的和地下来的互相问候对方那边的情况，互诉自己的经历。这时，天上来的说，他们看到天上的景象是多么幸福和美；而地上来的则痛哭流涕地诉说他们在地下的见闻，以及他们所遭遇的苦难——他们地下走一遭是人世间的一千年。

格劳孔啊，我们得费很长时间才能全部讲述完这个场景。现在简单概括起来就是：厄洛斯最后告诉人们，人死后要为自己生前做过的坏事受十倍的惩罚。以一世为一百年计算，则每百年就要受一次比自己作的恶还要残酷十倍的惩罚。打个比方，假设一个人生前曾犯下罪孽——或者致很多人死亡，或者在战争中叛变，导致别人被俘，又或者做过其他的恶事——那么，他犯下的每一桩罪恶都将会给他带来痛苦十倍的报应。

厄洛斯还说到了夭折的婴儿，不过这些没有复述价值。此外，他还陈述了这个观点：对神明有崇敬心以及对父母孝顺的人，会得到更大的好处；相反的人会受到更严重的惩罚。他举了一个例子来述说。他亲眼看到一个人问另一个人：“阿尔提埃尔斯大王在哪儿呢？”被问者回答：“他不在这里，可能永远都不会来。据传闻，阿尔提埃尔斯曾在潘菲利亚的某个城邦施行残暴统治一千年，他做过许多罪恶的事情，甚至杀死了自己的哥哥和年迈的父亲。我们遇到了下面这件事，它确实非常可怕。当我们觉得已经受够苦难，就要走出洞口时，突然看见了阿尔提埃尔斯，还有其他的暴君——有少部分人只是在个人生活中做了恶事。当这些人想着终于能走出洞口时，洞口却拒绝了他们。这是因为，如果一个人受到的惩罚还不够，或者他罪不可赦，那么洞口就会禁止他走出去；当他想要走出去时，它就会发出怒吼。长相凶狠的守洞人能听懂洞口的吼声，他们这时就会把那些试图出去的人逮捕起来。至于那些像阿尔提埃尔斯那样的人，他们则会被手脚并捆，脑袋被绳子束缚住，无法动弹。然后，守洞人会把他们扔在地上，或者拖拽，或者加以剥皮、鞭打。在这么做的时候，守洞人还会告诉路过的人们，他们为什么要虐待这些人——而且还将把他们扔入塔尔塔洛斯[1]中。”

他说，他们当时虽然遭遇过各种各样的恐怖之事，但觉得最恐怖的还是洞口发出怒吼，一想到这个他们就害怕。最幸运的就是走出洞口时不会被吼。上面所讲的就是对不正义者的审判和惩罚，而正义者所得到的则是刚好相反的奖励。

不断来到草地上的一批批人，都只能在那里住七天。第八天，他们会被要求离开，继续前行。在继续前进四天后，他们会

[1]“地狱”的代名词。——编者注

在一个地方看到一根连通天地的笔直的光柱子，像彩虹一样五彩缤纷，甚至比彩虹还要更干净明亮。接着，他们又前进了一天，去到了光柱的所在地点，并在光柱中间看到了自天空射入地面的那些光线的末端。

这根光柱就像是一艘海船的龙骨一样，它是各个天体的枢纽，把所有旋转着的碗状圆拱连接起来。在光线的末端，则系着一个“必然”之纺锤，它是所有球状天体运转的驱动工具。这个纺锤上面的挂钩如光柱一样，都是由好的铁做成的；至于圆拱，则是其他物质和好的铁合金做成的。

圆拱外形如人间那种圆拱，不过，按照厄洛斯的描绘，它的最外层有一个中间镂空的大圆拱。除了这个圆拱，由外至内还有七个逐渐变小的圆拱，而且每一个更小的都恰好可以镶嵌在比它大一级的圆拱里面。如此，一共有八个层层套着的圆拱，看起来就像是八个碗组成的一套碗一样。

这八个碗状拱的里外都镶嵌得非常契合，所以，俯视它们可以看到它们的圆形边缘，而光柱的周围则呈现出一个由八个圆拱组成的大圆拱。这个大圆拱的中心，也就是八个碗的中心，光柱从中笔直穿过。

这八个碗状拱的碗边宽度，由宽到窄依次是：最外那个——算为第一个，然后是第六个、第四个、第八个、第七个、第五个、第三个、第二个。至于碗边的颜色，最亮的是第七条，第八条反射第七条的光亮，颜色与之相同，缤纷多彩。比第七第八条的颜色黄一点儿的，是第二条和第五条，它们颜色一样。颜色最白的是第三条，次白的是第六条。第四条微微显露红色。整个纺锤体系旋转运动，在这一个运动体系里，转得最快的是第八个拱，其他的内部七个拱的运动方向与之相反。这七个拱中，第五、第六、第七转动得第二快，第三快是第四个拱，它会回到原处；再然后分别是第三个拱和第二个拱。整个纺锤旋转于“必然”之膝盖上。跟着旋转的，还有站在每一个碗拱边上的总共八个歌妖。她们每人发出一个音调来，八个音完美地融合在一起。另外还有围成一圈的三位坐着的女神，即“必然”的女儿，又称为“命运”三女神：拉刻西斯、克洛托、阿特洛泊斯。三位女神之间隔着大致一样的距离，都穿着白袍，用发带束着头发，她们唱着歌附和歌妖们——分别唱过去的事情、现在的事情和未来的事情。克洛托和阿特洛波斯一个用右手，一个用左手，分别碰触纺锤的外面和里面，使它的外面和里面转动；拉刻西斯则交替使用两手，辅助它的里外转动。

当厄洛斯及其伙伴们的灵魂来到这儿时，他们径直去到了拉刻西斯跟前。神的一位使者在这时走出来，让他们排好队，保持好距离。这样安排好后，这位使者从拉刻西斯的膝盖上拿下了阄和写有各种生活模式的纸条，然后站到一座高坛上说：“‘必然’的女儿拉刻西斯让我宣布她的如下神意——‘诸位一日之魂，你们即将轮回重生。你们的命运只能由你们自己选择，而不是由神来决定。抽到第一号的人将最先选择自己未来想要过的生活。美德可以随便拿，但是，个人对美德的重视程度才是决定他有多少美德的关键。至于个人的错误，那也是与神无关的，全权由选择之人负责。’”宣布完后，神的使者随手将阄扔到他们面前，让每个灵魂——不包括厄洛斯，因为神不让他选——就近选出自己那个。

选好了的人必须记住自己抽到的号码。然后，神会将比现场人数更多的纸条，放在他们前面的地上。每一个字条写着一种生活模式，有作为某种动物的生活，也有作为某种人的生活，比如作为僭主的——有的因为贫困潦倒，半途垮台；有的被流放，可能沦为乞丐；有的终身执政。还有一种是作为著名人士的荣耀生活，这类男人女人之所以出名，有的是因为强壮、勇敢之类，有的是因为长相漂亮，或者因为出身高贵家庭，又或者因为祖辈留给他们的这种福气。当然，同样也有作为名声败坏的男人或者女人的生活。选择哪种生活，决定了一个人的性格是怎么样的，故此灵魂也必然是它该是的样子——没有选择的余地。但是，其他事物在选择生活模式时，往往是选择既有穷时也有富时，既有健康时也有贫困之时的生活，总之可称为混合各种状况的中间生活。

格劳孔啊，对任何人而言，这样一个时刻是非常危险的。所以，为了能够在任何时候都尽可能选择最善的那种生活，每个人都非常重视寻找良师益友，把对他们的追寻看得比学习其他东西还重要，渴望他们能够教会我们辨识什么是善的生活，什么是恶的生活。也因此，对于我们已论述的所有东西，我们都应该好好估算，它们各自（或者混合起来后）会对善的生活产生什么样的影响。比如美貌分别混合穷困和富有时，会如何影响善或者恶的生活？美好与心灵的各种习性相结合时呢？所有先天具备或者后天养成的彼此关联的心灵品性，以及个人身体素质、思维灵敏度、职位状况、社会地位和出身等，又会对善和恶的生活造成什么影响？在衡量所有这些之后，我们才能在关注自己的灵魂本性时，恰当地辨识是什么决定了我们的生活是善是恶：善的生活就是让灵魂本性更正义的生活；恶的生活就是让灵魂本性更不正义的生活。学会辨识之后，我们才能做出符合理性的生活选择。可以确定，这个选择对今生来世的我们都是最好的。所以，我们只需要考虑上述因素，而不必考虑其他了。

即便是在死后，在冥界的我们也要坚定上述这个信念，如此才能避免财富或者类似的恶对我们的诱惑，确保自己不会像暴君僭主或者诸如此类的人一样，做出什么罪恶的行为来并因此遭受报应。也只有坚持这个信念，我们才知道：无论在今生还是来世中，当面对生活中的种种选择时，我们都应该避免走向两边的极端，恰当的做法是采取中庸之道——它是让人获得最大幸福的一种方式。

根据厄洛斯的描述，在众人做出选择之前，神的使者说，只要一个人努力选择过理性的生活，那么他总有机会选中这种生活，所以即便他是最后一个做出选择的人也不要紧。神的使者告诉大家：希望第一个做出选择的人要慎重行事，最后一个做出选择的人要怀有希望。

待神说完这些，抽到第一号的灵魂上台做出了选择——选择当一个最大的僭主。他显然没有全面考虑问题，便出于贪婪而做出了这个愚蠢的选择。他不知道，这种生活中包含着可怕的事情，诸如吃掉自己的孩子。待他认真细想这一生活模式后，他后悔得捶胸大哭。然而这时，他却不是责备自己，而是埋怨命运和神，他忘了神曾告诫人们的一句话：所有不幸都是由你自己的错误造成的。

这个抽到第一号的灵魂在前世是个守规矩的人，他刚才也在天上走了一遭。不过，他的善不是学习哲学的结果，而是风俗造成的。所以，大概而论，反倒是那些来自天上、没受过苦难和教训的人更容易受到这种诱惑。那些来自地下、受过苦也见证过别人受苦的灵魂，反倒会先谨慎思考，再做出选择。在抓阄时，之所以大多数灵魂会发生善恶交换的情况，偶然性是其中一个原因，上面所述的是另一个原因。

要是上面所讲的故事可信，那么，我们还可以坚信：如果一个人在活着的时候诚心追寻智慧，在冥界抓阄时又不至于轮到最后一个，那么，他不仅有希望在今世过得快乐，当他轮回重生时，他返回人间所走的路也将是一条通向天国的平坦之路，而非一条通往地下的曲折道路。

厄洛斯说，一些灵魂做出选择的情景真是可怜又可笑，还令人咋舌，值得我们看一看。大部分灵魂都是依据他们前世的生活习惯来做出选择的。他举了一些例子：被妇女所杀的俄耳甫斯选择了当一只天鹅，因为他死于妇女之手，痛恨妇女，不想来生还和妇女打交道；萨缪诺斯选择了来世当一只夜莺；天鹅、夜莺等一些会唱歌的鸟人，选择了来世当人。

抽到第二十号的，是忒拉蒙的儿子埃阿斯的灵魂，他选择了来世当一头雄狮。有关阿喀琉斯的武器归属的那场裁判，他无法忘怀，所以他不愿意再当人。

接下来是阿伽门农，他选择了当一只鹰，因为他仇恨曾让他遭受苦难的人类。当选择进行到半途时，阿塔兰忒的灵魂出场了。她看到一个运动员可以获得很大的荣耀，所以情不自禁选择了当一名运动员。在她之后，轮到帕诺派俄斯的儿子厄帕俄斯，这个人选择来生当一位有绝活的妇女。

搞笑专家忒耳西忒斯的灵魂排在远远的后方，他正给自己套上猿猴的身躯。排到最后做出选择的，居然是奥德修斯的灵魂。此人生前满怀大志，过得非常劳苦，而现在，他的灵魂还记得那种辛劳，不过已然放弃雄心大志，只想当一个只关注自己生活的普通公民，如此可以花时间四处游历。这样一种生活方式，被遗落在无人注意的角落中，他费了好大的劲才找到它。找到它时，他说，即便他第一个来挑选，还是会高兴地做出这个选择。

同样，还有这样的例子：动物选择当人或者另一种动物、正义者选择当温良的动物、不正义者选择当野蛮的动物。以及，有的灵魂所选择的生活模式混杂了诸多变化。总之，走到拉刻西斯前面的队伍中的每一个灵魂，都按照抽到的次序排队，选择了他们想要的生活。现在，这些灵魂由监护神引领，走到了克洛托那里，在她旋转她的手下面的纺锤时，每个灵魂做出的选择算是得到了批准。完成这一仪式后，监护神又把这些灵魂带到阿特洛泊斯旋转纺锤之处，固定住每个人的命运之线。接着，所有灵魂都要从“必然”的宝座下穿过，不许回头。等所有灵魂都穿过来后，他们再一同上路。当走到遗忘平原时，由于那里没有任何花草树木，他们遭遇了酷热。傍晚，他们来到忘川河边露宿。按照要求，他们要饮用一定量的河水，但由于没有瓶子来盛水，所以那些无智慧之人便喝多了。喝水后，他们丧失了记忆，全睡着了。半夜时，雷声震动，天地都被摇撼，所有的灵魂都被抛飞起来，如流星般向四处掉落。他们要去轮回重生了。

厄洛斯说，他本人被禁止喝水。至于他是如何返回到自己的身体中的，他也不清楚。总之，他是在火葬用的柴堆上睁眼醒来的，那时已经天明。

我的朋友啊，这个故事就这样被流传了下来。要是我们相信它，我们就会得救，安然渡过忘川河，不至于让灵魂受到此世的玷污。总之，我只有一句忠告：永恒不灭的灵魂可以承受所有的善和恶，让我们永远追寻智慧和正义，走向上的路吧。

我希望大家相信这句话。因为，唯有如此，我们才会爱自己，并得到神的爱，也才能像比赛获胜者一样，获得奖励——无论活着时，还是死之后。也唯有如此，我们无论在今生还是在我们所描绘的未来的那一千年之旅，才能诸事顺利。

FONGHONG
凤凰联动出品